LA BÊTE DU MARAIS

DU MÊME AUTEUR
CHEZ *POCKET*

LA PREMIÈRE EMPREINTE

XAVIER-MARIE BONNOT

LA BÊTE DU MARAIS

L'ÉCAILLER DU SUD

ISBN : 978-2-266-16828-1

Remerciements

Mes plus vifs remerciements vont tout d'abord à Maurice Georges et Jérôme Harlay, les amis qui ont consacré de longues heures à corriger ce texte et qui l'ont enrichi de leurs remarques toujours justes.

Michel Émerit, ancien professeur d'écologie animale à l'université de Montpellier, correspondant du Muséum d'histoire naturelle, a été d'un grand secours pour sa connaissance du milieu camarguais et la documentation qu'il a bien voulu me fournir sur la faune et la flore de Camargue. Qu'il en soit remercié.

AVERTISSEMENT DE L'AUTEUR

Les personnes et les situations de ce roman appartiennent à mon imagination, elles n'ont aucun modèle dans la réalité.

Certains passages feront sans doute sourire les spécialistes de la Provence ou les policiers de la brigade criminelle de Marseille. J'ai volontairement transformé des lieux, remanié des laboratoires de recherches, déplacé des hôpitaux, bousculé des hiérarchies et transformé les bureaux de la Criminelle... Et pris des libertés avec certaines procédures.

Sans rien demander à personne...

J'ai utilisé des mots et des expressions issus du parler marseillais et provençal, non par souci de folklore, mais parce qu'ils sont réellement utilisés par les habitants de Marsiho. Ces mots sont en caractères gras dans le texte. Pour ne pas alourdir le récit de notes explicatives, un petit glossaire, en fin d'ouvrage, permettra au lecteur de s'y retrouver.

À mon père, qui, le premier,
me raconta l'histoire de la Tarasque
quand j'étais son petit garçon.

... Alabre
De sang uman e de cadabre,
Dins nòsti bos e nòsti vabre
Un moustren, un fléu di diéu, barruolo... Agués pieta !

La bèsti a la co d'un coulobre,
A d'iue mai rouge qu'un cinobre ;
Sus l'esquino a d'escaumo e d'àsti que fan pòu !
D'un gros lioun porto lou mourre
E sièis pèd d'ome pèr miés courre ;
Dins sa cafourno, souto une mourre
Que domino lou Rose, emporto ço que pòu.

Frederi Mistral, *Mirèio.*

... Avide
De sang humain et de cadavres
Dans nos bois et nos ravins
Un monstre, un fléau des dieux, erre... Ayez pitié !

La bête a la queue d'un dragon,
Des yeux plus rouges que cinabre ;
Sur le dos des écailles et des dards qui font peur !
D'un grand lion elle porte le mufle,
Elle a six pieds humains, pour mieux courir ;
Dans sa caverne, sous un roc
Qui domine le Rhône, elle emporte ce qu'elle peut.

Frédéric Mistral, *Mireille.*

1

La veille, le mistral avait cessé brusquement, peu après la tombée de la nuit. Il y avait eu l'ivresse, les bars transformés pour l'occasion en bodegas remplies de musiques têtues, de visages luisants, de regards sans sommeil.

Les patrouilles de flics, relax, en seconde, à bout d'ennui. Quelques bagarres entre gitans, beurs et gros bras de la mairie devant les manèges multicolores ; la maison poulaga avait fermé les yeux, pas de vague avec la municipalité.

Les derniers pétards avaient explosé dans les recoins perdus, aux angles morts de la ville, avant que le soleil ne se lève ; derniers artifices d'une fête que la fatigue désamorçait.

Ce matin, une chaleur liquide coulait du ciel

L'homme était étendu sur la berge, recroquevillé en chien de fusil, les genoux dans les coudes. Il ouvrit les yeux et découvrit, au-dessus de lui, à travers ses paupières tremblantes, la masse blanche des tours du château qui se fondaient dans la lumière saturée.

L'homme était trempé de sueur, ses cheveux robe de corneille collaient à son front et faisaient des plaques comme des bouts de carton. Des bruits lui parvenaient, lointains et mous : sans doute les derniers fêtards qui s'en retournaient péniblement chez eux. Mais après quelques instants, il se ravisa : c'étaient des cris de fureur d'une foule fanatique qui gonflaient l'air et venaient rebondir contre les murailles de la forteresse.

Le vertige le fit vaciller, il referma les yeux.

Cela faisait trois jours que l'homme n'avait pas dormi. Trois jours en solitaire. Un goût de bile amer lui tordait les lèvres et lui retroussait les narines. Le pastis qui rend fou avait fini son œuvre, il devait émerger.

Il se redressa. Devant lui, le Rhône filait calmement. Quelques racines tordues comme des monstres griffaient la surface calme de l'eau, comme pour retenir le cours du fleuve roi. Il tenta de se lever, mais il comprit que ses jambes ne le porteraient pas avant un bon moment. Il s'allongea dans l'herbe chaude et craquante, puis, il fixa les branches puissantes de l'acacia qui griffonnaient le ciel au-dessus de lui.

Le moment était à la réflexion, il fit le point sur les trois dernières journées.

Le premier jour, à peine le soleil levé sur la Camargue, il avait guetté les spatules blanches pendant des heures, tapi comme un crocodile dans les salicornes de la sansouire, à quelques mètres du marais de l'étang Redon.

Cela faisait des mois qu'il attendait les spatules blanches ; depuis mars, quand des milliers de muges se concentrent dans les eaux calmes du delta, à quelques brassées des plages nues encore frémissantes de froid ; le moment où les cormorans et les hérons viennent faire un festin de choix de ces poissons de surface.

Depuis longtemps, il avait étudié les habitudes des spatules, les endroits où elles venaient se poster à leur retour d'Afrique ; c'était souvent au pied des bosquets de tamaris. Il voulait les observer dans le petit jour doré, mais les spatules sont des oiseaux aussi capricieux que rares. Cette année, il avait dû se contenter de la danse carnivore des cormorans et des hérons.

Et ce matin-là, les grands oiseaux n'étaient toujours pas au rendez-vous. Il avait attendu jusqu'au zénith et avait finalement décidé de changer d'endroit.

Il était passé, plus à l'ouest, par la réserve de la Capelière. Là, il avait échangé quelques mots avec le responsable de la réserve. Des banalités, rien de plus.

Dans l'après-midi, il avait rôdé longtemps, l'appareil armé dans une main et les jumelles dans l'autre, en ne ménageant que quelques pauses pour l'observation.

Il avait marché jusqu'au bout du monde. Une première spatule était apparue, immaculée, en avançant son cou gracieux dans les cannes, en lisière du marais. Une deuxième s'était posée sur le dos d'un tronc d'arbre noyé, au milieu des eaux noires. La terre craquelée par endroits, spongieuse à d'autres, s'était perdue dans le soleil couchant, l'horizon plat et la mer charmée par le mistral.

Les spatules étaient retournées à leur mystère et la nuit était venue sur cette fin de Camargue. Au loin, audelà des lignes droites du marais, les torches du grand terminal pétrolier de Fos avaient levé haut dans le ciel noir leurs flammes rouges, comme des flambeaux d'orgueil. À une heure du matin, il avait regagné sa voiture et était rentré chez lui, plus haut en Provence.

Le deuxième jour, c'était le jour de la bête.

Il avait pris la décision de ne pas prendre sa voiture, de faire du stop. Il avait attendu, pas plus d'une heure, la bonne âme qui l'avait pris à la sortie de Tarascon ; c'était un touriste solitaire, un Anglais rôti au méchant soleil qui lui avait déclaré dans un français parfait :

– J'habite à Mouriès depuis trois ans.

– Ah bon, avait dit l'homme en faisant mine de s'intéresser à son chauffeur. Je viens d'Eygalières.

– Aujourd'hui, je vais à Marseille... For the boat. Prendre le bateau. Pour aller en Corse, avait poursuivi l'Anglais en indiquant un large imaginaire avec sa main qui fendait l'air chaud.

– Vous allez faire un beau voyage ! avait dit l'homme pour dire quelque chose.

La Land Rover de l'Anglais, un vieux modèle aussi confortable qu'un banc de la communale, avait fait un boucan formidable. Peu après l'embranchement qui menait au Mas Thibert, l'homme était sorti de sa torpeur et avait désigné du doigt une aire de stationnement le long de l'immense ligne droite de la nationale 568 qui relie Arles à Martigues.

– Vous pouvez me laisser là.

L'Anglais avait freiné brusquement, sans poser de questions. L'homme était descendu et avait attendu que la Land Rover s'évapore au bout de la perspective. Ensuite, il avait rapidement disparu derrière une barrière de roseaux, non sans difficulté dans les longues feuilles coupantes comme des rasoirs.

Il avait marché droit comme un chasseur du bush pour traverser l'immense étendue plate couverte d'herbes maigres et quadrillée de fils de fer barbelés. Une heure de marche, peut-être plus, avec, dans le dos, au bout des prairies, les crêtes noires des Alpilles et la tour des Opies qui se blanchissaient aux derniers rayons du soleil.

Vers les sentinelles des cyprès, au loin, il avait aperçu les moutons du mas de Méril ; sans traîner, il avait sauté par-dessus une clôture et s'était retrouvé au milieu de jeunes taureaux, sans doute ceux de la manade Castaldi. L'homme avait continué, sans hésiter, en se tenant suffisamment proche des taurillons noirs comme le chagrin pour ne pas être vu d'un éventuel curieux et à bonne distance pour ne pas les effrayer. Par deux fois, il avait eu à croiser le regard vide des bêtes.

Mais l'homme connaissait parfaitement les bêtes.

Le jour titubait quand il avait atteint la départementale 35 qui marquait la limite Est du parc naturel du Vigueirat, à quelques kilomètres de Mas Thibert.

Le soir, il avait décidé de coucher sur cette langue de Camargue. La fin du jour avait été lumineuse, avec des milliers d'astres naissant par-dessus la Provence. Avant la nuit, l'homme était revenu sur la plage et avait remonté la sansouire rouillée, sans jamais se faire remarquer. Il avait attendu, comme toujours, à plat ventre dans le rose des mathioles, le blanc des camomilles des sables et le jaune des immortelles.

Ensuite, il avait chanté. La bête était venue. Il lui avait parlé des merveilles de la fête avant de se retirer.

Quand le noir s'était fait sur la mer et sur la terre, il avait déroulé son sac de couchage dans un creux douillet de la dune, à l'abri du vent. Il s'était endormi pour quelques heures.

Dans la lourdeur du sommeil, l'homme avait caressé son rêve le plus fou : libérer la bête le soir de la Sainte-Marthe.

Le soir du 29 juillet.

Il en parlerait au maître. Mais de toute façon, il se moquait de son conseil : la bête n'écoutait que lui.

Le Rhône continuait de filer, alourdi par les pluies de la fin de printemps. Sous les murailles du château du roi René, des enfants grimpaient jusqu'à un petit promontoire au-dessus des eaux vertes du fleuve en s'accrochant aux racines de lierre qui serpentaient le long des rochers.

L'homme avait totalement recouvré ses esprits. Il se leva, passa sa veste sur son épaule et se dirigea vers l'endroit d'où venaient les cris de la foule.

C'était le lundi 30 juin. Le troisième jour.

La dernière course de taureaux venait de se terminer et, avec elle, les fêtes grandiloquentes de la Tarasque.

2

La sonnerie de l'Opéra municipal de **Marsiho** répandait son dring dring fluet des escaliers du poulailler au marbre du salon d'honneur. Elle s'arrêta net quand Michel De Palma déboula dans le foyer Reyer. Félix Merlino, le mathusalem des vestiaires, lissa les dernières mèches de cheveux frisés qui festonnaient la base de son crâne luisant.

– Ô Michel, on n'attend plus que toi !

Merlino fit une grimace qui remonta son menton important et fit tomber ses lèvres blanches.

– Adieu, Féli, ça a commencé ?

– Eh voui ! Ça commence ! C'est la dernière de l'année. Allez, Monsieur le Baron, dépêche...

Le Baron. C'était le surnom du commandant Michel De Palma. L'idée venait de Jean-Louis Maistre, le plus que frère de la Brigade criminelle, l'inséparable du 36 qui avait commencé à le surnommer, comme ça, sur une idée bête, un soir d'alcool ; il trouvait que ça sonnait bien avec la particule de son nom, son physique élancé et ses manières de seigneur triste.

Le Baron poussa les vantaux capitonnés qui donnaient sur le premier balcon, marqua un temps d'arrêt et embrassa le public du regard, comme il le faisait toujours depuis que son père l'avait initié au grand théâtre alors qu'il n'était qu'un minot.

La salle marinait dans le velours, pleine à craquer des premiers rangs de l'orchestre au poulailler. L'air était chargé d'haleines acides, de parfums musqués et de poussières de poudres à farder.

De la fosse montait une cacophonie pas possible : des trilles, des gammes, des traits s'entortillant comme des molécules de croches en folie. De Palma aperçut Anne Moracchini, capitaine à la Criminelle ; elle lui faisait un signe discret en secouant la tête : il avait au moins une heure de retard. Depuis plus de dix ans qu'ils marnaient ensemble dans la PJ, c'était la première fois qu'il l'invitait à l'opéra ; in extremis pour cette saison, puisque c'était la dernière représentation de *La Bohème*.

Finalement, c'est dans le noir complet qu'il s'assit à côté d'Anne Moracchini.

Les premières minutes passèrent. Anne semblait complètement absorbée par la musique qui vibrait dans l'air du théâtre. Tout à coup, le vieux du poulailler qui toussait depuis des années à chaque début de spectacle s'arrêta net. Un souffle électrique parcourut la salle et ce fut le silence absolu.

Rodolphe marcha vers l'avant-scène.

Che gelida manina
Se la lasci riscaldar
Cercar che giova ? Al buio non si trova.

Au lieu de regarder Mimi, Rodolphe ne quittait pas des yeux le maestro et se soulevait sur la pointe des pieds à chaque fois qu'il montait sur un médium et qu'il écrabouillait son diaphragme.

Chi son ? Souo un poeta
Che fascio, scrivo...

Finalement, Rodolphe s'en sortit pas trop mal pour un public de fin de saison. De Palma était déçu, il profita des applaudissements pour s'extraire de la salle. Dans le foyer Reyer, Félix Merlino faisait les cent pas en posant les talons au ralenti pour ne pas faire craquer le parquet.

De Palma alluma son portable : il avait deux messages laissés le jour même, le samedi 5 juillet. Le premier message datait de 19 heures 58, juste avant qu'il n'entre dans le théâtre et le deuxième remontait à 20 heures 37, sans doute pendant que Rodolphe s'époumonait dans son taudis de Montmartre.

« Monsieur De Palma, bonjour. Maître Chandeler à l'appareil. La personne qui m'a donné votre numéro de portable préfère rester dans l'anonymat, mais je me suis permis de vous appeler. Nous ne nous connaissons pas, toutefois je souhaite ardemment vous rencontrer pour vous parler d'une affaire... Le plus tôt possible serait le mieux, si cela ne vous dérange pas ; par exemple le lundi 6. À très bientôt, j'espère. »

C'était une voix d'homme qui chantait légèrement sur les consonnes nasales, grave et douce à la fois. Le deuxième message était à nouveau de maître Chandeler. Il donnait un deuxième numéro de portable et suppliait de ne le communiquer à personne.

Félix Merlino s'approcha du Baron, en pointant son index en direction du téléphone.

– Éteins-moi cette cochonnerie tout de suite. Si jamais je l'entends sonner ton outil de malheur...

– T'inquiète pas, Féli, de toute façon avec les chèvres de ce soir, on risque pas grand-chose...

– Tu aurais dû venir pour l'autre distribution. Là, tu aurais vu quelque chose...

– Ah bon ! Parce que ceux-là, on dirait le bruit du mistral dans les persiennes de mon ex-belle-mère.

– Eh, bien sûr ! Ce soir c'est une catastrophe.

– Remarque qu'ils applaudissent...

– Ils applaudissent tout, maintenant. C'est plus comme avant... Tu te rappelles ?

De Palma leva les yeux vers le plafond du foyer et balança sa main droite par-dessus son épaule comme un signe de ralliement à la nostalgie de Merlino.

– Pour les calmer, ils faisaient même venir la police parfois, quand c'était mauvais comme ce soir !

Félix Merlino secoua la tête et balaya du pied un petit morceau de dentelle qui avait dû être arraché à une robe de soirée.

– Ça faisait longtemps qu'on te voyait plus, Michel. La dernière fois, je discutais avec Jean-Yves, le pianiste, le répétiteur que tu connais, et il me demandait de tes nouvelles...

– Tu sais que j'ai eu un gros accident ?

– Je l'ai lu dans le journal. Mais ça a l'air d'aller, maintenant.

De Palma ne répondit pas, il laissa son regard traîner sur les lames en carré du parquet. Des applaudissements parvinrent de la salle, étouffés par les sas capitonnés ; Félix s'approcha religieusement des portes vernies du premier balcon et les ouvrit avec des gestes de sacristain qui pousse un portail de cathédrale.

Anne Moracchini tapa sur l'épaule de Michel.

– Pour une sortie à l'opéra c'est réussi, mon grand !

– Je suis désolé, Anne, j'ai cherché une place...

Elle regarda son portable et fit la grimace en pliant ses lèvres aux commissures.

Le capitaine de la Criminelle portait une jupe droite noire au-dessus des genoux et un haut de soie pourpre sur lequel flottait sa chevelure noire. Ses jambes étaient gainées de bas extrêmement fins, comme des voiles de luxe sur les longues lignes qui partaient de ses chevilles fines et remontaient en une courbe souple et musicale jusqu'aux genoux. Quand il frôla sa joue, De Palma reconnut les notes poivrées de Gicky et cela le titilla.

– J'ai vu que tu t'étais levé avant la fin ! Ça t'a pas plu ? Moi j'ai bien aimé, dit-elle en posant sa main sur son avant-bras.

Il ne voulut pas la décevoir pour sa première sortie à l'opéra en lui disant ce qu'il pensait de la distribution.

– Ça va, c'était bien, fit-il en lançant un clin d'œil à Merlino.

Il ne l'avait jamais vue aussi belle ni aussi élégante. D'ordinaire, Anne portait des chaussures de sport ou de ville sans talon, un jean et un flight-jacket par-dessus un t-shirt ou un pull selon la saison, sans parler du Manurhin qu'elle plaçait haut dans la cambrure de ses reins pour qu'il soit le moins visible possible.

– Viens, allons prendre quelque chose, finit par dire De Palma pour sortir de son admiration.

Il commanda deux coupes de champagne et ils revinrent dans le grand foyer.

– C'est magnifique, ici ! Tout art déco comme ça. C'est quoi au plafond ?

– Une peinture d'Augustin Carrera : *Orphée charmant le monde...*

– Il y a des fois où je me demande ce que tu fous dans la flicaille, dit-elle en le pinçant du coin de l'œil.

– Moi aussi. Mais j'ai de bonnes raisons.

– J'espère.

Anne Moracchini laissa son regard se promener sur l'immense fresque de Carrera, puis elle passa en revue les détails des ferronneries et les masques patinés or des balcons en fer forgé. Le portable du Baron sonna.

– Change ta sonnerie, Michel, tu marques mal !

« Monsieur De Palma ? »

Il reconnut la voix immédiatement.

– Oui. Une seconde, s'il vous plaît.

Le Baron s'assit sur une banquette pourpre un peu à l'écart.

– Yves Chandeler à l'appareil. Je suis avocat.

Michel laissa passer un bref silence pour l'intimider.

– Bonjour.

– Vous... Hum, vous avez eu mon message, n'est-ce pas ?

– Oui, tout à fait.

– J'espère que je ne vous dérange pas ?

Il n'aimait pas sa façon de laisser traîner les « a » et les autres voyelles un tant soit peu ouvertes à chaque fois qu'il en trouvait une sur sa route. Cela dénotait une enfance passée dans les meilleurs collèges de Marseille, dans une société dont le flic ignorait tout et qu'il avait tendance à mépriser.

À nouveau, De Palma imposa un silence.

– Pas du tout.

– Je serai très bref. Quand pouvons-nous nous voir ?

Il voulut lui dire qu'il était rare qu'on lui pose des questions sous la forme d'ordres à peine déguisés, qu'il ne comprenait pas pourquoi il l'appelait et qu'il n'avait franchement pas envie de voir qui que ce soit, à part Anne Moracchini, mais il se contenta de répondre mécaniquement.

– Écoutez, lundi à votre cabinet vers 16 heures, est-ce que ça vous va ?

– On est samedi... Très bien. Je suis au 58, cours Pierre-Puget. Je pense que je n'ai pas besoin de vous expliquer.

– Non, c'est pas très original comme adresse pour un avocat.

– En effet, juste à côté du palais !

– À lundi alors.

Il raccrocha sans même lui dire au revoir. Anne s'était approchée, son verre de champagne à la main.

– Je suppose que cette sonnerie ignoble indique que l'entracte est terminé ? Est-ce que tu comptes me laisser retourner toute seule au fauteuil 35 ?

– Mais non, Anne, voyons !

Il posa sa main sur sa taille souple et la serra contre lui.

*
**

Il était 2 heures du matin quand De Palma s'arrêta devant la petite villa qu'Anne possédait à Château-Gombert, au 28, chemin de la Fare, le dernier vestige de son mariage.

– Tu viens prendre un verre ?

L'air vibrait dans la voiture. Elle le regardait lourdement. Il baissa la vitre pour respirer mieux.

– Je vais rentrer... Il faut que je dorme, je ne me sens pas très bien. En fait j'ai...

– Tu as encore la migraine. Viens, je vais te faire un massage.

Elle posa ses longs doigts sur ses tempes et le massa lentement.

– Qu'est-ce que dit le docteur ?

– Il dit qu'il ne sait pas, comme tous les docteurs !

Anne continua de le masser en faisant de petits cercles sur les sourcils, puis elle recula ses mains comme une caresse, prit les tempes de Michel et les serra légèrement.

– Tu te souviens, Anne ?

– Oui, je me souviens et je ne veux pas en parler...

– Aujourd'hui, j'y pense moins, mais il y a encore un mois, je repassais ce film dans ma tête, comme une boucle infernale. Sans arrêt.

Elle exerça de légères pressions sur le haut de son crâne et fouilla dans ses cheveux du bout des ongles.

– Je me revois encore pénétrer dans la grotte Le Guen et arriver en bas, dans ce trou noir. Je ne l'ai jamais dit à personne, mais si tu savais comme j'avais peur. Le ventre noué, les couilles à terre[1].

– C'est joli...

– Manière de parler.

Il prit sa respiration et ferma les yeux.

– Je revois encore ces peintures magnifiques. C'était très impressionnant. Des sentiments que j'arrive pas à

1. Voir *La Première Empreinte* (Éd. L'Écailler du Sud).

décrire, je me sentais bien devant ces mains d'hommes préhistoriques. Et puis je l'ai vue, elle. Et lui était derrière. Je me suis retourné...

Michel prit sa respiration, ferma les yeux et fit un mouvement circulaire de la tête.

– Je me vois encore pivoter sur ma jambe gauche et lui mettre un coup de calibre... Il m'a frappé en plein sur le front. Comme un éclair.

– Ça a fait de toi un grand flic, avec médaille et engueulade. Plus le tonneau de jalousie. Bravo. Et j'ajoute que ça n'a rien enlevé à ton charme.

– Il avait une force surhumaine. J'ai souvent pensé à ça. Le coup de calibre était précis, je me revois encore l'aligner... On ne m'enlèvera jamais de l'esprit qu'il a évité la balle. Il avait les mêmes réflexes que les grands chasseurs de la préhistoire, de ça j'en suis certain. Il était fort et rapide, comme aucun humain ne peut l'être. À côté de lui nous sommes des dégénérés.

– Tu parles de lui comme si tu l'admirais !

– Il a évité une balle de .38 ! Éclair contre éclair. À des vitesses vertigineuses. On ne peut avoir que du respect pour ce genre de choses, tu comprends !

– Je comprends qu'il va en prendre pour perpète et tout ça grâce à toi.

– Tu aurais pu tout aussi bien me dire que je l'avais raté !

– Mais je ne l'ai pas fait.

– En tout cas je ne l'ai pas arrêté tout seul.

– Merci pour les petits flics comme nous, Michel !

Imperceptiblement, elle l'attira contre ses seins. Il sentit qu'ils étaient tendus sous le tissu léger. Elle lui caressa tendrement le front, à l'endroit où « le Chasseur » l'avait frappé de son tomahawk.

– Je vais rentrer, Anne.

– Fais ce que tu veux, mon grand flic.

Elle descendit ses deux mains sur sa nuque et posa sur sa bouche ses lèvres épaisses de désir.

*
**

Isabelle vient d'avoir son troisième enfant.

Le Baron a reçu un faire-part.

Un bristol bleu pâle sur lequel elle a mis une photo du petit homme.

Il s'appelle Michel, comme lui.

Isabelle a voulu ça. En souvenir de ce sacré flic qu'elle a croisé sur sa route.

Elle lui a toujours témoigné de l'amitié, Isabelle.

C'est vrai qu'il ne l'a jamais laissée tomber.

JAMAIS.

Il a toujours gardé le souvenir de la belle adolescente qu'il avait aimée.

TOUJOURS.

Comment pourrait-il l'oublier ?

Isabelle voudrait que Michel soit le parrain de son troisième enfant.

Il ne sait pas s'il va accepter.

Mais il réfléchit ; il a déjà refusé deux fois.

Elle va finir par croire qu'il ne l'aime plus.

Pauvre Isabelle.

Si elle savait combien le Baron pense à elle.

Nuit et jour.

Jour et nuit.

Le papier a roussi. Consumé par les années-mémoire.

C'est l'écriture musclée du commissaire Boyer, le père du 36. Boyer le magnifique. Celui qui faisait grandir d'un seul coup d'un seul.

De Palma est nu sur son lit. Il a encore du parfum d'Anne sur les lèvres. Il entend Boyer. Il dit : « Amenez-le-moi, celui-là. Amenez-le-moi. Ici. Je veux le voir avant le grand adios.

« De Palma, vous partez avec Maistre sur les lieux. Je pense qu'elle est encore là-bas. Vous verrez ça avec

Marceau. Je veux savoir ce que vous en pensez. Les jeunes, des fois, ça a les idées neuves. »

En gros, Boyer le patron a écrit en travers de la feuille, avec son énorme crayon gras, bleu à un bout et rouge à l'autre.

VIOL ET HOMICIDE, en rouge.

En bas de la feuille, en bleu : NON ÉLUCIDÉ.

Nom : Isabelle MERCIER.

Cheveux blonds. 16 ans. 1 m 63. 56 kilos.

28, rue des Prairies. 20e.

Date de découverte du corps : 20 décembre 1978 à 21 h 56.

Affaire suivie par inspecteurs De Palma, Marceau et Maistre.

« AFFAIRE NON ÉLUCIDÉE », répète le Baron en caressant la pelure entre le pouce et l'index. Les lettres N.O.N É.L.U.C.I.D.É.E le brûlent au fond des yeux.

« Amenez-le-moi ! »

Dans son cahier numéro un, le Baron a écrit : Isabelle Mercier.

Et puis plus rien.

En haut de la page, la photo d'Isabelle est retenue dans un trombone.

C'est une photo d'identité,

En noir et blanc.

Isabelle a seize ans.

Elle sourit timidement.

Ses cheveux font deux virgules sur ses joues de velours.

Maistre et De Palma arrivent au 28, rue des Prairies.

C'est la première fois que Boyer le Terrible leur confie une enquête.

Et celle-là, il a l'air d'y tenir.

Isabelle est allongée sur le ventre.

Jean-Claude Marceau regarde par la fenêtre.

Le photographe de l'IJ[1] *l'observe, ses lèvres retombent sur les coins de sa bouche.*

– Maistre et De Palma...

– Bonjour, les gars. Le vieux veut vous affranchir. Allez jeter un coup d'œil.

– J'ai encore jamais vu ÇA.

De Palma se penche.

Il soulève la mèche de cheveux prise dans le sang coagulé.

– On dirait un morceau de caramel.

Dessous, il y a un œil qui le fixe bêtement.

Un œil au milieu de rien.

Un œil sans visage.

Jean-Claude Marceau s'est retourné.

– Pour réduire un visage dans cet état, je peux vous dire qu'il faut taper. Putain, il faut taper. Jamais vu ÇA, les gars.

Jean-Louis Maistre est allé vomir.

De Palma avale sa salive.

Il veut garder l'horreur en lui.

Et l'horreur est en lui.

Ne jamais oublier.

– Allô, Maistre ?

– Tu as vu l'heure qu'il est, **pébron** de **pébron** ?

– Elle est revenue, Gros.

– Isabelle ?

– Oui.

– Elle a toujours été là...

– J'ai rêvé qu'elle m'avait envoyé un faire-part pour la naissance de son troisième enfant.

– C'est drôle. Moi aussi, Baron, j'ai rêvé un truc comme ça.

1. Identité judiciaire.

3

La Capelière, deux vieux bâtiments côte à côte, appartenait à la Société nationale de protection de la nature. En 1979, ce petit mas trapu, planqué dans les tamaris qui bordent l'étang du Vaccarès, était devenu le Centre d'information de la réserve nationale de Camargue.

À l'entrée, sur le mur en pierres sèches mal jointées, une pancarte représentait deux flamants roses face à face et le sigle SNPN au centre ; la peinture soulevée par l'humidité qui montait des eaux dormantes partait en lambeaux, déchirée par le soleil.

Au rez-de-chaussée, un petit musée, des locaux administratifs et un laboratoire. À l'étage, un dortoir pour les étudiants de passage et l'appartement du responsable des lieux : le docteur Christophe Texeira, maître de conférences à l'Université de Provence et chercheur. Un homme de 45 ans, avec une touche d'éternel heureux : cheveux frisés poivre et sel, un visage prognathe planté de deux yeux noirs toujours en mouvement sous les broussailles des sourcils, des lèvres épaisses qui lui assuraient de beaux succès auprès de ses étudiantes.

Ce soir-là, solitaire dans son bureau qui lui servait aussi de laboratoire, Christophe Texeira avait du mal à se concentrer ; un rapport d'activité des derniers prélèvements d'insectes qu'il avait supervisés sur la réserve du Vigueirat, de l'autre côté du Rhône, faisait monter en lui une immense lassitude.

Texeira était venu en Camargue pour les oiseaux et depuis deux ans, on lui demandait régulièrement de compter les moustiques et les araignées, sans parler des grenouilles et des crapauds. Cette nuit, il tournait en rond et jetait de temps en temps un coup d'œil par la fenêtre.

C'était la lune tombante.

Sur la surface de la roselière, les pointes des cannes frissonnaient dans la nuit encore blanche. Cela faisait des lignes de lames argentées qui s'entrecroisaient au gré des respirations du vent salé.

Christophe jeta encore un coup d'œil dans son binoculaire et se rejeta en arrière. Ce qui l'intriguait ce soir, c'étaient les photos qu'il avait étalées sur son bureau, à côté des fiches roses et vertes du rapport d'activité.

C'étaient des images magnifiques.

Un promeneur qui était passé le week-end dernier avait pu photographier des spatules blanches : deux vers le Grenouillet et une autre perdue sur la pelouse qui se faufile entre les canaux, en direction du Sambuc, non loin des chevaux du mas de Loule.

Étonnant !

Le promeneur avait pris plusieurs clichés de ces oiseaux mythiques, alors que lui, docteur en biologie, responsable de la réserve, n'en avait pratiquement jamais vu de ce côté-ci du delta. D'habitude, elles se tenaient plus sur la rive sud du Vaccarès, vers la Gacholle. Et encore pas toujours.

– Je cherche des spatules blanches, avait dit le promeneur.

– Difficile, avait répondu Texeira.

– Il faut leur parler d'amour et de merveilles.

De merveilles !

Le promeneur avait tout de l'original : cheveux noirs mi-longs, visage glabre, costaud comme un pilier avec des manières de quelqu'un qui ne sait plus quoi faire de ses muscles. Et vêtu comme l'as de pique : sandales Viêt-cong aux pieds, pull de laine vierge en pleine chaleur, jean douteux et musette rapiécée.

Par contre la paire de jumelles Zeiss, le téléobjectif deux cents millimètres à petite ouverture et le boîtier numérique Nikon qui pendaient à son cou faisaient rougir d'envie le biologiste. Sans parler des jumelles périscopiques qu'il avait entrevues dans son sac.

Des clichés rares, un courrier déposé dans la boîte de la SNPN ; le cachet de la Poste disait seulement : Tarascon principal, 1er juillet.

Le biologiste ne se souvenait plus du nom du promeneur, sinon il l'aurait bien appelé pour le féliciter et pour le remercier.

L'avait-il seulement su, ce nom ?

Texeira sortit dans le hall d'entrée du centre, fit jaillir de la lumière et jeta un coup d'œil dans le grand livre des visiteurs sur la table, à côté de la caisse enregistreuse.

Chaque page était divisée en six colonnes dans lesquelles le visiteur pouvait noter les espèces observées, les lieux, les dates et bien sûr mentionner son nom et éventuellement son adresse et sa fonction.

À la page de samedi, il y avait une dizaine de noms, mais ce n'étaient que des touristes qui avaient voulu laisser une trace de leur passage en essayant quelques bons mots.

Christophe regarda sa montre. Il était presque une heure. Il décida de se remettre à l'ouvrage et d'en finir avec les chiffres des prélèvements d'insectes.

Au bout de quelques minutes, il constata que sa nouvelle assistante avait encore commis une erreur : il retrouvait une *cassida viridis* et une *sanguinolenta*, deux larves, côte à côte avec une *poliste gallicus*, une variété de guêpe. Il fallait tout reprendre, étiquette par étiquette. Il décida qu'il était largement temps de s'accorder le repos du savant et de regagner ses appartements, au premier étage.

En fermant les volets de sa chambre, il vit que le portail de la réserve était ouvert. Il enfila son pantalon, mit ses baskets en bougonnant et sortit dans la nuit grise.

Il aurait pourtant juré avoir fermé le portail avant de se retirer dans son bureau. Cette idée le fit réfléchir : il avait une mémoire absolument infaillible. Il se voyait encore en train de soulever le loquet et se souvenait même avoir pensé une fois de plus à le faire réparer parce que cela faisait des mois qu'il était difficile à bloquer tellement la rouille l'avait grippé.

Quelqu'un s'était donc introduit dans le parc après 19 heures.

Il voulut en avoir le cœur net, prit une lampe torche dans la remise et décida d'aller jusqu'au bout du chemin qui longe le canal du Fournelet ; c'était le seul chemin qu'un visiteur pouvait prendre dans ce bayou minuscule.

Après cinq minutes de marche sinueuse à travers les marigots couverts de frênes et de ronces monstrueuses, il s'arrêta à côté de la cabane de l'observatoire des Aulnes qui surplombe le marais. Il écouta la nuit : d'abord le silence intégral, puis au fur et à mesure qu'il laissait les secondes s'égrener, les petites rumeurs de la nature enflèrent.

Au bout de quelques minutes, il sentit que tout remuait autour de lui : quelques remous très légers dans l'eau stagnante toute proche, des bruits de pas minuscules, très rapides, dans les salicornes, sans doute un rongeur qui fuyait un danger imminent.

Il escalada comme un chat sauvage les marches en bois de l'observatoire. Les eaux dormantes brillaient comme un vieil argent à la face de la lune. Au centre, un chêne mort était venu se planter dans la vase, laissant ses bras hors de l'eau malsaine, comme un noyé qui crie au secours. Sur l'avant du tronc, un petit échassier faisait nuit blanche en observant la soie luisante de l'eau qui l'entourait.

Il fallut un moment au biologiste pour réaliser que le chant des grenouilles s'était arrêté ; il était tellement habitué à leur vacarme incessant qu'il n'y avait pas prêté attention. Mais à présent, Texeira tendait l'oreille : il entendait des batraciens, plus loin, du côté du Vaccarès. Pas dans le périmètre dans lequel il se trouvait. Son expérience lui dit qu'une autre présence étrangère que lui se trouvait sur les lieux.

Et puis, ce furent des bruits de pas, très nets : les roseaux craquaient de l'autre côté du marais, vers la sansouire. Cela venait plus précisément de la cabane des anciens gardians qui se trouvait bien au-delà de la roselière, à environ deux cents mètres.

Tous ses sens en alerte, Christophe écouta. Les bruits de pas s'arrêtèrent. Il pensa tout d'abord à un gros gibier, un sanglier, peut-être un chevreuil échappé d'une réserve de chasse, ou à un taureau qui aurait réussi à franchir les barbelés du mas de Loule, comme cela se produisait assez souvent.

Mais cela ne réglait pas l'ouverture du portail ! Ce devait être un humain, le genre de passionné d'ornithologie qui venait se positionner bien avant que le soleil ne se lève sur les marais pour admirer le ballet matinal des oiseaux de Camargue.

Christophe descendit de l'observatoire, parcourut les derniers mètres de sentier sous les arbres et s'arrêta à l'orée de la sansouire. Au bout, les murs clairs de la cabane et son toit pointu comme un clocher se découpaient nettement dans le gris sombre des tamaris.

Les bruits de pas continuaient, désordonnés, comme si on cherchait quelque chose en bordure de la roselière, à l'autre bout du marais.

Tout à coup, ce furent des remous, on marchait dans l'eau.

Des pas. D'une extraordinaire lourdeur.

Cela rappela à Texeira les grands animaux qu'il avait suivis en Afrique orientale. Il se jeta derrière une salicorne, à plat ventre, pour mieux observer.

C'est alors qu'une étrange voix aigrelette, une voix de haute-contre, comme soufflée dans du cristal, se répandit à la surface des eaux stagnantes.

Lagadigadeu, la tarasco, lagadigadeu...

Puis, une deuxième voix plus virile, grave comme une basse d'orgue, vint se greffer à la première et devint un cri d'effroi qui déchira les ténèbres.

Laïssa passa la vieio masco... Laïssa passa que vaï dansa[1]...

Les deux voix se mêlèrent.

La tarasco dou casteu, la tarasco dou casteu[2]...

Puis, ce fut le silence absolu. Christophe sortit de sa cache, braqua sa lampe en direction des voix, mais il ne vit rien. Il fouilla la nuit, balaya la surface noire du marais. Rien.

Il cria pour se donner du courage : « Je suis Christophe Texeira, le responsable de la réserve, vous n'avez rien à faire ici, je vous demande de sortir... Sortez immédiatement. La plaisanterie a assez duré. »

1. « Laissez-la passer, la vieille sorcière, laissez-la passer qu'elle va danser... »

2. « La Tarasque du château... ».

4

Lundi 6 juillet.

De Palma sonna au cabinet Chandeler et associés, 58, cours Pierre-Puget, à quelques pas du palais de justice, un immeuble cossu gardé par deux atlantes **balès**.

Une voix féminine enrouée par des années de clopes sortit de l'interphone.

– Cabinet Chandeler et associés, je vous écoute.

– Michel De Palma, j'ai rendez-vous avec Monsieur Chandeler.

– Maître Chandeler, c'est au premier. Je vous ouvre.

Michel gravit lentement les marches du vaste escalier tout enguirlandé de fer forgé qui se cavalait vers le puits de lumière du toit.

Il connaissait Chandeler de réputation : un avocat encore jeune spécialisé dans les affaires cousues d'or ; un robin peigné correct, façon US, qui comptait parmi ses clients de gros armateurs et des loups de l'industrie du bronze-cul en pleine expansion sur les rives du Lacydon.

Au début du printemps, Chandeler avait été secoué par deux incorruptibles des stups lors de la mise en examen d'un de ses clients : un grand manitou de l'import-export, le pape du conteneur lui-même conduit à la maison d'arrêt des Baumettes pour trafic de clopes et de cocaïne. Dans cette affaire, les Stups pensaient que

Chandeler avait le cul merdeux, mais ils n'avaient rien pu établir.

– Si vous voulez bien vous asseoir, fit la « voix » de l'interphone, une grande secrétaire blonde maquillée comme une marionnette sicilienne. Je vais prévenir maître Chandeler de votre arrivée.

Elle désigna un canapé en buffle.

Chandeler & associés était un cabinet immense garni de mobilier provençal d'époque et d'objets de collection : une chaise à porteurs du XVIIIe, des anciennes boussoles de marine, quelques toiles d'Ambrogiani... Une vue du port d'Alger de Bascoulès.

Tout ce pognon en vitrine avait dû exciter les grands fauves des Stups qui avaient encore en tête les noms de quelques avocats célèbres surgis des papelards d'auditions des marquis du milieu – comme ça, au passage.

De la réception dans laquelle le Baron se trouvait, on entendait des téléphones se plaindre dans les bureaux voisins et puis des murmures graves ponctués des cliquetis des touches de clavier d'ordinateur.

Un homme immense apparut par une double porte. En deux enjambées, il se trouva devant le Baron et esquissa un sourire qui découvrit ses dents de fauve.

– Monsieur De Palma, je présume. Très heureux que vous soyez venu, dit Chandeler en serrant comme un étau la main de Michel.

– J'ai pas grand-chose à faire en ce moment, répondit le Baron en haussant maladroitement les épaules.

– Alors vous êtes un homme heureux !

Chandeler invita De Palma à s'asseoir et se jeta sur son fauteuil plein cuir.

– Tout d'abord permettez-moi de vous remercier d'avoir accepté de me rencontrer. J'imagine que vous devez vous demander pourquoi ?

Le Baron se contenta de fixer son interlocuteur qui n'arrêtait pas de faire des quarts de cercle sur son fauteuil pivotant, tantôt à droite tantôt à gauche, comme si un axe lui traversait le corps jusqu'au sommet du crâne.

– Et pourquoi vouliez-vous me rencontrer ?

– C'est un peu délicat. Voilà : ma cliente, Madame Steinert, est persuadée que son mari a été assassiné. Malheureusement, la police lui assure qu'il s'agit d'une disparition et que, bien entendu, elle ne peut encore rien faire.

– Depuis combien de temps son mari a-t-il disparu ?

– Depuis cinq jours.

– Pas plus !

– Je vois ce que vous voulez dire, mais sa femme, ma cliente donc, est persuadée qu'il est mort ! Elle a de bonnes raisons de le penser : son mari n'avait pas l'habitude de disparaître comme cela, ce n'était pas une de ces âmes vagabondes, si vous voyez ce que je veux dire.

– Je vois. Par contre je ne saisis pas très bien ce que je peux faire pour vous.

Chandeler cessa de faire des demi-cercles. Il posa ses coudes sur son bureau et joignit ses deux mains en l'air comme s'il s'apprêtait à dire une prière.

– C'est que, voyez-vous, ma cliente n'est pas une femme comme une autre. Avez-vous entendu parler de Steinert-Klug Metal ?

– Non.

– Ah, je comprends, William Steinert, cela ne vous dit peut-être rien ?

– Non, désolé.

– Vous ne lisez pas la presse, alors !

– Vous savez comme moi que les baveux racontent n'importe quoi !

– En tout cas, ils répètent ce que certains leur disent, fit Chandeler en remontant le nœud de sa cravate. Il y a eu un article sur sa disparition, et un article qui me fout dans la merde, pour parler mal !

De Palma fixa l'avocat. Pendant quelques secondes

son interlocuteur soutint son regard, puis il baissa les yeux et farfouilla sur son bureau.

– Tenez, dit-il en lui tendant une coupure de presse. William Steinert était l'un des plus puissants magnats de la métallurgie d'outre-Rhin. Vous imaginez la fortune !

– Mouais, fit De Palma en hochant la tête.

– Et c'est cet homme qui a disparu. Bien entendu, sa famille souhaite que les investigations se fassent dans le plus grand secret pour le moment.

De Palma reposa le papier sur le bureau sans même le lire et jeta un coup d'œil sur le dossier bleu qui était posé devant Chandeler. À l'envers, il put lire : Affaire William Steinert. SK Metal. Rien de plus.

– Je vois que vous en faites déjà une affaire. Qui vous dit qu'il n'a pas simplement disparu quelques jours comme cela arrive avec ce genre de personnage ?

– J'aimerais pouvoir vous donner raison, mais je pense que nous avons devant nous au mieux un accident ou un enlèvement, au pire un assassinat.

De Palma déplia ses jambes et se frotta le menton.

– Attendez, Chandeler. C'est une famille à fric, et par millions de millions, si je comprends bien.

L'avocat hocha la tête et fit un quart de tour sur son siège.

– C'est une famille qui peut tout s'offrir, y compris les services des meilleurs poulets de France et de Navarre.

Chandeler appuya ses deux coudes sur le bureau et croisa les mains.

– Je vois parfaitement où vous voulez en venir, fit-il en jetant un sourire. Laissez-moi d'abord vous dire que vous appartenez à cette race de grands flics ; pendant des semaines la presse que vous n'aimiez pas a parlé de vous. Je me suis laissé dire qu'une décoration allait être donnée dans quelque temps.

De Palma leva la main comme s'il voulait chasser ce genre de flagornerie.

– Ensuite, aussi étonnant que cela puisse vous paraître, il n'y a que très peu de privés qui connaissent parfaitement la région, ses traditions criminelles, son milieu, enfin ce genre de choses... Et vous connaissez tout ça sur le bout des doigts. Pour tout vous dire, c'est moi qui ai pensé à vous. Je ne vous connaissais que par la presse et par les bruits de palais. Je sais donc que vous êtes un grand flic, même si cela vous dérange qu'on parle de vous en ces termes ! Vous collectionnez les belles affaires et les actions d'éclat. Surtout, vous allez au bout. Vous avez le courage pour ça. Et en plus vous êtes celui qui connaît le plus le milieu local, tous vos anciens collègues le disent. Et je pense que ce milieu est impliqué dans cette histoire. Donc voilà.

– Qui vous dit que cette affaire m'intéresse ?

– Rien ne me le dit. Simplement, ma cliente...

– Je ne vous suis pas.

– Ce que je vous propose est, bien entendu, rémunéré et, croyez-moi, vous ne le regretterez pas.

– Vous savez que je n'ai pas le droit d'accepter ! Je suis en congé maladie, mais encore en service et j'entends le rester encore jusqu'à ma retraite.

– Je sais, je sais... Je vous demande juste de votre temps libre pendant quelques jours. De toute façon, cette affaire va être connue dans quelques semaines. Nous ne pourrons pas garder le secret aussi longtemps que nous le souhaitons. Cet article nous fait un mal considérable. Je ne sais pas d'où est sortie l'info... mais bon.

– Qu'est-ce que vous voulez dire ?

– Je veux dire qu'officiellement, du moins jusqu'à aujourd'hui, William Steinert a fait une petite escapade dans les îles. Voilà. Mais, vous savez, dans ce milieu, personne n'est dupe. Vendredi, on commençait déjà à poser des questions. Dès que l'article va remonter dans les sphères, j'ose à peine imaginer le spectacle. Au prochain conseil d'administration, les loups vont sortir du bois. Je ne sais pas si vous me comprenez ?

– Cinq sur cinq. Mais encore une fois, je ne vous serais pas d'un grand secours.

– Ce que je veux vous faire comprendre, c'est que je vais tout faire pour que d'ici une semaine on puisse écarter la thèse de l'enlèvement.

– Ce que vous voulez savoir c'est si oui ou non il y a de la rançon dans l'air.

L'avocat pinça les lèvres et hocha la tête.

– Éventuellement, vous aimeriez savoir surtout si Steinert est encore en vie ?

– Vous lisez en moi comme dans un grand livre ! Enfin, on se comprend, Monsieur De Palma.

– Je ne vous ai pas dit oui.

Chandeler ne répondit pas. Il serra les mâchoires plusieurs fois et fixa un point devant lui.

– Savez-vous dans quel endroit il a disparu ?

– À Tarascon.

De Palma sourit : l'empereur de la machine-outil qui disparaissait dans la ville de Tartarin...

– Je sais, cela peut vous sembler drôle, mais c'est comme cela. William Steinert n'a plus donné de nouvelles depuis le 24 juin.

Pour Michel, Tarascon demeurait un nom et un endroit pas possibles, avec un château flanqué de belles tours et de beaux créneaux tout neufs. Le patelin des Provençaux-première-pression-à-froid. Au beau milieu de la Provence éternelle, dans une ville blanche au bout de l'immense delta du Rhône.

– Pendant deux ou trois jours, sa femme ne s'est pas inquiétée : dans ce milieu, on ne se côtoie pas tous les jours. Puis, elle a passé des coups de fil, en Allemagne, au bureau parisien et voilà, elle a dû se rendre à l'évidence : son mari a bel et bien disparu entre son bureau de Tarascon et le mas qu'il habite à quelques kilomètres de là, à côté des villages de Maussane et d'Eygalières.

Maussane : le triangle du fric en Provence, un coin de snobs, d'artistes sur le déclin et d'autochtones fiers de leurs traditions figées. Tout ce qu'exécrait le Baron.

– Qu'en pensez-vous, Monsieur De Palma ?

Il respira longuement et fit une moue dubitative.

– Je pense que vous soupçonnez quelqu'un ou une quelconque organisation et que vous ne savez pas comment la contacter... Je veux dire que vous ne voulez pas la contacter. C'est pour ça que vous m'avez fait venir et qu'on vous a donné mon téléphone. Sans doute un vieux con à la retraite qui raconte à tout le monde qu'il a été un grand flic. Qu'il a arrêté les grands voyous... Enfin, passons.

« Les détectives privés sont rares dans cette ville... Et c'est vrai, je suis un des derniers flics à pouvoir réciter le bottin du téléphone de la mafia locale sans me tromper sur un numéro. Faut dire que je me suis pas mal mouché dans le code de procédure pénale... Enfin bon, question d'époque.

« Les vieux cons que vous avez rencontrés, eux, ne sont pas à jour. Ils sont en retard d'une fumade ou deux. L'essentiel, quoi ! Moi, je peux vous dire que dès qu'il y a un mec du mitan qui chope un rhume ou qui fait de travers, je le sais. C'est une passion : certains c'est le tiercé, moi c'est le fichier spécial du grand banditisme. Autant vous dire que j'ai mes tontons dans le milieu et que je peux savoir beaucoup de choses.

Chandeler toussa légèrement et retourna nerveusement le dossier Steinert. De Palma posa sa main à plat sur le bureau de l'avocat.

– Vous savez, Chandeler, j'en sais beaucoup sur le milieu et pourtant je suis resté droit comme un i. Les deux pieds dans la fosse à purin mais droit. De quoi écrire un livre quand je serai moi aussi un vieux con... Bref, comme font tous les vieux cons qui croient qu'ils ont servi à quelque chose sur cette terre.

– Je vois qu'on ne peut pas biaiser avec vous...

– Désolé, monsieur l'avocat, mais c'est pas vraiment le genre des flics de mon gabarit d'aider des hommes tels que vous...

– Qu'est-ce que vous voulez dire par là ?

– J'aime pas vos meubles, ni votre secrétaire, ni vos chaussures...

Chandeler reçut le paquet de mer en pleine figure. Il ne releva pas et comprit la menace à peine voilée que le flic venait de lui faire.

– Je regrette, Monsieur De Palma. Je croyais qu'on pouvait s'entendre, mais tant pis.

De Palma se leva et s'étira sans quitter des yeux l'avocat.

– Monsieur De Palma, si jamais vous changez d'avis, n'hésitez pas à me téléphoner, même tard le soir. Je pense que vous avez enregistré mon portable !

*
**

Quand il poussa la porte de la librairie Rivière, dans le centre de Tarascon, il fit mine de ne pas voir la marchande de livres qui lui destinait un large sourire. Elle était pourtant mignonne avec ses dents de lait et ses yeux de Mireille timide.

Il se dirigea directement vers le rayon « Provence », le seul qui était proche de la vitrine et qui permettait d'avoir un point de vue sur le Bar des Amis, de l'autre côté de la rue de la Mairie.

Il prit un énorme bouquin de luxe qui traitait de la Provence depuis le paléolithique jusqu'à nos jours en passant par la gloire romaine, les grandes et les petites guerres, les tartarinades et les pitreries de la tradition. Il y avait de belles images : Arlésiennes, costumes centenaires, champs de lavande de l'abbaye de Sénanque, Gitans au pèlerinage des Saintes-Maries, Crins blancs et longues cornes en parenthèses dans la Camargue à demi noyée par les eaux saumâtres, oiseaux rares... Aucune spatule blanche. Dommage.

En face, de l'autre côté de la rue, le patron du bar des Amis sortit sur le trottoir et fit de grands gestes circulaires avec ses bras poilus pour chasser de ses poumons goudronneux l'air malsain de son rade.

Il reposa son livre et chercha un titre sur les étagères en gardant un œil sur les allées et venues du bar des Amis.

– Vous cherchez quelque chose en particulier, Monsieur ?

– Euh, non, fit-il sans détourner les yeux de son objectif. C'est pour un cadeau, j'ai pas encore déterminé mon choix.

– Je peux vous conseiller, peut-être ?

– Non, ne vous tracassez pas, je vous remercie.

La jolie marchande de livres se retira avec un sourire fin et disparut dans les rayons des poches.

Il vit apparaître celui qu'il cherchait : Christian Rey, en train de pénétrer dans le Bar des Amis. Moins d'une minute plus tard, un autre homme entra, quelqu'un qu'il n'avait jamais vu, grand, démarche chaloupeuse, cheveux gris, et qui pouvait très bien être un client.

– Tenez, je vais prendre celui-là, dit l'homme à la libraire en lui tendant *Mémoires et récits* de Frédéric Mistral.

– Je vous fais un paquet cadeau ?

– Non, non, je suis assez pressé en fait, dit-il en tendant l'appoint.

Il déposa *Mémoires et récits* au fond de son sac à dos et sortit. Les premiers touristes avaient fait leur apparition. Il marcha rapidement, tourna dans la première ruelle à droite, s'arrêta dans l'embrasure d'une porte cochère comme s'il suivait un programme bien précis et, avec des gestes mécaniques, sortit de son sac une veste de coton et une casquette US. Pour terminer, il ajouta une paire de lunettes de soleil claires et sortit son Nikon monté d'un deux cents millimètres.

Il refit le chemin inverse et s'arrêta un moment pour observer son reflet dans la vitrine du pharmacien : il estima que son déguisement suffisait pour enfumer d'éventuels témoins. Quoi qu'il arrive, il serait le monsieur à casquette avec des lunettes de soleil et un appareil photo. Rien de plus banal dans une rue de Tarascon, en pleine saison estivale.

Moins d'une minute plus tard, il entrait au bar des Amis et commandait un demi au comptoir en montrant du doigt le robinet de Leffe. Comme ça, il serait l'homme à casquette qui, en plus, ne parlait pas le français.

Le vrai touriste qui passait par là.

Le patron, un grand Corse au teint gris et à l'œil rieur, posa le verre de bière devant lui et continua d'astiquer le zinc en silence, en jetant de temps en temps un coup d'œil sur l'écran de télé qui diffusait les meilleurs moments des matches du championnat de foot de cette année.

Tout à coup, Christian Rey sortit de l'arrière-salle comme une ombre, accompagné de Cheveux-gris ; les deux hommes échangèrent quelques mots. Il en profita pour payer et sortir du bar.

Rey et Cheveux-gris : c'était un élément nouveau. Toutefois, cela ne le dérangeait pas et ne compliquait absolument pas la mission qu'il s'était donnée. Peut-être faudrait-il aussi éliminer Cheveux-gris ? Ça n'avait pas d'importance. Un de plus, un de moins. Il prit deux clichés devant le bar, puis Rey prit à gauche, Cheveux-gris à droite.

L'homme par contre dut se changer une deuxième fois, rapidement à l'angle de la rue de la Mairie. Il savait que Rey était un malin et il ne voulait pas prendre de risques. Il enleva veste et lunettes et passa un polo rouge.

Rey s'arrêta au bar Chez François, puis en face de la

mairie, au Narval, et enfin au Bar de la Fontaine, pas loin des remparts du château du roi René... À chaque fois, le scénario était le même : il entrait, serrait quelques mains et ressortait, quelques minutes plus tard, avec un paquet dissimulé dans un emballage de supermarché. À chaque fois l'homme prenait des photos.

Rey se dirigea ensuite vers le parking du château et monta dans sa Kompressor cabriolet. L'homme le suivit des yeux dans la circulation et le lâcha quand il emprunta le pont qui enjambe le Rhône pour rejoindre Beaucaire.

La matinée avait été suffisamment riche, il savait maintenant à quel endroit précisément il capturerait Christian Rey.

Ensuite, il l'emmènerait jusqu'à la bête.

Il était temps.

5

De Palma la vit alors qu'il passait devant le monument aux morts des guerres d'Orient. Elle se tenait de l'autre côté de la corniche Kennedy, face au large, sur le pont de pierres blanches qui enjambe la crique du vallon des Auffes.

De loin, il ne distinguait pas bien son visage. C'était une belle femme blonde, à la silhouette élancée. « Sans doute une étrangère qui profite des dernières lumières du jour pour tirer le portrait à la Bonne Mère. »

Comme des milliers de touristes.

Mais la femme n'avait ni appareil photo ni caméscope, tout juste un sac noir en bandoulière et elle semblait l'observer.

De Palma s'arrêta un instant et s'appuya sur la grille en fer forgé du monument aux morts. La pluie approchait. À l'autre bout du port autonome, les cités des quartiers nord se fondaient dans la lumière sale de cette fin de journée.

Une vedette des douanes sortit de la passe Sainte-Marie en glissant sur la mer d'huile. Depuis quelque temps, les douanes avaient décidé de démanteler les réseaux de contrebande de cigarettes. Les gabelous tapaient tous les navires en provenance du Maghreb. Machinalement, De Palma porta son regard sur sa gauche et aperçut au loin, dans la grisaille, l'*El Djezaïr* qui glissait calmement entre le château d'If et l'archipel du Frioul.

Le bruit des voitures qui défilaient sur la corniche envahissait l'air par-dessus les garde-fous pour se répandre sur la mer. De Palma s'arrêta devant le bar Le Grand Bleu, passa la tête à l'intérieur et commanda une bière en faisant signe au serveur qu'il allait s'asseoir en terrasse.

Il s'installa face à la mer, de manière à tourner le dos aux grondements des voitures. Une migraine commençait à se manifester. Il ferma les yeux et prit de longues respirations, comme pour repousser les mâchoires d'un étau.

– Bonjour, Monsieur De Palma.

Il ouvrit les yeux, une violente poussée d'adrénaline le cloua sur son fauteuil. La créature qu'il avait aperçue devant le monument aux morts était là devant lui. C'était Isabelle Mercier qui le fixait de ses yeux en amande.

Pendant quelques secondes, De Palma considéra qu'il se vautrait dans l'une de ces hallucinations dont il était devenu familier. Ses mains tremblaient légèrement, il les dissimula sous la table.

– Pardonnez-moi de me présenter à vous de manière aussi cavalière... Je m'appelle Ingrid Steinert.

Depuis sa rencontre avec Chandeler, il croyait cette affaire de milliardaire allemand définitivement enterrée. Il prit la main douce qu'Ingrid Steinert lui tendit et son contact le mit mal à l'aise.

– Bonjour, Madame Steinert... Je vous en prie, asseyez-vous. Je peux vous offrir quelque chose à boire ?

Ingrid portait un énorme diamant au majeur ; un bijou luxueux comme ceux qu'on trouve dans les vitrines de la place Vendôme ou dans les scellés de cambriolages fameux.

– Mmm, fit-elle en pinçant les lèvres, je prendrai volontiers un pastis...

Ingrid Steinert fixa longuement le Baron. La ressemblance avec Isabelle Mercier était frappante. Elle avait de grands yeux bleus très purs qui cajolaient tout ce qu'ils voyaient. Des grands yeux bleus qui tiraient sur le turquoise quand elle changeait d'humeur subitement.

Elle sortit de son sac un étui à cigarettes en cuir et or qu'elle ouvrit délicatement.

– Vous désirez une cigarette ?

– Non merci, je ne fume plus...

Il sentit dans le regard de cette femme qu'il déguisait mal son trouble. Il toussa légèrement et sa curiosité fut attirée par l'alliance au doigt d'Ingrid Steinert, assortie au solitaire et aux boucles d'oreilles. Une véritable fortune.

– Que puis-je faire pour vous, Madame Steinert ?

Le regard d'Ingrid se voila légèrement, elle passa la pointe de ses doigts délicats dans la mèche de ses cheveux. De Palma s'aperçut qu'il l'avait contrariée et regretta immédiatement ses manières brusques. Il se sentait gêné, Ingrid s'en aperçut.

– Mon homme de loi vous a rencontré et il m'a dit que vous ne vouliez pas m'aider. Mais aujourd'hui, je viens personnellement vous voir.

– Vous n'avez pas perdu de temps ! Vous ne devez pas avoir l'habitude qu'on vous refuse quelque chose, c'est ça ?

– Vous avez tout à fait raison, mais ce n'est pas pour cela que je me suis déplacée.

– Comment m'avez-vous trouvé ?

– Ce n'est pas bien difficile, fit-elle en portant son regard vers un homme qui restait debout de l'autre côté de l'avenue.

De Palma aperçut un garde du corps, puis un autre : deux mastards, sans doute des Teutons, qui tentaient de se faire discrets parmi les minots de Malmousque en train de taper dans le ballon.

– Vous vous déplacez toujours avec ces deux pitres ?

– Depuis la mort de mon mari, oui. Ils sont trois en fait. Le prix de ma sécurité.

De Palma avala une gorgée de bière et reposa son verre si fort sur la table que le liquide jaillit par-dessus le col du verre et éclaboussa l'étui à cigarettes d'Ingrid.

– Malheureusement, Madame Steinert, je vais devoir vous répéter ce que j'ai déjà dit à votre avocat : je ne peux ni ne veux rien faire pour vous.

Elle ne répondit pas et se contenta de porter délicatement son verre de pastis au bord de ses lèvres sans quitter des yeux le Baron. Un voilier s'avançait imperceptiblement vers le Vieux-Port, le foc tendu par un reste de vent. Pour la première fois depuis de longs mois, De Palma éprouva un sentiment de crainte. Il observa Ingrid Steinert et s'aperçut que quelque chose était en train de se jouer sans qu'il puisse contrôler le déroulement de la partie.

– Cela vous surprend-il, dit-elle d'un air moqueur, qu'une femme puisse s'adresser directement à vous ?

– Une femme telle que vous, oui.

– Pourquoi ?

– Parce que vous êtes extrêmement riche et que vous pouvez vous payer des hommes tels que moi comme vous le voulez, sans avoir à vous déplacer !

– C'est ce que vous croyez. Ne vous diminuez pas ! L'argent ne peut pas tout, et le temps presse. *Es ist höchste Zeit !* comme on dit en allemand.

Ingrid ouvrit son étui à cigarettes une seconde fois. Ses doigts paniquaient légèrement. Elle porta son regard en direction des îles.

– Il faut que vous m'aidiez, Monsieur De Palma.

Sa voix venait de s'assombrir, on aurait pu dire qu'elle passait tout d'un coup des éclats du mode majeur aux méandres secrets des tonalités mineures. Tout son corps se tendait. De Palma éprouva de la sympathie pour cette femme.

– Vous avez entendu parler de mon mari, William Steinert, n'est-ce pas ?

– Non, désolé.

Le visage d'Ingrid Steinert se durcit, son menton s'avança comme pour marquer sa détermination. Elle croisa les mains sur la table. Au loin, les collines de l'Estaque s'estompaient dans le soir. À Mourepiane, les portiques illuminés fardaient les rouliers en partance pour le Maghreb et la mer Noire.

– Mon mari a été assassiné, lança-t-elle sans émotion. Je veux retrouver celui ou ceux qui ont fait ça.

– Écoutez, je comprends votre désarroi, mais je ne peux pas vous aider. Vraiment je ne peux pas, en plus je n'en ai pas le droit.

– Qui vous parle de droit ! Les policiers de Tarascon vont classer l'affaire. Pour eux mon mari a disparu et ils ne peuvent rien faire ! Tout le monde refuse de me croire. Qu'est-ce que tout cela veut dire ?

Elle ne décroisait pas les mains, ce qui lui donnait encore plus de fermeté dans son attitude.

– Écoutez, je vous conseille d'aller voir la justice, le procureur, et d'essayer de faire ouvrir une enquête. Chandeler aurait dû vous conseiller cela aussi. Il y a de très bons policiers à la brigade criminelle de Marseille, à l'antenne de Tarascon aussi, d'ailleurs. J'y ai un vieil ami à qui je peux téléphoner, si vous le désirez. Vous pourriez...

– Il y a des choses que je ne peux pas vous dire ici. Il faut, bien entendu, que l'on se revoie.

Et elle s'empressa d'ajouter :

– Si vous le souhaitez, bien sûr. Sachez que l'argent n'est pas un problème.

De Palma garda le silence pendant un long moment. La migraine refaisait son apparition, il se massa légèrement les tempes. Ingrid Steinert guettait la moindre de ses réactions. Il leva les yeux et croisa son regard intense.

– Bon, demain, je vais essayer de me renseigner sur le dossier de votre mari.

Les lumières des cargos pour la Corse s'éclairaient les unes après les autres. Le vent avait encore fléchi, pratiquement plus un souffle d'air.

– Je vous remercie.

– Mais, soyons bien d'accord, je ne vous promets rien.

Quelque chose au fond de son âme lui dit qu'Ingrid Steinert venait de le ramasser dans ses filets. Il eut envie d'être méchant, mais il ravala ses sentiments. La femme qui se tenait devant lui ne cherchait pas seulement à élucider la mort de son mari ; d'ailleurs, tout au long de la conversation, elle n'avait prononcé qu'une seule fois son prénom et n'avait pas montré le moindre signe de tristesse. L'angoisse mais pas la tristesse.

– Tenez, voici ma carte, dit-elle, il y a toutes mes adresses et tous mes téléphones, personnels et professionnels. Vous pouvez me joindre quand vous le désirez.

Elle lui offrit un large sourire et leva son verre doucement sans le quitter des yeux. Il eut l'impression qu'elle allait porter un toast à une improbable coopération.

– Essayez surtout les portables, dit-elle d'une voix étrangement assourdie, c'est plus sûr.

Au moment où elle se leva, une Mercedes 500, immatriculée en Allemagne, se rangea le long du trottoir. De Palma ne comprit pas comment Ingrid avait pu prévenir ses molosses de son départ imminent. Le chauffeur sortit et ouvrit la porte. Ingrid disparut derrière les vitres fumées.

Quelques voiliers erraient dans la rade de Marsiho, poussés par leurs moteurs auxiliaires. En doublant la digue du large, le *Danièle-Casanova* lâcha deux coups de sirène qui emplirent l'infini.

*
**

Michel tourna un bon moment dans le petit quartier de Malmousque avant de mettre la main sur sa nouvelle acquisition : un vieux coupé Alfa Romeo Giuletta, rouge sur chromes, qu'il avait marchandé quelques jours après sa sortie d'hôpital à un vieux collectionneur de Mazargues.

Au bout d'une dizaine de minutes, il retrouva sa caisse de légende garée dans la traverse de la Cascade et dut admettre, une fois de plus, qu'il souffrait de troubles de la mémoire.

D'une marche arrière périlleuse, il remonta la traverse de la Cascade et s'engagea sur la corniche Kennedy. La circulation s'épaississait, grumeleuse par endroits, carrément pâteuse à d'autres ; la plupart des Marseillais qui travaillaient en ville rejoignaient les quartiers sud en empruntant la corniche.

La Giuletta chauffait. Le Baron serra les mâchoires, l'œil asservi au thermomètre de bord. Ses nerfs se tendirent comme des câbles d'acier ; sans doute un effet du sevrage qu'il s'imposait. Depuis son « accident », l'alcool le travaillait au corps comme jamais, lui cisaillait les terminaisons nerveuses les unes après les autres.

Au loin, à l'autre bout de la rade, l'unique rayon de soleil de la journée traversa en diagonale la grisaille qui drapait l'île Maïre. De Palma crut percevoir un signe des éléments : c'était là que des années plus tôt il avait embrassé Marie, son ex-femme, pour la première fois. De temps à autre, les jours de nostalgie, il allait en face de Maïre compter les vagues. La pointe de Maïre avait été pendant longtemps son omphalos, le centre de son existence, mais, aujourd'hui, il n'en était plus aussi sûr. Il cherchait un nouveau centre.

En bas de la corniche, il contourna la statue de *David* et laissa la mer calme dans son dos. Les longues griffes rouges des feux stop des bagnoles saignaient la perspective du Prado et donnaient l'impression qu'elles remontaient jusqu'aux collines de Saint-Loup. Il glissa un CD dans son baladeur et plaça les écouteurs sur les oreilles : Mozart, de la musique de Boche, comme disait Jean-Louis Maistre qui préférait les mélodies rondes et gorgées de cuivres des maîtres italiens.

C'est moi l'oiseleur
Toujours joyeux, hop là !
Je suis connu comme oiseleur
Des jeunes et des vieux dans tout le pays.

Le visage d'Ingrid Steinert s'imposa à lui, comme une évidence par-dessus les embouteillages, son nez droit, l'ovale parfait du visage, le regard turquoise qui perçait les tôles les plus épaisses.

Isabelle Mercier.

Le monde réel qui jouait des tours de con.

Le flic en mal de tout.

L'assidu des idées ténébreuses.

Un léger picotement lui fit froncer les sourcils. Une nouvelle migraine. Il chassa les images de ces deux femmes.

Je suis connu comme oiseleur
Des jeunes et des vieux dans tout le pays.
Si je voulais des filles, je les attraperais par [douzaines !

Il se faufila sur Rabatau et doubla toute la file de voitures scotchées au bitume avant de s'engouffrer dans les zones industrielles qui encerclent le quartier de la Capelette.

Si toutes les filles étaient à moi
Je les échangerais contre du sucre :
Et tout ce sucre, je le donnerais
À celle qui aurait ma préférence.

Devant l'ancienne usine de soufre à moitié démontée, il évita les matelas et les machines à laver ruinées qui traînaient sur les pavés. Il baissa la vitre pour sentir l'air filer sur son visage ; ça sentait toujours la même odeur électrique que quand il était gamin et qu'il entraînait les filles dans ces rues mortes pour les peloter pendant que les copains suaient sur la géométrie euclidienne.

Une fois chez lui, le Baron tira les rideaux de la porte-fenêtre qui donnait sur le parc de la résidence Paul-Verlaine. La nuit tombait, la lumière orange du lampadaire public dégoulinait sur l'écorce grise et noire d'un grand pin maritime.

Jean-Louis Maistre sonna. De Palma ne se souvenait plus qu'il lui avait donné rendez-vous.

– Pardonne-moi, Gros, j'ai de la gelée à la place de la cervelle en ce moment.

– Pas grave, fit Maistre en se posant sur une chaise. Tu as des nouvelles pour ta médaille ?

– Non, pourquoi ?

– Théoriquement, ça devrait pas tarder.

– Je m'en fous...

– Allez, fais pas le flic romantique. Un peu de reconnaissance, ça fait de mal à personne !

Maistre était l'exact inverse de De Palma : court sur pattes, épais et le visage lumineux sous une crinière noire. Toujours prêt à rire de tout, même des coups les plus tordus. Les deux amis s'étaient connus à la Criminelle, au 36 quai des Orfèvres, le saint des saints de la PJ. Une amitié qu'ils avaient peaufinée pendant les longues soirées de permanence en troquant le calibre contre des packs de bière.

Quand le Baron avait regagné Marseille, Jean-Louis avait suivi. Aujourd'hui, il avait femme et enfants, avait lâché la PJ et pantouflait à la Sécurité publique.

– Dis-moi, Gros, William Steinert ça te dit quelque chose ?

– Tu devrais venir dans la vraie police, Baron, ça te permettrait de te tenir un petit peu au courant. Nous, à la Sécurité, on est au jus ! On a un avis de recherche le concernant. C'est tombé ce matin. C'est bien le milliardaire allemand qui vivait en Provence ?

– Affirmatif. Tu as rien d'autre ?

– Négatif, Monsieur le policier. À part cet avis de recherche en date du 10 juillet. Aujourd'hui, quoi !

Le visage de Maistre portait de fines rides qui annonçaient la vieillesse, des veines fines et roses couraient sur ses joues grasses.

– Pourquoi tu t'intéresses à Steinert ?

– Bonne question ! Sa femme m'a demandé de le retrouver.

– Comme ça !

– C'est comme je te le dis.

Maistre éclata de rire. Il croisa les bras sur son estomac et laissa un blanc dans leur discussion.

– Ça me plairait bien de jouer les privés, moi aussi.

De Palma souffla.

– Il y a un truc qui m'inquiète.

– Raconte.

– Elle ressemble à Isabelle.

Encore une fois, Maistre imposa le silence. Il réfléchissait, essayant de trouver la phrase juste. Le Baron interpréta son silence comme une marque de défiance : son ami doutait de son état mental.

– Quand est-ce qu'on se revoit, Baron ?

– Sais pas.

– Ce week-end, ça te dit ? Les enfants ne sont pas encore partis en vacances. Ça leur ferait plaisir de te voir.

– D'accord pour ce week-end.

Maistre se leva, prit un CD sur l'étagère qui se trouvait proche de lui et fit mine de lire la jaquette.

– Au fait, maintenant que j'y pense : pour le moment c'est la poulaille de Tarascon qui a l'enquête. En tout cas, c'est elle qui a lancé l'avis. Je pense que ça va finir en PJ, ce truc.

– Tu crois que Marceau est au courant ?

– À mon avis, il l'est. C'est toujours lui qui gère ce genre de trucs.

– Tu es comment avec lui ?

– Je l'ai pas vu depuis longtemps, mais la dernière fois, ça allait. On a bien parlé, comme deux flicards qui s'échangent des souvenirs.

– C'est drôle de le retrouver lui aussi dans cette histoire.

Maistre ouvrit des yeux ronds et fit un geste négatif de la tête.

– Michel, c'est une coïncidence. C'est vrai que Marceau était avec nous quand l'affaire Mercier nous est tombée dessus, mais ça s'arrête là.

– Il a beaucoup travaillé dessus...

– On était trois jeunes poulets de la même promo et on est tombé sur une affaire qui nous a tous touchés. Isabelle nous a marqués. Et Marceau peut-être plus qu'on ne le croit.

– Tu as raison, Gros, je vais passer le voir à Tarascon.

– Ça lui fera plaisir.

Le Baron passa son index sur la rangée de disques et choisit *The Court of the Crimson King*. Il le glissa dans le mange-CD, se servit un Aberlour et se vautra sur le fauteuil.

– Tu fais dans la pop, maintenant ?

– C'était ce que tu me faisais écouter pendant les planques, tu te souviens ?

– Comme si c'était hier. On fumait les scellés, aussi.

Maistre eut une drôle d'expression, les yeux en accent circonflexe. Il se gratta le bout du nez et haussa les épaules.

– Je crois que j'ai trouvé un bateau, Baron.

– Un **pointu** ?

– Affirmatif. C'est un gars de la Pointe-Rouge qui le vend.

– On ira à la pêche avec Crimson à fond dans les oreilles.

Dans la nuit de la Capelette, les usines faisaient des masses noires aux angles droits. Le Baron porta son regard vers ces ruines du temps cruel.

C'était devant le grand mur de la fabrique des casques coloniaux que les **nistons** du quartier se frappaient avec les trompettes de la Pauline ou de Saint-Loup. À coups de chaîne de vélo et de manche à balai clouté.

Michel était souvent le dernier à partir en castagne, c'était le plus violent aussi. Une violence qu'il avait mise en cage, avec des barreaux d'alcool et de musique ; de poésie maladroite quand il était plus jeune.

La **Marsiho** du Baron savait rendre méchants les minots les plus doux ; elle ne les berçait ni de folklore, ni de bonnes intentions, mais de violence et de pognon étincelant.

À la Capelette, les modèles étaient les gouapes du coin, ceux du Bar de l'Avenir, sous le pont du chemin de fer qui traversait le quartier pour finir au terminal des poubelles municipales. Les durs de l'Avenir étaient les seuls qui avaient un tant soit peu de prestige, une réussite qui leur collait au cul comme de la merde. C'étaient tous des Ritals, fiers d'être marseillais, malgré le cadastre d'injustice de la grande cité blanche.

Les autres, la masse branlante des prolos, ils travaillaient comme des nuls ; les plus malins allaient s'esquinter la cervelle, après leurs huit heures, à la cellule du Parti et refaisaient le monde à coups de mots d'ordre staliniens en se torchant les yeux dans *La Marseillaise*.

Le Baron était né de ce quartier, mais ne lui avait jamais appartenu. Il n'avait jamais parlé fort au comptoir des rades, les pieds **tanqués** dans la sciure en faisant danser les mains comme le font les vulgaires des sujets télé.

Simplement, quand il passait sur le trottoir et qu'il croisait un ami d'enfance plusieurs fois embastillé, il lui faisait la bise en posant la main sur l'épaule. Comme le font les hommes, pas les héros à l'accent d'ail que se donnent les intellos. Les regards se croisaient ; les banalités lourdes comme des secrets tombaient sur le goudron en fusion. Rien de plus. Le vrai Marseillais est silencieux.

6

Le vendredi 10 juillet, à 5 h 30, il pleuvait sur **Marsiho** ; une douche fine qui venait du large.

Depuis la voie rapide qui surplombe le port autonome, on pouvait apercevoir les reflets jaunes des lampadaires sur le ventre des cargos ruisselant de pluie. Anne Moracchini et Daniel Moreno roulaient sans dire un mot, la bouche amère du premier café et les yeux encore gonflés de sommeil.

Le capitaine Moracchini, la seule femme de la criminelle, n'aimait pas la pluie ; ça lui rappelait ses premières années de PJ à Versailles.

– Daniel, tu as pensé au buvard ?

– Oui, Anne, soupira Moreno, il est dans ta petite mallette.

Daniel Moreno se demandait si l'humeur explosive de son chef allait passer, ou si elle était comme ça à chaque fois qu'elle tapait un voyou à l'heure du laitier. Il ignorait qu'Anne n'aimait pas la pluie du tout, encore moins à 6 heures du matin, un jour d'interpellation délicate dans une traviole du village de Saint-André. À croire que le mauvais ange des criminels lui mettait des bâtons dans les roues.

– Daniel, c'est quoi ton parfum ?

– *Habit rouge.*

– Le matin, comme ça, choisis. *Pour un homme* de

Caron, c'est tout aussi viril et ça m'agresse moins les naseaux.

Le lieutenant Moreno venait juste d'arriver à la Criminelle. Physique de bellâtre, la démarche de fauve relax, il semblait avoir été moulé pour son nouveau boulot : un sang-froid à toute épreuve, un cerveau qui phosphorait encore et une véritable croyance en sa mission. Il venait des BAC [1], avait passé le concours d'officier et avait intégré la Criminelle, celle de Marseille, son vœu le plus cher.

Sur la place de l'église de Saint-André, Anne regarda la pendule de bord de la Xsara.

– Bon, qu'est-ce qui foutent, la BRI [2], ils sont pas encore là ! Il est six heures, maintenant !

– Peut-être qu'ils se sont perdus ?

– Ne le dis pas en rigolant, Daniel...

Une Mégane apparut, tous feux éteints, au bout de la rue des Varces, suivie par une 306.

– Regarde-moi-les, dit Anne en passant machinalement sa main sur son Manurhin, ils sont pas beaux ?

– En tout cas, ils sont à l'heure, pile poil...

– Mouais, fit-elle en crachant son chewing-gum par la portière.

Une troisième voiture banalisée vint se garer derrière la Xsara.

– Combien on est en tout, Anne ?

– Onze...

Anne sortit et tendit la main au capitaine Bonniol, de la BRI.

– C'est là, dit elle en désignant le numéro 32, à moitié effacé.

C'était une maisonnette branlante en retrait de la ruelle ; une grille rouillée rafistolée avec des fers à béton donnait sur un jardinet planté d'iris et de rosiers rabou-

1. Brigade anticriminalité.
2. Brigade de recherches et d'intervention.

gris, à gauche un garage préfabriqué et au fond la maison avec chambre dans les soupentes, une de ces turnes d'avant-guerre que des manœuvres italiens avaient montée le week-end avec des matériaux bougés sur les chantiers. Histoire de se sortir du bidonville.

Discrétion assurée.

Anne dégaina son 357, fit signe aux mastards de la BRI de se tenir en retrait et balança quatre violents coups de pied qui faillirent démolir la porte.

– Ce sont les forces de police, Monsieur Casetti, cria Anne en manquant s'égosiller. Ouvrez !

Nouveaux coups de pieds, Anne fit un signe à Daniel.

– Ce sont les forces de police, lâcha Daniel d'une voix presque douce, soyez raisonnable, Monsieur Casetti.

– On force la porte, Anne ?

– Et pourquoi pas le GIPN et TF1 tant qu'on y est ! Tu plaisantes ou quoi ? On se le fait à l'ancienne, il va venir nous ouvrir bien gentiment.

– Un doigt dans le cul et l'autre dans le nez, lâcha Bonniol.

– Très fin, collègue... Très fin.

Au même moment, une lumière traversa les persiennes de la chambre à coucher. La culasse d'un fusil à pompe claqua dans l'air.

– Je suis le capitaine Moracchini, de la Brigade criminelle, j'ai une commission rogatoire du juge... On se connaît déjà, Jean-Luc... Ouvrez-moi.

Le scénario se déroula comme Anne et Daniel l'avaient prévu de longue date. La porte s'entrouvrit à peine, une silhouette et deux yeux brillèrent dans la pénombre. D'un coup de pied d'une violence inouïe, Daniel frappa le bas de la porte, Anne pointa son revolver vers Casetti, livide et en slip.

– Pas de connerie, Jean-Luc, surtout ne fais pas de connerie. Tu mets les mains bien en vue et tu te retournes.

Jean-Luc Casetti, en voyou rompu aux interpellations,

se tourna et offrit ses poignets à l'officier de police. Bonniol actionna l'interrupteur de la cuisine, une lumière verdâtre descendit du néon suspendu au plafond.

– Ne serrez pas trop, s'il vous plaît, dit-il, suppliant.

– T'inquiète, Jean-Luc. C'est pas la première fois, tu me connais !

Anne releva Casetti et le fit asseoir à la table de la cuisine.

– On a une commission rogatoire...

Casetti secoua la tête et leva les yeux au ciel.

– On vient te chercher parce qu'on te soupçonne d'être impliqué dans une affaire d'attaque de fourgon. Donc à partir de maintenant – Il est 6 heures passé de 10 minutes – tu es placé en garde à vue... Tu pourras, tout à l'heure, si tu le désires, voir un avocat et même un médecin. Ça va, t'as pas de problèmes en ce moment ?

– Non, c'est la pleine forme.

Jean-Luc Casetti était de taille modeste, avec de petits yeux rieurs qui regardaient dans tous les sens. Un tuyau, émanant d'un Gitan, Bagdad de la Cayolle, l'avait donné comme porte-flingue dans l'affaire du double assassinat des époux Ferri ; après deux ans de vaches maigres à l'antenne du SRPJ de Nice, François Delpiano, le nouveau patron de la Criminelle, avait sauté sur l'occasion pour tenter sa première belle affaire à Marseille. Anne, cependant, était persuadée que le tuyau était percé de part en part. Elle avait eu beau répéter à Delpiano que les bras cassés de la Cayolle n'avaient rien à voir avec le mitan marseillais, Delpiano n'avait pas voulu en démordre, il avait juste accepté qu'on aille chercher Casetti pour un braquage de fourgon afin de ne pas éveiller les craintes des commanditaires du double assassinat...

– Casetti, le braqueur de fourgon... S'il vous plaît, Madame l'inspecteur, pas ça devant les petits. Dites rien.

– Ô Jean-Luc, je suis capitaine, maintenant ! dit Anne pour détendre un peu l'atmosphère.

Une fillette d'environ onze ans, robe de chambre constellée de fleurs bleues sur ses épaules osseuses et pantoufles en éponge aux pieds, se tenait dans l'embrasure de la porte de la cuisine.

– Bonjour, dit Anne le plus simplement du monde, en tentant un sourire en direction de la fillette qui l'observait les yeux grands ouverts.

– Bonjour, Madame.

– Comment tu t'appelles ?

– Elle s'appelle Marion, trancha Casetti avec une certaine fierté.

– Tu avais un garçon aussi, non ? Un grand...

– Christophe ! Il est en prison.

– Et pourquoi ?

– Comme son con de père !

– Y en a pour lourd ?

– Dix ans.

– Putain, dix ans, Jean-Luc, c'est pas une vie, ça !

Malgré des années de police, Anne ressentait toujours la même impression de gêne quand un voyou lui parlait sur un ton aussi froid des malheurs des siens. Les coups de la justice semblaient pleuvoir sur la famille Casetti sans jamais les toucher. Ils entraient et sortaient de prison et semblaient accepter ces allées et venues entre le monde libre et « dedans » comme les conditions d'un contrat. Un contrat avec souvent l'exécution au 11.43 pour solde de tous comptes.

– On va perquisitionner ta maison, Jean-Luc. Tu as rien à me dire avant qu'on commence et qu'on le trouve nous-mêmes ?

– Y a nibe, ici. Rien de rien, fit-il en désignant le couloir d'où venait de sortir sa femme avec le dernier né de la famille Casetti dans les bras.

– Voici mon dernier, Pierre. Il a tout juste trois ans.

Anne et Daniel se regardèrent en silence. La femme de Casetti, les yeux encore rouges de sommeil, posa son garçon par terre. Le minot s'avança aussitôt vers son père et l'attrapa par les menottes en faisant de larges sourires. Moreno regarda dans une autre direction.

– Bon, Jean-Luc, on va te faire cracher sur un buvard pour prendre ton empreinte génétique. Tu sais, l'ADN, tu connais... Ensuite tu viens avec nous et si y a rien, tu es rentré dans la matinée de demain. On est d'accord comme ça ?

– Ma foi, vous venez à deux cents avec des calibres ! On dirait la guerre de Napoléon. L'autre là-bas, il a le fusil à pompe avec de la chevrotine et vous me demandez si je suis d'accord ?

– C'est vrai, hurla presque Madame Casetti en levant la main en direction de Bonniol, la dernière fois que vous êtes venu, vous étiez deux, avec le grand policier, celui qui était dans le journal. Comment il s'appelle ?

– Le commandant De Palma.

– Voilà, oui. Lui, c'est un homme. Il risque sa vie. Tout le monde le sait. Y a du respect des gens. Il a pas besoin de venir à dix. Je parle pas pour vous, Madame. Vous, je sais que vous êtes correcte. Mais lui, là-bas, fit-elle en désignant un **balès** de la BRI pointer un fusil sur des enfants, vous avez pas honte ?

Bonniol faillit ouvrir sa grande gueule, mais Anne le regarda avec fureur.

Il y a cinq ans, sur ordre d'un juge d'instruction nerveux, Anne et Michel étaient venus chercher Casetti pour complicité d'assassinat, mais l'affaire n'avait rien donné. Au bout des quarante-huit heures de garde à vue, les deux policiers avaient raccompagné chez lui « Casetti, le tueur du milieu » comme l'avait surnommé un journaliste inspiré.

– Et encore on a failli venir avec TF1, dit Anne pour faire retomber la pression.

– Vé, manquait plus que ça ! La dernière fois, pour le petit c'était M6, la putain de leur mère ! Moi je croyais que c'était la nouvelle police qui filme et tout. Et puis deux mois après, ils ont passé le petit à la télévision, tout le quartier l'a reconnu ! La con de leur race à eux.

Le portable d'Anne sonna, elle sortit dans le jardinet.

– Anne, c'est Michel.

– Qu'est-ce qu'il t'arrive, tu fais des insomnies ?

– Je te réveille pas, au moins ?

– Je te remercie pour ton attention. Il est 6 heures 30 et tu ne devineras pas chez qui je suis.

– Non.

– Casetti. Fais pas celui qui sait pas.

– Pour l'affaire Ferri ! Qu'il est con, ce juge, à chaque fumade, il va nous envoyer chez Casetti !

– Non, là, c'est le nouveau patron.

– Delpiano ! Putain, je me sens mieux en congé.

– Et en plus on tape un vendredi, ce qui fait qu'on va se passer le week-end en garde à vue.

– Le triple salaud.

– Moi qui voulais te voir un peu !

Un homme de la BRI s'approcha, Anne sortit dans la ruelle.

– Bon, enfin, tu voulais me demander en mariage ?

– Euh, non, mais il faudra que j'y pense...

– On est fait l'un pour l'autre, Michel, mais seulement à partir de 10 heures.

– J'imagine déjà les nuits de feu.

– Mmmm...

– Dis-moi, Steinert, ça te dit rien ?

– Tu ne changeras jamais, je te parle d'amour et tu me réponds boulot. Qui c'est ?

– Un mec qui a disparu, j'ai trouvé ça intéressant et...

– Et tu veux que je me rencarde ! OK, Baron. Mais maintenant, je retourne à Casetti. Qui est-ce qui t'a dit qu'on était là ?

– Je sais tout, tu devrais le savoir.

Anne retourna dans la maison de Casetti. Le voyou avait craché consciencieusement sur le buvard que lui avait tendu Daniel. Si consciencieusement que les deux flics de la Criminelle comprirent sur-le-champ que l'homme n'avait sans doute rien à se reprocher.

Du moins dans l'affaire des époux Ferri, pour le reste c'était une autre histoire. De Palma l'avait toujours soupçonné d'avoir déboisé pour le compte des **balès** des bingos[1]. Avant d'avoir son petit parc de machines à sous, Casetti avait été un fin braqueur, pas de ceux qui font du travail de chapacan et qui se font **cambaler** par la BRB[2] toutes les fins de mois difficiles. De là à en faire l'ange exterminateur du mitan, il y avait un fossé qu'un juge fraîchement débarqué de Lyon franchissait régulièrement. Le credo du magistrat : exercer une pression constante sur les matous du grand banditisme. Les titiller sans cesse, dans les zones de liberté des procédures. Les flics traînaient des pieds, le juge se prenait au sérieux.

Anne posa son regard sur la fillette de Casetti ; elle était née à la première sortie de centrale, une enfant de parloir, ce qui expliquait la grande différence d'âge avec son frère aîné. La petite avait une expression de madone fatiguée malgré les étincelles qui lui enflammaient parfois le regard.

– Il est 7 heures 30 maintenant, tu vas bientôt aller à l'école, Marion ?

– Aller à l'école pendant que vous emmenez mon père en prison !

– Si c'est pas lui, il rentrera demain.

– La dernière fois, le juge, il l'a quand même mis en prison ! Mon père, même quand c'est pas lui, c'est quand même lui.

– Ne parle pas comme ça aux policiers, dit Casetti. Ils font leur travail.

*
**

1. Machine à sous ressemblant à un flipper.
2. Brigade de répression du banditisme

À 10 heures du matin, ce même jour, sous une pluie battante, De Palma roulait pianissimo sur la nationale 568. Il n'y voyait qu'à une vingtaine de mètres et cela n'était pas pour le mettre de bonne humeur.

La radio trentenaire de l'Alfa Romeo grésillait ; De Palma sortit son baladeur, plaça les écouteurs sur ses oreilles et se maudit quand il s'aperçut qu'il avait oublié le coffret de disques acheté la veille : une version de légende du *Crépuscule des dieux* avec Astrid Varnay et Windcassen, sous la direction de Clemens Krauss. Il voulait comparer avec la dizaine d'autres versions du *Ring* qu'il possédait déjà.

Pour l'instant, il devait se contenter de réfléchir à la journée qu'il allait passer loin de Marseille. Dans la nuit, il avait pris la décision de fouiller dans l'affaire Steinert. Ce n'était ni l'argent d'Ingrid, l'épouse du milliardaire, ni sa curiosité maladive qui avaient emporté la décision, mais plutôt le simple fait que cette femme ressemblait à Isabelle Mercier ; De Palma y voyait un signe, un quelque chose venu du chaos qui le poussait en avant. Qu'elle se dérange en personne, après le refus cinglant qu'il avait adressé à son homme de loi, maître Chandeler, l'excitait. Cela sonnait faux et il flairait les turbulences de ces affaires lestées d'argent comme un radar météo.

La pluie redoubla d'intensité, il eut tout à coup l'impression de se retrouver dans le ventre d'une caisse claire un 14 juillet et dut ralentir encore, ce qui eut pour effet d'alourdir son calvaire.

De Palma détestait cette longue route, droite comme une freeway américaine, balisée par des baraques à frites, des marchands de légumes et de melons de pays, des putes à caravane qui soulageaient les routiers à quelques mètres des pâturages plats comme la mer.

Chaque fois qu'il avait emprunté la RN 568, c'était

pour des affaires foireuses de bistrotiers assassinés par les fourgueurs de machines à sous et quelques règlements de comptes chez les Gitanos arlésiens ou des petites communes des environs. Manquait plus qu'une violente migraine pour lui pourrir sa journée définitivement.

En entrant dans Tarascon, sur la départementale 99, la pluie cessa brusquement. Le Baron se gara rue du Viaduc, devant le commissariat, sur les places réservées aux fonctionnaires de police. En un clin d'œil l'adjointe de sécurité, engoncée dans son costard bleu marine, lui fonçait dessus.

– De Palma, PJ de Marseille, dit-il en montrant sa carte tricolore, je viens voir Jean-Claude Marceau.

– Ah d'accord, adressez-vous à ma collègue.

L'adjointe de sécurité bis qui se trouvait derrière l'hygiaphone était plutôt pas mal : une brunette, la vingtaine, tout en angles aigus mais avec un sourire comme une invitation et de grands yeux noirs inquiets. La première note de charme dans cette matinée terne.

– Le capitaine Marceau ! Oui, ne bougez pas, je vais voir s'il est là, dit-elle en se penchant sur sa liste des numéros de téléphone.

Le hall d'entrée du commissariat sentait le tabac froid et l'haleine acide des centaines de visiteurs. Des escaliers en colimaçon, marqués de taches de chewing-gum et de brûlures de cigarette, menaient au premier : services d'investigations de la Sécurité publique ; un couloir bas de plafond, tapissé d'un parement de briques et tout en courbe. Des éclats de voix perçaient la cloison de la division des stupéfiants.

– Sur la tête de ma mère, c'est pas à moi...

– Ta mère, je la nique, trou du cul. Ça fait six mois qu'on te suit. Putain, tu te vois, là, sur les photos !

– Sur la tête de ma mère...

Cité des Rosoirs, ce matin, les stups SIR[1] avaient embarqué un caïd de cage d'ascenseur avec 40 kilos de shit dans le coffre de sa voiture, une partie dans le berceau de son fils et l'autre dans le Vanity de sa femme.

De Palma arriva devant la porte du service des affaires courantes.

– Planquez tout, y a la PJ qui débarque ! hurla, derrière la porte entrouverte, une voix rabotée à la Gitane sans filtre.

De Palma poussa la porte.

– Adieu, Jean-Claude, ça chauffe à côté !

– Non, pourquoi ? C'est jamais eux, tu les connais...

Marceau fit la bise au Baron et le dévisagea pendant un long moment.

– Putain, Michel De Palma. Le Baron... Tu ne peux pas t'imaginer ce que ça me fait de te voir. Y a tellement longtemps.

– Tu n'as pas changé.

– Et toi, tu as toujours autant d'imagination ! Comment va ?

Jean-Claude Marceau avait un an de moins que De Palma et avait conservé sa dégaine d'éternel adolescent mélancolique un peu fan de hard rock, un peu amateur de bambou. Il n'était pourtant ni l'un ni l'autre, juste un flic de première qui rancissait dans les bureaux d'un commissariat principal après des débuts brillants au 36, avec De Palma et Maistre. Tout ça à cause d'un coup de nostalgie.

Au début des années 90, Marceau avait décidé de revenir à Tarascon, sa ville natale. Retrouver ses racines, la Provence qu'il gardait chevillée au corps et au cœur. Il avait d'abord effectué un détour par la Brigade de répression du banditisme de Marseille et avait finalement demandé sa mutation dans la Sécurité publique.

De l'autre côté de la cloison, le ton montait.

1. Service d'investigation et de recherches de la Sécurité publique.

– J'ai un peu perdu l'habitude des Stups, fit De Palma en indiquant la cloison du pouce.

– Lui, à côté, on te l'a niqué bien comme il faut. On a sa femme et ses deux beaux-frères qui sont dans le trafic et ils viennent de tout avouer. De quarante kilos ce matin, on arrive à la tonne. Monsieur est un grossiste.

Marceau fit pivoter son ordinateur, l'écran était occupé par une image noir et blanc d'une cage d'escalier.

– Tu as l'image de la cuve[1] en direct ! Ça, c'est la cage d'escalier d'un immeuble des Rosoirs. Juste à côté de chez l'autre con... Et en plus ça pivote, ça zoome... Regarde.

Marceau actionna la souris et commanda plusieurs mouvements à la caméra.

– On l'a planquée dans une bouche d'aération. On attend une autre livraison ces jours-ci. D'après le tonton, y en a pour cent cinquante kilos.

– On se refuse plus rien dans les commissariats, maintenant.

– Et en plus, ça enregistre tout sur des DVD, et ça te sélectionne les endroits où il y a du mouvement. Un best of de la vie de ces trous du cul.

Marceau occupait le bureau. réservé aux affaires de police courantes, en fait il faisait de tout.

– Tu es venu spécialement pour me voir ?

– Non, je viens pour la recette du faux pastis...

– Bon, accouche.

– William Steinert ?

Marceau désigna l'avis de recherche qui avait été épinglé au mur.

– Tu fais dans les disparitions, maintenant ?

– Je veux rendre service à quelqu'un, histoire pour lui d'y voir plus clair. C'est pas très évident.

– Sacré De Palma, tu ne changes pas. Grand seigneur

1. Sous-marin. Véhicule banalisé qui sert à la surveillance.

avec toujours ton air de naïf qui ne sait rien... Tu me rappelles un journaleux à qui je refilais des infos de temps en temps, il faisait toujours le mec qui ne sait pas.

– Steinert a disparu le 24, c'est ça ?

– C'est sa femme qui a dit que... Pas l'enquête. D'ailleurs il n'y a pas d'enquête.

– À ton avis ?

– Mec riche, fit Marceau en ouvrant les bras. Il a disparu au moins depuis le 24 juin. Je dis ça parce que personne n'est sûr : ce peut très bien être le 22 ou le 23.

– Mouais, j'imagine que c'est pas des mecs qui rentrent bien gentiment le soir à la maison. Je vois d'ici la fortune.

– Eh bien multiplie par dix, et tu es peut-être pas loin du compte.

– Tu as vu sa femme ?

– Oui. Elle est venue ici avec deux mastards et un avocat.

– Chandeler ?

– C'est ça, oui.

De Palma changea d'expression subitement, il jeta sur son collègue de la Sécurité publique un regard triste.

– C'est frappant, hein. ?

– Toi aussi, tu n'as pas classé !

– Pas ce dossier.

– Pourtant, Michel, c'est un dossier comme un autre, si on regarde bien.

– Mouais.

Un long silence s'installa dans la pièce. Dans le bureau d'à côté, on entendait des sanglots discrets.

– Bon, bref. Je voulais simplement savoir où tu en étais. Après, je téléphone, je dis que l'affaire est classée, et puis basta.

– Michel, j'en suis que le type a disparu, un point c'est tout. Que rien n'est classé avant qu'il refasse surface, mort ou vif ! Le problème, c'est que je ne peux rien faire ! Si tu savais tout le travail qui me tombe dessus, jour après jour : des stups, un viol, des VAMA [1], un trou du cul qui escroque sa femme... La totale, au quotidien. VRP multicartes, mon pote !

À côté de l'avis de recherche concernant Steinert, il y avait des coupures de presse qui relataient les quelques bons coups de la Sécurité publique de Tarascon : des affaires de stups essentiellement, de la came revendue par des Tunisiens de Beaucaire qui se faisaient taper régulièrement ; il y avait aussi un réseau de voitures volées, des doublettes soulevées par des beurs et refrappées par des Parigots avant d'être acheminées par des Gitans en plein pèlerinage des Saintes-Maries.

Pas de quoi renverser son fonctionnaire, mais il y avait les petits plus du coin : pour les plus anciens, la maison de style avec piscine dans un village provençal ; pour les plus récents, une turne du même style dans un lotissement en bordure de nationale. C'était toujours mieux que les HLM marseillais, ou pire, ceux de la banlieue parisienne...

De Palma respectait ce travail de police, il savait qu'il était aussi difficile de coincer un demi-gros du shit qu'un tueur forcené.

– Comment tu la sens, cette affaire Steinert ?

– Il y a deux possibilités, soit il est mort, soit il s'est fait la cavale pendant quelques jours. Chez ce genre de pèlerin, ça n'aurait rien de surprenant. Dans la deuxième éventualité, on s'en bat les couilles ; dans la première, reste à trouver le corps et à connaître les causes du décès. Voilà.

– Tu penses juste, mon capitaine. Plus juste que ça, je connais pas. Mais, à part ça, tu ne sais rien sur le gus ?

– Il y a deux ou trois choses que je sais... Marceau envoya la main droite sous un dossier et sortit un paquet

1. Vol à main armée.

de Gauloises sans filtre. Je sais qu'il a acheté des terres en pagaille et que ça n'a pas plu à tout le monde. Je sais aussi qu'on l'a vu souvent en compagnie de personnalités locales.

– Quel genre ?

– Des personnalités du type mises en examen depuis des lustres...

– Comme qui ?

– Des maires, des députés, un ou deux écolos du cru... Mais que des gens qui ont leurs entrées chez les juges d'instruction.

– Ça ne veut rien dire !

– Je comprends bien, mais tu me demandes ce que je sais, alors je te dis ce que je sais !

Les yeux gris de Jean-Claude Marceau faisaient des étincelles.

– À propos de jaune, je crois qu'il est temps.

– Tu laisses tourner ta caméra magique ?

– 24 heures sur 24, mon pote. On fait de la vraie police, ici.

– Maistre aussi, il dit ça depuis qu'il est à la Sécurité.

– Comment il va, le gros ?

– Bien, bien.

Dehors, la pluie avait cessé, une odeur poivrée parcourait les rues blanches de la vieille ville.

Marceau entraîna De Palma dans un dédale de travioles pavées qui luisaient dans la lumière bleue. Les commerçants ressortaient leurs tourniquets de cartes postales jusqu'à la prochaine averse ; place de la Mairie, le patron du bar-tabac passa le nez dehors pour inspecter le ciel en tirant sur sa clope serrée entre le pouce et l'index.

Les deux flics s'installèrent à la terrasse du Guardian, un bistrot discret, entre deux platanes, en face du château du roi René. Du regard, Jean-Claude fit plusieurs fois le tour des lieux, avant de se pencher vers De Palma, comme un séminariste.

– Tu sais, Michel, il y a un truc qui me chiffonne dans cette histoire.

– Vas-y, je t'écoute.

– Ces fameuses personnalités dont je te parlais, ici tout le monde a déjà vu ou entendu leurs noms quelque part, sur des PV, des incidences, quelquefois sur écoutes, dans des dossiers immobiliers. Ils ne sont pas nombreux, mais ce sont eux qui tirent les ficelles dans la région. On n'est pas à Marseille ici, tout finit par se savoir.

– D'accord, d'accord, mais je ne vois pas ce qu'il y a de surprenant à ce qu'un homme d'affaires fréquente ce genre de gus.

– Steinert, c'était pas un mec d'ici... Comment dire, ici les gens...

– Je vois, je vois...

– Il devait forcément gêner quelques huiles du coin. Dans son bled, du côté de Maussane, il y a que des gros propriétaires, des chanteurs connus... Et le terrain a grimpé très haut ces dernières années. Bref, tu m'as compris.

– Tu penses qu'il a été fumé, d'une manière ou d'une autre ?

– Je ne pense rien pour le moment. Ce sont juste des éventualités qu'il ne faut pas écarter. Tu n'imagines pas les intérêts qui sont en jeu dans ces villages de pacoulins !

– J'imagine, oui.

À la manière dont Marceau s'affala sur son fauteuil canné, De Palma comprit que c'était la fin des confessions. Peut-être même n'en savait-il guère mieux. En tout cas, Michel prit la décision d'aller faire un tour jusque chez William Steinert.

Marceau lut dans ses pensées.

– Je pense que tu es toujours en convalescence, Michel...

– Oui, plus ou moins...

– Attends d'être saisi de l'affaire avant de mettre les mains dans la merde.

– Être saisi ! Je ne serai jamais saisi. Non, je me rencarde juste comme ça ; le reste, je m'en fous.

– Depuis quand tu viens jusqu'à Tarascon pour des affaires dont tu te fous ?

De Palma leva les yeux vers les murailles du château du roi René. Sur les remparts, tout en haut, quelques touristes minuscules faisaient de grands signes en direction de ceux qui se hasardaient à les regarder ; machinalement, le policier leur répondit.

*
**

Christian Rey n'eut pas le temps de réagir ou de faire quoi que ce soit. En plein embouteillage, à la sortie du pont de Beaucaire, il vit venir un homme dans sa direction et ne tarda pas à remarquer l'automatique qu'il dissimulait sous un t-shirt. L'homme lui demanda de débloquer les portes et s'assit à l'arrière.

– Donne-moi le calibre que tu as dans la boîte à gants, ordonna-t-il en appuyant le canon de son automatique sur la nuque de Rey.

Christian s'exécuta et donna son Smith et Wesson à canon court.

– Très bien. Maintenant tu fais demi-tour et tu prends la direction de Marseille.

– Écoute, je sais pas qui tu es, mais je te jure que pour Nono c'est pas moi.

L'homme balança une claque sur la nuque de Rey.

– Qui te parle de Nono, espèce de résidu de fausse couche ?

– Putain...

– Ferme ta gueule à partir de maintenant.

Ils sortirent de Tarascon par le sud, et rejoignirent la nationale 568. À l'intersection de Mas-Thibert, l'homme lui ordonna de quitter la nationale et d'aller se garer derrière une caravane désaffectée qui avait dû servir à une pute pendant des années.

Le vent de la mer sifflait légèrement dans les cyprès et roulait devant lui des herbes sèches et des papiers Sopalin graisseux. Ça sentait l'huile de vidange chaude, le foin et le bitume coulant.

– Maintenant tu descends et tu poses les mains sur le capot.

D'un coup de pied violent, l'homme écarta les jambes de son prisonnier.

– Tu mets les mains derrière le dos.

– Mais...

– Je t'ai dit de fermer ta gueule. Tu colles ton pif sur le capot et tu mets les mains derrière le dos.

Christian s'exécuta en flageolant. Il fut presque rassuré quand il sentit une paire de menottes se refermer sur ses poignets.

Ils montèrent dans une deuxième voiture, plus petite que la précédente, et roulèrent interminablement sur les chemins et les départementales du delta. Rey comprit que l'homme essayait de l'embrouiller dans un dédale de routes départementales et de chemin vicinaux.

Ils revinrent sur Arles, à la pointe du Delta, redescendirent en direction de la mer en traversant les Salins-de-Giraud et longèrent les immenses camelles de sel blanc qui montaient vers l'azur comme des pyramides de craie.

Ils s'arrêtèrent dans un chemin qui chicanait entre les plantes à soude, perdu dans la sansouire au bout du monde de vent et de sel. L'homme passa un bandeau sur les yeux de Rey et le serra fort sur sa nuque.

– Maintenant, tu marches.

Ils marchèrent longtemps. Dans l'esprit de Rey, cela dura des heures : d'abord sur un sol dur et relativement plat, puis à travers une roselière et, enfin, dans un marais avec de l'eau jusqu'à la taille.

Rey imagina qu'il s'éloignait plutôt vers l'intérieur

du delta, dans un système incompréhensible de marais et de végétation capricieuse. Au début, ça sentait l'air du large chargé de l'odeur des herbes de mer et d'oxygène. Puis, ce furent les senteurs mauvaises des terres salines, des marais qui croupissaient, chauds de soleil et de macération.

*
**

Le chemin du mas de la Balme était jalonné de vieilles pierres de taille et décrivait un grand S à travers les plantations d'oliviers. La Balme était un vieux domaine au pied des Alpilles ; belle maison seule pour les maîtres et grands bâtiments pour l'exploitation.

De Palma avait retourné la région avant de trouver : à Mouries, on lui avait dit de prendre la route des Baux, mais il était allé trop loin. Deux virages avant l'entrée du village, il avait donc fait demi-tour et avait demandé sa route à un journalier qui bricolait le moteur de sa tronçonneuse à l'ombre d'un olivier. L'homme, aussi noueux que l'arbre qu'il menaçait de son outil, lui avait jeté un regard méfiant.

– Le mas de la Balme ! Vous redescendez tout droit et juste dans Maussane vous prenez la départementale 78, à votre gauche.

L'homme fit un grand geste de la main pour mieux appuyer l'indication. Après, à environ deux kilomètres, vous verrez trois pins, trois grands pins – ici on les appelle les Pins des Fées. C'est le petit chemin qui file en direction de la montagne. Vous pouvez pas vous tromper.

– Merci, Monsieur.

– Service, avait grommelé l'homme de peine en se penchant à nouveau sur sa tronçonneuse.

Depuis les Pins des Fées, à quelques mètres de la départementale 78, le domaine des Steinert avait des airs de Toscane. Quelques rayons de soleil crevaient le plafond du ciel truffé de noir et découpaient l'espace délavé en de grandes lignes dorées.

La terre s'étalait sur plus de cent hectares, d'un seul tenant ; elle descendait d'abord en pente douce avant de remonter sagement vers les bâtiments adossés aux Alpilles. De la terre patiente avec des cailloux gros comme des poings, soulevés sans cesse, au fil des siècles, par le soc des charrues ; de la terre jamais grasse, jamais noire et qui fumait de poussière sous le soleil écrasant.

Les bâtiments d'habitation du mas, d'une trentaine de mètres de long sur une quinzaine de large, formaient un angle droit avec le reste des corps de ferme dont ils étaient séparés. Quatre immenses platanes encadraient une fontaine et poussaient leurs branches en moignons au-dessus de ce qui avait été les écuries.

Vu de loin, l'ensemble était imposant, seul le rectangle turquoise d'une piscine, presque aussi grand que les écuries, proclamait que les propriétaires avaient des moyens qu'ordinairement la terre ne tolère pas.

Curieusement, la famille Steinert avait conservé les lieux dans leur fonction première ; le hangar était ouvert sur un tracteur gigantesque, rangé comme un crabe dans son trou ; juste à côté il y avait un tracteur de vigne qui faisait mine de modèle réduit avec son châssis étroit.

De Palma gara sa voiture sous un platane. À sa droite, la piscine qui devait faire une bonne vingtaine de mètres de long et, au-delà, le terrain de tennis en quick vert, avec ses vestiaires.

Plus loin, jusqu'aux premiers rochers blancs des Alpilles, s'ouvrait une prairie dans laquelle trois chevaux tuaient le temps à repousser les mouches qui leur en voulaient.

Ni grille, ni portail. Pas de garde du corps en apparence. Si le mas de la Balme était surveillé, ce devait être de manière très discrète.

Ingrid Steinert était entourée de trois groupes, assis

devant des petites tables comme des écoliers bien sages, sur une vaste terrasse dallée, à moitié couverte de vignes grimpantes et de glycines en fleur.

La maîtresse des lieux rayonnait, passait d'un groupe à l'autre, en faisant onduler sa robe légère aux motifs provençaux. Chaque groupe était rassemblé devant des petites fioles remplies d'huile d'olive et chacun tenait à sa main un verre à dégustation en prenant des notes sur un calepin.

Quand elle aperçut De Palma, Ingrid ne parut pas surprise. Elle lui adressa un sourire conventionnel et l'invita d'un geste gracieux à se joindre à elle.

– Nous sommes en train de définir la nouvelle collection de nos huiles, dit-elle en lui prenant la main énergiquement. Nous goûtons, encore et encore. Ce sont des huiles de l'an dernier.

– Vous... Vous goûtez de l'huile ?

– Mais tout à fait... Ça se goûte comme un grand vin ! D'ailleurs, je vous présente Éric Bartel, l'un des meilleurs œnologues de France.

C'est à peine si Bartel, un petit bonhomme au nez retroussé, tourna la tête vers De Palma, il se contenta d'une grimace et replongea son nez dans son verre à dégustation.

– On goûte chaque variété pour mieux cibler celle qu'on va envoyer chez le moulinier et celle qu'on va casser et aromatiser, comme la salonenque, la lucques ou la grossane, pour la vente en bocaux. Beaucoup partent pour l'étranger, la Grande-Bretagne et l'Allemagne essentiellement.

Bartel s'agita tout à coup ; il se tortilla sur son banc, l'œil flamboyant.

– Celle-là est plus mûre, dit-il en portant le verre devant ses petits yeux vifs. Il y a des notes de grillé, quelques pointes de romarin, juste ce qu'il faut, sans plus. C'est très fin... Très beau. Vraiment très beau.

Bartel fit tourner le verre, les autres goûteurs prirent

un air grave et confirmèrent ce que l'œnologue en chef avait diagnostiqué.

– Nous avons comme ambition une appellation d'origine contrôlée, dit Ingrid, ce qui nous donnerait des débouchés commerciaux particulièrement importants.

De Palma se sentait à peu près aussi à l'aise qu'un jeune comédien frappé d'amnésie. Ingrid s'approcha de lui, posa sa main sur son avant-bras et lui parla à voix basse.

– Je pense que nous avons beaucoup de choses à nous dire, si vous avez un peu de temps, bien entendu. À vrai dire, je vous attendais.

Elle retourna vers les goûteurs, fit quelques remarques en coupant l'air d'un geste définitif de sa main droite et leur fixa rendez-vous en fin d'après-midi pour les délibérations. D'un signe discret, elle invita De Palma à la suivre à l'intérieur.

La salle principale du mas de la Balme était une vaste pièce carénée par le temps. Quatre fenêtres étroites s'ouvraient sur la terrasse et laissaient voir, au-delà, les alignements d'oliviers.

– Mon mari n'a jamais touché à quoi que ce soit, lança Ingrid en faisant un geste large, au moins dans cette partie de la maison ; il était un peu mystique... Il disait qu'il ne fallait pas déranger l'ordre ancien des choses. C'est pour ça qu'il n'y a pas de grand luxe ici. La simplicité, toujours la simplicité. Tout le mas est pareil, mis à part les quelques pièces dont je me suis occupée et que j'ai aménagées comme je le souhaitais.

Sur les murs passés à la chaux, un vieux fusil à chien, une batterie de casseroles en cuivre cabossées et quelques toiles de maîtres qui sommeillaient dans l'ombre, des Provençaux sans doute, et un ou deux abstraits. Les seules touches de luxe dans cette salle définitivement paysanne.

– William a juste accepté d'accrocher ces toiles, après des années de discussions... Vous vous imaginez bien qu'avant il n'y avait pas d'œuvres d'art... On ne faisait que travailler ici, pas de loisirs.

– Vous avez quand même un tennis, des chevaux et une piscine !

– Oh, vous avez remarqué ça ! dit-elle avec un large sourire. Mais c'est moi qui l'ai voulu, pas mon mari. Jamais il n'a joué au tennis. Quelquefois, il prenait un bain, oui, quand il faisait vraiment trop chaud.

Une étrange impression se dégageait de ce lieu ; pourquoi Steinert avait-il tout laissé dans l'état ? Pourquoi n'avait-il pas marqué ce lieu de son empreinte ?

De Palma ne put s'empêcher de penser aux anciens propriétaires. Combien de temps la même famille avait-elle occupé le mas de la Balme ? Sans doute existait-il encore des descendants.

Ingrid sortit un instant et revint avec un énorme album de photos. Elle le posa sur la table et invita le policier à venir s'asseoir auprès d'elle.

– J'aimerais vous montrer quelques clichés de mon mari, cela vous permettra, je pense, de mieux le connaître.

Elle ouvrit l'album délicatement à la première page, comme s'il s'agissait d'un ancien grimoire. De Palma s'inclina et vit une banale photo de mariage : à gauche William Steinert, en queue-de-pie gris perle, le haut de forme dans le creux du bras droit, souriant à pleines dents, un tantinet carnassier ; à droite, Ingrid, coiffée d'un diadème serti de diamants, un bouquet dans la main gauche, faisant la moue devant le photographe officiel du clan Steinert. L'ensemble avait une allure très conventionnelle.

La deuxième photo sur laquelle elle s'arrêta était un portrait de William jeune, coiffé à la John Lennon avant l'ère baba : William paraissait sage, son long nez pointu lui donnait un air triste et désabusé, ce qui pouvait faire penser à quelqu'un de pessimiste ou de mélancolique, mais que De Palma jugea comme un être sans doute nerveux et sanguin.

– C'est ma photo préférée, dit Ingrid en posant sa main en étoile sur le portrait.

Il remarqua pour la première fois qu'elle avait les doigts très longs, les ongles coupés courts, parfaitement laqués d'un vernis transparent.

– Sur cette photo, c'est vraiment lui. Ce mélange de force et de mélancolie, ce regard qui montre son intelligence.

– C'est drôle, il n'a pas vraiment le type allemand.

– *Provenzale...* C'est vrai, on dirait presque un Provençal.

Elle lui montra encore des photos de Steinert, en Allemagne, posant au beau milieu des machines-outils d'une usine de Munich. William Steinert était né en 1942 ; il était, par héritage, le principal actionnaire de Klug-Steinert Metal, président de l'une des plus importantes fabriques de machines-outils d'Allemagne.

– Depuis un an, mon mari avait délégué une bonne partie de ses pouvoirs à son frère cadet Karl Steinert, celui que vous voyez là, sur cette photo de famille. Il porte le même prénom que son grand-père : Karl Steinert, le père fondateur. William, lui, portait le prénom de son arrière-grand-père...

– Quel âge a Karl Steinert ?

– Quarante-huit ans, bientôt quarante-neuf.

– Dix ans de moins que son frère !

– C'est cela oui. Le plus jeune des frères, lui, est né en 1962, c'est Georg. Un éternel bohème. Il en profite.

D'un geste nerveux, Ingrid tourna une nouvelle page.

– Entre Karl et Georg, il y a Isabella. Quarante-deux ans. Jeune, c'était une artiste, elle faisait du théâtre. Elle a même commencé une petite carrière et puis maintenant, elle s'occupe d'une partie des affaires de la famille.

Elle eut une expression de dépit en se repoussant légèrement en arrière.

– Elle ne vient jamais ici... Je veux dire très rarement. Elle a un bureau à Paris, elle s'occupe de la partie horlogerie – Klug-Steinert fabrique aussi des systèmes de montres de luxe pour des grandes marques, comme celle que vous portez, Monsieur De Palma.

– Karl est marié ?

– Oui, avec la pire ennemie de la famille. Une Française de bonne famille, une noble, Ann-Sophie de Bingen. Ça en jette, n'est-ce pas ? Moi, je trouve ça... *das ist wirklich lächerlich...* ridicule parfait.

– Quoi, la noblesse ?

– Non, enfin rien, Monsieur De Palma. Votre nom...

– Une vieille famille italienne. Mais mon grand-père n'était qu'un pauvre matelot dans la marine marchande, mon père aussi... Et je ne suis qu'un pauvre flic.

– Je ne voulais pas vous offenser, je vous prie de me pardonner.

Un rayon de soleil entra dans la pièce. À travers la petite fenêtre, on ne voyait que deux rangées d'oliviers qui se perdaient dans la lumière nouvelle.

– Pardonnez-moi de vous poser cette question, mais votre accent... Enfin, je veux dire : vous parlez sans accent !

– Ma mère est française. J'ai passé une bonne partie de ma vie en France, à Paris. Bonne famille, bonnes études...

Ses doigts tambourinèrent sur la table. Elle ouvrit son étui à cigarettes, prit une cigarette et la fit tourner entre ses doigts.

– Et la vie en Provence, ici ?

Elle alluma sa cigarette en tordant la bouche, ce qui lui donna, pour la première fois, un air vulgaire.

– Vous me poserez ces questions une autre fois.

– Désolé, mais je suis un policier, pas un confident ; j'essaie de comprendre certaines choses.

De Palma se leva brusquement, et se dirigea vers la fenêtre. Le portail du garage était ouvert et laissait voir une Mercedes noire, un modèle haut de gamme flambant neuf, une BMW 4×4 gris métallisé, une Porsche décapotable dernier modèle, grise elle aussi. Le tout immatriculé dans les Bouches-du-Rhône.

– Est-ce qu'il vous manque une voiture ?

– Oui, il manque celle que mon mari utilisait tous les jours : la Range Rover.

– Vous connaissez son immatriculation ?

– 8526 VM 13.

De Palma nota qu'elle connaissait le numéro par cœur, ce qu'il pensait être inhabituel pour une femme, surtout une femme de cette classe.

– Monsieur De Palma, je dois vous laisser à présent. La réunion des goûteurs doit se terminer dans quelques minutes, nous devons avoir fait nos choix avant ce soir.

Ils sortirent sur la terrasse et firent quelques pas dans le jardin en direction du tennis et de la piscine. Une odeur humide, légèrement acide, parfumait l'atmosphère. Un tracteur agricole déboucha au bout du chemin, une énorme citerne chromée dans le dos.

– À propos, pourquoi vous êtes-vous adressée au commissariat de Tarascon au lieu de la gendarmerie du coin ?

– Parce que la dernière fois que j'ai vu mon mari, c'était à Tarascon, non loin de son bureau. En fait, c'est Chandeler qui m'a conseillé cette démarche, il n'a pas une grande confiance en la gendarmerie.

– Son bureau ?

– Il possédait un vaste bureau, non loin du théâtre de Tarascon. Je voulais vous proposer de le visiter, si cela ne fait pas trop tard pour vous.

– Je pense que ce n'est pas indispensable. Je...

– Vous ne me croyez pas quand je vous dis qu'il est mort, n'est-ce pas ? Je ne suis sans doute pas assez triste pour vous... fit-elle en laissant traîner ses mots.

Il ignora cette remarque.

– William ça ne fait pas très allemand, c'est plutôt anglais comme prénom !

– En allemand, on dit Wilhelm... Ma belle-mère était anglaise.

Elle s'approcha de lui.

– Je voudrais qu'on parle de votre rémunération. Je pense qu'une somme de...

– Je ne veux rien, Madame Steinert.

Il prononça cette phrase sur un ton définitif, autoritaire, qui la laissa sans voix.

Un tintement de sonnailles vint rebondir sur les murs du hangar. Sur les collines, juste au-dessus du mas, un berger faisait paître son troupeau en hurlant des ordres incompréhensibles à son chien.

– Écoutez, Monsieur De Palma, je termine ma réunion vers 18 heures. On peut se donner rendez-vous à 19 heures devant le théâtre de Tarascon. Si vous le voulez, bien entendu.

– Je... D'accord.

Le berger arrêta sa marche. De Palma aurait juré qu'il était en train de les observer.

– Vous avez encore des voisins authentiques ?

C'est Eugène Bérard, un vieux berger. On ne dirait pas à le voir, mais il a quatre-vingt-douze ans et c'est un poète, un vrai poète provençal, bien traditionnel.

Michel détourna son regard des collines et regagna sa voiture. En chemin, il vit un énorme bac rectangulaire taillé dans le calcaire. Il s'arrêta et inspecta ce qu'il prit d'abord pour un ancien abreuvoir.

– Qu'est-ce que c'est que ce truc ?

– C'est un authentique sarcophage romain, mon mari l'a trouvé sur les Terres d'en bas.

– Les Terres d'en bas ?

– Ce sont les champs que nous avons au-delà de la route nationale, pas grand-chose d'intéressant mais c'est grand : une trentaine d'hectares si on compte les bois et la colline. Nous y faisons un peu de lavande, rien de plus.

*
**

Aux Pins des Fées, De Palma tourna à gauche et remonta en direction d'Eygalières au lieu de prendre la route de Maussane. Il roula suffisamment pour se mettre hors de portée des regards curieux du mas de la Balme et gara sa voiture dans un chemin creux.

Devant lui s'ouvrait un minuscule vallon creusé par le vent et les eaux furieuses des orages, un chaos minéral dans lequel ne survivaient qu'une herbe verte et parfumée, quelques buissons de lentisque et des chênes téméraires.

Il s'enfonça dans ce système de corridors et de petits couloirs qui finissaient la plupart dans les blessures des calcaires, aux pieds de rochers surplombants avec, au-dessus, des crânes de pierre aux orbites vides qui fixaient le grand nulle part.

Au détour d'un bloc, De Palma entendit les cloches des moutons de Bérard, mais l'écho l'empêcha de les situer exactement. Il remonta un énorme dièdre encombré de ronces et sortit du canyon. Une pente aride parsemée de troncs d'arbres calcinés remontait jusqu'au pied des falaises des Alpilles.

Tout à coup, un sifflement aigu et une voix tonitruante vinrent claquer contre les falaises. De Palma se retourna, avec l'impression qu'on lui jouait un mauvais tour.

« Matelot, *toque lei.* »

Il ne vit rien et entendit seulement le rythme des clochettes qui s'accentua comme dans un manège infernal.

« *Toque lei.* »

De Palma se retourna encore une fois et vit à deux mètres de lui, en contrebas, un bâtard de taille gigantesque, le poil ébouriffé par la garrigue, toutes canines dehors.

« Matelot, c'est un ami », dit la voix.

Le chien se mit aussitôt à remuer de la queue. Le berger surgit enfin de derrière un buisson. C'était un petit homme tout tordu par les années qui portait un antique chapeau noir et un gilet de velours côtelé de la même couleur par-dessus une chemise grise. Sous le nez aquilin, tremblotaient des lèvres minces, presque blanches, qui finissaient en demi-lune sur un menton légèrement en galoche. Deux yeux de jade, extraordinairement clairs, dansaient derrière d'énormes sourcils en passant sans arrêt du troupeau à De Palma.

– Bonjour, Monsieur Bérard.

Bérard ne répondit pas et se contenta de regarder intensément le policier, en appuyant ses deux mains noueuses sur le bout de son bâton.

– C'est elle qui vous a dit mon nom ?

– Vous voulez parler de Madame Steinert, je suppose... Au moins, à vous, on ne peut rien vous cacher ! Vous êtes un fin observateur.

– Oh, pécaïre, je ne vois plus guère... À mon âge.

– Suffisamment pour m'avoir observé tout à l'heure.

Bérard se tourna vers les moutons qui, poussés par on ne sait quelle idée fixe, se mirent à courir en file indienne et disparurent derrière un rocher.

« Matelot, *toque lei, aqui, ah... Aqui* »

– Tout a brûlé ici ?

– Il y a trois ans, si. Une histoire de chasse, avec les autres fédérations. C'est la mode par ici, on vous fout le feu si vous refusez de penser comme eux.

Le berger s'assit et son regard devint une chose calme, presque attachante. Il enleva son chapeau noir et découvrit une chevelure vieil acier, encore bouclée qui coiffait un front large et tout cousu de rides. Il était difficile de lui donner un âge, mais il semblait très vieux.

– Combien avez-vous de têtes ? fit De Palma en faisant un panoramique sur le troupeau.

Il prit une herbe jaune et la mâchonna.

– Oh, pécaïre, presque rien : une quarantaine, que des vieilles. Les autres sont à l'alpage, là-haut, avec mon petit-fils.

Les bêtes revinrent, encore poussées par une idée saugrenue, et continuèrent de brouter, en cadence, toujours pressées. Cela faisait un bruit d'herbe qu'on arrache, crescendo en se rapprochant des deux hommes.

– Autrefois, il y avait beaucoup de troupeaux dans la région, mais maintenant ça rapporte presque plus. À part dans la plaine de la Crau, là-bas, mais ici dans les collines... Et puis, ils pensent tous qu'à faire de l'huile.

Bérard posa son regard sur les champs d'oliviers des Steinert. Vu d'ici, le domaine paraissait immense.

– C'est que les propriétés sont devenues chères. Maintenant les jeunes peuvent toujours courir pour s'installer.

– Combien ça coûte un mas comme celui de la Balme ?

Bérard regarda son bâton avec un air madré.

– Il s'en vend un, à peu près comme celui-là, avec les terres et les machines, du côté de Mouriès, là-bas... Dites un prix pour voir ?

– Je ne sais pas.

– Plus d'un milliard, jeune homme.

– Vous parlez de centimes...

– En anciens francs quoi !

– Qui est-ce qui peut acheter ça ?

– Y a des Américains qui sont sur le coup, mais les jeunes sont en train de voir avec les communes s'ils peuvent le racheter en coopérative.

– Et les Steinert ?

Bérard fixa le Baron pendant quelques secondes, ses sourcils firent un accent circonflexe, il se tourna vers le domaine de la Balme.

– C'est pas pareil. William, c'était un homme, un maître, un majoral comme il faut, avec les bonnes manières. Je lui ai appris à tailler les oliviers et bien d'autres choses de la terre. Il va me manquer.

Bérard passa sa langue pointue sur ses lèvres, en se balançant légèrement d'avant en arrière. Puis d'un geste nerveux, il fouetta l'herbe devant lui avec la pointe de son bâton.

– Pourquoi dites-vous que William était un type bien ? Et sa famille ?

– C'est pas pareil. Elle, personne ne la connaît, elle parle à personne et les frères, c'est pire encore. Pauvre William ! Et le pauvre de moi, que je suis tout seul maintenant.

– Tout seul ?

– Ce ne sont pas des choses qui se racontent...

– Comment pouvez-vous être sûr qu'il est mort ?

Bérard marcha en direction de ses moutons. De Palma lui emboîta le pas.

– Tout ce qui touche la Balme est maudit.

– Pourquoi maudit ?

– Il y a les mauvaises pierres d'ancien temps...

– Les mauvaises pierres ?

– Bonsoir, Monsieur, les bêtes m'attendent.

Le vieux disparut au milieu de la garrigue, comme il était venu, suivi par ses moutons et son énorme chien qui fermait la marche.

En redescendant par le vallon, la lumière changea, il faisait gris, presque uniforme. Les buissons plantés dans les roches farfelues étaient sombres. En marchant, De Palma eut l'impression d'entendre une voix. Il s'arrêta et écouta. Cela faisait comme une complainte, une récitation dite par une voix au vibrato ancien, avec des mots inconnus du policier. Des mots qui sortaient de quelque part, sans qu'il puisse vraiment dire d'où, derrière l'un de ces innombrables rochers :

... Alabre
De sang uman e de cadabre,
Dins nòsti bos e nòsti vabre
Un moustren un fléu di diéu, barruoto... Agués
[piuta[1] *!*

*
**

Anne Moracchini avait profité du calme absolu qui régnait dans les bureaux de la Criminelle pour consulter les fichiers. À 18 h 15, elle composa le numéro du portable de De Palma.

– Michel, j'ai quelques infos sur ton gus, William Steinert.

– Vas-y, mais ne me demande pas de noter : je suis en voiture et il recommence à pleuvoir comme vache qui pisse. Vivement que je sois rentré à Marseille.

– Je l'ai passé au STIC[2], y a une fiche sur lui. Pas grand-chose, une affaire de financement de parti...

– Une condamnation ?

– Seulement mis en examen. TGI[3] de Tarascon.

– Quel parti ?

– RPR.

– Ah bon, je l'aurais plutôt vu un peu à gauche, genre PS bien mou. Le genre de mec qui s'apitoie un peu sur les pauvres comme toi et moi.

– Attends, ça ne veut pas dire qu'il était au RPR. En plus, c'est un Boche. Apparemment, ça tient sur des écoutes et des ragots de hall de mairie. Le genre de truc qui pue bien.

1. ... Avide
De sang humain et de cadavres
Dans nos bois et nos ravins
Un monstre, un fléau des dieux, erre... Ayez pitié !
2. Service de traitement de l'information criminelle.
3. Tribunal de grande instance.

De Palma dut freiner brusquement en arrivant sur un rond-point dont il ne se souvenait plus. À sa droite, un panneau flambant neuf indiquait l'abbaye de Montmajour et Fontvieille. Un poids lourd de l'usine de cellulose des bords du Rhône lui masqua la direction de Tarascon, il fit un tour complet du rond-point, en soufflant comme un bœuf dans son portable.

– Tu es toujours là, Michel ?

– J'ai failli prendre la direction de Montmajour, merde !

– C'est pour les vacanciers... Je te disais donc une mise en examen pour prise d'intérêt.

– Oui, ça va, je ne suis pas sourd ! Qu'est-ce qu'il avait fait ce brave William ?

– Rien et trois fois rien, il a été totalement blanchi, quoi !

– Ouais, bon. Écoute, te prends pas la tête avec ça ! Je vais voir ce que je peux encore gratter aujourd'hui et puis je laisse tomber. Peut-être que c'est le genre de mec qui a mis les voiles et qui va refaire surface dans quelques jours.

– Tu crois ?

– C'est bien possible, c'est peut-être le milliardaire qui, de temps en temps, se paye une petite folie. Autant, il est en train de bronzer aux Caraïbes et moi je m'emboucane sous la pluie.

– En tout cas, Michel, tu devrais te reposer.

– Oui, ma belle, je te remercie. Et Casetti au fait ?

– Il est là, dans le bureau de Daniel. On attend, l'ADN est parti à Nantes, il rentrera ce soir ou demain matin. Voilà. À plus, commandant.

*
**

Le clocher de l'église Sainte-Marthe sonnait l'angélus quand Ingrid Steinert sortit de sa BMW, à quelques pas du théâtre de Tarascon, et remit en place la lanière de sa sandale.

À l'autre bout de la rue, De Palma l'observait. Lorsqu'elle marcha vers lui, il contempla la masse de ses cheveux qui flottait sur ses épaules dénudées.

– Pardonnez-moi, je suis un peu en retard, dit-elle d'une voix triste.

Ingrid s'était changée, elle portait une robe de coton jaune paille qui flottait le long de son corps. Elle avait quitté son lourd diamant et ne portait qu'une fine chaîne en or autour du cou et des boucles d'oreilles discrètes, dissimulées derrière ses cheveux blonds.

Quand elle ne fut plus qu'à un mètre de lui, il sentit le parfum qu'elle se mettait dans la nuque. À cet instant, la tête du policier était à peu près aussi ordonnée que la boîte d'un puzzle qu'on aurait violemment secouée.

– On y va, lança-t-elle, avec un filet d'angoisse dans la voix.

Le bureau de William Steinert était au deuxième étage d'un vieil immeuble Grand Siècle, à quelques pas du théâtre municipal de Tarascon.

Ingrid brandit un énorme paquet de clés. Quand elle s'avança vers la porte, il ne put s'empêcher d'admirer l'ourlet de sa robe qui venait battre ses jambes luxueuses.

La porte était blindée et le mur avait été renforcé des deux côtés pour résister aux vérins les plus sérieux.

– Je pense que c'est la clé circulaire, la jaune.

– Ah bon, si vous le dites.

– Il y a peut-être une alarme, méfiez-vous.

– On verra bien.

Elle finit par trouver la bonne clé, c'était bien celle que lui avait désignée De Palma.

– C'est la première fois que je viens ici... C'est très impressionnant pour moi. Je vous en prie, entrez le premier, j'ai un peu d'appréhension.

Elle venait de prononcer ce dernier mot avec une pointe d'accent dans la voix, elle avait légèrement roulé le r et aspiré le h. De Palma remarqua immédiatement ce détail infime. Il s'arrêta sur le seuil et chercha l'interrupteur à tâtons.

Aucune alarme ne sonna, pourtant William Steinert avait équipé son bureau d'un des meilleurs dispositifs de sécurité qui soit. Le policier en déduisit immédiatement que soit Steinert avait oublié de la mettre en service – ce qui ne cadrait pas avec quelqu'un qui s'équipait de la sorte – soit quelqu'un d'autre avait déconnecté le dispositif d'alarme et n'avait pas su le remettre en fonctionnement. Et pourquoi pas Ingrid elle-même ? Mais cela ne cadrait pas avec l'émotion qui transparaissait dans le creux de son regard.

– Votre mari a-t-il une femme de ménage ou quelqu'un qui s'occupait de ce bureau d'une manière ou d'une autre ?

– Je ne sais pas.

– Il faudra vous renseigner.

Le bureau de Steinert était en fait un vaste appartement de trois pièces immenses qui datait sans doute de la même époque que le théâtre municipal, tout en longueur, chaque pièce communiquant avec la suivante directement, sans aucun couloir. Les plafonds étaient très hauts, avec des moulures alambiquées qui leur donnaient des allures de pâtisseries bavaroises.

Cela devait faire longtemps que le propriétaire n'avait pas ouvert les fenêtres : une odeur de tabac aromatique et de vieille poussière imprégnait chaque recoin de la première pièce. Pièce qui servait de hall d'entrée et dans laquelle William Steinert avait disposé une table basse et quatre chaises paillées à l'ancienne pour occuper l'espace.

Pourquoi ces meubles ? Une salle d'attente ? Peut-être Steinert recevait-il à son bureau ?

Ingrid traversa la pièce sans s'arrêter. Elle était inquiète et semblait chercher quelque chose de précis.

La deuxième pièce était beaucoup plus vaste. Les

deux immenses fenêtres et les volets étaient fermés. Blindés eux aussi. La lumière jaune du soir mourant traversait les persiennes. Ingrid actionna l'interrupteur.

C'était une bibliothèque, avec d'authentiques rayonnages rococo en noyer massif, chaque rayon plein à craquer de livres, les uns sur tranche, les autres empilés à la va-vite. La fine pellicule de poussière qui les recouvrait indiquait qu'ils n'avaient pas été manipulés depuis quelque temps, et cela remontait forcément avant la disparition de Steinert.

– Mon mari lisait beaucoup, dit-elle avec émotion. Mon Dieu, tous ces livres...

De Palma sentit pour la première fois qu'Ingrid éprouvait de la tristesse à la pensée de son mari.

Il jeta un coup d'œil sur les tranches des livres. A priori, William n'avait pas pris le soin de classer sa littérature par thème ou par auteur, encore moins par ordre alphabétique. Il y avait pas mal de bouquins en allemand.

Sur le rayonnage opposé aux fenêtres, des livres étaient mieux rangés que les autres, signe qu'on leur accordait une place plus importante, ou peut-être parce qu'on les lisait moins que les autres. Pourtant la couche de poussière était plus mince qu'ailleurs.

Le Baron murmura les titres qu'il lisait sur les tranches fatiguées : *Le Musée des sorciers* de Grillot de Givry, *Sciences occultes et magie pratique*, *Les admirables et merveilleux secrets du grand et du petit Albert*, *Le Matin des magiciens* de Pauwels et Bergier, *Les Arts divinatoires*, *Orthodoxie maçonnique*, suivie de *La Maçonnerie occulte et de la tradition hermétique* de Jean-Marie Ragon, *La science des mages* de Papus...

De Palma sortit avec précaution *Traité de l'apparition des esprits*, un vieux livre de 1587 écrit par un certain Noël Taillepied, à Paris, et édité par Guillaume Bichon en 1587. Sans rien connaître aux sciences occultes, il comprit que c'était un ouvrage extrêmement rare, sans doute réservé aux seuls initiés.

– Votre mari s'intéresse beaucoup aux sciences occultes !

– Je ne le savais pas, mais je me rends compte que la plupart de ces livres en allemand traitent aussi de ce sujet. Vous vous y connaissez, vous-même ?

– Pas du tout, dit-il en ouvrant *Les États multiples de l'être* de René Guénon, le plus grand initié du XIXe siècle. Il y a des bouquins très généralistes, a priori sans grande envergure, et d'autres, comme celui-là, qui semblent beaucoup plus pointus.

De Palma était songeur. Au fur et à mesure qu'il découvrait quelque chose, il avait l'impression de s'enfoncer un peu plus dans du bitume en fusion, sans que rien ne lui permette d'empêcher cet étouffement lent et progressif.

La troisième pièce était à proprement parler le bureau de William Steinert. Des tableaux de prix avaient été accrochés aux murs : un Fernand Léger, un De Staël et deux Bascoulès...

« Curieux voisinage, se dit De Palma, rien de symbolique dans tout ça. » Mais il comprit l'utilité de l'alarme. Sur une étagère, quelques statuettes de divinités grecques qu'il fut incapable de nommer et deux chaouabtis égyptiens de taille imposante posés sur une monture métallique ; sans aucun doute des pièces d'une très grande valeur.

Sur la table, s'étalaient sans ordre tout un tas de notes manuscrites, la plupart concernaient les mythes et les légendes provençaux. Sur une page, Steinert avait tracé d'une écriture très fine, méthodique, des notes sur les principaux monstres de la région de Tarascon.

Le Drac, dragon amphibie, enlevait les lavandières aux gros nichons pour nourrir son petit... Moins intéressant que la Tarasque, héroïne de Tarascon devenue star du marke-

ting régionaliste... Bête hideuse qui bouffait tout sur son passage... Domptée par sainte Marthe peu de temps après la mort du Christ. Voir monuments et abbaye.

– Votre mari écrit ?

– Oui, il aimait beaucoup l'écriture. Il s'était un peu retiré des affaires en partie pour assouvir cette passion.

– Un livre sur les mythes et les légendes de Provence...

– Ça, je ne sais pas.

De Palma fit encore le tour du bureau, inspecta les toiles ; il s'arrêta devant un Bascoulès représentant une scène de chargement sur le port d'Oran. Pendant un instant, il eut l'impression que les remorqueurs étaient en train de pousser les énormes coques noires des cargos de la compagnie Paquet, en soufflant des colonnes de fumée dans le ciel brûlant.

Il retourna dans la bibliothèque et observa toutes les surfaces. Mentalement, il photographia la disposition exacte des meubles et de certains livres qui lui paraissaient importants, il revint dans le bureau et fit de même. Il remarqua qu'il n'y avait pas d'ordinateur ni de téléphone. Pourtant une prise Télécom existait.

« Curieux pour un homme de cette importance. Je le vois mal trimbaler un portable et ne répondre que sur son cellulaire... Encore moins se passer d'Internet ! »

Il observa longuement le bureau. Le rangement des notes ne semblait pas naturel. Le stylo était complètement à gauche alors que Steinert était certainement un droitier, cela se voyait à son écriture. On avait déplacé des choses et tout avait été soigneusement essuyé.

À côté du stylo, il y avait une plume d'une trentaine de centimètres de longueur ; une plume fine et d'une extraordinaire blancheur. De Palma la prit délicatement dans ses doigts, l'observa un moment puis la reposa à la même place.

– Je crains que cette visite ne nous apporte rien de

précieux, si ce n'est de mieux connaître le personnage de votre mari. A priori, il vous cachait certaines choses.

Ingrid ne répondit pas. Elle était gênée. Peut-être était-ce la présence de ce flic dans l'intimité de son mari ? Peut-être était-ce de découvrir que son mari lui avait dissimulé des pans entiers de sa vie ? Elle se souvint qu'une fois, il l'avait invitée, à la sortie du théâtre, à visiter sa garçonnière et qu'elle avait refusé en prétextant une fatigue subite. C'était un des rares soirs où ils avaient fait l'amour jusque tard dans la nuit. Elle sentit l'émotion la submerger et décida de mettre un terme à la visite.

De Palma attendit qu'Ingrid soit dans le vestibule pour déverrouiller les volets et la fenêtre du bureau et les bloquer avec deux cales de papier. Au cas où il aurait besoin de revenir sans passer par la porte principale...

– Votre mari avait-il des ennemis ?

– Bien sûr, à son niveau, on a toujours des ennemis !

Il aperçut un maillet sur le bureau, du genre de ceux que possèdent les commissaires-priseurs, avec un manche noir et la tête en ivoire. Une pièce d'une rare beauté, à première vue ancienne. Un bref instant, il prit l'objet et fit mine de marteler quelque chose dans le vide.

– Je veux dire des gens capables d'attenter à ses jours... Avait-il reçu des menaces ? Était-il nerveux quand vous l'avez vu pour la dernière fois ?

– Je vais réfléchir à ces questions, Monsieur De Palma.

Il s'aperçut immédiatement, dans le ton de sa réponse, qu'elle mentait ; il ignorait encore jusqu'à quel degré et pour quelles raisons.

En sortant, De Palma se dit que normalement une enquête de voisinage s'imposait. Faire de la police classique. Mais il ne le ferait pas pour deux raisons : la première parce qu'il n'en avait pas le droit et la deuxième parce qu'il sentait qu'il valait mieux ne pas ébruiter quoi que ce soit. L'enquête de voisinage se ferait plus tard ou ne se ferait pas. Il avait l'intuition que ce n'était finalement pas très important.

*
**

Sur la N 568 qui fonçait droit vers les grandes raffineries de Fos, deux nuages plus noirs que la nuit s'étaient posés au bout de la perspective sur les flammes des torchères du terminal pétrolier.

Plusieurs questions l'assaillaient : pourquoi Ingrid avait tant tenu à lui montrer des photos de famille et le bureau de son mari ? Pourquoi juste ces deux choses ? Et pas le reste du mas ? Et la famille ?

Pourquoi parlait-elle toujours de William au passé, comme si elle était sûre de sa mort ? Elle aurait pu tout aussi bien ne rien lui dire. Mais pourquoi ? Il se garderait bien de poser ces questions avant longtemps.

Deuxième point : il était pratiquement sûr que Steinert avait un ordinateur et qu'il avait été enlevé du bureau. Était-ce pour une raison banale ou parce que quelqu'un en voulait à son disque dur ? Peut-être Steinert lui-même avait déménagé certaines choses sous l'effet d'une menace ou d'une crainte quelconque ?

Une fois chez lui, il composa le numéro d'Anne Moracchini.

– Adieu, ma belle, où tu en es avec ton braqueur ?

– On vient de recevoir les résultats de l'ADN, c'est négatif. Mais Delpiano, il veut le tordre quand même. Ça me fait de la peine.

– Tu seras toujours une grande sentimentale...

– C'est pour les petits que ça me touche, lui je m'en fous...

– Et moi, dans tout ça ?

– Quoi, toi, tu vas pas te mettre à faire le jaloux !

– Je t'invite au resto, ce soir.

– Je ne peux pas, mon commandant...

– Tu me le mets au trou pour la nuit, le braqueur, tu dis à Delpiano que tu as la migraine et tu viens manger avec moi.
– Michel, tu sais très bien que je ne peux pas.

Michel raccrocha et laissa son regard se promener dans l'espace de son T3. Son ex-femme, Marie, était partie avec la bibliothèque en noyer massif qu'elle tenait de sa mère qui la tenait elle-même de sa propre mère et cela depuis des générations. En attendant, les livres de criminologie du Baron reposaient sur la moquette en deux piles hautes de plus d'un mètre chacune ; sur le dessus d'une pile, il y avait *Précis d'analyse criminelle* et sur l'autre *Crime et psychiatrie* que le policier avait dû lire une bonne vingtaine de fois.

À la place de la bibliothèque et du canapé, parti lui aussi dans les petits arrangements du divorce, deux grandes taches rectangulaires divisaient l'espace comme des vestiges archéologiques. C'était à peu près tout de ce qu'il restait de dix ans de mariage. Deux taches rectangulaires et quelques photos mal cadrées.

Seuls les CD et les vinyles introuvables avaient retrouvé des étagères neuves. Des dizaines et des dizaines d'enregistrements pirates des grands de l'opéra sur des scènes fabuleuses : Del Monaco et la Callas à Vérone dans un *Aïda* surchauffé, Flagstad et Melchior dans un *Tristan* oublié... Et puis les collectors des Stones achetés à Londres dans les années d'insouciance, l'intégrale de Muddy Waters ramenée des States, Jimi Hendrix... Des galettes auxquelles De Palma tenait autant qu'à son .45, le calibre mythique caché derrière les coffrets des Beatles et de Rossini qu'il n'écoutait jamais parce qu'il n'aimait pas.

Michel glissa les *Derniers Lieder* de Strauss dans la platine de CD et s'assit, face à la machine, les yeux fixés sur les cristaux liquides du compteur. Le vibrato de Tomova-Sintow coula sur sa peau fatiguée. Il se souvint que c'était sa femme, Marie, qui lui avait offert ce disque un soir d'anniversaire de mariage. Il la revit avec son large sourire qui découvrait ses dents d'une extraordinaire blancheur, agitant le petit paquet cadeau au bout de ses longs doigts. La nuit, ils avaient fait l'amour plusieurs fois, elle lui avait avoué que depuis un mois elle ne prenait plus rien. Mais rien ne s'était passé. L'enfant que Michel voulait et redoutait à la fois n'était pas venu. Il ne viendrait jamais.

Il s'allongea sur la moquette, les mains croisées derrière la nuque, et s'endormit avant le troisième lied, la bouche amère d'alcool, un affreux rictus barrait son front de haut en bas, le long d'une cicatrice discrète, comme un point d'interrogation.

Une cicatrice que des heures de chirurgie avaient estompée.

Il y a quelques mois, le Baron était défiguré, son beau visage pourfendu.

Une chance : le nez n'avait pas été totalement démoli et l'os du front s'était bien ressoudé. Pour le reste, le chirurgien avait pris des morceaux de la peau du cul et avait rapiécé le flic, patiemment, pendant des heures, comme une vieille mémé qui reprise des jeans fatigués.

Côté esthétique, Michel ne s'en sortait pas trop mal. Un nez refait qui lui rabattait quelques années, une balafre cerclée de légères marbrures violacées sur le front qui lui donnait l'air d'un fou quand il fronçait les sourcils.

À l'intérieur, c'était une autre histoire. Des migraines qui ne voulaient plus le quitter et qui lui faisaient craindre les pires démons, les chromos rouge sang de ses angoisses qui revenaient de plus en plus.

Dans la grotte Le Guen, Michel avait eu peur, de cette peur qu'il n'arrivait pas à vider de son ventre. Cette peur qui envahissait le territoire flou de sa conscience, territoire où lui-même ne s'aventurait que très rarement. C'est sans doute pour cela, pour ne pas franchir ses interdits, jouer avec ses propres tabous, que le Baron n'avait jamais songé à la vengeance. Le temps d'incubation de la vengeance était trop long. Michel était un homme de colère et de tempête, pas un sournois aux processus psychiques qui ne connaissent pas de délais de prescription.

Au milieu de la nuit, un cauchemar surprit De Palma dans le grand vide de son sommeil.

15 septembre 1982, 9 heures 30.

Premier coup de fil anonyme, une voix rauque.

Un sac Carrefour suspendu à un chêne vert de la colline de Notre-Dame.

À l'intérieur du sac, une tête.

Le cou a été sectionné juste sous le menton.

Jean-Louis et Michel observent : une trace de sperme sur le front comme une onction diabolique, la signature de Sylvain Ferracci, « l'Éboueur » comme l'appelle un mange-merde de Paris Match.

11 heures. Second coup de fil.

Une voix de femme. Le jeu de piste va pouvoir commencer.

Dans une poubelle de Rabatau, des vêtements : un tailleur strict pied-de-poule, des bas couleur chair maculés de sang.

12 heures. Troisième coup de fil.

Une voix d'enfant.

Derrière la voix, Us and Them *des Floyd.*

Sur la jetée de la Pointe rouge, le tronc et les jambes. Le ventre est ouvert depuis le pubis jusqu'au sternum.

Le tourbillon.

Maistre, l'as du tir, a pris un Beretta à l'armurerie.

Il soupèse le chargeur et l'engage dans la crosse.

Michel le voit caresser la culasse noire de l'automatique.

Maistre est breveté en tir opérationnel et déglingue un bonhomme au jugé à vingt mètres.

Maistre a envie d'en finir, il a les yeux rouges de

fatigue et de malheur, son cerveau est une véritable grenade dégoupillée.

Michel n'est guère mieux.

Si Ferracci passe dans leur champ de vision, il est un homme mort.

Tout va très vite.

L'angle d'une rue, la course poursuite.

Une cave.

Michel enfonce le canon de son arme dans la bouche de « l'Éboueur » et ferme les yeux.

Il va appuyer sur la détente.

Il va le faire si l'autre ne s'arrête pas de gémir comme une tare.

Maistre s'approche de lui.

De Palma tremble de tout son corps.

Lentement, son ami retire le canon du Manurhin de la bouche du prédateur.

Des traits de lumière entrent dans le crâne du Baron, on le frappe, encore et encore.

Du sang épais coule sur ses yeux.

C'est la tête de Marie qui est dans le sac.

Non, celle d'Isabelle – Ingrid qui lui fait un clin d'œil.

Coucou obscène de l'au-delà des rêves noirs.

Il se leva, ingurgita deux aspirines et se posa devant le miroir de la salle de bains.

Il observa longuement son visage rajeuni par le soleil de l'été et les coups de bistouri du chirurgien qui avait passé une demi-journée à lui rafistoler le portrait. Il souleva ses cheveux et découvrit la cicatrice qui lui barrait le haut du front, puis il s'approcha du miroir et regarda son nez, la seule partie de son image qu'il ait jamais aimé.

Son nez avait changé et ressemblait maintenant à quelque chose qu'on aurait moulé dans de la matière plastique ; c'était un intrus dans le tableau, une partie de lui-même à jamais arrachée. Michel détourna le regard et se jeta de l'eau sur le visage, comme pour se purifier.

7

À 6 heures du matin, Christophe Texeira quitta son bureau de la Capelière. Il voulait être à son poste d'observation avant que le soleil ne se lève et, surtout, pointer aux abonnés absents quand les premiers touristes arriveraient.

La veille, il avait prévenu Nathalie, sa nouvelle assistante, qu'il s'absentait une bonne partie de la matinée.

– Comment vais-je me débrouiller avec tous ces groupes et ces familles ? avait-elle protesté timidement. Vous vous rendez compte !

– Vous leur donnez un ticket et vous les guidez jusqu'à l'entrée du parcours vert. Ensuite vous leur fichez la paix. De toute façon, ils ne risquent rien. En cas d'urgence, vous m'appelez sur le portable, je suis pas loin, à la cabane en sagno, du côté de la grande sansouire, à l'endroit que je vous ai montré hier.

Nathalie avait pris un air boudeur qui n'avait pas déplu à Texeira.

– J'espère que le fantôme de la cabane ne vous mangera pas.

– Non, il se déplace uniquement la nuit.

Texeira et Nathalie avaient longuement discuté de ces voix qu'il avait entendues dans la nuit. Nathalie s'était un peu moquée de Christophe, puis ils en étaient arrivés à la conclusion que le monde était plein de marginaux et qu'ils n'y pouvaient rien. On n'était plus tranquille nulle part, pas même dans les marais de Camargue.

Ça ne valait pas la peine d'appeler la gendarmerie du Sambuc.

Ce matin, le biologiste marchait d'un pas rapide sur le long chemin rectiligne qui menait à la cabane. Les pelouses et le marais tout proche ne bronchaient pas, seul le « oup-oup-oup » d'une huppe fasciée se faisait entendre par-dessus l'immensité brune.

La chaleur de la journée précédente pesait encore sur la terre en losanges.

Quand il arriva aux abords du marais, il remarqua que les craquelures de la terre s'étaient encore agrandies. Une salicorne glauque survivait, insensible à la soif, dans ce minuscule Sahel.

Il posa son sac en soufflant, vérifia que son portable était bien éteint, sortit ses jumelles Zeiss, son Reflex, et les pendit à son cou, des fois qu'un oiseau rare vienne à passer.

Une lueur mauve s'étalait sur le plat des eaux saumâtres. Le niveau des marais avait encore baissé sous le feu de la canicule. Il entendit un bruit discret : une aigrette gazette, toute blanche, sortit de la roselière et s'avança dans l'étang à la recherche du premier repas de la journée, en faisant de légers plops à chaque pas.

L'oiseau n'était pas si rare en cette saison, mais il prit deux photos, content de cette première rencontre. Il pensa au promeneur qui lui avait envoyé des clichés des spatules.

La lumière changea rapidement ; la sansouire se teinta de rose. Dans moins d'une heure, le soleil allait commencer sa course torride, indifférent aux malheurs de la nature.

Texeira ramassa son sac et se dirigea à grands pas vers la cabane en sagno aux murs blancs de chaux, là-bas, à la fin du petit canal, dans le seul bouquet d'arbres de la réserve.

Il s'arrêta deux fois pour observer un chevalier gambette qui semblait le suivre de l'autre côté du canal. Il connaissait le couple ; son ancien assistant le lui avait signalé au printemps avant de rejoindre l'équipe du Vigueirat. Le chevalier ne semblait pas effrayé, sans doute avait-il pris l'habitude des touristes et autres amateurs de volatiles bon chic bon genre.

Une fois dans la cabane, il posa son sac sur la table à moitié bouffée par les perce-oreilles, sortit son thermos et se servit un café.

Par la fenêtre, on avait un point de vue discret sur le marais tout entier. Il pointa ses jumelles, fit un lent panoramique sur les eaux verdâtres. Rien. Seule la solitude plate, tout juste brisée par le vent léger du matin qui animait les rares touffes de roseaux.

Il fallait attendre, peut-être une heure, que les insectes sortent de leurs planques et aillent s'offrir aux fins becs du quartier. Christophe profita du calme pour placer ses Zeiss sur un trépied. C'est à ce moment-là qu'une cigogne noire, un oiseau rarissime, se posa à une trentaine de mètres de la cabane, juste sous le grand arbre décharné qui n'en finissait pas de s'enfoncer dans le ventre du marais.

Le grand oiseau était si proche que Christophe entendit le battement lourd de ses ailes brassant l'air humide. Il n'eut pas le temps de se saisir de son Nikon que la cigogne s'envolait déjà, lourdement, en direction du levant.

Ce départ précipité le surprit, il avait pourtant veillé à ne faire aucun bruit.

Deux escadrilles de corneilles vinrent se poser derrière un tamaris et commencèrent à se disputer sans doute un bout de charogne qui traînait par là. Les joutes verbales des corneilles mettaient à mal la matinée d'observation de Texeira, il fallait y mettre un terme.

En moins de deux minutes, il fut sur les lieux. Les corneilles s'enfuirent de l'autre côté du marais. Il ne vit rien d'anormal et chercha la charogne un bon moment dans les racines tordues, en se méfiant de la vase relativement profonde à cet endroit-là.

Il ne remarqua rien autour de l'arbre, mais en levant les yeux, il aperçut, à trois mètres devant lui, une forme arrondie comme un vieux ballon de cuir qui sortait à peine de la surface de l'eau, hors d'atteinte.

Il alla à la cabane, se saisit d'une longue perche de gardian et retourna près de la forme.

Il dut faire quelques efforts pour éviter de pénétrer dans les eaux boueuses. La pique glissait sur la forme en surface, il essaya sous l'eau et crocheta le bout à ce qu'il crut être un os ou le bout de l'aile d'un grand oiseau, puis lentement, il ramena la chose vers le bord.

Le poids le surprit d'abord, ce n'était pas un oiseau, mais sans doute un gros gibier, un sanglier venu se noyer dans les marais.

Tout à coup, la « chose » se retourna dans l'eau, animée d'un étrange mouvement au ralenti. Texeira voulut faire un pas en arrière, mais la boue déjà tiède suçait ses bottes et le maintenait collé au rivage.

Il fut pris d'un tremblement nerveux et finit par se dégager.

Les algues fileuses se retirèrent et un visage d'homme apparut, gonflé, les orbites vides, les dents en avant, comme s'il souriait de sa fin diabolique.

*
**

À 14 heures 30, les bureaux du commissariat de Tarascon étaient déserts, on entendait seulement ronronner les ordinateurs, en attente des prochaines auditions.

Marceau était seul, occupé à taper le dernier PV d'une affaire minable : un homme poignardé par un Gitan à la sortie d'un bar pour une histoire de machine à sous. Marceau en était à sa dernière phrase quand le commissaire Larousse déboula dans le bureau, la cravate de travers, l'œil hagard et les cheveux en bataille.

– Marceau, je viens de recevoir un appel de la gendarmerie du Sambuc, ils ont repêché le cadavre d'un type dans les marais. Il se pourrait que ce soit notre gus, je sais plus comment vous l'appelez...

– Steinert, William... Pourquoi pas !

– Bon, je vais venir avec vous. Donnez-moi deux minutes et on y va avec votre bagnole, la mienne est morte.

Marceau avait toujours admiré la manière dont son chef levait le cul de sa chaise au gré des affaires : il fallait que ça en vaille vraiment la peine et qu'il soit absolument sûr de son coup.

Conclusion : c'était bien Steinert qui était dans la flotte quelque part en Camargue, veillé par une escouade de gendarmes en tenue de guerre.

Quand les deux flics se garèrent sur la départementale 36b, le soleil faisait une boule blanche qui dansait au-dessus du Vaccarès. L'air avait le goût du métal rouillé, chargé de boue rance et de parfums de jacinthes.

Marceau avait déjà la nausée.

Le capitaine Nicolaï serra la main des deux flics en les regardant droit dans les yeux.

– Bonjour, Larousse. C'est bien William Steinert.

Nicolaï était un vrai militaire : képi à trois ficelles vissé sur un crâne rasé, brevet de para nickel sur le treillis. Un tantinet fanfaron. Il avait le regard aigu, les joues creusées par les parcours du combattant et le nez saillant comme un caractère gothique, ce qui lui donnait un air sévère en toutes circonstances.

– Comment vous le savez ?

– Les gendarmes font très bien leur travail, dit Nicolaï en travaillant son sourire.

– Arrête, mon capitaine, lança Marceau, c'est des conneries de procureur tout ça.

Larousse tordit la bouche en un rictus qui pouvait

exprimer un nombre incalculable de choses que ses hommes avaient encore du mal à cerner. Il se pinça le nez plusieurs fois entre le pouce et l'index et cela, Marceau l'avait déjà remarqué sur d'autres affaires, signifiait qu'il était inquiet. Ses yeux bleus allaient de haut en bas comme s'il questionnait un grand mystère.

– Justement, il faudrait que vous veniez avec moi, messieurs, le procureur est déjà sur place.

– Si c'est un ordre, dit Larousse en se mouvant dans la chaleur moite.

Les gendarmes avaient fait correctement leur travail : périmètre de sécurité autour de la zone à traiter, techniciens en tenues étanches de la tête aux pieds, à genoux, qui passaient chaque centimètre de sansouire au peigne fin. Zodiac, plongeurs, hélicoptère...

Le procureur se tenait proche du ruban rouge qui fermait le périmètre et discutait avec le colonel Audouard, commandant la légion de gendarmerie, venu spécialement de Marseille pour superviser le travail des équipes scientifiques.

Larousse toussota quand il aperçut le procureur et ajusta sa cravate en avançant, la main tendue.

– Je suis venu dès que j'ai reçu votre message, Monsieur le procureur, voici le capitaine Marceau qui a recueilli la déposition de Madame Steinert.

– Bien, commissaire, je discutais avec le colonel en vous attendant et je lui faisais part de mon souhait de voir vos services s'occuper de cette affaire. Au fond, vous avez déjà commencé à travailler dessus ! Qu'est-ce que vous en pensez ?

– Je n'y vois aucun inconvénient... Nous... nous avons encore de la place. Je me propose même de nommer Marceau comme responsable d'enquête.

– Très bien, pas d'objection, mon colonel ?

– Aucune, ça me permet de renforcer mes effectifs sur le Var pour l'affaire Nidal.

– Bon, pour une fois que la gendarmerie ne trouve

rien à dire... Messieurs, je dois vous laisser. Pardonnez-moi de vous rappeler certaines choses extrêmement importantes : je ne veux en aucun cas d'équipe de journalistes sur cette affaire, télévision ou presse écrite. Vu la personnalité de la victime, je ne veux prendre aucun risque. J'y serai très attentif et je ne vous cacherai rien en vous disant que le procureur général m'a passé un coup de fil tout à l'heure pour me mettre au parfum.

Le procureur leva la main et pointa son index vers les cieux.

– Inutile de préciser à des hommes tels que vous que la famille Steinert a le bras long. Et quand je dis long, ça veut dire très long...

Il marqua un temps de silence et roula de gros yeux derrière ses lunettes carrées. Le policier et le gendarme acquiescèrent sans dire un mot.

– Commissaire Larousse, il ne reste plus qu'à vous dire bon courage. Et souhaitons ensemble qu'il ne s'agisse que d'un regrettable accident.

Larousse et Marceau ne surent comment interpréter cette dernière phrase, mais, connaissant le procureur, ils la reçurent comme un ordre dissimulé.

– Il me reste une place dans l'hélicoptère, Monsieur le procureur, s'empressa d'ajouter le colonel de gendarmerie en offrant un large sourire, si vous le souhaitez, elle est pour vous.

Larousse regarda l'Alouette bleue s'élever dans le ciel et ne put s'empêcher de dire à Marceau, les dents serrées :

– Quel con, ce procureur, dès qu'il voit du bleu marine, il sait plus où il habite. On dirait que ça le fait bander.

– Normal, son père était gendarme.

– Décidément, vous savez beaucoup de choses, vous. Moi, je croyais qu'il était plutôt du genre tapette sado-maso.

– En tout cas, on peut lui dire merci pour cette affaire ! Plus pourrie que ça, tu meurs !

– Bref, allons voir notre bonhomme.

Le gendarme qui ouvrit le sac à viande regarda Marceau avant de découvrir le corps.

– Je vous préviens, c'est impressionnant.

– Ah bon ! fit Marceau, surtout que c'est la première fois que je vois un cadavre...

D'un coup sec, le gendarme tira la fermeture Éclair et rabattit les deux pans du sac de chaque côté.

Le visage de William Steinert, encore maculé de vase et de petites algues brunes, était gonflé ; un liquide qui ressemblait à de la bave blanchâtre coulait entre ses dents.

Les petits carnivores du marais avaient déjà commencé à dévorer ce qu'il y avait de plus tendre : les lèvres, une partie des joues et les yeux avaient presque disparu. Steinert, toutefois, demeurait encore reconnaissable.

Marceau se pencha sur le corps. L'odeur du cadavre en décomposition était insupportable. En plus, ça empestait la vase tiède.

– La nuque et l'arrière du crâne me semblent pas avoir été touchés, les mains ne portent pas de traces de lutte, aucun doigt n'est cassé. Sur l'abdomen, il n'y a aucune blessure apparente, rien à constater au niveau superficiel, ni dans le dos ni sur les jambes. Le ventre est gonflé, il a dû boire pas mal de flotte.

– Je pense qu'il a dû se noyer, dit le gendarme.

Marceau ne répondit pas. Il se contenta de regarder en direction du marais. Quelques bulles venues de la vase vinrent éclater à la surface.

– Où se trouvait le corps ?

– Ici même, juste devant vous. D'après le témoignage de Christophe Texeira, il était à environ trois mètres du bord. D'ailleurs la perche qui a servi à le ramener ne mesure que trois mètres. On peut même supposer qu'il était à moins.

– Qui a hissé le corps sur la berge ?

– Les collègues de la brigade.

– Et qui l'a mis dans le sac ?

– Les collègues de la brigade.

– Et où en est le rapport du technicien ?

– Euh, y en a pas pour le moment.

– Bien. Trois conneries d'un coup. Vous battez vos propres records, les gars. C'est bien. Et ses affaires ?

– On a retrouvé son sac à dos avec portefeuille, porte-monnaie, clés de voiture, l'argent... Enfin tout ce qu'on peut trouver dans un sac. En plus, il avait du matériel photographique, une paire de jumelles et une pelle pliante.

– Une pelle pliante ?

– Oui, un peu comme celle qu'on a dans les commandos, mais on n'est pas vraiment sûr qu'elle soit à lui, il faudra vérifier avec les empreintes, s'il y en a. En fait on l'a retrouvée à côté de la cabane. Si vous venez dans la cabane, je peux vous montrer tout ça.

– Plus tard, plus tard.

– Je peux refermer le sac ?

– Oui, et menez-le au frigo tout de suite, il pue comme jamais.

Marceau s'écarta du groupe de gendarmes et appela De Palma sur son portable. Le Baron répondit à la première sonnerie.

– On l'a, Michel.

– Qui, Steinert ?

– Ouais, dans les marais, du côté d'un trou qui s'appelle la Capelière, en Camargue. Raide mort, en état déjà avancé.

– De combien ?

– Environ quinze jours, à mon avis. Ça correspond à peu près aux dates.

– C'est sympa de me prévenir tout de suite...

– Écoute, Michel, je l'ai appris y a même pas une heure. J'ai eu Larousse tout le temps sur le dos, alors, pardonne-moi de ne pas avoir eu le temps de te téléphoner en secret. On a dû se dépatouiller avec la gendarmerie.

– Te fâche pas mon beau !

– C'est moi qui ai l'affaire.

– Pourquoi toi ? C'est une zone gendarmerie !

– C'est toute une salade, le proc était là tout à l'heure, en personne.

À l'autre bout du fil, le Baron siffla.

– On s'appelle tout à l'heure, Michel. Il va falloir prévenir la veuve. Je vais y aller quand on me donnera le feu vert.

Une voiture, un 4x4 BMW, déboula sur la départementale, suivie par un nuage de poussière.

– À mon avis, c'est pas la peine que je me fatigue, Michel, je te parie tout ce que tu veux que c'est elle qui s'amène. Encore merci, les gendarmes.

La BMW s'immobilisa à côté des véhicules de police et de gendarmerie. Ingrid Steinert en sortit, en compagnie d'une silhouette en costard cravate, sans doute l'homme de loi de la famille. Un brigadier de gendarmerie s'avança vers Ingrid Steinert. Ils échangèrent quelques mots puis une poignée de main. Jean-Claude Marceau changea d'expression, les veines de son cou se tendirent imperceptiblement, il fronça les sourcils et voulut s'avancer, mais Nicolaï le retint par le bras.

– Laisse, Jean-Claude. Laisse le brigadier se dépatouiller avec la veuve, il en a l'habitude. Nous, on verra plus tard.

Marceau retourna près du corps et tenta d'imaginer les derniers moments de cette vie dans la vase d'un endroit improbable.

D'après ce que lui avait dit le gendarme, le corps était disposé dos au rivage, comme s'il s'était jeté dans l'eau, tête en avant. « C'est une première hypothèse, se dit le policier, mais je vois mal pourquoi il se serait jeté dans cette merdasse la tête première. Y a vraiment aucune raison. À moins que le corps ait bougé avec le temps... Mais il n'y a pas de courant dans ces marais, peut-être le vent ou les bestioles. »

Il voulut chercher des traces dans la terre et la boue à proximité du rivage, mais il vit une multitude d'empreintes de chaussures et de chaussons, sans doute celles des techniciens des scènes de crime. Rien d'autre. Il s'avança vers le bouquet de roseaux, écarta quelques cannes et remarqua que deux d'entre elles étaient cassées. « C'est très certainement la main d'un homme qui a fait ça... Et ça date pas d'hier ».

Marceau s'accroupit au milieu des roseaux, la terre était particulièrement sèche, craquelée par endroits. À même pas un mètre du marais.

Il se souvint de Boyer, le gourou du 36 : « Sortez du problème, les gars. Allez fourrer votre nez là où personne n'irait jamais le fourrer. Même si c'est au hasard. Agrandissez le cercle. Il y a forcément quelque chose. Souvenez-vous de Locard ! Ils laissent toujours quelque chose et repartent toujours avec quelque chose. »

Au moment où il s'apprêtait à rejoindre Larousse, il vit, bien incrustée dans la terre sèche, l'empreinte d'une chaussure. Il plaça sa main en éventail dans le creux de l'empreinte et vit qu'elle mesurait presque deux pans de main : chaussure d'un homme plutôt grand qui avait sans doute couru ; cela se voyait à l'enfoncement du talon et à l'effacement des traces du devant de la semelle.

Marceau avait suffisamment pratiqué la montagne et la randonnée pour reconnaître immédiatement la semelle de marque Vibram, de celles qui équipent un bon nombre de chaussures de randonnée. Il suivit la direction du pied et en vit une deuxième, à moitié imprimée, comme si son propriétaire s'était juché sur la pointe d'un seul pied. L'empreinte se trouvait presque en dehors des roseaux, tout près du lieu supposé de la mort de Steinert.

Marceau remonta la piste et trouva encore deux autres empreintes sur le chemin qui allait vers la cabane ; le sens des pas indiquait qu'elles venaient de la cabane. « Il a marché jusque-là sans s'arrêter, sinon, j'aurais à un moment ou à un autre deux pieds pratiquement côte à côte. Il a marché et il a sauté dans la flotte. Comme s'il fuyait quelque chose, marmonna-t-il. Va tourner ça en accident ! »

Il appela le gendarme et lui demanda de voir les chaussures de William Steinert. Les semelles étaient de marque Vibram. Même pointure.

– Madame Steinert vient de reconnaître le corps de son mari, dit Nicolaï. J'ai parlé avec elle quelques instants, elle a l'air d'encaisser le choc.

– Mouais, fit Marceau, encore absorbé par sa réflexion.

– Elle est déjà repartie. Voilà.

– Elle encaisse bien, tu dis ! J'irai la voir un de ces quatre...

Le commissaire Larousse arriva, les bras ballants, le regard perdu dans une direction quelconque.

– Fini, Marceau ?

– Presque, patron.

– Arrêtez de m'appeler patron, on a été à l'école de police ensemble.

– Ouais, mais moi je suis pas commissaire divisionnaire.

– Commissaire ou pas, je me suis fait bouffer par les moustiques. Vous avez quelque chose ?

– Rien de rien. En plus on arrive un peu après la messe.

– J'ai parlé avec la veuve Steinert, elle est très belle et très chiante. On risque de déguster avec elle. Elle m'a fait comprendre qu'elle avait des relations très haut placées, si vous voyez ce que je veux dire. Cette affaire-là, je l'aurais bien laissée aux gendarmes. Franchement, à quelques jours des congés, je le sens mal, très mal.

Quand les deux flics quittèrent la Camargue, le soleil commençait à décliner les couleurs de la fin du jour sur la surface des étangs : rose pâle de l'horizon, dorure des roseaux martyrisés par le soleil, gris sombre du Vaccarès infini.

Un semblant de fraîcheur s'installa sur les eaux dormantes.

*
**

À peine Marceau avait-il déposé Larousse devant sa Golf que le portable sonna.

– Tu perds pas de temps, Michel. Comment tu fais pour savoir que je suis dans ma voiture ?

– Tourne-toi et tu verras.

De Palma se tenait à quelques mètres de lui, devant le commissariat de Tarascon.

– Tu es revenu prendre l'air de la Provence ?

– Un vieux collègue à voir... On peut se parler quelques instants.

– Faisons le tour du pâté de maisons, j'ai besoin de respirer.

Ils marchèrent un long moment sans échanger un mot. Les ruelles du centre de Tarascon étaient éclairées par des lampadaires aux lumières rougeâtres.

– Tu sais comment elle s'appelait cette rue, Michel ?

– Comment veux-tu que je le sache ?

– La rue des Juifs... Parce qu'il y avait un ghetto avant à Tarascon.

– Ils ne devaient pas rigoler à l'époque des papes d'Avignon, remarqua De Palma.

– Hélas, le pire était à venir.

Ils croisèrent des touristes qui faisaient claquer leurs sandales en cuir de chameau sur les pavés encore chauds, un couple de vieilles Anglaises, le nez en l'air, scrutait les détails des façades.

Place de la Mairie, ils commandèrent deux doubles

whiskies. Marceau avala le sien d'un trait puis en commanda un autre.

Ils échangèrent des banalités. Marceau donnait l'impression d'être sur ses gardes, comme si le fil de l'amitié n'avait pas résisté aux tiraillements de la vie et aux horreurs du métier.

Marceau descendit son deuxième alcool comme le premier. C'était un homme qui ne manifestait que rarement son trouble intérieur, un trait de caractère qui avait toujours impressionné le Baron : il était capable, en apparence, de remiser les pires saloperies de son métier de flic dans une partie de lui-même inaccessible aux sentiments, comme un grenier dans lequel on dépose ce que l'on n'a plus envie de voir et que l'on finit par jeter.

Mais ce n'était qu'une façade. De Palma savait combien la violence l'atteignait et combien il devait se blinder pour ne pas paraître touché. Il savait combien Marceau avait besoin de retrouver le calme intérieur.

Ils payèrent et reprirent leur parcours nocturne dans la direction du Rhône.

– Il y a deux ou trois trucs qui m'ont intrigué quand même, tout à l'heure.

Marceau parla d'une voix monocorde.

– Il y avait des traces de pas – demain, j'irai faire des moulages avec un gars du labo. Les traces partaient de la cabane et allaient pile vers l'endroit où l'on a retrouvé Steinert. Je sais pas pourquoi mais j'ai trouvé ça vachement bizarre... Le genre de truc dont tu te dis que c'est pas possible que ce soit là par hasard.

– Pourquoi tu dis ça ? C'est un lieu fréquenté.

– OK, mais là, au bord d'un marécage qui pue !

– Tu m'as parlé d'une cabane...

– Il y a une cabane dans les parages. C'est là qu'on a retrouvé la pelle.

– La pelle ?

– Oui, il y avait une pelle, le gendarme pense que c'était à Steinert, mais il n'en était pas sûr. Enfin, bon, c'est pas d'une importance capitale, du moins pour l'instant.

Illuminé par l'éclairage municipal, le château du roi René faisait une formidable masse blanche dans l'encre de la nuit. Aux pieds des remparts, des **nistons** jouaient au foot.

– Il faudra attendre demain pour y voir plus clair. Ingrid Steinert t'a téléphoné ?

– Elle m'a téléphoné, tout à l'heure.

– Et alors ?

De Palma souffla longuement pour repousser la chaleur qui l'enveloppait. Le ballon vint se perdre dans ses pieds. Il tapa dedans et entendit un merci lointain.

– Elle semblait ne rien éprouver et voulait partir en guerre contre le monde entier tellement elle est persuadée que son mari a été assassiné.

– Pour le moment, à part ces traces de pas, ça ressemble plutôt à une noyade. On verra l'autopsie demain.

– C'est drôle quand même...

– Tu trouves ça drôle, toi !

– Le berger dont je t'ai parlé, il m'a dit que le mas de la Balme était maudit.

– Si tu commences à croire toutes les histoires des vieux pécores de Provence, tu vas pas aller bien loin. Ils sont complètement siphonnés là-haut.

Il y avait une pointe d'hostilité dans la voix de Marceau, mêlée à de la curiosité grandissante qu'il dissimulait mal.

– Sans doute demain, on ira faire un tour, si l'autopsie ne dure pas trop. En plus, il faut que je voie le chef du parc, Christophe Texeira. C'est lui qui a découvert le corps.

Marceau secoua la tête comme s'il voulait chasser une mauvaise image de son esprit.

– Demain, je vais essayer d'en savoir un peu plus sur William.

– Comment tu vas t'y prendre ?

– Pour une fois, il se pourrait que j'aie un peu de chance. J'ai un vieil ami de lycée qui n'a pas suivi la même voie que moi, il a fait de belles études et il a fini en homme d'affaires très bien implanté dans la région. Parfois, quand j'ai besoin de me rencarder sur les huiles du quartier, je passe le voir. Il sait pas mal de choses.

Marceau se remit à marcher en direction du Rhône. Au loin, du côté de l'église Sainte-Marthe, on entendait des postes de télévision qui gonflaient l'atmosphère des derniers programmes de soirée.

– Tu ferais mieux d'attendre les résultats de l'autopsie avant de faire quoi que ce soit, Michel. À mon avis, le légiste va nous dire qu'il s'est **négué** dans quarante centimètres d'eau et le proc' va classer l'affaire.

Marceau ne quittait pas des yeux la façade de la maison de l'autre côté de la rue, il semblait hypnotisé par un rectangle de lumière et par le murmure de la rue.

– On dirait que tu as envie de la classer à tout prix cette affaire ?

– Il va nous tomber dessus une tonne de merde si on continue à fouiller. Attends que la presse s'en mêle et tu vas voir.

– La presse est déjà au courant, Jean-Claude, tu le sais bien.

– Comment veux-tu que je le sache ?

Le Baron fit un signe vague de la main. Tout à coup, il réalisa que c'était peut-être Marceau qui avait donné la nouvelle de la disparition à un localier de Tarascon.

Lorsqu'il remonta dans sa voiture, vers une heure du matin, des éclairs de chaleur blanchissaient la nuit. De Palma chercha un CD dans la boîte à gants et s'aperçut, une fois de plus, qu'il avait oublié ses disques.

Las, il s'écrasa les tempes entre ses doigts pour dissiper un mal de tête naissant.

8

Le corps du milliardaire retrouvé dans un marais de Camargue

Le corps de William Steinert, 57 ans, a été retrouvé par un scientifique dans la réserve de la Capelière, en Camargue. L'homme, un milliardaire de l'industrie allemande, passait la majeure partie de son temps dans son mas près de Maussane. Son amour pour la terre de Mistral et de Daudet...

De Palma plia *La Provence* en quatre et la jeta d'un geste nerveux sur la table de son salon.

L'article consacré à Steinert était bref et ne disait rien de bien précis ; ni les gendarmes ni Marceau n'avaient balancé d'informations au fait-diversier local.

Une photo, à gauche de l'article, représentait Steinert au milieu d'une forêt de fraiseuses et de tours ; la légende disait :

William Steinert était devenu dans les années soixante l'un des magnats de la machine-outil allemande.

Michel se gratta le menton et jeta encore un coup d'œil sur la photo. Sa barbe du matin le démangeait et un mauvais goût de café lui collait au palais. Il entra dans la salle de bains et s'observa dans le miroir : les rides qui se dessinaient au coin de son visage donnaient l'impression d'être davantage creusées par un dessinateur malicieux qui aurait forci le trait pendant la nuit.

Il se brossa les dents, fit de longs gargarismes et resta un quart d'heure sous une douche brûlante.

À 10 heures du matin, il reçut un appel d'Ingrid Steinert. Elle lui demandait de passer la voir le plus rapidement possible, mais il esquiva en prétextant un rendez-vous chez le médecin. Cela lui laissait le temps d'attendre les premiers résultats de l'autopsie et de voir venir.

Il enfila un jean, le dernier t-shirt propre qui lui restait et composa le numéro d'Yvan Clergue, son contact parmi les financiers les plus puissants de la place de Marseille.

– Michel, comment vas-tu, mon poteau ?

– Pas fort en ce moment, j'ai toujours ces saloperies de douleurs dans la tête.

Comme d'habitude son ami était pressé, il alla droit au but.

– Qu'est-ce que je peux faire pour toi, Michel ?

– Est-ce qu'on pourrait déjeuner ? Peut-être...

– Je t'arrête tout de suite, je pars dans une heure pour Tokyo.

– Je voulais juste te demander un truc.

– Vas-y, je suis seul, ma secrétaire est sortie.

– Est-ce que tu connais un type du nom de William Steinert ?

– Il est dans *La Provence* de ce matin ! Bien sûr que je le connais.

– Blague à part, est-ce que tu sais des choses sur lui ?

– Un grand manitou, un vrai capitaine d'industrie, des « comme-on-en-fait-plus-beaucoup ». Pour lui, la finance était secondaire, l'intendance en quelque sorte ; ce qui importait c'était le créatif. Tout ça pour te situer le personnage. Riche, mais quand je dis riche, c'est immensément riche. Fortune familiale et tout ce qui s'ensuit, mais pas du tout du genre people ou dans un ghetto de fric.

De Palma chercha son calepin et un stylo.

– Je l'ai rencontré une fois, peut-être deux, je me souviens plus très bien ; c'était un vrai passionné, un type comme on en voit très rarement dans notre sphère. On dit qu'il était capable de te parler pendant des heures de tout à fait autre chose que ce pour quoi tu venais le voir.

– Qu'est-ce qu'il faisait ici, en Provence ? Des affaires ?

– Aucune ! À ma connaissance aucune. Il me semble qu'il avait un mas, je ne sais plus trop où.

– Du côté de Maussane.

– Peut-être. Dans l'industrie, c'était un type respecté. Un ingénieur d'abord, capable de retrousser ses manches et de se mettre à la planche à dessin...

– Mais, je comprends pas, pourquoi vous êtes-vous rencontrés ?

– J'attendais la question. Je te parle poésie de l'industrie et voilà, sacré Michel, policier jusqu'au bout ! Enfin, bon. En deux mots : j'ai été contacté par des financiers, des collègues, pour étudier un projet de création de parc de loisirs. C'était il y a deux ans. Ils voulaient créer une espèce de Disneyland à la sauce provençale. Si je ne me trompe pas, il y avait la Mairie de Tarascon, le Conseil régional, le Conseil général, des villages autour, et tout le toutim... Enfin sur le papier ! Car tout ça n'est resté que du papier.

– Et alors ?

– Et lui, Steinert, était là-dedans... Je sais plus trop pourquoi d'ailleurs mais il était là. Quand ils ont organisé un cocktail autour d'un semblant de maquette du futur parc, il est venu. Assez froid, même hostile si mes souvenirs sont bons.

– Hostile ?

– C'est très flou dans ma mémoire, mais il me semble qu'il était plutôt contre.

– Alors pourquoi venir à ce cocktail ?

– C'est justement la question que je suis en train de me poser...

De Palma cala le téléphone entre la joue et l'épaule et se servit un café.

– Je vois. Et qu'est-ce que c'est devenu depuis ?

– J'en sais trop rien, imagine-toi. Il paraît qu'ils ont prospecté ensuite du côté de la Camargue. Moi, je ne suis pas entré dans le truc parce que c'était un vrai panier à crabes.

– Pourquoi tu dis ça ?

– Devine, monsieur le faux naïf. Un immense parc d'attractions en pleine Provence, tu imagines les loups qui sont sortis du bois !

– Je vois, oui. Tu peux me donner des noms ?

Clergue allait parler, mais il s'interrompit. De Palma entendit la voix de sa secrétaire avant que son ami ne mette sa main devant le micro du téléphone.

– Non, je peux pas t'aider plus ! Vois du côté des communes dont je t'ai parlé, un peu à Marseille, les politiques là-bas, ils sont pas nombreux. Tous de la même famille, tu me suis...

– Cinq sur cinq, mon ami. La prochaine fois qu'on se voit, je t'invite.

– Pas de problème, Michel, ciao.

*
**

Clergue avait dit « tous de la même famille », ce qu'il fallait traduire par « francs-maçons ». Cela n'avait rien d'original pour des hommes d'affaires ou des politiques d'appartenir à la maçonnerie locale. De Palma avait même trouvé un maillet, objet maçonnique, sur le bureau de Steinert.

Curieusement, ce qui titillait le plus le policier dans cette histoire c'était l'attitude de William pendant le cocktail de présentation du projet. Clergue avait dit froid et hostile. Ça ne collait pas avec l'image qu'il se faisait du milliardaire allemand. Il essaya de bâtir un scénario à partir de ces quelques éléments, rien ne venait naturellement.

À 11 heures 30, il se retrouva devant le comptoir des archives de la Chambre de commerce et d'industrie de Marseille. Le responsable, un quadragénaire indolent, l'accueillit en regardant sa montre.

– Vous avez une cote, une référence, quelque chose ?

– Non, j'ai ceci par contre.

Le Baron sortit sa carte de police.

– Ça ne règle pas le problème de la cote, mais je vais voir ce que je peux faire.

Michel regarda l'archiviste disparaître derrière les rayonnages. L'air pulsé par les climatiseurs était frais, par les immenses vitres du bâtiment on apercevait le centre commercial de la Bourse et les vestiges de l'antique Massalia.

L'archiviste revint avec une brochure d'une quarantaine de pages reliées par une spirale.

– Voilà, c'est tout ce que j'ai trouvé pour l'immédiat, le reste est fermé à cause de la protection de la propriété industrielle. Même ça, fit-il en agitant la brochure, j'ai pas vraiment le droit...

– Écoutez, mon ami, je peux toujours revenir avec une commission rogatoire d'un magistrat, mais on ne va pas embêter un juge d'instruction pour si peu. Je veux juste voir deux choses.

De Palma prit la brochure des mains de l'archiviste.

LE GRAND SUD

LE PREMIER PARC DE LOISIRS

QUI FAIT RIMER CULTURE ET PLAISIRS

Le titre était posé sur un montage de photographies de plages blondes, de paysages de Camargue au soleil levant et de lieux historiques avec, en surimpression, la silhouette du château de Tarascon, un portrait de la sorcière Taven et une représentation de la Tarasque qui occupait une bonne partie de l'image.

De Palma parcourut brièvement les premières pages : essentiellement des mots d'introduction de chaque personnalité politique concernée par le projet : présidents du Conseil régional et du Conseil général, maires de Maussane, de Tarascon et d'Arles...

À la deuxième page, les auteurs avaient rédigé une note d'intention pour définir dans les grandes lignes les ambitions du Grand Sud qui se voulait « une alternative » à Disneyland :

> **... L'accent sera mis sur des activités ludiques et culturelles qui plongeront le visiteur, en interactivité et toutes classes d'âge confondues, dans le patrimoine de la Provence et plus généralement dans les cultures des pays de la Méditerranée septentrionale.**
>
> **Pour ce qui concerne la Provence nous avons retenu des repères culturels forts : reconstitution de la grotte Le Guen, site préhistorique sous-marin, la présence grecque, l'Antiquité romaine, la littérature (Mistral, Daudet...) et, bien entendu, différents emprunts au patrimoine légendaire particulièrement fourni en Provence : la Chèvre d'or, la Sorcière Taven et la Tarasque nous semblent être des motifs intéressants pour la création d'espaces de jeux à thème...**
>
> **Sur ce principe, une étude sera menée pour désigner la mascotte du Grand Sud. D'ores et déjà, la sorcière Taven, mais surtout la Tarasque ont été retenues pour être au centre des animations du parc.**

La société chargée de l'étude de faisabilité était la SODEGIM (Société d'étude et de gestion immobilière) dont le président était un certain Philippe Borland. De Palma nota ce nom, ainsi que celui de la société dans son carnet. Puis il feuilleta le reste de la brochure en passant sur les détails de montage financier trop compliqués à analyser.

À la page 21, se trouvait un descriptif plus précis des activités ludiques et culturelles : il était prévu un parcours légendaire, genre de train fantôme, avec reconstitution de la grotte de la sorcière Taven et un manège assez complexe consacré à la Tarasque et présenté comme le clou du spectacle ; un croisement de montagnes russes et de « super-slash » dans une piscine aménagée au centre du parc.

De Palma nota sur son calepin, en grosses lettres : Tarasque. Puis, il chercha ce qui le préoccupait le plus : l'emplacement prévu pour la réalisation du projet. Il trouva la réponse à la page 28 : il était prévu d'installer le parc dans un triangle entre Maussane, Les Baux et Fontvieille. À l'endroit où Steinert possédait des terres. Beaucoup de terres.

Sur la page suivante, il y avait un plan de masse et un relevé cadastral. De Palma visa la photocopieuse derrière le comptoir.

– Vous pourriez me faire une photocopie de cette page ?

Je n'ai pas le droit, Monsieur.

– Écoutez, encore une fois, on ne va pas chipoter, vous me faites la photocopie, personne n'en saura rien ! Après je vous laisse.

L'archiviste regarda sa montre et plaqua la page 29 sur le verre de la photocopieuse.

*
**

À 12 heures, le Baron gara son Alfa en double file devant un döner kebab de l'avenue de la République. Il commanda un grec frites avec de la sauce blanche, tomate, oignon et salade. Son portable sonna.

– Michel, c'est Marceau. L'autopsie ne laisse aucun doute, il est mort noyé.

– Noyé !

– Mouais. On y est depuis 7 heures du matin et c'est bien ce à quoi je m'attendais.

– Qui est-ce qui a fait l'autopsie ?

– Mattei comme d'habitude.

De Palma faisait une confiance absolue dans les verdicts de Mattei.

– Je crois que l'affaire va être classée d'une minute à l'autre, lâcha Marceau, et je ne peux rien faire de plus. Pas d'autre élément, rien.

– Tu as ces traces de pas !

– Tu plaisantes ou quoi ! Tu me vois pleurer devant le proc en lui disant que j'ai des traces de godasses dans la boue séchée d'un marigot de Camargue. Ouvre les yeux, Michel !

– Est-ce que tu as fait faire des moulages ?

– Oui, ce matin ; il y a une équipe de techniciens sur place. C'est d'ailleurs la dernière fois qu'on va traîner nos bottes dans ce coin qui pue.

De Palma essaya de se concentrer. L'affaire allait échapper à la police d'un moment à l'autre. Il était partagé entre son désir de suivre les conclusions du légiste et son instinct.

– Je vais rentrer au commissariat pour gratter. Qu'est-ce que tu fais, Michel ?

– Je sais pas, je vais peut-être aller voir Ingrid Steinert, par politesse.

– Elle t'a téléphoné ce matin ?

– Oui,

– Eh bien, à plus tard, collègue. J'espère qu'elle va pas nous chercher des poux dans la tête. Il faut qu'elle comprenne que je ne peux plus rien faire.

*
**

Depuis les Pins des Fées, l'air donnait l'impression de sortir d'un four à bois, les arbres craquaient sous les feux du soleil.

De Palma regardait la photocopie des relevés cadastraux qu'il avait pris à la Chambre de commerce de Marseille. Il gravit un monticule qui permettait de dominer la vallée tout entière et orienta la carte.

À l'est, le mas de la Balme ; les bâtiments ondulaient dans la lumière du zénith. Découpées dans le ciel pur, les barres de calcaires blanches des Alpilles tranchaient avec les mamelons couverts de garrigue brune, les rampes rouillées qui menaient aux falaises et aux belvédères des légendes.

Le Baron se retourna et observa la plaine, du côté de la Camargue, au sud. Il prit quelques repères sur le plan et vit que, grosso modo, l'emplacement prévu pour le parc se trouvait sur ce qu'Ingrid lui avait désigné comme étant les « Terres d'en bas ». Des terrains boisés, sans grand intérêt pour l'agriculture, proches des routes et suffisamment éloignés de la Balme pour ne pas gêner le milliardaire dans sa retraite.

Pourquoi Clergue avait-il mentionné l'hostilité de Steinert ?

C'étaient des lieux chargés d'histoire, sur lesquels les hommes vivaient depuis des temps immémoriaux, des lieux fragiles devenus des retraites pour milliardaires et snobs en tout genre, nappés de fric et d'orgueil. Le moindre lopin de terre se négociait des fortunes. De Palma se dit qu'un projet de parc d'attractions, qui aurait forcément attiré un public populaire, ne devait pas satisfaire la plupart de ceux qui s'étaient offert ce ghetto de grand luxe.

Le long de la route qui relie Aix à Tarascon, les silhouettes par milliers des cyprès se mouvaient lourdement dans l'air épais. De Palma eut l'impression d'entendre le tumulte des légions de Marius, le Romain.

Puis il pensa à William Steinert, l'homme du Nord, des hivers de neige et de grisaille, le descendant de ces Teutons que Marius avait taillés en pièces non loin de la via Domitia.

Steinert était le genre d'hommes que Michel aurait aimé connaître ; lui qui ne savait rien sur cette Provence voisine de Marseille, sa ville natale ; rien à part des histoires de crimes et le souvenir d'une visite de la classe de sixième aux Antiques de Saint-Rémy, derrière les Alpilles, et de ce Marius, sauveur de Rome et de Marsiho l'indépendante, ici, au pied de ces montagnes modestes.

Ce nom de Marius avait longtemps habité l'imagination du Baron, il conservait encore l'image intacte des trophées du soldat que l'institutrice du cours moyen lui avait montrés, gravés dans la pierre de Saint-Rémy.

Sans doute, les promoteurs du futur parc avaient-ils pensé à faire de Marius l'un des héros de manège à touristes. Sans doute avaient-ils déjà choisi la Tarasque de Tarascon comme mascotte du Grand Sud. En remontant dans sa Giuletta, De Palma se dit que ce n'était pas forcément une mauvaise idée commerciale. Il vit des rayonnages entiers de Tarasques en peluche dans les supermarchés à souvenirs, la Tarasque et les Tarasquettes... Deux millénaires de tradition orale transformés en codes barres. Il comprit aussi que la bête des marais ne revenait pas par hasard dans son enquête. Tout le monde s'y intéressait et c'était ce qui commençait à l'inquiéter.

Ingrid était seule sur la terrasse. De Palma eut l'impression de revoir Isabelle Mercier, telle qu'elle était sur les films super-8 que le père de la jeune fille avait prêtés à la PJ.

Ingrid ne se leva pas quand Michel lui fit maladroitement un signe amical de la main en refermant la porte de sa voiture.

– Au moins maintenant, vous me croirez... lança-t-elle d'une voix métallique.

– Je suis vraiment désolé.

Ingrid baissa la tête, son visage disparut derrière le voile doré de ses cheveux.

– Le plus dur, ç'a été de le voir, de le reconnaître comme vous dites... *Verstümmelt !* Complètement défiguré... C'était... *Unerträglich*, insupportable.

Elle releva la tête d'un geste brusque pour rabattre sa chevelure sur ses épaules et parla sans émotion, comme si elle récitait un texte, en fixant un bout de tissu provençal, sans doute un échantillon d'une de ses nouvelles collections.

– Depuis ce matin, j'essaie d'effacer cette image...

– Si vous voulez que je m'en aille, murmura De Palma. Je peux revenir demain ou un autre jour...

– Restez, asseyez-vous. J'ai renvoyé tout le monde aujourd'hui. Même les trois pitres, comme vous dites, qui s'occupent de ma sécurité. Je ne voulais voir personne. À part vous, c'est étrange.

Elle regarda le Baron. Ses yeux, d'ordinaire turquoise, avaient viré au bleu azur, ce qui donnait l'impression d'un grand vide. Michel toussa pour éviter d'avoir à répondre quoi que ce soit.

– Vous connaissez les résultats de l'autopsie ? dit-elle en continuant de le fixer.

– Oui, et je pense qu'on peut leur faire confiance, ce légiste est le meilleur que je connaisse. Pas de doute là-dessus.

– Et vous, qu'est-ce que vous en pensez ?

De Palma s'assit en face d'elle.

– Je pense qu'il ne faut pas chercher plus loin. Un accident, rien de plus. Un accident stupide, comme tous les accidents. S'il avait été assassiné, les légistes auraient trouvé quelque chose.

Ingrid le fixait toujours, mais son regard avait changé d'expression, il était devenu familier, presque cajoleur.

– Vous ne croyez pas un mot de ce que vous venez de me dire, mais je ne vous en veux pas. Bien au contraire. Ce sont simplement des problèmes de police, de hiérarchie ou je ne sais quoi dans ce style qui vous retiennent et qui vous inquiètent. Vous savez très bien que mon mari n'est pas mort noyé dans cinquante centimètres d'eau. Euh, pardon, quatre-vingts...

– Vous savez, parfois...

– Mon mari était le meilleur nageur de sa promotion à l'école d'ingénieurs de Munich. Il mesurait un mètre quatre-vingt-dix.

De Palma baissa les yeux et laissa le silence faire sa place entre eux.

Les évidences étaient là. Il ne pouvait les nier. Personne ne pouvait les nier.

Le ciel luisait comme de la soie bleue. Tout à coup, il lui sembla que la puanteur du marais lui collait à la peau comme une chemise mouillée, une odeur de nuoc mam et d'algues pourries.

Il leva les yeux vers Ingrid.

Le vent avait déplacé une mèche de ses cheveux jusqu'à la commissure de ses lèvres, à l'endroit où De Palma avait remarqué deux petits grains de beauté. Elle avait l'air songeuse, comme si elle se posait des questions avant de leur donner des réponses.

– Vous savez, on ne s'aimait plus depuis longtemps... dit-elle d'une voix traînante. Peu après notre mariage, il a commencé à devenir étrange. Il avait ses drôles de lecture, ses passions qui ne sont pas forcément celles d'une jeune femme. Il était beaucoup plus âgé que moi, ce mariage a été une erreur de ma part, mais je garde énormément d'affection pour lui. De respect aussi. Un immense respect... C'est plus un ami que je viens de perdre qu'un mari.

Elle pointa un doigt vers le domaine et l'embrassa du

regard en donnant l'impression qu'elle voulait le contenir tout entier dans son seul champ de vision.

– C'est pour lui que je vais rester ici, et que je ne toucherai à rien pour le moment. Son âme est encore là. La nuit, je la sens qui rôde dans le bâtiment et là-haut sur ces collines. Il aimait tant ces collines. Avez-vous lu *Les Hauts de Hurlevent* ?

– Heathcliff et Cathy...

– C'était son roman préféré. Il pouvait en parler pendant des heures... Des heures entières.

De Palma avait l'impression qu'on l'avait vidé de son sang. À cet instant précis, il ne savait plus très bien ni qui il était au juste ni ce qu'il devait faire. Une force obscure le retenait auprès de cette femme.

Ingrid se leva et entra dans la cuisine. Elle en ressortit avec deux bouteilles de jus de pomme et une cruche d'eau fraîche posées sur un plateau en olivier.

– Je manque à tous mes devoirs, vous devez avoir soif ?

– Un peu, à vrai dire.

– Est-ce que vous avez mangé ?

– Non, mais je ne veux pas abuser de votre gentillesse.

– Vous êtes un drôle de type, Monsieur De Palma. On dirait que vous avez peur de moi ou que vous vous méfiez de moi. Je suis une femme comme toutes les autres. Je me bats simplement pour que la vérité soit faite sur la mort de mon mari. Et elle sera faite, croyez-moi.

– Je vois, fit De Palma, vexé.

– Ne vous fâchez pas.

Michel avala d'un trait un verre de jus de pomme et se resservit sur-le-champ. Ingrid l'observait ; aucun des gestes du policier ne lui échappait, ce qui avait pour effet immédiat d'accroître la nervosité du Baron.

– Je dois vous expliquer quelque chose d'extrêmement important si vous voulez comprendre mon mari.

Elle prit sa respiration, sa poitrine se gonfla comme si elle voulait extirper du plus profond de son être quelque chose qui lui pesait depuis de trop nombreuses années.

– Il faut que vous sachiez que le père de mon mari, pendant l'Occupation allemande, était ici.

Elle regarda dans le vague des alignements d'oliviers, comme si ces souvenirs qui ne lui appartenaient pas en propre venaient la hanter.

– Quand je dis ici, insista-t-elle en piquant la table de l'ongle de son index, c'est ici dans ce mas.

Elle se tut pendant un instant. Un courant d'air brûlant chargé d'essence de pins et de garrigue descendit des Alpilles et vint s'épanouir sous les platanes gigantesques.

– Le sarcophage que vous avez vu, là-bas, c'est mon beau-père qui l'a sorti de la terre. Et bien d'autres choses encore. Je pense que vous commencez à comprendre maintenant les liens particuliers qui unissaient mon mari à cet endroit. Je veux que vous compreniez bien qu'il n'était pas comme les autres riches pensionnaires de cette région !

Les questions assaillaient De Palma. Il aurait voulu demander quel était le rôle du père de William Steinert pendant la guerre. S'il était au parti nazi... Pourquoi, lui, un grand industriel, était venu se perdre dans ce trou ?

Ingrid devina ses pensées, elle n'attendit pas les questions.

– Au départ, ce n'était pas lui l'industriel, mais son frère aîné qui est mort dans les bombardements de Dresde en 1945. Comme ils n'étaient que deux enfants, c'est mon beau-père qui a repris les affaires. Pourtant, il n'avait rien d'un manager comme on dit aujourd'hui. Il avait une formation d'archéologue. Il avait obtenu son doctorat en 1939. Au printemps, juste avant que la guerre n'éclate.

– Mais... Comment s'est-il retrouvé ici ?

– Les nazis l'ont en effet envoyé dans la région parce que, avant-guerre, dans les années 37 et 38, il passait la plus grande partie de ses hivers ici, à étudier les vieilles pierres.

« La fouille qui a été faite sur les Terres d'en bas, c'est lui. Bien évidemment en 1939, il a dû quitter la France. Mais peu de temps après les nazis l'ont renvoyé ici. Cela devait servir leur propagande, je pense. Et laissez-moi vous dire que les gens du village l'ont très bien accueilli et qu'il est revenu souvent après la guerre. L'un des rares Boches, comme vous dites, à n'être pas regardé comme le diable en personne.

– En quelle année est-il mort ?

– En 1980, il avait soixante-seize ans. Il est enterré dans une tombe discrète au cimetière d'Eygalières.

Ingrid se redressa sur son fauteuil et se servit un verre d'eau. Les traits de son visage paraissaient moins durs. De Palma nota que l'expression de vengeance qu'il avait devinée en arrivant au mas avait disparu. La couleur de ses yeux avait changé.

– Bien sûr, je vous demande de ne pas parler de cela autour de vous, c'est *« unter dem Siegel der Verschwiegenheit »*, comme un secret bien gardé dans le coin, personne ne parle de Karl Steinert. Lorsque mon mari a acheté sa place au cimetière, il a fait transférer les restes de son père, dans le plus grand secret. Il avait l'argent pour ça. Je compte sur votre discrétion.

Elle posa délicatement sa main sur l'avant-bras de Michel ; machinalement, il posa la sienne par-dessus.

*
**

Depuis trois jours, Rey n'avait pas bu une goutte d'eau ni mangé le moindre morceau de quoi que ce soit.

Trois jours qu'il était dans un trou noir, abandonné par celui qu'il avait tout d'abord pris pour un policier. La seule chose que Rey avait conservé, c'était une relative notion du temps : il sentait aux variations de température de sa prison quand le soleil se levait et quand il se couchait.

À part ça, c'était tout ce qu'il savait du monde extérieur.

Malgré le noir, ses yeux brûlaient dans ses orbites douloureuses, sa langue était dure et épaisse de soif, ses mains tremblaient.

La veille, quand il avait eu les premières visions, il avait bien cru avoir des accès de fièvre. Puis, les visions étaient parties comme elles étaient venues. C'était sans doute la soif qui lui jouait des tours.

Tout d'abord il avait revu sa mère qui le regardait avec ses petits yeux méchants et qui lui disait de sa voix rance : « Ton père ne viendra jamais, ton père ne viendra jamais... Fils de pute ».

Puis, il avait traversé un long couloir et débouché dans une salle ronde, avec en son centre un fauteuil qui lui tournait le dos. Une salle qu'il connaissait bien. Une main sèche comme du bois mort était sortie du fauteuil et lui avait fait signe d'approcher. Il s'était avancé lentement, la peur au ventre, la bouche tordue par le dégoût et avait dépassé le fauteuil. Le père Morand était assis, un coussin mauve pour soutenir sa nuque malade et recourbée telle une échine de veau ; l'homme de Dieu l'avait fixé de ses yeux égrillards : « Viens m'embrasser, mon fils. Il n'y a que toi qui saches embrasser comme cela... Plus près, voilà comme ça... »

Il s'était réveillé et avait chassé l'image du pensionnat à grands coups d'insultes assenées dans le noir. Il avait hurlé comme une bête pendant un long moment et son hurlement s'était fini en un râle d'où émergeaient de temps à autre deux syllabes à peine audibles : Pa... Pa...

Puis, le sommeil l'avait pris au dépourvu, d'un seul coup, comme si une main invisible dans les ténèbres lui avait injecté une dose de morphine.

La dernière image qu'il avait conservée du monde

libre, c'était une cabane au toit de chaume, en plein milieu d'un marais. Il lui était impossible de dire où.

L'homme avait enlevé le bandeau qui lui couvrait les yeux à proximité d'une roselière et l'avait fait marcher, son .45 en main. Il avait traversé la roselière en suivant un chemin invisible, puis il avait débouché sur un marais asséché dont la boue faisait des étoiles de sel. De l'autre côté du marais, il avait vu une cabane à moitié dissimulée par des peupliers et des frênes.

Et puis, il y avait eu un formidable coup sur la tête. Tout avait basculé, tout était devenu blanc, comme quand il se fixait à la dure.

Ensuite, il s'était retrouvé dans le noir et avait exploré la cave qui le retenait prisonnier, à tâtons, comme une taupe qui reniflait les moindres recoins de ce monde restreint, quelque part sous terre. Il avait crié aussi.

Combien de temps ? Il ne saurait le dire à présent. Mais il se souvient que les deux premiers jours, il avait crié. Personne n'était venu. Il n'avait rien entendu et c'était bien ce silence de plomb qui commençait à le rendre fou. Passe encore le noir, mais le silence quasi total le déséquilibrait et le travaillait au corps.

La chaleur montait. Bientôt son corps allait être nappé de l'eau salée qui s'échappait inexorablement par chaque pore de sa peau fatiguée, la soif allait devenir encore plus insupportable. Il pensait aux jours qui lui restaient à vivre : deux, peut-être trois.

Peut-être moins.

D'après ce qu'il avait lu sur la survie, Rey savait qu'on ne résistait pas longtemps au manque d'eau. Il savait que la folie allait s'emparer de lui et qu'elle ne le lâcherait plus jusqu'à ce que son corps se ratatine comme un cadavre au soleil.

Il avait compté les jours. Demain on était mardi, le 29 juillet. C'était la Sainte-Marthe.

Il sourit presque : ça lui rappelait des vieux souvenirs. Des chromos de son enfance et des douceurs de sa vie d'homme avant que tout ne bascule et ne se termine dans ce souterrain.

Il griffa son visage plusieurs fois comme pour se punir de toutes ses erreurs.

*
**

Le maire d'Eygalières était encore à sa permanence quand De Palma sollicita une entrevue à sa secrétaire, une brunette rondouillarde avec de faux ongles qui lui faisaient des griffes au bout des doigts...

– Vous êtes Monsieur ?...

– De Palma, je suis journaliste.

– D'accord, je pense qu'il va vous recevoir dès qu'il a fini. Il ne devrait pas y en avoir pour longtemps.

Le Baron se dirigea vers un tourniquet garni de prospectus sur la commune et en feuilleta quelques-uns.

– Ça fait longtemps que Monsieur Simian est maire ?

La secrétaire leva la tête de son registre et jeta un regard farouche.

– C'est son cinquième mandat et, à mon avis, il va se représenter.

– Il est apprécié dans la commune !

– Beaucoup, fit-elle en secouant la tête et en sifflant. À chaque fois il est réélu haut la main, sans problème.

– À droite ou à gauche ?

La secrétaire balança sa main.

– Au centre, disons. Officiellement de droite, UMP.

La porte du cabinet s'ouvrit. Le maire était un petit homme, à moitié chauve, avec des lunettes à double foyer sur le bout du nez. Il tendit la main à De Palma en le regardant droit dans les yeux.

– Ma secrétaire m'a dit que vous étiez journaliste ?

– Oui, indépendant, je travaille pour *Villages magazine*, on fait une enquête sur les maires de ces petites communes de Provence qui sont devenues des lieux de villégiature pour les plus riches.

– Vous tombez bien ici ! Mais je dois vous dire que les riches dont vous parlez sont très discrets et comptent sur moi pour ne pas être dérangés dans cette discrétion.

– Ne vous inquiétez pas, ce n'est pas de cela qu'il s'agit.

Simian fit le tour de son bureau, se cala dans son fauteuil et, en ouvrant les bras, invita De Palma à s'asseoir.

– Alors je vous écoute.

– On essaie de voir un peu comment ça se passe pour les gens du pays, ceux qui veulent vivre et rester ici et qui ne peuvent plus se payer un seul morceau de terrain. Comment font-ils ?

– Pour moi c'est un problème constant. Je suis moi-même fils de paysan, mon père était déjà maire d'Eygalières... C'est dire que, dans la famille, on a vu les choses évoluer. J'avoue que la mairie ne peut pas grand-chose : les terrains se vendent et s'achètent aux prix que se fixent les parties entre elles ! C'est la loi du marché.

– Vous pouvez tout de même prendre des arrêtés concernant l'occupation des sols ou ce genre de chose !

– Oui, mais ce n'est pas cela qui changera les prix de l'immobilier.

Le maire s'étendit sur différents aspects du problème. De Palma se contentait de prendre des notes et d'attendre avant d'entrer dans le vif du sujet ; il avait en face de lui un fin roublard qui pouvait parler avec des accents de sincérité.

– Avez-vous entendu parler de projet de parc de loisirs dans la région ?

– Pas vraiment, qui est-ce qui vous a parlé de ça ?

– Quelqu'un qui disait travailler pour la SODEGIM, j'ai oublié son nom.

– Jamais entendu parler. Ce doit être une fausse information.

Le Baron fouilla dans son calepin.

– J'ai retrouvé : Philippe Borland... C'est le PDG de la SODEGIM.

Le maire tordit la bouche pour marquer son ignorance. Puis, il se leva et se dirigea vers la carte de la commune qui était accrochée au mur.

– Vous avez ici les zones constructibles et les zones non constructibles pour diverses raisons que vous connaissez. Je veille à ce qu'il existe une harmonie entre les zones résidentielles et l'habitat rural traditionnel. Je dois vous dire que c'est un exercice d'équilibriste particulièrement difficile.

Il pointa son doigt sur des parcelles et fit des petits cercles autour.

– Les gens qui habitent là ont de gros moyens...

– À ce propos, il y a un de vos administrés qui a disparu ! Vous avez vu dans la presse ?

– William Steinert ! Oui, je l'ai lu. C'est triste.

– Vous l'avez connu ?

La maire changea d'attitude, visiblement la question le dérangeait.

– On avait très peu de rapport avec lui, il était très discret. Comme tous ces gros propriétaires que nous avons.

Anne Moracchini avait trouvé dans les fichiers que William Steinert avait été mis en examen pour financement occulte du RPR local, ce qui par la suite avait été démenti par l'instruction. Par contre il résultait de cette affaire de financement que Steinert connaissait le maire d'Eygalières, et les autres élus de la région.

– Je me suis laissé dire par un confrère qu'il possédait la moitié de la commune.

– La moitié, ça fait peut-être beaucoup, mais c'est vrai qu'il possédait pas mal de terrains.

– Mouais, fit De Palma en regardant la carte.

Il posa son index sur les Terres d'en bas.

– Et cette zone ici, qu'est-ce que c'est ?

Le maire enleva ses lunettes et mordilla une branche.

– On les appelle les Terres d'en bas. Ce sont des bois. Il en faut bien.

– Un vieux du village m'a dit qu'il y avait des vestiges romains ou grecs sur ces terres, c'est vrai ?

– Non, non, c'est faux ! Ce sont des vieilles histoires, rien de plus.

– Ce sont des terrains constructibles ?

– Je... Il faudrait que je consulte le plan d'occupation des sols. Il doit y avoir des parcelles dedans. Je ne sais plus. Vous savez, c'est grand, une commune !

Simian remit ses lunettes et consulta sa montre.

– J'ai un problème, Monsieur Simian : vous me dites ne pas connaître la SODEGIM et pourtant je sais que vous avez été contacté par des gens de cette société d'études, il y a un peu plus d'un an...

Le maire retourna à son bureau et passa plusieurs fois son index sous son nez.

– Effectivement, j'ai eu connaissance de ce projet, mais la mairie d'Eygalières, comme vous devriez le savoir, n'est pas partie prenante dans ce... ce parc de loisirs. Vous devriez plutôt voir du côté de Maussane, les terrains sont chez eux en fait.

– Pourtant ce serait plutôt une bonne chose pour la commune ?

Le maire regarda sa montre et se leva en gardant ses mains appuyées sur le bureau.

– Je suis désolé, Monsieur De Palma, mais j'ai une réunion du comité de suivi intercommunal, je dois vous laisser.

*
**

Les eaux noires du Rhône se confondaient avec la nuit. Depuis le pont de Beaucaire, au-delà du château du roi René, les cimes inquiétantes des arbres dessinaient une perspective de ténèbres.

De Palma laissa sa Giuletta sur le parking du château.

Avant de sortir dans la nuit, il attendit qu'une patrouille de la police municipale s'efface derrière l'église Sainte-Marthe. Il marcha un bon moment dans les rues de Tarascon, flaira l'ambiance de la vieille ville avec ses pots de fleurs obligatoires à chaque coin de rue et ses pavés lustrés par le passage des touristes.

Quand il arriva à quelques pas du théâtre, il s'arrêta et écouta les rumeurs de la nuit. La plupart des Tarasconnais étaient plantés devant le téléfilm ou le talk-show de la soirée.

Quelques touristes traînaient encore dans la rue, deux d'entre eux, sans doute des Hollandais, s'étaient plantés devant la façade baroque du théâtre, une salve de flashes blanchit la nuit.

De Palma attendit quelques instants en faisant mine de lire le programme : on donnait *Mireille* avec un illustre inconnu.

À peine les touristes avaient-ils disparu dans la nuit moite qu'il s'avança vers la porte de l'immeuble de Steinert. Il jeta un dernier coup d'œil autour de lui et escalada la gouttière qui descendait d'une maison basse mitoyenne.

En essayant de faire le moins de bruit possible, il prit pied sur un toit de vieilles tuiles et s'arrêta un instant, accroupi, pour reprendre son souffle. Ses tempes claquaient comme des capsules, il s'essuya le front d'un geste nerveux. Il avait soif, « la charentaise dans la bouche », comme disait Maistre.

Lentement, il se redressa. Personne ne pouvait l'apercevoir.

Il marcha comme un chat en prenant soin de ne pas faire bouger les tuiles de terre cuite. Au bout de quelques mètres, il se retrouva au-dessous de la fenêtre du bureau de Steinert. Le plus dur restait à faire. Il lui fallait faire une traction sur les bras, ouvrir la fenêtre, se rétablir comme il le pouvait et pénétrer à l'intérieur du bureau.

Pour la première fois de sa carrière, il rendit hommage au savoir-faire des hommes du GIPN[1]. Il décida de procéder en plusieurs étapes.

Il fit une première traction, se lâcha d'une main et ouvrit les volets de sa main libre. Puis il s'affaissa sur le toit, exténué par l'effort.

Restait la fenêtre. Lors de sa visite avec Ingrid, il l'avait coincée avec une feuille de papier pliée en quatre ; elle ne devait pas poser de problème.

Il attendit de reprendre son souffle, fit une deuxième traction, passa un coude sur le rebord puis un deuxième et poussa d'un coup de tête brusque les battants qui claquèrent contre les murs du bureau. Le bruit sec réveilla un chien du voisinage qui se mit aussitôt à gueuler dans la nuit.

D'un seul bond, comme s'il prenait appui dans l'air tiède de la nuit, De Palma disparut dans le bureau de Steinert et referma fenêtre et volets derrière lui.

Une fois dans le bureau de William Steinert, il s'affala sur le fauteuil en cuir et reprit lentement ses esprits. Sa chemise trempée de sueur lui collait à la peau du dos, il avait râpé ses avant-bras contre le crépi du mur et s'était égratigné un doigt en escaladant la gouttière. Pas de quoi être fier.

Lentement, il enfila ses gants de chirurgien, sortit sa Maglite et balaya méthodiquement l'espace autour de lui, sans bouger de son fauteuil, mètre carré par mètre carré.

Rien n'avait été touché ; en tout cas rien de ce qu'il avait mentalement photographié lors de sa première visite. Il régnait toujours cette fine odeur de tabac de luxe, aromatisé au miel ; sans doute une mixture pour pipe.

De Palma sortit son calepin et nota ce détail, puis il

1. Groupe d'intervention de la Police nationale.

se dirigea vers la bibliothèque et passa au peigne fin chacun des rayonnages.

Au milieu des dizaines de livres qui traitaient des sciences occultes, il fut attiré par des dossiers jaunis par le temps, serrés dans un cartonnage épais par des rubans bleus. Il en prit trois et les posa sur la table centrale.

Il ouvrit le premier dossier. Une à une, il tourna les pages couvertes d'une écriture très fine et très régulière avec, de temps en temps, des croquis de vases et des notes au bas des pages.

Certains mots étaient en français : Massaliotes, Mouriès, vase canope, aiguière... À la suite de chaque légende, des dates : 525, 480...

Dans le deuxième dossier, on parlait encore de vases, toujours à Mouriès, dans le troisième de bronzes, avec une multitude de croquis.

Il revint dans le bureau et inspecta toutes les surfaces qui auraient pu comporter des empreintes. Rien. Ce qui signifiait qu'un individu avait tout essuyé après son passage.

« Pas très malin, se dit De Palma. Mieux vaut mettre des gants que tout essuyer. Du travail de **chapacan**... Il aurait dû penser qu'un tel endroit doit au moins comporter les empreintes de celui qui le fréquente. »

Il revint dans la bibliothèque et observa d'autres surfaces : rien. La seule déduction qu'il pouvait tirer de tout cela, c'est qu'un individu assez doué pour ouvrir la porte blindée avait tout effacé derrière lui. Pourquoi ?

« À moins que l'individu en question ne possède les clés de la taule. Et là, c'est une autre paire de manches... » se dit-il en retournant dans le bureau.

Il revint s'asseoir sur le fauteuil de Steinert et laissa aller sa tête en arrière. Une migraine venait, sans doute provoquée par tous les efforts qu'il avait dû fournir. Il se massa longuement les tempes du bout des doigts et pour la première fois réalisa l'ampleur de ce qu'il avait fait cette nuit.

Au fond, ce n'était pas la première fois de sa carrière qu'il pénétrait par effraction chez les gens, et sans doute pas la dernière. Il ferma les yeux comme pour s'évader de sa mauvaise conscience.

Quand il les rouvrit, il vit tout d'abord trois choses sur le bureau de Steinert : une plume blanche, le maillet en ivoire et ébène et un énorme stylo de marque Omas, une rareté posée à côté d'une pile de notes, de photographies de sculptures et de reproductions d'anciennes gravures. Il prit le stylo et le fit tourner devant ses yeux. Lui aussi ne portait aucune empreinte.

« Y a du professionnel dans l'air », marmonna-t-il. Pour en avoir le cœur net, il démonta la poignée en bakélite d'un tiroir à l'aide de son couteau suisse et regarda sur l'envers. Rien. L'effaceur n'avait décidément rien oublié.

« Quelqu'un est venu ici, certainement à plusieurs reprises... Et puis, il est venu effacer ses empreintes et tous les indices qu'il pense avoir laissés derrière lui. Un gus qui n'a pas intérêt à ce qu'on remonte jusqu'à lui... »

De Palma prit le maillet, frappa plusieurs fois dans la paume de sa main. « Mais ce n'est pas forcément celui qui a tué Steinert. » Il le remit à sa place et s'intéressa aux feuilles de notes qu'il attribua immédiatement à Steinert. Elles étaient écrites dans un français parfait :

La représentation la plus ancienne et la plus horrible de la terreur est un monstre androphage, les Provençaux le nomment la Tarasque.

Il existe une infinité de représentations de la Tarasque dans la peinture, le dessin ou la sculpture ; la plus impressionnante est sans doute la sculpture de 140 centimètres qui se trouve dans le musée lapidaire d'Avignon.

Elle est l'expression de ce que les Salyens, et plus précisément les Cavares, inspiraient de plus épouvantable.

La Tarasque est représentée tenant deux têtes barbues coupées sous ses pattes de lion ; dans la gueule, elle dévore un tronc humain. Il semble qu'une telle représentation de la terreur ait été inspirée aux Grecs, bien implantés dans la région de Tarascon, par les coutumes des barbares : chasse à la tête, etc. Pour ces Grecs, il semble aussi que le monde civilisé s'arrêtait au sommet des Alpilles...

Le chercheur anglais Moore y a vu la face meurtrière des divinités et rapproche la Tarasque des autres monstres mangeurs d'hommes qu'on trouve en Irlande et un peu partout en Europe du Nord. (Voir Crom, l'idole abattue par saint Patrick...)

Selon l'histoire de l'art, la filiation semble italienne d'abord, essentiellement étrusque puis grecque. De là, on devine que le monstre a suivi les routes de la colonisation. Pour ma part, je pense que le mythe trouve son œuvre dans la sédentarisation de l'homme à la période néolithique.

Auparavant, la nature qui entoure les chasseurs-cueilleurs est magique (voir les représentations dans les grottes ornées). Avec l'apparition des notions de propriété, au néolithique, l'homme agriculteur commence à connaître les peurs des lendemains : peur de la sécheresse, des rigueurs du climat... À ces questions qui le taraudent, il invente des réponses en créant les dieux et les monstres... Ces forces du chaos qu'il ne peut apprivoiser qu'en les représentant et en leur offrant sans doute des sacrifices humains pour apaiser leur appétit...

Le texte continuait encore sur trois pages. Il le reposa et jeta un coup d'œil aux photographies. Il y avait un cliché assez ancien d'un flacon avec une légende : « Bronze de Durrnberg, Autriche, avec monstre dévorant une tête humaine », des photos amateurs de la Tarasque en carton-pâte que les Tarasconnais promènent lors des fêtes de la ville, un monstre de pierre en train de dévorer un homme, des reproductions de sculptures sur le même thème... Puis, une dizaine de feuillets dont le premier était barré, en haut à droite, d'un titre écrit au marqueur noir :

Héraklès, héros civilisateur de la Provence.

Puis des notes

Sa vie n'est qu'une série de meurtres insensés... (Suivait une série de massacres perpétrés par Héraklès.) *Dans la Crau, il massacre à coups de galets le géant Albion (personnification des Albigues de Haute-Provence) et Lusis (éponymes des Ligures). MAIS (mot souligné en rouge) aspect civilisateur :*

– il interdit les sacrifices humains

– en tuant Lysis aux mille bras, il vainc les dangers du Rhône et de ce fait permet la navigation

– il enseigne le tissage

– il enseigne la construction des maisons

– il enseigne l'organisation des cités

– etc.

Voir délivrance du bétail cosmique – deux mots soulignés en rouge. *Le gardien correspond aux forces du chaos, le bétail à la vie... En libérant les bœufs rouges divins de l'emprise de Géryon, Hercule change de nature : il abandonne la force brutale et devient héros civilisateur... HARMONIE DU MONDE.*

Au bas de la page :

Voir fouille de Maussane et Mouriès. Notamment, Art strt/37-10B et Art strt/38-11A.

Griffonné à la main, en gros :

Terres d'en bas

De Palma resta un moment sur cette dernière phrase, c'étaient sans doute deux cotes, deux références que Steinert avait couchées peu avant de disparaître. De Palma les nota soigneusement dans son carnet, à côté il posa les noms de la Tarasque et d'Héraklès et les souligna de deux traits.

Il était 2 heures du matin. Il décida de passer au peigne fin le repère de William Steinert comme un technicien de scène de crime. Cela lui prit plus de temps que prévu, mais rien de ce qu'il pouvait matériellement voir ne lui échappa.

À 3 heures 30, il se pencha à la fenêtre, vérifia que personne ne pouvait l'apercevoir et se laissa glisser le long du mur jusqu'à ce que ses coudes reposent sur le rebord de la fenêtre.

Au moment où il rassemblait ses forces pour rabattre le premier volet, il entendit un petit bruit métallique sec qu'il connaissait par cœur : c'était la culasse d'un automatique qu'on actionnait quelque part dans le noir.

L'espace d'une fraction de seconde, il se retourna et vit une silhouette sur le trottoir d'en face qui le mettait en joue. Il eut juste le temps de se laisser chuter sur le toit avant d'entendre le « plop » d'un silencieux. Une douleur brutale le plaqua sur les tuiles. Instinctivement, il roula sur lui-même pour se mettre hors de portée du tireur, dans le noir.

Il se mit à trembler de tout son corps, chacun de ses muscles agité par des soubresauts incontrôlables. Ce n'était pas la première fois qu'on lui tirait dessus, mais il mit quand même un bon moment pour reprendre ses esprits.

Ensuite, il analysa la situation.

Un individu venait de lui tirer dessus.

Un automatique muni d'un silencieux.

La balle lui avait atteint l'épaule droite, sans plus.

L'individu savait qu'il était là.

L'individu l'avait sans doute suivi depuis le mas de la Balme, peut-être même avant.

Peut-être lui avait-on donné l'ordre de le suivre ?

Il passa la main sur la blessure et constata que le projectile n'avait laissé qu'une entaille peu profonde. Il sortit un mouchoir en papier et l'appuya sur la plaie ; au contact poisseux du sang, il ferma les yeux.

C'était la deuxième fois en moins d'un an qu'on en voulait à sa vie.

« C'est du travail de clown... Un enculé mais un clown. Sinon, il aurait attendu que je descende par la gouttière pour me flinguer sans problème. »

Il laissa passer un bon quart d'heure et écouta la nuit. Il ne lui parvenait que les sons d'une télé quelque part au-dessus de lui et de la musique, plus lointaine.

Une voiture passa dans la nuit, il s'approcha du rebord du toit et regarda dans la rue, le visage plaqué contre les tuiles. Elle était vide.

Tout à coup, des éclats de voix et des rires sonores se répercutèrent contre les murs, sans doute un groupe de jeunes qui sortait d'une soirée dans l'immeuble d'en face. De Palma profita de la situation et se jeta sur le trottoir, le bodyguard contre la poitrine.

En touchant le sol, il roula sur lui-même pour se réfugier contre une fourgonnette, comme il l'avait appris durant les stages commando de l'armée. Puis, il se releva, fit mine de sortir de la fourgonnette et se tint le plus proche possible du groupe...

Une heure plus tard, il s'arrêta sur une aire de la nationale 568, au beau milieu de l'immense plaine de la Crau. Les mains crispées sur le volant, le regard dans le vague. Loin, très loin des immenses flammes de Fos-sur-Mer.

9

Toute la journée, on avait étouffé. En fin d'après-midi, au fur et à mesure que la température était retombée, il s'était levé un vent du large, léger comme le souffle d'un éventail.

De Palma était appuyé à la rambarde de son balcon et sirotait une bière. Il avait passé la matinée aux urgences de l'hôpital de la Timone à attendre qu'un interne soit disponible pour lui recoudre sa plaie. Neuf points.

L'interne avait été relativement habile et n'avait pas trop posé de questions. De Palma lui avait simplement déclaré qu'il s'était accroché à une clôture du parking en sortant de sa voiture.

Le téléphone sonna, c'était Jean-Louis Maistre qui lui rappelait qu'ils s'étaient donné rendez-vous au port de plaisance de la Pointe-Rouge.

De Palma passa une veste légère, logea son bodyguard dans son étui et prit le .45 qu'il dissimulait derrière une pile de CD. Il vérifia le chargeur et fourra l'automatique dans son dos. Puis, il se ravisa et se dit que la paranoïa ne l'aurait pas de sitôt.

De toute façon, le bodyguard, approvisionné de six balles de .38 spécial, suffisait pour faire face aux pires situations.

Une demi-heure plus tard, Maistre et De Palma déambulaient sur les quais du port de plaisance de la Pointe-Rouge.

Sur le chantier de Plaisance Plus, on avait rangé sur d'énormes étagères tout un tas de coques en attente d'un coup de peinture. Il y avait des petits hors-bord, une barque de pêche à moitié mangée par la mer. Un ouvrier en bleu de chauffe mit en marche une disqueuse. Maistre fut obligé de hurler.

– Je crois que c'est là, Michel. Il a dit le quatrième anneau à partir du compteur électrique. Je pense qu'il voulait parler de celui-là.

Un pointu décati se balançait mollement dans l'eau grasse. Maistre le caressa du regard avant de s'en approcher doucement, comme un jouet qu'un enfant a désiré dans ses rêves les plus forts.

– C'est bien celui-là, Michel, il lui manque un morceau de bois au capian.

De Palma regardait vaguement dans la direction opposée.

– Oh, Michel, tu m'écoutes ou tu rêves ? Je te rappelle qu'on est venu pour voir un bateau, pas pour se promener sur les quais.

– Excuse-moi, je pensais à autre chose.

Maistre tira sur l'amarre et fit venir le pointu vers lui. D'un pas maladroit, il grimpa à bord.

– Tu viens, Michel ?

Le patron de Rouge Plaisance, un magasin d'accastillage, sortit immédiatement, un chiffon gras entre les mains.

– Pardonnez-moi, Messieurs, vous le connaissez le patron de ce bateau ?

De Palma le regarda froidement.

– On a rendez-vous avec lui. Il est en retard.

– Et pourquoi vous voulez le voir ?

– On veut lui acheter son bateau.

– Ah bon, il est à vendre !

De Palma garda le silence. Le patron de Rouge Plaisance tourna les talons et rentra dans son magasin.

– Bon, Jean-Louis, il se pointe ton mec, oui ou merde ?

Maistre revint sur le quai sans quitter l'objet de ses rêves.

– Je te comprends pas, Michel, on en a parlé cent fois de ce pointu, tu étais d'accord pour qu'on se l'achète et maintenant tu fais la gueule.

– Je fais pas la gueule.

– Non, si tu te voyais, tu ferais peur à une murène. Pense un peu au pointu et aux balades qu'on va se faire.

– On l'a pas encore acheté.

– C'est sûr que si le mec vient pas, on pourra pas le lui acheter.

Le portable de Maistre sonna. C'était le propriétaire du pointu qui décommandait le rendez-vous. Il décidait de garder le bateau pour son fils.

– Fait chier, dit Maistre en raccrochant. Il se dégonfle, ce con.

– C'est pas grave, Jean-Louis, on en trouvera un autre.

– Ouais, mais celui-là, je m'y voyais déjà. Derrière Maïre en train de faire la soupe comme deux et deux font quatre.

– Ce sera pour plus tard.

– Mouais... Quand je pense à tous ces bateaux qui restent là sans jamais servir, ça me fout le cafard...

– Je suis dans une merde noire, Jean-Louis.

Maistre regarda son ami des pieds à la tête en cherchant quelque chose dans ses poches.

– Qu'est-ce qui t'arrive encore ?

– Une sale histoire. Il m'est arrivé un truc de grave hier soir. Enfin, cette nuit.

Maistre ouvrit un paquet de cigarettes, en sortit une, l'alluma et tira nerveusement dessus en se balançant sur ses pieds.

– Il m'est arrivé qu'on m'a tiré dessus...

Maistre ferma les yeux, cracha la fumée bruyamment et fixa les bateaux qui se dandinaient dans le port. Après un long silence, De Palma ajouta d'une voix terne :

– En sortant du bureau de Steinert, y a un mec qui m'a allumé. J'ai une belle balafre sur l'épaule gauche, on m'a recousu ce matin.

Rageusement, Maistre jeta sa cigarette à peine entamée et l'écrasa du bout du pied.

– Rien de grave, juste une éraflure. Mais... J'ai eu la peur de ma vie, Jean-Louis...

Maistre renifla et regarda son ami droit dans les yeux.

– Je peux savoir ce que tu foutais à point d'heure dans le bureau de Steinert ? Il me semble qu'il est mort, non !

– Je voulais...

Maistre voulait hurler, mais il parla à voix basse, entre les dents.

– Ne me dis pas que tu es entré par effraction et que le proprio ou je ne sais qui t'a pris pour un monte-en-l'air dans le feu de l'action.

– Y a un peu de ça.

– Putain, j'en étais sûr. Accouche, maintenant.

– Je suis entré dans le bureau de Steinert par la fenêtre et quand je suis ressorti, un mec m'attendait sur le trottoir d'en face et a voulu me fumer. Voilà c'est tout.

– Rien que ça. Et tu m'annonces ça ici. À la Pointe-Rouge. Tu aurais pu m'appeler immédiatement !

– J'avoue que j'y ai pas pensé.

– Et tout ça à cause de la petite enquête que tu mènes sur ce milliardaire de mes deux dont tout le monde dit qu'il s'est noyé dans vingt centimètres de flotte qui pue !

– Tu as tout compris, Gros.

Maistre sortit une deuxième cigarette et la porta à ses lèvres sans l'allumer.

– Ne me dis pas que tout ça te donne raison, Baron, j'ai pas envie de l'entendre.

Le soleil disparaissait derrière la digue de la Pointe-Rouge, la mer devenait violette et se fardait de rose sur l'écume des roches. Au bout d'une panne, un gamin jouait avec un jeune chien. Maistre s'arrêta et alluma finalement sa cigarette.

– Pardonne-moi, Gros.

– Te pardonner de quoi, gros con ? Y a un enculé qui cherche à te fumer. Le problème, c'est qu'il ne va pas te lâcher. Est-ce que ta petite tête peut entendre ça ?

– Je...

– Si ça se trouve, il est là au-dessus de nous ! Tu as un signalement ?

– Rien. Une arme automatique et un silencieux.

– Classique. Le silencieux moins. Je veux pas te mettre les jetons, mais ça ressemble à un contrat.

– Je ne pense pas, il aurait attendu que je sois dans la rue. C'était facile.

– Tu vas prendre ta voiture et tu vas venir pieuter chez moi. Ensuite on verra.

– Pas ce soir.

– Laisse tomber, Michel.

– Pas ce soir, j'ai rendez-vous.

– Va te faire foutre, Baron. Un jour, plus personne ne pourra plus rien pour toi.

Il tenta de donner le plus de force possible à ces mots, mais déjà le Baron avait sorti les clés de sa voiture. Il ne l'écoutait plus. Il avait le regard étrangement fixe.

*
**

Le Majestic était à l'angle du boulevard Banon et de la traverse Casse, dans le quartier Montolivet. Un rade minable qui avait eu ses heures de gloire à l'époque de la french connection : c'était là, sur une table en formica, que Constant Ribellu, le passeur, et Jo Cesari, le plus grand des chimistes, avaient discuté les prochains départs d'héroïne pour New York et l'Italie. Cela s'était déroulé sous les yeux attentifs des hommes de la Brigade des stups.

Derrière le comptoir du bar Majestic, Paul Brissonne ne quittait pas des yeux le Baron. Une ride d'inquiétude dessinait un S entre ses deux yeux gris clair.

– Il faut te mettre au vert, chef. Sinon, ils vont finir par t'emmener en belle pour de bon.

– Ne t'inquiète pas, Paulo, s'il avait voulu m'avoir...

Brissonne cligna des yeux plusieurs fois, chez lui c'était un signe de nervosité et d'anxiété. D'un coup sec, il balança sa grosse main à plat sur le comptoir, la paume tournée vers le plafond.

– Dis pas de conneries, Michel. Un mec qui te suit sans que tu t'en rendes compte et qui te tire avec un silencieux, c'est un mec qui a sérieusement prémédité son coup, un point c'est tout.

De Palma avala une gorgée de bière et dessina des figures imaginaires sur la buée qui recouvrait le verre froid.

– Mais, enfin, je comprends pas, il aurait pu m'avoir dans la rue !

– Peut-être qu'il a voulu te rater ! Enfin, pardonne-moi de parler comme ça, mais c'est un mec de chez nous, ça ! Qui, je sais pas, mais un mec de notre côté. Et si je fouille bien, je dois le trouver.

De Palma connaissait Paul Brissonne depuis des lustres. Il l'avait ramassé lors d'un coup de filet, une affaire de règlement de comptes qui était venue s'ajouter à la longue série des fumades entre clans rivaux. Brissonne n'était d'aucune équipe, d'aucune famille, simplement un beau mec, moitié Gitan, moitié Rital, méchant comme un grand fauve et qui savait nager dans toutes les eaux, même les plus sales.

À presque soixante ans, le voyou ne décarrait pas. À Marseille, on disait qu'il craignait **dégun**. Il avait un parcours sans faute : la DDASS, petites Beaumettes, une tentative d'assassinat sur son propre père, une trentaine de braquages, la centrale de Poissy et quelques autres avant de revenir sur les rives du Lacydon.

Brissonne était devenu l'ami-tonton de De Palma lors d'une garde à vue : le voyou avait reçu des coups, toute la journée ; le Baron l'avait récupéré en audition vers 20 heures : Brissonne était comme une bête attachée à son anneau, il avait soif, depuis vingt-quatre heures. De Palma avait fait monter un pack de bières et lui et Brissonne avaient longuement parlé. Le truand avait montré sa vie comme on étale un mauvais jeu, truffé de brelans foireux, de quintes bancales. Les coups, encore les coups, jusqu'au jour où il avait décidé de ne plus morfler, de frapper avant d'être frappé.

Ce jour-là, il avait attrapé par le cou celui qui prétendait être son père et avait serré de sa poigne de fer. Brissonne l'aurait tué si le voisin n'était pas passé par là.

– Je suis méchant, poulet. Si tu savais comme je suis méchant, avait-il dit en pleurant au Baron.

Au bout de la nuit, le Baron avait déchiré le PV d'audition, il en avait retapé un autre. C'est Brissonne qui lui avait dicté le texte. À 8 heures du matin, le voyou avait quitté les geôles de l'Évêché. Avec une dette d'honneur envers le Baron.

– Je vais me rencarder, Michel. Mais, dis-moi, si jamais je trouve celui qui t'a tiré dessus, je lui donne ou pas ?

– Ne le touche pas, Paulo, lui je me le réserve.

– Tu as une idée ?

– Il y a une affaire immobilière qui devait se faire du côté d'Eygalières et de Maussane, en Provence, là-bas. Un sacré paquet de fric... Un grand parc d'attractions avec tout ce que tu imagines. Il y aurait eu un empêcheur de tourner en rond, un certain William Steinert. Pour le moment c'est tout. On l'enterre demain, Steinert, il faut que j'y aille.

– Tu veux que je vienne avec toi ou que je t'envoie quelqu'un ?

– Je te remercie, Paulo, mais je vais faire gaffe.

Brissonne fit claquer sa chevalière sur le zinc du comptoir.

– Y a que les Aixois qui peuvent s'aligner sur un coup pareil... Je les connais bien : Morini, le Grand, il voulait même que je prenne un bar avec lui. Encore l'an dernier, il y avait Lulu, Chinois et Paulo. Sans parler du Grand, bien sûr. Si c'est eux qui t'ont mis le contrat, je vais le savoir pas plus tard que demain. Mais si c'est eux : pas bon du tout. C'est des fous là-haut.

– La SODEGIM, ça te dit quelque chose ?

– Ô connasse ! Tu as mis la main là où il faut. C'est une boîte à Morini ça, il la fait tenir par un mec qui s'appelle Philippe Borland. Ils sont sur le projet des nouvelles constructions du port, tu sais les nouveaux quartiers.

– C'est Morini qui tient ça !

– Ouais, il dort pas, le Grand, je te le dis, moi !

– Et ce Borland ?

– Connais pas. On l'a jamais trop vu celui-là. Normal pour une marionnette.

Du revers du pouce, le voyou se massa la cicatrice blanche qu'il avait sur la lèvre inférieure.

– Pas plus tard que demain, je t'appelle vers 16 heures.

– Merci, Paulo.

– Service, mec. Service.

– Viens, on va se faire une pizza.

– À l'heure qu'il est ! Tu es vraiment fou, Baron.

– Chez Vincent, ils ferment tard.

Brissonne prit son .45 sous le comptoir et ils sortirent dans la nuit.

10

William Steinert fut enterré tôt dans la matinée.

Ingrid fit savoir que son mari avait souhaité depuis longtemps que ses funérailles se déroulent dans la plus stricte intimité : les membres de la famille, quelques fidèles du mas. Personne d'autre.

Une cérémonie d'adieu, très simple, eut lieu au milieu des oliviers, le corps de William tourné face aux Alpilles. Ingrid ne pleura pas, elle apparut très digne, dans un fourreau de soie noire, les cheveux attachés.

Elle lut un très beau texte qu'elle avait écrit la veille pour son mari : quelques mots très simples, en français, qui résumaient leur vie commune, le temps passé à s'aimer puis l'existence un peu solitaire au cœur de cette Provence dont il avait fait sa deuxième patrie.

Ich hatte einen Kamerad, einen besseren findst du nicht
Er war an meiner Seite in gleichen Schritt und Tritt[1].

Personne ne vit la minuscule silhouette noire, immobile sur un pan de rocher tourmenté par le vent. Bérard, le berger solitaire au milieu de la colline et des arbres calcinés.

1. « J'avais un ami, tu n'en trouveras pas de meilleur, Il était à mes côtés, au même pas, à la même cadence (Ludwig von Uhland).

La silhouette d'un vieil homme, tête nue, qui n'avait pas sorti les bêtes ce matin-là et qui murmurait quelques verts du maître de Maillane, son lointain parent :

O belli Santo, segnouresso
De la planuro d'amresso,
Clafissès, quand vous plais, de pèis nòsti fielat ;
Mai à la foulo pecadouiro
Qu'à costro porto se doulouiro,
O blànqui flour de la sansouiro,
S'es de pas que ié fau, de pas emplissès-la[1].

Le corps de William Steinert fut ensuite transporté jusqu'au cimetière d'Eygalières où l'industriel allait désormais reposer aux côtés de son père.

En passant devant la chapelle Sainte-Sixte, à l'entrée du village, le cortège s'arrêta une minute ; c'était une décision d'Ingrid : elle s'était souvenue que la première chose dont lui avait parlé son mari quand ils s'étaient rencontrés à Munich, c'était de cette chapelle simple, devenue aujourd'hui un symbole de la Provence à touristes.

William avait dit : « Parfois, j'ai l'impression d'être né là-bas. Je ne sais pas pourquoi, mais je m'y sens vraiment comme chez moi... J'appartiens à cette terre. »

Le cortège s'engagea dans l'allée bordée de cyprès florentins qui mène au cimetière.

De Palma resta en retrait, proche d'un platane, à une dizaine de mètres du caveau des Steinert. Il observa la

1. Ô belles Saintes, souveraines
De la plaine d'amertume,
Vous comblez, quand il vous plaît, de poissons nos filets ;
Mais à la foule pécheresse
Qui à votre porte se lamente,
Ô blanches fleurs de nos landes salées,
Si c'est la paix qu'il faut, de paix emplissez-la !
Frédéric Mistral, *Mireille*, Chant XII.

petite foule assemblée et photographia mentalement le plus de visages possible. Il chercha des ressemblances avec la silhouette qui lui avait tiré dessus ; il s'aperçut qu'une bonne dizaine de personnes correspondaient à la taille et à l'allure.

Il y avait quelques vieux du village qui ne rataient jamais un enterrement en attendant le leur ; ils restèrent quelques secondes et disparurent derrière les tombes.

Le maire d'Eygalières avait fait le déplacement, il serra quelques mains, présenta ses condoléances à Ingrid ; ils échangèrent quelques mots et De Palma remarqua à son expression qu'il connaissait la veuve Steinert. Simian lui avait donc menti.

Derrière Ingrid se tenaient deux hommes, raides comme des cierges, que De Palma avait aperçus au mas : l'un devait avoir la quarantaine, l'autre une vingtaine d'années ; c'étaient des Provençaux, à première vue des paysans mal à l'aise dans leurs costumes noirs. On aurait dit que les deux hommes montaient la garde derrière leur maîtresse, De Palma aurait juré qu'il s'agissait du père et de son fils tant la ressemblance entre les deux était frappante. Le plus vieux dévisagea longuement De Palma comme on le fait d'un intrus ou de quelqu'un dont on veut se souvenir du visage et de la silhouette.

Devant Ingrid se tenait la famille proche venue d'Allemagne. De Palma reconnut Karl, le frère cadet de William, et sa femme qu'il avait déjà vus sur les photos. À droite, il y avait le deuxième frère et quelques amis ou cousins. De Palma les observa longuement, leur chagrin était sincère, il écarta définitivement la piste familiale. Personne dans cette assemblée ne pouvait guider l'enquêteur sur une piste quelconque.

Une prière en allemand se répandit comme un murmure au milieu des tombes. De Palma eut l'impression qu'autour de lui les pierres frémissaient.

La prière s'arrêta. La famille et les quelques proches se mirent en rang pour dire un dernier adieu à William

Steinert. De Palma attendit qu'Ingrid soit seule pour lui présenter ses condoléances.

– C'est drôle, vous avez l'air triste vous aussi, lui dit-elle d'une voix fluette.

Il ne répondit pas et regarda le bleu de ses yeux que le chagrin avait délavé.

– La mort me touche toujours, aujourd'hui plus que les autres jours.

Il attendit la réaction d'Ingrid et celle des deux hommes qui se trouvaient derrière elle mais la veuve semblait ne rien avoir entendu.

– Venez au mas, la coutume veut que nous nous réunissions et que nous mangions quelque chose en souvenir du mort.

– Je ne peux pas, je dois retourner à Marseille dans la matinée.

De Palma s'approcha de la fosse et fixa longuement le cercueil de William Steinert. Il prit ensuite une poignée de terre et la jeta sur la caisse. En tombant sur le chêne blond, la terre fit un bruit creux.

Il venait d'entrevoir la vérité de cette mort qu'il avait refusée depuis le début.

*
**

À 16 heures passées de dix minutes, le téléphone du Baron afficha un numéro caché.

– Adieu, Baron, on peut se voir ?

De Palma reconnut immédiatement Paul Brissonne.

– Quand tu veux, mon beau.

La voix de Brissonne était légèrement altérée, comme s'il était essoufflé.

– Alors comme d'habitude.

– Pas de problème. Vers 17 heures.

De Palma songea un instant aux Aixois : depuis quelques années, rien ne se faisait sans eux, de Nice à Marseille en passant par les petites villes environnantes.

Celui qui régnait sur cet empire était obèse, un énorme tas de graisse : Marc Morini, dit le Grand. Un gros méchant que De Palma avait vu grimper depuis la fin des années quatre-vingt.

Le Grand avait mangé un peu de prison, tout juste quatre ans pour proxénétisme, et avait échappé de justesse aux tueurs du clan des Marseillais, à la sortie du Funk House, une boîte de la banlieue aixoise.

C'était en 1995. La Criminelle et la BRB avaient relevé soixante-neuf impacts de balles dans la caisse du caïd, essentiellement de la Braenecke double zéro, version Lupara, du 9 mm et le sacro-saint 11.43.

Le grand avait eu la présence d'esprit de se coucher dans son coupé Merco et de conduire à l'aveuglette avant de s'emplâtrer dans la voiture d'une étudiante en goguette. En fait, il devait la vie à son lieutenant qui avait ouvert le feu sur les Marseillais pour faire diversion, avant de se prendre une salve d'Uzi dans le buffet.

Quand Laurent Le Guilvinec, un commandant de la BRB, avait récupéré le Grand dans la pinède, haletant et pissant le sang par l'avant-bras, le soleil se levait sur la campagne fumante.

Le caïd avait regardé le flic comme un enfant effrayé par la nuit. Il en avait fait pipi dans son froc. C'était une anecdote qui avait résonné pendant longtemps dans les couloirs sombres de la BRB et de la Criminelle : « Le Grand en avait fait dans son froc. » Puis l'anecdote avait quitté les esprits au fur et à mesure que le pisseux était monté dans la hiérarchie du mitan. Aujourd'hui, dans les lieux à voyous, même les flics n'osaient plus prononcer son nom.

Il n'y avait donc rien d'étonnant que Marc Morini s'intéresse à un projet de parc d'attractions. Il avait placé des billes dans les nouveaux quartiers du port de Marseille : bars à thème, rhumerie, karaoké dégoulinant de néons, boîte à techno... Il n'allait pas se remettre à donner dans le jazz à bourgeois dans le centre d'Aix. Il était donc naturel qu'il s'étende encore un peu et la Provence de Mistral devait lui paraître sans doute le meilleur endroit du monde. D'autant plus que Morini était un enfant du pays, né à Tarascon et incarcéré la première fois à Arles.

De Palma s'engagea sur la nationale 568 blanchie par la chaleur. Le vent avait poussé sur la route des cagettes de légumes et des emballages de melons laissés par les camionnettes de primeurs.

Au bout de la perspective, le bitume flottait dans la lumière chargée de benzène et de gaz carbonique. C'est à peine si on voyait les énormes fûts du terminal méthanier.

*
**

Paul Brissonne était assis sur un cube de calcaire en face du mur de Crinas, dans le seul morceau d'ombre de **Marsiho** l'antique : Centre Bourse, au pied de l'immense halle commerciale conçue par un Vauban des temps du fric ; ce qui donnait vaguement une énorme main en béton amputée de quelques doigts, posée sur les quatre murs qui restaient de Phocée la Grecque, l'orgueilleuse et la solitaire : l'ancien port du Lacydon, avec son bassin, au milieu d'une pelouse mangée par le soleil et la pisse de chien, sans parler des crottes et des papiers gras.

À côté de Brissonne, un vieil Algérien lisait la dernière édition d'*Al Watan* en balançant sa sandale du bout du pied.

Le truand commençait à se dire qu'il irait bien profiter de la climatisation des galeries du Centre Bourse s'il n'était pas enfouraillé jusqu'aux yeux.

La main du Baron s'abattit sur son épaule.

– Adieu, Paulo, tu contemples la splendeur de Massalia la Grecque.

– Quand j'étais petit c'était un terrain vague. Maintenant, putain, ça pue la pisse de chien...

– Peut-être que ça sentait la même chose dans les villes grecques, qui sait !

– Faisons ceux qui marchent.

Ils firent quelques pas sur les immenses dalles de la chaussée phocéenne et s'arrêtèrent sur les bords du bassin des galères.

– Le Grand voit d'un mauvais œil que tu t'intéresses aux affaires de Madame Steinert mais il dit que c'est pas lui qui t'a envoyé le gus au silencieux. C'est pas un mec à lui. Sûr de sûr.

– Tu peux m'arranger un rendez-vous avec « Pisse au froc » ?

– Qui ?

– « Pisse au froc », c'est comme ça qu'on l'appelait à l'Évêché. Parce qu'un jour, un de tes amis de la BRB l'avait retrouvé dans un bois d'Aix-en-Provence au petit matin, son froc trempé de pisse.

Brissonne porta un regard circulaire autour de lui.

– Déconne pas avec lui, Baron, parce qu'il pourrait bien t'emmener en belle un de ces jours. Flic ou pas, il s'en bat les couilles, le Grand.

– C'est un rendez-vous que je veux.

– Il est tous les jours au Café des Deux Mondes, place de l'Hôtel-de-Ville...

– Je te remercie, Paulo.

– Service, mec.

– Le Grand c'est toi, Paulo, pas lui.

Quand Brissonne releva les yeux, De Palma avait déjà disparu derrière le mur de Crinas.

11

En garant son Alfa à côté d'une Range Rover maculée de boue, De Palma jeta un coup d'œil en direction de sa pendule de bord : 10 heures précises. L'heure exacte à laquelle Texeira lui avait donné rendez-vous.

La Capelière était déserte, une odeur de boue séchée et d'algue morte se répandait au fur et à mesure que le soleil réchauffait l'atmosphère. Les moustiques dansaient furieusement. De Palma se passa la main sur le front mouillé de perles de sueur et se dirigea droit vers l'entrée du musée.

Texeira était en conversation avec l'étudiante chargée d'accueillir les visiteurs, il se retourna vivement quand le policier franchit le pas de la porte.

– Venez, Monsieur De Palma, dit-il en lui serrant la main vigoureusement, allons dans mon bureau.

En pénétrant dans le laboratoire qui servait de bureau à Texeira, De Palma remarqua l'odeur d'alcool qu'il y régnait. Sur une paillasse étaient disposés divers tubes à essais remplis d'eau et de mèches d'algues qui croupissaient. À côté du binoculaire, des insectes minuscules trempaient dans des salières pleines d'alcool.

Une plaque de polystyrène était piquée de diverses espèces, chacune avec son étiquette :

Scarabeus Laticollis
Le Sambuc (dep13), 3/05/2003 CT rec

Texeira sembla apprécier l'intérêt que le Baron portait à son travail.

– Ce sont les résultats d'un prélèvement qu'on a fait, il y a plusieurs mois... Des scarabées, des animaux très importants par chez nous car ils mangent les bouses des bovins. Heureusement qu'ils sont là, sinon...

– Vous faites un travail passionnant !

– Je m'occupe plutôt des oiseaux, mais par les temps qui courent ce sont surtout les bousiers qui ont la vedette ; et il en existe près de sept cents espèces de coprophages comme eux ! Voilà. On fait pas toujours ce qu'on veut.

De Palma se contenta de lever les bras pour marquer son approbation. Il essayait pour le moment de s'imprégner des lieux, des odeurs et des sons de cet univers qui lui était totalement étranger, persuadé qu'il était de découvrir des bribes de vérité dans ce genre d'endroit.

– Monsieur Texeira, avez-vous connu, d'une manière ou d'une autre cet homme, William Steinert, que l'on a retrouvé dans les marais ?

– J'en ai déjà parlé à votre collègue quand j'ai appris que c'était lui... Je sais plus son nom... Bref, oui, j'ai connu Steinert à l'époque où il venait souvent par ici.

De Palma se pencha sur le binoculaire.

– Quel genre de relations aviez-vous avec lui ?

– Très amicales. Vraiment. Il restait souvent à déjeuner.

– Vous dites qu'il ne venait plus depuis un moment ?

– Depuis environ deux ans, il préférait faire ses observations soit du côté de Méjanes, soit par les étangs du Fangassier et du grand Rascaillon. Il disait qu'il y avait moins de touristes. C'est vrai qu'ici l'été, c'est un peu mouvementé.

– Et qu'est-ce qu'il faisait quand il venait se promener par chez vous ?

– Oh, il venait tôt le matin, avant que le soleil se lève et il attendait que la nature s'éveille, un peu comme tous ceux qui sont passionnés par le sujet.

– Vous-même, vous l'aviez déjà accompagné ?

– À vrai dire, non, je crois que lui et moi préférions faire nos observations tout seuls.

– Quand est-ce que vous l'avez vu pour la dernière fois ?

– C'était cet hiver, par hasard, au marché de Tarascon. On s'est croisés et on a échangé quelques mots. Il m'a promis qu'il reviendrait me voir au printemps.

– Rien de plus ?

Texeira observa longuement De Palma en triturant un jeu de clefs qu'il avait dans la poche de sa blouse. Tout à coup, il semblait devenir méfiant, soupçonneux même. De Palma comprit que ce n'était pas aujourd'hui qu'il obtiendrait tout ce qu'il désirait du scientifique.

– Je ne comprends pas très bien le sens de votre visite, Monsieur De Palma. J'ai déjà dit tout ça à votre collègue. Comment s'appelle-t-il ?

– Marceau...

– Voilà, oui.

– Ne vous inquiétez pas, c'est juste un contrôle de routine, dit le Baron en tendant sa carte de visite. Appelez le portable c'est plus sûr, si jamais quelque chose vous revient à l'esprit. Parfois, des jours après, les témoins se souviennent de détails... Je vais aller faire un tour sur les lieux, histoire de boucler cette affaire.

Texeira observa la carte de visite du policier.

– Je vais vous accompagner, il y a des endroits où il vaut mieux ne pas passer, vous pourriez revenir plein de boue de la tête aux pieds. Voire même tomber dans des sables mouvants.

– Manquerait plus que ça ! lâcha le Baron en ouvrant la porte du laboratoire.

Ils marchèrent un long moment à travers les frênes, les aulnes, ce qui ressemblait à des mangroves et les arbres morts qui pourrissaient lentement dans les marigots couverts de potamot flottant et de lentilles d'eau.

La chaleur moite rendait tout immobile et faisait monter des roubines une odeur de moisi et de ronces croupissantes.

Le sentier, baptisé « Nature et observation », faisait un circuit compliqué, longeait les mares, enjambait les ruisseaux avant de déboucher sur une vaste étendue de boue asséchée. Texeira s'arrêta et désigna du doigt une cabane à une cinquantaine de mètres.

– Voilà, je me trouvais dans cette cabane que vous voyez là-bas, au bout de la sansouire.

La cabane avait grossièrement la forme d'un tipi indien, des murs bas qui avaient dû être blancs et un toit conique en chaume qui constituait à peu près les deux tiers du bâti.

– Le corps se trouvait de l'autre côté des roseaux, dans le marais.

– Le matin, quand vous êtes allé vous poster, vous avez fait exactement le même chemin ?

– C'est ça, oui...

– Et vous n'avez rien remarqué ?

– Non, absolument rien. En plus il faisait nuit.

La terre de la sansouire, morcelée en des milliers de losanges, avait la fièvre ; les salicornes se faisaient les plus petites possible sur leur socle de boue assoiffée. Quand ils entrèrent dans la cabane, De Palma crut débouler dans un paradis perdu.

– Voilà, le corps se trouvait là-bas, vers ce bouquet de roseaux que vous pouvez voir. Comme j'ai expliqué à votre collègue, j'ai d'abord vu des corneilles qui tournaient de ce côté-là. J'ai pensé à une charogne... Parfois il y a des sangliers qui se noient. Jamais j'aurais cru qu'il s'agissait d'un homme.

De Palma jeta un rapide coup d'œil dans la cabane. Il ne vit rien qui puisse lui apprendre quelque chose sur la mort de Steinert. Il sortit dans la fournaise et chemina lentement en direction de l'endroit où Texeira avait retrouvé le corps de Steinert.

Des dizaines de traces de pas étaient fixées dans la boue séchée, sans doute celles des gendarmes et des curieux.

« Beau travail, se dit-il... Maintenant on n'y comprend plus rien. »

Il fit plusieurs fois le tour du bosquet et n'apprit rien d'important dans l'immédiat. Il s'accroupit un instant et fixa les eaux putrides du marais comme s'il voulait entrer en contact avec le passé, reconstituer la scène telle qu'elle avait dû se dérouler. Il chercha des images, mais elles ne vinrent pas.

– Le corps était allongé dans l'eau, c'est ça ?

– Juste devant vous. Le dos à la surface.

De Palma se releva. Quelque chose clochait.

Ingrid Steinert avait raison, son mari n'avait pas pu mourir comme ça, le nez dans la vase de ce marais puant. On l'avait jeté à l'eau ou bien il s'était jeté à l'eau. Il profita que Texeira s'éloignait pour sortir son portable et faire le numéro de Marceau. Il tomba sur le répondeur. Il essaya celui de Mattei, le légiste.

– Adieu, docteur des morts, c'est Michel.

– Qu'est-ce qui t'arrive, Baron, tu viens pour m'inviter à bouffer ?

– Non, je voulais savoir pour Steinert si tu avais trouvé des diatomées ?

– Affirmatif, poulet. Tu n'es pas le premier à me poser la question.

– Merde.

– Pourquoi, mon loulou ? Toi aussi tu veux que quelqu'un l'ait assassiné. Eh bien non, il est mort noyé.

– C'est tout ce que tu as trouvé ?

– Oui, c'est tout, grand génie de la police et c'est déjà pas mal.

– Y avait rien d'autre.

Mattei souffla dans le combiné.

– Non. Mis à part de l'adrénaline... En pagaille... Dans le cœur. Il a pompé un paquet d'adrénaline avant de mourir. Je passe sur les conclusions.

– Oui, bof. Je te remercie, Doc. Je viens te voir bientôt.

– C'est toujours un plaisir.

De Palma n'y voyait pas plus clair, mais il savait au moins deux choses : Steinert était mort noyé, d'où présence de diatomées, il avait ressenti une immense frayeur avant de mourir ; c'était ce que disait la présence d'adrénaline.

Et c'était ce qu'il y avait de tout à fait normal. Le milliardaire avait eu peur avant de mourir.

Il regarda encore une fois les eaux stagnantes, quelques bulles d'air sortaient de la vase avant d'éclater à la surface. Plus loin, un poisson vorace fit un looping au-dessus de l'eau et redescendit dans les profondeurs opaques.

– Monsieur Texeira, est-ce qu'il s'agit de l'unique chemin pour venir jusqu'à cette cabane ?

– Pas du tout, il y en a au moins un autre si vous passez de l'autre côté de la roselière ; en fait ce sentier fait une boucle, vous pouvez le parcourir comme bon vous semble. Par contre, vous pouvez venir aussi par la pelouse que vous voyez là-bas... À condition de ne pas avoir peur des taureaux.

De Palma se retourna et vit derrière une clôture des taches noires qui se détachaient de ce qui restait de verdure.

– Ils sont vraiment dangereux ces taureaux ?

– Vaut mieux faire gaffe...

Texeira retourna à son bureau. De Palma décida de finir le parcours que faisait le sentier.

Il traversa le reste de sansouire puis longea les barbelés en bordure de la pelouse avant de se retrouver sur la rive d'un marais à moitié asséché. Un héron cendré qui traînait par là s'enfonça dans la roselière dès qu'il aperçut le policier.

Au beau milieu du marais, sur une souche rongée par l'humidité, une tortue grosse comme une calebasse était en train de prendre le soleil. Michel réalisa que c'était la première fois qu'il apercevait une tortue sauvage et s'arrêta un moment pour savourer le spectacle.

Quand le chemin pénétra dans la roselière encore gorgée d'eau, l'humidité l'enveloppa. Partout les roseaux avaient poussé tellement serrés qu'il était impossible à n'importe qui de se déplacer au travers.

« Si quelqu'un a transporté Steinert pour le noyer ici, il n'est certainement pas passé par là. Vu sa taille et son poids, même le sentier n'est pas assez large. Non, il est passé par ce que Texeira surnomme la pelouse. »

Quand il revint au centre de la Capelière, Texeira discutait avec un groupe de touristes vêtus de treillis, pataugas aux pieds, jumelles et téléobjectifs en bandoulière ; tous revenaient d'une matinée d'observation.

Texeira se détacha du groupe et vint à sa rencontre.

– Qu'est-ce que je peux faire pour vous, Monsieur De Palma ?

– Vous en avez déjà fait beaucoup. Mais encore une fois : si jamais vous vous souvenez d'un détail, de quelque chose, même si ce quelque chose peut vous paraître anodin, je vous demande de m'en faire part.

– Non, je ne vois pas.

Texeira donnait l'impression de cacher quelque chose. « Il se peut qu'il me mente, se dit le Baron. Si Steinert a pompé autant d'adrénaline, il a forcément crié à la mort... Du moins c'est une possibilité tout à fait sérieuse. Et d'ici, Texeira a pu l'entendre... »

– J'insiste, fit-il en vissant son regard dans le sien, n'hésitez pas à me téléphoner.

Texeira s'approcha du policier et se gratta la nuque.

– Bon, il y a une chose que je n'ai pas dite à vos collègues.

– Allez-y...

– Un soir, j'ai entendu des voix, des gens qui chantaient de l'autre côté du marais.

– C'est inhabituel ?

– Ma foi, oui. C'était la première fois que je les entendais !

– Et qu'est-ce qu'elles disaient ces voix ?

– Quelque chose en provençal, ou en italien...

– Vous n'avez pas retenu quelques mots ?

– Désolé, je...

– C'est pas bien grave. C'était quand ?

– La veille de la mort de Steinert.

– Vous pourriez localiser l'endroit d'où venaient ces voix ?

Texeira était vraiment embarrassé.

– De l'autre côté de cette roselière.

– Quelle heure était-il ?

– Environ minuit.

– Loin de l'endroit où l'on a retrouvé Steinert ?

Texeira secoua la tête et pinça les lèvres.

– Pas très loin, non.

De Palma choisit de ne pas poursuivre et de laisser Texeira en confiance. Il avait caché des choses pour ne pas avoir d'ennuis. De Palma avait vu cela des milliers de fois. Il se contenta de hausser les épaules.

– Bah, il se peut qu'il s'agisse d'une coïncidence, rien de plus.

Au lieu de prendre la direction de Tarascon, il tourna à gauche en sortant de la Capelière et tenta de faire le tour de la réserve.

Il se retrouva sur la route du Sambuc et s'aperçut que

les marais de la Capelière, d'un côté comme de l'autre, n'étaient accessibles qu'à pied. Encore fallait-il sauter par-dessus les barbelés, éviter les marais et peut-être les sables mouvants.

Pour trouver son chemin dans cette succession d'eaux mortes, de bosquets de peupliers blancs et de ronces, d'arbres fantômes et de roselières impénétrables, il fallait connaître parfaitement les lieux.

Pour crier à la nuit dans un coin pareil, il fallait en avoir envie. Et sans doute plus que ça. Il en était aussi sûr que William Steinert était mort noyé dans le marais, après une frayeur hors du commun.

*
**

En fin de matinée, il gara sa voiture entre deux platanes, à côté de l'ancien centre de sélection de l'Armée de terre de Tarascon.

Cinq minutes plus tard, il se trouvait dans la rue du théâtre municipal à quelques mètres du bureau de Steinert. Il laissa passer une voiture de la mairie puis une auto-école qui avançait en broutant les pavés ruisselant de chaleur, scruta minutieusement le décor autour de lui et se propulsa sur la gouttière qu'il avait escaladée deux jours plus tôt.

Lorsqu'il se rétablit sur le toit, les tuiles lui brûlèrent les mains. Il se redressa et progressa, debout, jusqu'à l'aplomb de la fenêtre du bureau.

Il observa les volets : ils avaient été refermés soigneusement de l'intérieur. Il se baissa et regarda vers la rue en tentant d'imaginer la trajectoire de la balle qui l'avait blessé. Cela ne lui prit qu'une minute avant qu'il ne repère sur le mur le minuscule éclat dans le ciment du crépi.

La balle avait ricoché.

« Merde, se dit-il, elle aurait pas pu se ficher dans ce putain de ciment. »

Il regarda sur les tuiles et ne vit rien.

Il dut encore une fois imaginer le parcours de la balle une fois qu'elle avait ricoché, avant de se diriger presque à l'autre bout du toit. Le projectile était là, bien visible entre deux tuiles. De Palma le ramassa et le plaça dans un sachet plastique.

« Tu viens de commettre ta première erreur, mon con, dit-il entre ses dents. J'aimerais pas être à ta place si jamais cette balle me raconte sa vie. »

12

Le mardi matin, le local de la balistique était vide.

De Palma passait en revue les armes accrochées à des tringles : pas mal de .45, des CZ, une série de Herstal... Il s'arrêta devant un P38, l'une des armes préférées des anciens truands, ceux qui avaient connu la guerre et avaient sévi jusque dans les années 80. Michel avait connu un vieux du Panier, un mystique, qui ne montait jamais au braquage sans son P38.

– C'est du 9 mm. Du bon vieux 9.

– Et l'arme ? demanda le Baron.

Pierre Diaz fit passer son regard derrière les lunettes rectangulaires qu'il tenait sur le bout de son nez retroussé et s'appuya sur le puits de tir en prenant sa mine désabusée.

– Au lieu de dire : « Merci, Pierrot », tu m'assommes de questions de bon matin. Oh, Michel, oh !

Le Baron leva les deux mains en l'air pour s'excuser.

– C'est un SIG, Baron, un SIG 29. Une arme de précision, utilisée souvent par les bons tireurs, ceux qui aiment la compétition. Y a pas mal de collègues qui font du tir qui en possèdent une. Belle arme.

– Comment tu sais que c'est un SIG ?

– Elle a deux rayures très fines... Là, sur le côté. Tous les SIG 29 ont ça. Une signature, quoi !

– Me prends pas pour un con, Pierrot. Je sais que tu

es un bon, mais ne pousse pas trop loin. Sans tes machines, tu es comme moi : du 9, c'est du 9.

– À ton avis, ton arme, elle parle ou pas ?

Le Baron sentit tout à coup une vague de chaleur remonter depuis le haut des cuisses jusqu'au ventre. Diaz le regardait, content de son effet.

– Elle parle connement en plus. Le canon nous dit tout, deux rayures, pas une de plus. Ce SIG a servi une fois pour un braquage.

Diaz prit le carnet de notes qu'il tenait à côté de lui.

– Comme je me fais chier en ce moment... Y a nibbe, rien de rien... maugréa-t-il en posant son regard sur les pages quadrillées de son calepin. Alors, je me suis rencardé, gentiment. Et voilà le travail : affaire Ben Mansour. Braquage d'un malheureux épicier arabe de la rue de Lyon. Putain, utiliser un SIG pour un marchand de légumes ! Faut pas avoir de religion ou être vraiment con, franchement !

– Tu es sûr de ton coup ?

Pierrot retira ses lunettes d'un geste sec.

– Je te réponds même pas...

Diaz l'invita d'un geste à venir voir sur l'écran du comparateur : à droite, l'image du projectile qu'il avait ramassé sur le toit de Tarascon, à gauche, la comparaison. Les rayures se rejoignaient parfaitement entre les deux images. Diaz tapota sur le haut de l'écran de gauche, à l'endroit où était affiché « Balle incriminée ».

– Le mec qui a tiré avec ce pistolet est vraiment le roi des cons.

– Tu as le STIC [1], ici ?

– Ouais, mais l'ordi est HS, ils doivent venir le changer depuis le mois de juin. On est fin juillet. Donc pas de STIC. Ni du reste, d'ailleurs.

– Merde.

– Monte chez vous, feignasse...

1. Service de traitement de l'information criminelle.

– Mouais.

– Le mieux, tu vas voir Le Guilvinec, c'est lui qui s'est occupé de cette affaire Ben Mansour à l'époque. Ils voulaient les mettre au trou cette bande de cons, tous des petits jeunes des quartiers nord qui braquaient des épiceries de nuit.

Diaz tapa sur l'avant-bras du Baron.

– Y a plus de respect, Baron... Maintenant ils se braquent entre eux.

– Qu'est-ce que tu veux faire, ils ont le droit d'être aussi cons que nous !

*
**

Anne Moracchini avait posé ses deux pieds sur le bureau et regardait dans le vague en mâchonnant la pointe d'un Bic.

– Bonjour, ma belle.

Elle s'étira en offrant sa joue au Baron.

– On peut dire que c'est une surprise ! L'opéra, la super-soirée, et puis plus rien. Bravo, Michel !

– Je... J'avais tout un tas de choses à faire. D'ailleurs je t'ai appelée...

Anne balança son Bic sur le bureau.

– Arrête, Michel, on faisait ce coup-là avant les portables et l'affichage des numéros et tout. Tu vieillis, mon pote.

– Je suis venu te demander un service.

– Tiens, ça m'étonne !

De Palma avait du mal à soutenir son regard. Il se sentait merdeux. Il n'avait rien dit à Anne, n'avait pas répondu à ses appels et ne savait pas comment lui annoncer les choses.

– J'aurais besoin que tu parles à Le Guilvinec.

– Pourquoi tu passes par moi, tu as peur de lui ?

– C'est pas ça, mais officiellement je peux pas.

– Essaye les voies non officielles.

– Anne, c'est important.

– Qu'est-ce que tu viens me chanter ! Tu te pointes, la bouche en cœur, comme un collégien qui va à sa première boum, et tu me demandes de te rendre service sans me dire de quoi il s'agit.

De Palma tira une chaise et s'assit à côté d'Anne.

– On m'a tiré dessus l'autre jour, lâcha-t-il.

Anne retira d'un coup les pieds de la table et se pencha vers son collègue.

– QUOI !

– Tu as bien entendu.

Elle passa nerveusement sa main dans ses cheveux et se leva.

– Et c'est maintenant que tu me le dis !

Elle le regarda d'abord avec tendresse avant de durcir l'expression de son visage. De Palma secoua la tête en signe de renoncement.

– J'ai trouvé la balle et je l'ai montrée à Diaz et il...

– Attends, Michel, attends. Tu viens me dire qu'on te tire dessus, que tu retrouves la balle et que tu la montres à Diaz...

Anne était inquiète. Elle fit le tour du bureau et se plaça devant le Baron.

– Michel, regarde-moi, ça fait quinze ans qu'on se connaît. Tu es le seul flic que j'admire dans cette putain de profession, tu es l'homme que... Enfin, je pense que tu pars complètement en biberine et qu'il te faut un bon docteur du teston et des mois de cambrousse.

Elle laissa passer un long moment de silence et s'approcha de lui jusqu'à le toucher.

– Montre-moi.

Michel découvrit son épaule. Un morceau de gaze avec deux rubans de Sparadrap faisait un carré blanc sur sa peau brune. Anne posa un baiser délicat sur le pansement.

– C'est le petit bisou qui guérit tout comme disait mon père.

Il s'aperçut qu'il n'avait pas eu la moindre marque de tendresse depuis des jours.

– J'ai eu Maistre, hier. On a longuement discuté de toi. Mais il m'a pas parlé de ça. C'est ce qu'on appelle la solidarité entre mecs. C'est beau !

De Palma avait du mal à masquer son trouble. Ses tempes commençaient à se resserrer et à comprimer ses yeux. Il aurait voulu posséder Anne dans ses bras ne serait-ce qu'un instant, mais il s'en empêcha.

– Le Guilvinec, il est pas là en ce moment, dit Anne d'une voix sombre, parti en congé dans sa Bretagne natale. Il a de la chance, ici on cuit. C'est ce qu'on appelle la canicule.

De Palma se massa le front.

– Qu'est-ce qu'il t'a dit, Diaz ?

– Il m'a dit que la balle provenait d'un SIG et qu'elle avait déjà servi sur un braquage. Il m'a dit aussi que Le Guilvinec avait bossé sur ce braquage. Des merdaillons des quartiers nord qui se faisaient les épiciers arabes du coin.

– Pourquoi tu n'appelles pas Maistre, il est à l'unité nord, lui ! Si c'est des merdaillons de là-bas, il doit les connaître. En plus, ça lui ferait drôlement plaisir que tu l'appelles. Depuis que tu lui as raconté ton histoire, il ne dort plus.

Daniel Romero entra dans le bureau et se planta devant le Baron.

– Monsieur De Palma, depuis que j'ai envie de vous rencontrer !

– C'est toi le nouveau ? dit De Palma en prenant la main de Romero. Et Casetti, il va bien ?

– Affirmatif. Ça me fait plaisir de vous... enfin de te connaître, Michel. J'ai tellement entendu parler de toi.

De Palma garda les yeux rivés au sol. Romero chercha le regard d'Anne.

– Quand j'étais en BAC, Maistre nous disait toujours

qu'il y avait qu'un seul flic de bon à la PJ... et c'était toi. Le 36, la French et tout le tremblement.

– C'est gentil pour les autres ! dit Anne.

De Palma se leva en se tenant les reins comme s'il avait un lumbago.

– Dis-moi, Daniel, si je te dis Ben Mansour ?

Romero s'assit, posa son menton dans sa main ouverte et de l'index se tritura les lèvres.

– Ben, Mansour... Putain, ça me dit quelque chose... Mais en BAC tu en vois tellement ! Ben Mansour...

– Un épicier, rue de Lyon.

– Oh putain, voui... Braquage d'épicerie. C'était une bande de la Paternelle et quelques-uns de Bassens. Beurs et Gitans qui montaient ensemble.

Romero agita sa main devant lui.

– Des méchants de chez méchant, je te le dis, moi. Au moindre problème, ils te calibraient les mecs. Pour de bon. Chez Ben Mansour, ils avaient tiré sur les bouteilles de pinard. Pauvre vieux.

– Il est toujours en vie ?

– Non, il est mort quelque temps après, comme ça. Ça m'a fait de la peine.

– Et depuis ?

– C'est un grand de chez vous qui a pris l'enquête. Nous, on lui a donné tout ce qu'on savait sur eux, mais ça a pas servi.

– Pourquoi tu dis ça ?

– Ah... Les BAC comme vous dites, on sait pas écrire !

– Dis pas de conneries, Daniel, ça va pas commencer déjà !

– Le collègue de la BRB, je sais plus son nom, un truc bizarre, un peu breton ; lui, il nous a pas calculé.

– Le Guilvinec. Un très bon flic. C'était à quelle époque ?

Romero leva les yeux au plafond et se tordit les mains comme s'il voulait forcer sa mémoire à tout prix.

– 1998. Hiver et printemps 98. Sûr de chez sûr. C'est l'année de naissance de ma petite.

De Palma considéra Romero pendant quelques secondes. C'était un sacré morceau de flic, bâti comme un athlète, la tronche bien carrée qui faisait d'abord penser à un esprit étroit, mais un gars remarquablement doué sous ses aspects rudes.

– On en a entendu un de ces conneaux, une fois. Bien après, en 2001, quelque chose comme ça. Un petit contrôle de rien au Mac'Drive du rond-point et sur qui on tombe : Jérôme Lornec.

– Gitan ?

– Tout juste. Audi A6 et tout et tout, il était en règle, le con. Les papiers, tout. Juste un défaut d'assurance. Suffisant pour l'emmener à Félix-Pyat [1]. Putain, le con, il était furieux.

Anne était tendue et se concentrait sur ce que disait son nouveau collègue.

– Le problème avec les gens comme Lornec c'est qu'ils ont réponse à tout.

– Qu'est-ce qui s'est passé ?

– On savait qu'il était dans le coup parce qu'une fois, on les avait pris en chasse. Ils avaient fait une épicerie dans le centre-ville, celle qui est à côté de la gare, quand tu descends...

– Rue de la Grande-Armée, dit Anne.

– Voilà, tu y es. Donc, ça part ensuite boulevard des Dames puis rocade en direction de l'Estaque, et nous, on les prend vers la station essence. Putain, ça fumait. Deux-vingt sur la rocade, ça te va ! Et eux devant, ils appuyaient. Comme des enculés. Et ils en avaient encore, mais à un moment ils sortent vers Saint-Henri et on te les prend.

Romero se mit à faire de grands gestes avec les

1. Ancien hôtel de police des quartiers nord.

mains : la gauche faisant voiture des fuyards et la droite celle des poursuivants.

– Premier rond-point, là-bas vers Saumaty, ils partent en travers, deuxième rond-point ils se mangent le trottoir. Pendant deux secondes, ils sont arrêtés... Putain, j'avais la vitre ouverte... Je m'en souviens comme si c'était hier, c'était le pauvre Jacky qui chauffait... Tu me crois ou pas, j'ai vidé le barillet. Six 38 dans la portière du chauffeur. Ô connasse !

Romero se leva, en proie à une excitation soudaine.

– Le barillet entier, ça m'était jamais arrivé.

– Je me souviens de cette affaire. Maistre m'en avait parlé. Tu sais qu'il te regrette là-bas.

– Maistre, le pauvre, il a fallu qu'il gratte à cause de ces six 38. Moi aussi d'ailleurs.

– Et Lornec dans tout ça ?

– Putain, tu ne perds pas le nord, toi ! Lornec, c'était le chauffeur. Je lui en ai mis une dans l'épaule.

Romero frappa son épaule gauche.

– On l'a su parce que, sur les zonzons, on a entendu qu'ils cherchaient une infirmière, pendant la nuit. À l'époque, ils se méfiaient pas trop des portables, maintenant tu peux courir !

– Et la bagnole ?

– On l'a retrouvée en bas du Plan d'Aou. Classique.

Anne rangea un classeur qui traînait sur son bureau en faisant le plus de bruit possible.

– Et Lornec, fit De Palma, quand vous le chopez au Mac'Drive ?

– Je lui fais enlever la chemise et bingo : une belle cicatrice sur l'épaule.

– Oh, joli, fit De Palma en sifflant.

– Ce jour-là, j'ai craqué. Je me le suis pris en face cet enculé et j'y ai dit : « C'est moi qui te l'ai fait ce que tu as sur l'épaule. La prochaine fois, je t'en mets une dans le caisson. »

Romero se rassit, le regard dans ses souvenirs.

– Il m'a répondu, sans se démonter : « Je comprends rien à ce que vous me dites. » Fin de l'histoire.

– Qu'est-ce qu'il devient, Lornec ?

Anne ferma la porte de l'armoire métallique en faisant un bruit de tôle gondolée.

– Il bosse par-ci par-là, fit-elle. C'est un beau mec maintenant. Il vient juste de sortir de taule, il a fait un an pour détention d'arme. Paraît qu'il fait dans le fourgon.

– Oh, ça m'étonne pas. Je te dis, c'est une équipe de méchants. Faudrait le passer au STIC, juste pour voir si y a du neuf.

– Tu as pas d'autres noms ?

– Non, aucun, dit Romero en posant son regard sur De Palma comme s'il voulait l'interroger à son tour.

– J'ai retrouvé une balle qui s'avère provenir d'un braquage fait par ton équipe. L'affaire Ben Mansour.

Daniel fit littéralement un bond sur lui-même.

– Ô connasse ! Fais voir.

Le Baron envoya la main dans la poche de son jean, sortit le sachet en plastique et le posa sur la table avec un geste précieux.

Anne le regarda d'un air aigu.

– Ça m'étonnerait que ce soit eux... Depuis le temps. Ils ont dû refiler l'arme, c'est étonnant qu'ils ne l'aient pas jetée.

– Pas tant que ça. Ça s'est déjà vu. Surtout dans ce genre d'équipes, c'est pas des grands penseurs. Ils préparent pas Polytechnique, si tu vois ce que je veux dire.

– Donc, si je comprends bien, tu reviens parmi nous !

– Bientôt, bientôt. Dans un mois, à compter d'aujourd'hui.

Romero avait envie de demander au Baron d'où provenait la balle. De Palma le sentit.

– Cette balle, elle a failli me tuer il y a quelques jours.

Anne foudroya le Baron du regard. Romero ne sut

quoi répondre. Au bout de quelques secondes, l'ancien des BAC sortit du bureau.

– Faudra que je vérifie, mais je crois que je sais comment le joindre ton Lornec, fit Anne.

Elle s'approcha du Baron. Il comprit qu'elle aurait voulu le toucher, le sentir contre elle. Il lui enserra la taille et enfouit son visage dans le creux de sa poitrine. Ils restèrent comme cela jusqu'à ce que la sonnerie du téléphone les sépare.

*
**

Casetti regarda dans tous les sens quand il vit Anne s'arrêter à sa hauteur et baisser la vitre de la Xsara.

– Jean-Luc, je suis passée chez toi, ta femme m'a dit que tu venais de prendre la voiture. Alors j'ai fait le tour du pâté de maisons et me voilà. On peut discuter une minute ?

Le voyou jeta un coup d'œil dans chaque rétro.

– Je suis seule, Jeannot, tu n'as rien à craindre. Je veux juste te demander un renseignement. Tu n'as pas peur d'une femme.

– Suivez-moi, je veux pas passer pour une balance.

– D'accord, mais c'est toi qui me suis.

Anne roula en direction de l'Estaque par le chemin du littoral en gardant la Volvo de Casetti dans son rétroviseur. Une fois dans le village, elle grimpa sur les hauteurs par le chemin de Cézanne. De là, on dominait toute la rade de Marseille, l'immense digue du large, la passe Sainte-Marie et au-delà les hauteurs blanches de la grande cité.

Casetti sortit de sa voiture en jetant des regards autour de lui. Anne vérifia son barillet, défit la languette de sécurité de son holster et s'avança vers lui.

– Je viens en amie, Jean-Luc. Tu n'as rien à craindre.

– Ça va, vous inquiétez pas !

– Je cherche à joindre Lornec et le Grand, tu sais comment ?

Le truand se balança d'un pied sur l'autre en enfonçant profondément les mains dans les poches de son jean.

– Le Grand, vous dites ?

– Fais pas celui qui comprend pas : Morini !

– Lornec, il est chez lui, à la cité, aux Tourettes, vous connaissez ! Morin, c'est plus compliqué...

Casetti souffla comme s'il venait d'effectuer un exercice de haute voltige.

– Il porte le flingue pour le Grand ?

– Qui, Lornec ?

– Non, le pape !

– On dit beaucoup de choses... En tout cas, moi ce que j'ai entendu, c'est que le Grand il porte la bonne parole à chaque fois qu'il peut.

– C'est un saint !

Pour la première fois, Casetti leva les yeux vers Anne.

– Je vous jure, il porte toujours la bonne parole.

– Et vaut mieux l'écouter...

– Ça, je pense.

Anne fit quelques pas et se retrouva sur le côté de Casetti, de manière à l'avoir de profil. Dans le milieu, il y a des choses qui ne se disent pas de face.

– J'ai fermé ton dossier, hier. Mais je te conseille de changer de portable, compris ? Tu changes de suite.

– Merci, Madame.

– Si tu entends parler d'un SIG 9 mm qui traînerait par là, tu me phones, OK ?

– Bien, Madame. Je vais me rencarder pour vous, mais ne croyez pas que je fais la balance. Service-service, quoi.

Anne baissa la tête et parla à voix basse.

– Et si tu veux mon avis, laisse tomber le Grand. Ça commence à sentir mauvais pour lui.

Anne tourna les talons et rejoignit sa voiture. Par

radio, elle signala sa position au PC Mélina, le central de toute la police marseillaise. Au cas où Casetti aurait des regrets et perdrait les pédales tout à coup.

*
**

Lornec était assis sur un muret d'immeuble. Il devait sans doute raconter ses souvenirs de taulard à une paire d'adolescents qui l'écoutaient comme un père la science.

– Qu'est-ce qu'on fait, Jean-Louis, on lui tombe dessus ?

Maistre laissa tomber ses jumelles sur son ventre.

– C'est un camp de Gitans, mon pote, tu ne vas pas entrer comme ça ! On va faire le tour et rentrer par l'autre porte. À partir de là tu me laisses faire.

Maistre démarra la Clio banalisée et fit le tour du camp des Tourettes : deux rangées de taudis flanquées de carcasses de bagnoles, en retrait du chemin du littoral, entre Saint-André et l'Estaque.

La Clio tangua sur les nids-de-poule de l'unique rue du camp. Maistre s'arrêta devant la deuxième petite maison et sortit de la voiture. Un petit vieux, barbu et ridé comme un vieux fruit, souleva le rideau de la porte d'entrée et serra la main de l'officier de police. Ils échangèrent quelques mots et Maistre revint vers la Clio.

– C'est bon, il nous attend.

Lornec n'avait pas bougé, il se leva et fit partir les minots quand il vit arriver la Clio.

– Jérôme Lornec ?

– C'est moi.

– Je suis le commandant Maistre de l'unité nord et voici le commandant De Palma, Brigade criminelle. On peut vous poser quelques questions ?

– Tout ce que vous voulez, chef !

Lornec dépassait le mètre quatre-vingts. Tout en longueur et en muscles durs. Il avait un visage grêlé et des cheveux noirs, des yeux verts chargés d'énergie. Il faisait sans cesse jaillir les cartilages de la mâchoire et promenait son regard d'un flic à l'autre.

– On a retrouvé une arme, fit Maistre, un SIG qui vous a appartenu à toi et ta bande il y a quelques années. Est-ce que ça te dit quelque chose ?

– J'ai jamais eu d'armes, moi, chef.

– De suite les grands mots ! Jérôme, on va changer de ton car on n'a pas de temps à perdre et toi non plus. Cette arme, on ne cherche pas à te la mettre sur le dos, on sait que t'a rien à voir là-dedans. Seulement elle a tué quelqu'un et elle t'a appartenu. Alors comme on est des gens corrects et qu'on sait que tu es un vrai mec, on vient te causer respectueusement.

Maistre s'avança vers le voyou.

– Y a du respect, Jérôme ! Mais si tu me manques, tu viens t'expliquer devant le juge.

– Ça va, chef ! Je vous respecte, vous. Seulement, je comprends pas pourquoi vous venez me voir, vu que les armes à cette époque elles ont été saisies.

Maistre et De Palma croisèrent leurs regards une fraction de seconde.

– J'ai même été interrogé à propos de ce SIG. Y avait mes empreintes dessus. Faut voir ça chez vous chef !

Maistre sortit un mouchoir de sa poche et s'épongea le front. De la tête il fit signe à De Palma qu'il pouvait entrer dans la danse.

– On raconte que tu bosses un peu pour le Grand, c'est vrai ça ?

Le regard de Lornec changea brusquement. Il devint coléreux et brillait de violence.

– Je sais pas de qui vous voulez parler.

– Tu prends les gens pour des cons, toi ! Tu fais ton petit malin. Le 421 ça ne te dit rien ?

Lornec se contenta de faire, de la pointe du pied, un dessin dans la poussière de la rue.

– Tu vois de quoi je veux parler ? La boîte, près de

Marignane, avec des néons en forme de dés sur la devanture.

– J'y vais, des fois.

– Je sais et une fois on t'a vu avec un certain Morini. Tu vois de qui je veux parler ?

– Connais pas, fit Lornec en haussant les épaules.

– Pas de problème, mon petit, on a des photos.

De Palma fit quelques pas au milieu de la rue. Elle était déserte. Il donna un grand coup de pied dans une boîte de conserve qui alla rebondir contre un mur.

– À ton avis, y a combien de gens qui savent que tu parles aux condés ? Combien à part ceux de ta tribu ?

– Je m'en bats les couilles, chef ! Tout le monde y sait que je suis pas une balance.

– Pour le moment, Lornec. Pour le moment. Mais je te conseille de faire attention à partir de maintenant, car je vais faire courir le bruit.

Lornec serra les mâchoires. Ses yeux donnaient l'impression de vouloir sortir de leurs orbites. Il avait les veines des bras qui enflaient.

– Qu'est-ce que vous voulez de moi ? Que je vous dise que je suis avec le Grand ? Tout le monde il est avec lui, mon **vié**, maintenant. Vous le savez et moi aussi !

– Ça va, t'**engatse** pas ! Essaie de nous comprendre un peu.

De Palma sortit son calepin.

– Tout se passe dans les quartiers nord. Les trois gus qui ont pu se servir de ce SIG en faisaient partie. Ils s'appellent Lornec, Vandevalle et Santiago. Gens du voyage. Vandevalle, fiché grand banditisme en 1988 pour braquage, deux condamnations dont une de cinq ans pour proxénétisme. Décédé en 1997, dans la garrigue de Carpiagne – c'était au début des barbecues. Santiago : fiché grand banditisme en 1990. Lui, c'est le plus jeune. Trois condamnations : détention d'arme, ILS et assoc' de malfaiteurs. Décédé en avril 1999. Il n'a pas vu l'an 2000, le pauvre.

– Accident de travail ? fit Maistre.

– Affirmatif.

– Toujours rien à nous dire, Lornec ?

– Non, sur ce pistolet, je vous ai tout dit.

– Alors qu'est-ce qu'il mijote le Grand en ce moment ?

– J'en sais rien, chef. Juré.

– Essaie de savoir, mon petit, fit Maistre. On n'est pas là pour t'emmerder. Respect, mec, respect. Le Grand, il fait que des conneries en ce moment. Dis-nous ce que tu sais, sinon, ça va chier. Si on te parle de lui c'est parce que ce SIG il a servi à donner à quelqu'un.

– Qui, chef ?

– Quelqu'un de chez nous, fit De Palma. Et ça, c'est vraiment pas bon.

– Tire pas sur les condés, moi, chef.

Une fois dans la voiture, sur la voie rapide qui survole le port autonome, Maistre et De Palma restèrent silencieux. Lornec les avait mouchés : un SIG avait quitté l'Évêché ou le greffe du tribunal. Au-delà de l'énormité de la chose, c'était toute la difficulté de remonter ce type de filière qui posait problème.

– Je prends le service à 17 heures Michel, va falloir que je te jette en ville.

– Quand tu veux, Gros.

– Le SIG, je m'en charge.

13

Des voix naissaient dans l'au-delà du noir, Christian Rey les entendait par intermittence. Quand il fut complètement réveillé, les voix avaient fondu dans le réel qui s'imposait à nouveau à lui.

Combien de journées avait-il passées sans boire et sans manger ?

Sa bouche n'était plus qu'une plaie. Ses lèvres étaient fendues à grands coups de soif. Il avait l'impression d'avoir torché des tonnes de vinasse putride, tellement l'odeur de ses entrailles lui remontait dans le bec.

Sa langue avait rétréci, il en était sûr ; elle lui faisait l'effet d'un petit morceau de corne noire, aussi dure qu'un manche de couteau. Ça faisait toc-toc sur son palais à chaque fois qu'il la remuait.

Ses yeux brûlaient dans leurs orbites, comme les dernières flammes de vie de son corps meurtri. Un feu timide qui saillait des braises déjà tièdes aux quatre coins du foyer. Il se souvint que dans son dernier rêve il avait appelé la mort et que la mort n'était pas venue.

La mort ne vient pas comme cela. Il avait été souvent, trop souvent, son chauffeur-livreur pour le savoir.

Combien en avait-il abattu ? Des demi-sels du milieu, des culs merdeux de la grosse entourloupe. Combien ?

Des visages lui apparurent. Des visages compressés par les forceps de la mémoire, comme écrasés derrière une vitre. Il se souvenait du nombre 12. Ni plus ni moins. Il avait obéi à la loi du genre. Il n'y avait pas de tarif, contrairement à ce qu'on racontait dans la presse, à l'inverse de ce que disaient les spécialistes cathodiques. Il fumait à la tête, selon un tarif allant de rien du tout à plus de cent mille.

Les flics n'avaient jamais su pour les fumades. Tout juste quelques soupçons. Rien de plus. Ils avaient seulement su pour les machines.

« T'as le bonjour de l'oncle » : c'était ce qu'il disait avant de presser sur la détente d'un .45 anonyme. « T'as le bonjour de l'oncle ».

« TU LE SALUERAS DE MA PART », semblaient lui dire les voix du grand **Viémon**.

Il voulut hurler quelque chose, faire sortir un peu de souffrance de ses entrailles, du vide-ordures de sa mémoire, mais les sons ne passaient plus : sa gorge était comme une tuyère rouge de feu.

À demi mort, il écouta les ténèbres qui l'étouffaient.

Quelque chose ou quelqu'un remuait à quelques mètres de lui. De l'autre côté de la paroi de sa prison. Un souffle long et des claquements. Comme si l'on tirait un objet lourd sur le sol et l'on fermait une porte ou un couvercle. Cela faisait un clac assourdi. Il analysa le bruit et ne trouva rien dans sa mémoire qui pouvait ressembler à ce claquement. Le bruit n'était pas franc comme celui de deux objets qui s'entrechoquent.

Rey remua le plus possible pour faire du bruit : on pouvait l'entendre, lui porter secours. Il se vautra sur le sol comme un saurien sans membre et tenta de se rapprocher de la cloison.

Mais il n'y parvint pas. Et derrière, à seulement quelques mètres de lui, le bruit continuait. Cela bougeait de plus en plus. Il lui sembla même entendre le son d'une voix humaine.

Quelque chose remuait furieusement et soufflait. Cela ressemblait au son d'une bête. Sans aucun doute. Il en était sûr à présent. C'était un long souffle, venu d'une gorge immense, entrecoupé de bruit de pattes qui semblaient courir sur de la terre humide, peut-être de la boue. Un bruit lourd et des succions.

Une dernière fois, il voulut crier.

Puis, il se laissa aller sur le sol. Vaincu.

Il pensa encore à son enfance. Il se dit que tant qu'il lui restait un zeste de conscience, il lui fallait se souvenir de ce qui avait été doux dans sa jeune vie. Mais les images s'entrechoquèrent, des visions venues de nulle part, des visages qu'il n'avait jamais connus, des situations qu'il ne soupçonnait même pas. Tout s'embrouillait, en gros plan, les yeux mi-clos.

Il comprit que son cerveau lui jouait quelques tours de magie avant de tirer sa révérence et de laisser la mort faire son œuvre.

Il avait l'impression de comparaître devant le dieu des voyous, celui qui compte les coups et qui encule à sec le premier qui la ramène. Le dieu des gouapes qui a perdu sa place au Capitole et qui fait de la retape dans les corridors de l'angoisse. Le dieu des sans lumière.

Depuis des jours, Rey se demandait quel jour les choses avaient vraiment foiré pour lui. Il en avait conclu que c'était sans doute après la mort de sa mère.

Il avait dix-sept ans. La prison avait suivi. Puis les années de julot, à tabasser son maigre cheptel et à le niquer le soir à la va-vite, après tout le monde. Le julot passe après tout le monde.

Il avait trempé son beignet dans la foutrerie des clients des deux grosses qui bossaient pour lui. C'était à ce moment-là que les choses avaient foiré. Vraiment foiré.

Le soir où Betty la brune lui avait parlé de ses règles anormales et qu'il l'avait tabassée plus que de coutume. Il se souvint avoir picolé et puis être revenu à la charge. Et cela n'était pas normal. Il le savait bien. Et cela ne l'avait pas inquiété. Il avait jeté Betty dans un puits abandonné, entre Maussane et Eygalières et s'en était retourné dans son bar, assis devant la caisse à s'empiffrer de khémia et de 51.

Les gendarmes avaient retrouvé un corps, rien de plus. Impossible à identifier.

La mort était en lui à présent. Cela ne l'emmerdait pas vraiment, mais il voulait savoir QUI et POURQUOI.

De l'autre côté de la paroi, le chambard continuait. Il entendit un bruit long de ferrailles qui grinçaient et de tôles qui s'entrechoquaient. Des sons qu'il connaissait, les mêmes que ceux que faisait la porte de la grange dans la ferme où il avait passé les seules vacances de sa jeunesse. On ouvrait une grande porte montée sur un rail. Il en était sûr. Cela lui rappela quelques souvenirs.

Des images surgirent de sa mémoire endolorie.

Et puis une voix venue du noir. Aiguë.

« Lagadigadeu, la tarasco, lagadigadeu... »

Et une deuxième. Beaucoup plus grave.

« Laïssa passa la vieio masco... Laïssa passa que vaï dansa... »

Les deux voix se mêlèrent.

« La tarasco dou casteu, la tarasco dou casteu... »

Cette chansonnette, Rey la connaissait depuis sa plus tendre enfance.

*
**

De Palma et Maistre se frayèrent un chemin à travers les touristes qui encombraient la rue Boulegon. Quand ils débouchèrent sur la place de l'Hôtel-de-Ville, ça sentait la sandale en fusion, les sels de rousse et la calamine du trottoir. De Palma aperçut le Grand dans son antre : le café des Deux Mondes.

À quelques mètres de l'entrée. Michel analysa la situation comme une machine précise : risque minimum. Marc Morini alias le Grand sirotait un demi, en paix, le dos tourné à l'entrée du bar, son porte-calibre face au danger éventuel. Comme le font tous les seigneurs du milieu. Et ce matin, personne n'attendait un quelconque danger. À Aix, le mitan est vraiment chez lui.

De Palma s'approcha, le porte-flingue se leva.

– Y a un problème ? fit-il en enlevant ses Balorama.

De Palma sortit sa carte de police et alla se planter devant le Grand. Maistre ferma la marche.

– C'est la Police judiciaire, Monsieur, dit Maistre, la main sur le Beretta. Vous gardez les mains sur la table et vous déclinez votre identité.

– Vincent Lopez.

– L.O.P.E.Z ?

– C'est ça, oui.

Morini avait la peau des lèvres bleue et crispée, il avala une gorgée de bière et reposa son verre fermement sur la table.

– Pas devant les clients, Messieurs, fit Morini.

Maistre le toisa et demanda aux trois clients qui se tenaient au comptoir de déguerpir.

– Vous êtes qui, vous ?

– Marc Morini, le patron.

– Alors vous faites comme votre copain, vous aussi : les mains sur la table.

De Palma fit le tour de la table et fouilla le garde du corps.

– Attention... tirage du filet garni... Et c'est un Glock que nous gagnons ! Il a du goût ce monsieur : 9 mm flambant neuf.

De Palma plaqua Vincent Lopez sur la table et lui passa les menottes.

– Comment vas-tu, Morini ?

– Je ne sais pas qui vous êtes, Monsieur... ni de quel droit vous me tutoyez, dit le caïd en secouant ses joues et son double menton. Est-ce que vous agissez sous commission rogatoire ?

– Mais qui te parle de commission rogatoire ? fit

Maistre en levant la main. Commence par fermer ta bouche à merde ou je te fais sauter les joyeuses.

Morini alluma une cigarette et souffla la fumée comme un buffle prêt à charger.

De Palma vérifia que les toilettes étaient vides, qu'il n'y avait personne en cuisine et ferma la porte d'entrée du bar en tirant les rideaux. Il passa derrière le comptoir et ouvrit les tiroirs un à un. Juste sous la caisse, il trouva une deuxième arme : un CZ 9 mm approvisionné, une balle montée dans la chambre.

– Dis-moi, Jean-Louis, ça commence à ressembler à de l'association de malfaiteurs. Avec l'arsenal et tout. Tu crois qu'on trouve un peu de poudre ou on attend encore.

– Pourquoi, tu en as emmené ?

De Palma s'approcha de Morini et le regarda droit dans les yeux.

– Alors c'est toi qui fais la pluie et le beau temps sur la région ! Un simple bistrotier du centre d'Aix. La vieille méthode : un petit bar, de quoi justifier des revenus, pas de vague... Regarde, Jean-Louis, y a même le bingo !

– Ouais, mais il y a tout ce qu'il y a derrière et nous on est pas dupe.

– Allez, maintenant, tous ensemble, on va au fond du bar. C'est pas tout, mais faut qu'on cause, les gars. Toi, le larbin, on va te mettre dans la cuisine.

Marc Morini grommela quelque chose d'incompréhensible en s'asseyant sur la banquette en skaï, au fin fond de son rade.

– Je vais être bref, dit De Palma d'une voix calme. Ou bien tu nous parles un peu de tes projets en Camargue, ou bien on te casse les pieds sérieux. Je suis sûr que si on fouille un peu, on va trouver un peu de dope. Nous, on est là de manière informelle, mais les copains du commissariat nous rejoignent dès qu'on les appelle. Et ils trouveront tout ce qu'on voudra bien leur montrer.

Morini avait rentré la tête dans les épaules, à la manière d'un boxeur qui sait que ce round n'est pas pour lui.

– Le SODEGIM ça te dit quelque chose ?

Le Grand dodelina de la tête et souffla sa fumée par le nez.

– Perte de mémoire ?

De Palma posa sur la table deux sachets de ce qui pouvait bien être de l'héroïne. Morini se recula.

– C'est quoi ce que vous me faites là ?

– C'est un commissaire de Paris qui m'a appris ce truc, ça date du temps de la *french connection*... Sur le PV, ces deux sacs seront ce que je viens de trouver derrière le comptoir, juste à côté du calibre.

– Salauds...

La Baron enfonça son doigt dans le gras de la joue de Morini.

– Parle meilleur, Morini, ça pourrait se terminer violemment.

Maistre entendit du bruit dans la cuisine. Il se leva et sortit son Beretta.

– Pourquoi vous me parlez de la SODEGIM, ça n'existe plus !

– Eh bien tu vois. Philippe Borland ?

Morini respira un grand coup et fixa étrangement le Baron de ses petits yeux clairs remplis de fureur.

– Bon, ça va... C'était un gérant. Moi je voulais investir un peu d'argent, mais comme je peux pas officiellement je l'ai pris lui.

– Oui, bon, ça va : rien ne t'appartient, tout est à toi. Parle-moi de ce parc en Provence : le Grand Sud.

– Je... sais pas. C'est quoi ?

– Marco, déconne pas ! Le parc de loisirs en Provence, un peu de collaboration, quoi !

– C'est un projet tout à fait honnête, chef. Y a rien derrière. Je vous le jure.

– Rien sauf ton pognon qui pue à des kilomètres.

De Palma entendit Maistre qui revenait avec un portable à la main.

– Il essayait de téléphoner aux copains, le fumier. Je te lui en ai mis une ! Il dort.

Morini avait croisé les mains devant lui, il regardait en direction de la porte du bar et balançait la tête de droite à gauche comme s'il faisait un calcul savant entre ce qu'il pouvait dire et ce qu'il devait taire.

– Bon, reprenons : un projet honnête, rien derrière. C'est ça ?

– Tout à fait, fit Morini sans quitter des yeux la porte de son rade.

– Le problème c'est qu'il y a des empêcheurs de tourner en rond. Et j'ai l'impression que vous vous êtes mis en tête de les dissuader de continuer. Vous ne seriez pas en train de déboiser un peu pour y voir plus clair ?

– Ma foi, je vois pas de quoi vous voulez parler.

– William Steinert, ça te dit rien ?

– Si, mais je le connais pas et il a rien à voir là-dedans.

– Tu l'as déjà rencontré ?

– Non, jamais.

– Je sais qu'il était au cocktail de présentation du Grand Sud.

Moi, j'y étais pas.

De Palma se recula et considéra Morini qui faisait une pyramide au-dessus de la table du bar. Le voyou avait tous ses sens de prédateur en alerte. Il ne répondait que sur ce qui le concernait directement ; pour le reste, il savait qu'il ne risquait rien.

– Moi, dans cette affaire, j'ai mis du pognon, un point c'est tout. Je m'occupe de rien, je n'apparais pas, le vrai fantôme, quoi.

– Et tu m'en parles comme ça !

– Je parle vrai, c'est tout.

De Palma commença à douter. Il sentit que Morini était en train de tourner autour du pot et il savait que le Grand pouvait jouer à ce jeu pendant des heures. Or, le temps pressait.

– Bon, je vais pas y aller par quatre chemins : Steinert est mort ; contrairement à ce qu'on raconte, il y a une enquête en cours et tu es pile poil dans la ligne de mire.

– Vous avez rien contre moi !

– Si, justement. On est passé voir ton ami Jérôme Lornec, le Tangi.

Les lèvres de Morini s'étirèrent jusqu'au point où il finit par décrocher un sourire de son visage flasque.

– Qu'est-ce qu'il vient faire, lui, là-dedans ?

– C'est une longue histoire : quand il était petit voyou, il utilisait un SIG et puis le SIG a disparu pendant des années. Et voilà que le SIG refait surface et me tire dessus pendant que je m'introduis discrètement chez William Steinert. Qu'est-ce que tu en dis ?

– J'ai rien compris du tout ! Lornec, la dernière fois que je l'ai vu, c'était en prison, je crois.

De Palma se leva et alla se servir un verre de whisky au comptoir. Maistre ne quittait pas des yeux Morini.

– Bon, je vais te dire une chose, une seule : j'ai l'intention de savoir qui a tué William Steinert et je te conseille de ne pas venir mettre tes sales pattes dans mon enquête, sinon je vais te faire la guerre. Et cette guerre tu la perdras.

– Alors écoutez-moi, le policier, je ne vous fais pas la guerre ; vous pouvez enquêter autant que vous voulez sur Steinert, c'est pas moi ni un des miens. C'est vrai que j'ai mis beaucoup de pognon dans cette histoire de parc de loisirs. Je suis né à Tarascon, c'est ma région et je l'aime. Je veux lui donner quelque chose de beau. J'y mettrai tout s'il le faut, mais je le ferai.

Morini tapa du poing sur la table et baissa la tête.

– Tu es presque émouvant quand tu t'y mets !

– Vous êtes venus pour m'impressionner, avec tout votre cirque, fit le Grand en levant en l'air ses gros doigts boudinés, pour me tirer les vers du nez. Vous vous êtes plantés, les gars : Steinert, j'en ai entendu parler parce que j'habite à Maussane et je m'en bats les couilles.

Maistre s'avança vers le voyou qui instinctivement se recula sur sa banquette.

– Fais pas trop le malin, le Grand, ou je te colle de la merde au cul et ce soir tu dors en prison. Pigé ?

Morini se contenta de le regarder avec les yeux de ceux qui n'ont plus peur depuis bien longtemps.

14

Tarascon attendait la Sainte-Marthe. Cette année-là, la fête de la patronne des ménagères tombait un mardi. Le mardi 29 juillet.

À l'abri du soleil, dans les lambris de la sacristie, le père Samuel Favier achevait d'écrire son sermon.

De temps à autre, les rumeurs de la rue parvenaient jusqu'à lui et l'empêchaient de se concentrer. Il cherchait une fin à son sermon, une vraie chute qui ferait réfléchir ses fidèles ; il ne trouvait rien que des banalités, du prêt-à-porter liturgique comme on lui en avait enseigné au séminaire.

Au mur, sur le liège du planning des offices, il avait punaisé le dessin naïf d'un enfant du catéchisme ; c'était le dessin de la semaine : sainte Marthe en Terminator terrassant un effroyable Pokemon. C'était l'image qu'il préférait de la jeune femme, sœur de Lazare le miraculé, débarquée il y a deux mille ans sur les plages de Camargue avec toute une bande d'apprentis auréolés prêts à en découdre avec le paganisme ambiant.

Marthe, patronne des ménagères et de Tarascon tout à la fois.

Marthe, inséparable de la monstrueuse Tarasque, mi-homme mi-reptile. La sainte qui avait délivré les habitants de Tarascon de cette créature du diable en lui parlant, tout simplement. Marthe avait amadoué la bête avec quelques bons mots et l'aide du Saint-Esprit. Ensuite, elle avait passé sa ceinture autour du cou du monstre et l'avait raccompagné jusque dans le Rhône en lui faisant jurer de ne plus semer la terreur. La Tarasque avait disparu sous le rocher qui supporte aujourd'hui le château du roi René.

Samuel Favier avait été urgentiste dans une vie antérieure, juste avant de rencontrer Dieu sur les champs de bataille de l'ex-Yougoslavie. Sainte-Marthe était sa première paroisse et le sermon sur la Tarasque, le premier vrai obstacle que l'Éternel plaçait sur sa route de jeune curé.

Samuel cherchait à dire quelque chose d'édifiant sur cette légende ficelée comme un thriller de thuriféraire. L'ancien médecin voulait donner de la hauteur, parler du cerveau reptilien de l'homme, de cette Tarasque qui survivait en chacun de nous, prête à mordre la morale et le bon sens à la moindre turbulence du moi. La Tarasque, version imagée de la violence instinctive, brute, terrifiante de l'espèce humaine, c'était surtout cela que Samu voulait mettre en avant.

Cependant, son prédécesseur, le vieux père Bessodes, en lui donnant les clefs de son église, l'avait prévenu contre toute tentative schismatique : « Ne va pas trop loin avec la Tarasque... Ils n'aiment pas ça ! Tu risques gros. Ils sont très susceptibles sur cette histoire de monstre et ne supportent pas bien que l'on s'écarte de la version officielle. La tradition, y a que ça qui compte dans cette ville, sans leur monstre ils sont perdus. Si tu leur racontes que la Tarasque est plus un symbole qu'autre chose et qu'elle n'a jamais existé, tu t'exposes à la colère de la bonne société, du maire et de l'évêque. Sache qu'ils sont tous plus ou moins cousins ou amis et que ce sont eux qui font tourner la boutique. »

À l'office du dimanche précédent, Samuel avait prévenu ses paroissiens qu'il ferait une grand-messe, le mardi soir à 20 heures, pour que tous les Tarasconnais puissent venir.

On était le lundi. Le curé était en train de relire le premier passage de son texte quand il entendit grincer la porte de l'église. La grosse pendule de la sacristie indiquait 10 heures précises ; les tarascaires, les chevaliers de la Tarasque, étaient en avance.

– Bonjour, mon père, je viens la chercher.

– Ah bon, je croyais que tu venais te confesser, espèce de mécréant.

« Samu » serra chaleureusement la main puissante de Marc Gouirand, le chef des tarascaires.

– Dis-moi, Marc, ça fait combien de temps que tu t'en occupes de cette bestiole ?

– Aux dernières fêtes, ça a fait vingt ans.

Favier siffla d'admiration. Marc Gouirand était un type solide, la quarantaine passée, tout en muscles, le menton volontaire, avec l'allure d'un gamin malicieux qui se serait égaré dans le monde des grands.

– Marc, pourquoi tu t'en occupes de cette Tarasque ?

– Ma femme me dit que c'est ma maîtresse... C'est la tradition, Père. Sans la tradition, on n'est plus rien.

– Il reste toujours Lui, là-haut, dit le père Favier en pointant son doigt vers les hauteurs de l'église.

– Oui, d'accord. Mais enfin... La Tarasque, je la vois depuis que je suis tout petit, dit Marc en se passant la main sur le menton. Quand j'étais minot, je ne rêvais que d'une chose, c'était de la pousser, et maintenant ça fait vingt ans que je suis derrière.

– On m'a dit que c'était toi qui l'avais refaite ?

– Si vous l'aviez vue, il y a vingt ans quand je l'ai récupérée. Elle ressemblait plus à rien. On aurait dit une hippie, une SDF. Ma parole ! Personne ne lui avait donné le moindre coup de pinceau depuis la fin de la guerre de 14. Vous vous rendez compte, la fin de la guerre de 14... Elle était moche, mais moche !

– Pourquoi, tu la trouves belle, toi ?

– Elle est magnifique ! Venez voir.

Marc Gouirand entraîna le père Favier jusqu'au fond de la nef.

La Tarasque était là, menaçante et familière à la fois, immobile dans sa chapelle réservée, ses yeux globuleux grands ouverts. Dans la pénombre, on devinait la masse énorme de son corps de reptile jurassique, les écailles encore sales des algues des marais de Camargue, la crête rouge hérissée.

Un rayon de lumière mauve et dorée éclairait en biais son visage de mauvais garçon moustachu. La Tarasque avait un visage de kéké fin 19e, une trogne d'Apache boursouflée par les coups du sort.

– La voilà, la fameuse bête, murmura Gouirand en se tenant instinctivement à l'écart.

– C'est une dame ou un monsieur pour toi, Marc ?

Le monstre regardait avec dérision, la mâchoire pendante, l'entrée de la crypte qui abrite le tombeau de sainte Marthe.

– Grande question, Monsieur le curé. On dit la Tarasque, mais c'est un monstre... Pour moi, c'est féminin, mais, enfin, chacun la voit comme y veut.

Le père Favier s'approcha du dinosaure légendaire et lui caressa la crinière. Il vit sur le visage, surtout sur la joue droite et l'oreille, que des éclats de bois manquaient. Un morceau de moustache aussi avait été cassé.

– Qu'est-ce qu'il lui est arrivé, à ce pauvre monstre ?

– On est rentré dans une voiture, un type mal garé juste avant le château. C'est qu'on a du mal des fois à l'arrêter.

Le chevalier souleva la lourde tête de la bête et fit claquer sa mâchoire pleine des redoutables dents blanches. Un clac-clac gigantesque fit tressaillir les voûtes de l'église.

Samuel Favier jeta un coup d'œil vers la crypte de sainte Marthe en espérant que les claquements de dents monstrueux n'allaient pas réveiller la sainte femme dans son sarcophage de marbre.

Gouirand s'était mis à genoux devant la gueule du saurien.

– On va s'emm... pour recoller les morceaux de bois qui manquent. Il va falloir les refaire...

Le père Favier s'approcha et se baissa pour voir de plus près l'ampleur des dégâts.

– Il faut que tu trouves un sculpteur, et un bon !

– Ça, c'est pas un problème ! Pour la Tarasque, tout le monde est partant.

Gouirand fit le tour, passa en revue les écailles vertes soulignées d'or et de gris ainsi que les piques rouge vif de l'animal fabuleux. Il finit son inspection par la queue du monstre qui faisait un nœud sur elle-même et se finissait en une pointe de lance.

– Peut-être un petit coup de peinture sur la queue...

– Et tu vas mettre un peu de sang sur les dents ?

– Pardi. Elle aime ça, le sang. Si elle pouvait bouffer un ou deux Tarasconnais d'ici la fête de Marthe, elle le ferait.

– Oui, mais n'oublie pas sainte Marthe !

– Ne vous inquiétez pas, mon Père. Votre copine, on n'est pas près de l'oublier.

Avec une facilité surprenante, Gouirand tira la Tarasque à lui, en prenant garde que la queue n'endommage pas l'autel qui se trouvait derrière. Les mâchoires claquèrent quand il la fit tourner pour se diriger vers la grande porte de l'église.

– Combien ça pèse, cet engin ?

– Six cents kilos pour cinq mètres de long.

– Et tu vas la promener comme ça dans les rues de Tarascon ?

– J'ai l'habitude, elle m'écoute, moi.

Le père Favier ouvrit les deux battants du portail de l'église et laissa passer la Tarasque, conduite par son chevalier le plus cher. Une lumière crue envahit le transept, le curé referma rapidement dans un fracas qui fit trembler tout l'édifice gothique. À l'intérieur, des bruits de pas discrets résonnèrent dans l'abside. Sans doute un des premiers touristes de la journée. Mais ce n'était pas encore l'heure des visites.

Le père Favier traversa le chœur et fit le tour du déambulatoire pour demander au curieux de revenir dans l'après-midi. Mais il ne vit personne. Il fouilla la maison de Dieu de fond en comble, jusque dans la crypte de sainte Marthe. Personne.

Pourtant il aurait juré avoir entendu des bruits de pas.

Il retourna à son sermon, avec l'impression désagréable d'avoir des hallucinations sonores. Et la certitude qu'il ne fallait pas déranger des illuminés comme Gouirand. D'autant plus qu'ils étaient nombreux dans sa paroisse.

*
**

Une brise chaude montait depuis la mer et soufflait sur le chemin de terre qui remontait jusqu'aux maigres prairies des Alpilles. Les moutons d'Eugène Bérard s'étaient mis à l'abri du feu solaire sous un surplomb de calcaire.

Le berger ne quittait pas le Baron des yeux. Son regard lumineux analysait chacun de ses gestes, chacune de ses expressions.

De Palma se frotta les mains en souriant et les fourra dans les poches de son jean.

– La dernière fois, vous m'avez parlé des Terres d'en bas. Vous vous souvenez ?

– Ce sont les terres après la route de Maussane. On l'appelle le chemin de Galibert. Y a des vignes sur le dessus et des lavandes. Ce sont les terres du pauvre William.

– Elles sont maudites, ces terres ?

– Ce sont des croyances d'antique, ça... Autrefois, on

disait qu'il y avait une statue d'un dieu romain. Je sais plus son nom.

– Hercule ou Héraklès.

Bérard jeta un coup d'œil en coin au Baron, comme la flamme sortie de la bouche d'un canon. Sa voix devint plus dure.

– Qui est-ce qui vous a dit ça ?

– J'ai consulté certains registres archéologiques qui en parlent.

Bérard devint méfiant. Il se recula d'un pas et se cala sur son bâton.

– Je ne savais pas qu'on en parlait dans des livres.

– Et vous, si vous me disiez un peu ce que vous savez sur ces Terres d'en bas.

– Oh, ça vaut pas grand-chose, allez. Pecaïre, y a que des pierres grosses comme des maisons. On peut rien en faire !

– Et pourquoi William Steinert y tenait tant que ça à ses terres ?

– Ah ça, je pourrai pas vous répondre.

– Il le faudrait, pourtant.

Bérard se contenta de siffler son chien.

– Il le faudrait, Monsieur Bérard. William a été assassiné.

Bérard se redressa comme un bambou trop longtemps courbé. De Palma ne s'attendait pas à cette réaction. Il vit dans le regard du vieux l'expression d'une profonde tristesse.

– Je crois qu'il faut faire la vérité sur tout cela. Il y a des forces puissantes qui menacent tout et tout le monde, ici.

– Oh, ça fait longtemps que ces forces ont gagné, Monsieur De Palma. Toutes les terres appartiennent à des étrangers.

Bérard se tourna vers la vallée et se tut pendant un moment.

– Des étrangers comme les Steinert ?

– William c'était autre chose.

– Si vous me parliez un peu de lui.

Le berger se baissa, attrapa un brin d'herbe dure qu'il cassa entre ses ongles et le porta à sa bouche.

– Vous avez du temps ?

– Je suis à votre disposition.

– Il faut que je rentre les bêtes, venez avec moi jusqu'au mas. Y en a pas pour long. Ensuite, on causera.

Eugène Bérard habitait le mas des Fontaines : deux bâtiments, l'habitation et la bergerie, disposés en L en face d'un grand hangar où dormaient un Massey-Ferguson des années soixante, une herse et un endaîneur couverts de rouille.

Le troupeau de Bérard s'engouffra dans la bergerie en se bousculant à l'entrée. Les agneaux qui avaient perdu leur mère bêlaient en tirant la langue. Le berger monta dans la grange et fit descendre un peu de foin dans les mangeoires puis il distribua des rations d'orge aux agneaux.

– Elles ont faim, pecaïre ! Avec cette chaleur, y a plus rien à manger par les prés.

– Vous les soignez bien.

– Oh oui, pour ça !

Malgré son grand âge, le berger se déplaçait au milieu des chahuts du troupeau sans perdre l'équilibre.

– William, il venait souvent ici. Des fois, il me donnait la main, mais il voulait que personne le sache. Ça lui rappelait sa jeunesse, quand il venait pour les moissons ou les foins.

Un dernier rayon de soleil poussiéreux entra par la double porte de la bergerie. L'air était chargé de la vitalité des bêtes, du bruit de râpe de leurs mâchoires en train de réduire frénétiquement le foin aux parfums de menthe et de thym.

– Venez, on a bien mérité un petit coup.

La salle principale du mas était plongée dans l'obscurité. Bérard ouvrit les volets et la lumière du soir entra. Il posa sur la table une carafe d'eau, deux verres et une bouteille de pastis. Puis il disparut.

La salle était en partie occupée par une grande table couverte d'une toile cirée. Au fond, il y avait une grande cheminée en pierre de taille et une pendule droite modeste. Une grande armoire en noyer sombre finissait de meubler la pièce.

Bérard revint avec un petit paquet sous le bras.

– J'ai connu William quand il était bien jeune. Son père venait ici, avant la guerre.

Le berger servit deux pastis et leva son verre.

– À la vôtre, Monsieur.

Le vieux farfouilla dans ses papiers en faisant attention que De Palma ne puisse voir quoi que ce soit.

– Le père de William, il faisait des fouilles dans la région : il cherchait des sarcophages et des vieilles pierres. Un jour, je l'ai rencontré, un peu comme vous, pas loin d'ici et on a sympathisé. Tenez voici sa photo.

Le père Steinert se tenait à côté de Bérard, la main sur son épaule. Tous les deux souriaient au photographe.

– C'est le jour où on a trouvé la statue d'Hercule. J'étais le seul à savoir l'endroit.

Le vieux s'assit sur une chaise, en face du Baron.

– Il était gentil, le père de William. Il s'appelait Karl. Il avait fait des études d'archéologie là-bas en Allemagne.

– D'archéologie ?

– Il s'était intéressé aux Grecs et aux Romains qui sont venus dans cette région. Et comme ici les gens savent que moi aussi ça m'intéresse, ils me l'ont envoyé. C'est comme ça qu'on s'est connus.

Le vieux renversa sa casquette en arrière et libéra une mèche de cheveux d'argent qui vint se coller sur son front moite. Il avala une gorgée de pastis.

– Et puis la guerre est arrivée. Ici, on les a pas beaucoup vus les Allemands. Tout juste quelques patrouilles.

Dans ces campagnes, il se passe rien, que voulez-vous ! En 1942, on a vu Karl revenir, avec toute une bande de Boches. C'étaient des étudiants de l'université de Munich. Ils ont recommencé les fouilles... C'était l'époque de Vichy, ils collaboraient avec des étudiants de France.

Il laissa retomber sa lourde main sur la toile cirée de la table. Le mécanisme de la pendule se mit en marche et sonna sept coups de carillon qui emplirent l'espace.

– Et ils ont trouvé quelque chose ?

– Non pas grand-chose... Mais ils logeaient tous à la Balme sauf le père de Steinert qui avait refusé d'habiter dans le mas. Il était à l'hôtel du Centre à Maussane et les jeunes dans la grange du mas, voyez ! Ça se passait bien. C'étaient pas des nazis, ceux-là. Je les revois encore tous dans la cour. Gentils, serviables. Et puis la Wehrmacht est arrivée, ça a changé. Y en a de ces jeunes qui sont partis, d'autres ont mis l'uniforme des Boches.

Bérard glissa une photo des années de guerre : à la vue de la tenue vestimentaire des uns et des autres, Steinert était apparemment entouré de personnalités.

– Celui-là, c'était le maire de Maussane et celui-ci, c'est le père du maire actuel d'Eygalières.

De Palma attendit que le vieux berger reprenne de lui-même la conversation. Bérard se leva, fit quelques pas et caressa la tête de son chien en attrapant un paquet de tabac sur la cheminée.

– À la fin de la guerre sont arrivés les faux résistants de Marseille, d'Arles et de Tarascon et d'ici. Des vrais voyous. Surtout ceux d'ici...

Bérard marqua une pause. Il serrait ses mâchoires et donnait l'impression d'avoir le souffle court.

– Faut vous dire que j'étais dans la Résistance et que Steinert le savait. J'étais dans le réseau Vincent, une petite organisation qu'on avait montée avec des types de par là. Steinert m'a même aidé une fois ou deux. Mais allez expliquer ça à des types sans foi ni loi.

– Et qu'est-ce qui s'est passé ?

– Ils ont tondu la mère Maurel, la propriétaire du Mas et ils ont fusillé un de ses frères. Si vous allez dans la cour du mas, vous verrez encore les marques de balles sur le mur du hangar, à droite de la porte.

Bérard posa bruyamment son verre vide et resta un moment absent, ses yeux au bord du vide. La pendule sonna la demie. Il tira du paquet de photos un cliché dentelé sur les bords : une jeune femme d'environ vingt ans avec un très beau visage illuminé par un sourire un peu figé et des yeux tendres.

– C'est Simone Maurel... J'ai rien pu faire pour eux. Pecaïre. Le pauvre Émile, il avait le corps déchiré quand je suis arrivé.

– Et Madame Maurel ?

– Elle est morte peu de temps après. Avec toute cette honte... Alors, comment voulez-vous vivre avec ça ?

Le berger se rassit. Sa silhouette s'était encore tassée. Il regardait par la fenêtre la poussière de la cour monter vers le soleil.

– Vous en reprendrez bien encore un autre, fit-il en servant De Palma sans attendre sa réponse.

– Et l'autre frère ?

– Il est mort lui aussi. Bien plus tard... Un accident de tracteur. Il s'était employé au mas de Janson.

Le berger termina sa phrase par un geste que le Baron ne comprit pas. L'évocation de ce passé le perturbait. C'était un émotif qui masquait une vieille colère.

À travers la fenêtre, les deux grands oliviers de la cour changèrent de couleur dans la lumière du soir. Le chien sortit et grogna.

– En 1946, un homme est venu me voir. J'ai jamais su son nom. Il m'a simplement dit qu'il était envoyé par Steinert et qu'il allait racheter le mas de la Balme. Il m'a demandé si je voulais bien m'occuper des terres. C'est ce que j'ai fait pendant quelques années. Ici, j'ai pas bien de surface ! Après la mort de ma femme, dans les années quatre-vingt, ils ont racheté les Terres d'en bas. C'est William qui s'en est occupé, son pauvre père était déjà mort.

– Et vous saviez qu'il y avait un projet immobilier.

Le regard de Bérard se chargea de colère.

– Si jamais ils font ça...

– Tant que les Terres d'en bas ne sont pas à vendre, ils ne pourront rien faire !

– Ne croyez pas ça ! J'en possède une partie et je suis très vieux. J'ai tout légué au pauvre William. Mais maintenant qu'il est mort, ils peuvent nous exproprier s'ils le veulent. Avec leurs lois, ils font les arrangements qui leur plaisent.

« Et William n'est plus là. Lui, il savait et puis il avait l'argent et les hommes de loi. Personne ne discutait devant lui ! Nous, pauvres... On est rien.

– Le maire d'Eygalières est au courant ?

– Bien sûr qu'il est au courant ! Tous les gros sont au courant. Vaï, je ne préfère pas en dire plus ! Y a plus personne pour sauver notre coin de Provence.

– Il reste la femme de William ! Elle est très riche elle aussi et les Terres d'en bas sont à elle, maintenant.

– Je sais pas si elle va rester. Je pense pas. Sans son mari...

Bérard avait parlé comme s'il attendait une réponse.

– Sa femme a l'intention de rester.

– J'ignore si William lui a dit.

– Dit quoi ?

– William était le fils de Simone Maurel. Il est né en 1942. Ç'a été sa seule faute à la pauvre Simone : avoir un enfant d'un homme qu'elle avait aimé avant guerre.

De Palma resta sans voix. La lumière avait changé. Avec la fraîcheur revenue, quelques oiseaux commençaient à donner de la voix. Les bêtes s'étaient tues. Ça sentait la sueur, la laine rance et le lait fort.

– Elle est morte en laissant son fils...

– Quand toute cette honte lui est tombée dessus, elle a fait partir le petit chez son père, là-bas en Allemagne...

Bérard frissonnait. Les souvenirs agitaient son cœur. Pendant un instant sa physionomie changea, son visage se vida du reste de vie qui l'animait encore quelques minutes auparavant.

– Ce que je viens de vous dire, personne ne le sait. William l'a appris quand il était âgé. C'est moi qui le lui ai dit. Quand sa mère est morte, il n'avait même pas trois ans. Il ne s'en souvenait pas.

Bérard se moucha fortement.

– William, c'était un peu comme mon petit.

*
**

Sur la route qui descend vers Fontvieille, De Palma tenta de remettre de l'ordre dans ses idées. La veille, il n'avait rien obtenu de Morini si ce n'est la confirmation de ce qu'il savait déjà : le milieu aixois investissait de l'argent sale dans des affaires comme le parc de loisirs. Ça n'avait rien d'étonnant. Le seul détail qui lui permit d'avancer c'était les origines de Morini : il était de Tarascon. Cela pouvait s'avérer un jour intéressant.

Par contre, la rencontre avec Bérard avait semé la panique dans son esprit. Il s'attendait à tout sauf à cela et finalement des pans de mystère de cette affaire tombaient. Il comprenait maintenant pourquoi Steinert tenait tant au mas de la Balme et pourquoi il n'avait rien changé à certaines pièces de la maison.

Il s'arrêta au bout de la vigne qui longe les Terres d'en bas. À droite, entre les arêtes de rochers blancs qui remontent jusqu'à la forteresse des Baux, le ciel était encore rouge de soleil. Dans la vallée, une lumière argent aplatissait les formes.

Le Baron pénétra sous les pins, fit quelques pas et s'arrêta. Ça sentait la chaleur et les racines de pins. Aussi loin qu'on pouvait voir, il n'y avait que les troncs tordus des chênes, des souches qui pourrissaient sur leur lit d'épines. Dans la nuit tombante, les sentinelles des pins et les buissons de lentisques qui les habillaient se faisaient menaçants.

Le Baron revint sur ses pas. On entendait au loin les voitures qui montaient aux Baux et un coucou solitaire au milieu des craquements des arbres.

*
**

Il doit faire chaud sur la plage.
Le sable est doré avec des reflets roses et violets.
L'image est un peu floue.
Zébrée par le temps.
Isabelle est en maillot.
Elle a quinze ans et demi.
Elle marche sur le sable à la manière d'un clown.
Gros plan. Sourire à la caméra.
Elle vient de prendre un bain. Son maillot est tendu.
Ses seins sont durs.
Elle a du sable sur les mollets et les hauts des cuisses.
Sa grand-mère la regarde et fait coucou à l'objectif.
Puis des lettres et des chiffres sur un fond blanc éblouissant.
Maistre coupe le projecteur.
Marceau se lève.
De Palma ne bouge pas.
Il a retourné sa chaise et appuie ses avant-bras sur le dossier.
Il bâille.
– Quelle heure, Jean-Claude ?
– Trois heures, j'suis naze.
– Moi aussi, renchérit Maistre.
– Tu viens, Michel, on va se bouffer un truc au Pied de cochon ?
Le Baron fait une grimace.

– *Tu veux bouffer après ce qu'on vient de voir !*
– *Oui, Michel, je veux bouffer malgré tout. Parce qu'il faut rester en dehors si l'on veut le trouver, cet enculé.*

Cette nuit-là, De Palma feuilleta les pages de ses cahiers d'enquêteur à la recherche d'une vérité qui lui échappait un peu plus chaque jour. Isabelle Mercier avait été son unique échec. Il avait trouvé des solutions à toutes les autres affaires, même si cela ne s'était pas toujours soldé par les verdicts qu'il avait attendus de la part des cours d'assises. Il y avait les certitudes policières et les vérités judiciaires.

Il avait envoyé en prison un nombre incalculable d'individus qui s'étaient rendus responsables de crimes de sang. La plupart avaient pris des peines maximales : des réclusions criminelles à perpétuité, quelques peines de mort quand il était jeune flic.

À chaque fois, la vérité avait été faite et c'était pour lui le plus important.

Sauf pour Isabelle Mercier.

Il se souvint de ce sentiment d'impuissance qui l'avait habité et qu'il avait partagé avec Maistre et Marceau. Il ressentait la même chose aujourd'hui. Il ne comprenait pas pourquoi Steinert était mort. La petite voix qui lui soufflait que c'était pour quelques hectares de terrains ne le satisfaisait pas. Morini ne butait pas un mec sans connaître les tenants et les aboutissants de son acte. Là-dessus au moins il s'était fait une certitude.

Le jour de l'enterrement du milliardaire, il avait entrevu une chose : Steinert était mort accidentellement. Il savait cependant que les conditions de cet accident n'étaient pas naturelles. À la périphérie de cet accident, il devinait un engrenage d'événements qui allait au-delà des aspérités de l'existence et qui l'avait rendu inéluctable.

15

Mardi 29 juillet. 10 heures du matin.

Marceau arriva le premier sur les lieux. Il était seul, et avait pris le message « urgent » sur la fréquence : « Homicides », dans les locaux de nettoyage et d'entretien de la ville de Tarascon. L'opératrice du PC avait précisé : « Dans le garage de la Ville ».

Une patrouille n'allait pas tarder.

Marceau vit d'abord la Tarasque, puis Marc Gouirand et le père Favier – celui qui avait donné l'alerte – assis à côté du chef des tarascaires. La bête était posée au milieu du parc à matériel, à l'endroit où Gouirand l'avait laissée la veille pour lui faire un brin de toilette. Devant la gueule avait été déposé un corps atrocement mutilé : un tronc, une tête et un bras retenu par les crocs de bois.

Comme une offrande barbare à cette bête hideuse.

– Avez-vous touché à quelque chose ?

Le père Favier s'avança vers lui.

– Non, rien, Monsieur. J'étais médecin avant d'être prêtre, je connais les méthodes de la police.

– Et vous, Monsieur ?

Gouirand ne réagit pas. Il était assis sur un muret, la tête dans ses mains.

Favier prit Marceau par le bras.

– Je pense qu'il vaut mieux attendre, il est encore sous le choc.

Une patrouille arriva et commença à piétiner la scène de crime avant de s'arrêter net à la vue du cadavre. Marceau les fit sortir sans ménagement. Il ne s'approcha pas du corps immédiatement. Il resta un long moment silencieux à observer les choses. Puis il prit son portable, demanda la police scientifique de Marseille, raccrocha et se tourna vers Favier.

– Bien, mon père. Dites-moi exactement ce qui s'est passé, depuis le moment où vous avez appris cette horreur et maintenant.

Le père Favier prit sa respiration.

– Je m'apprêtais à relire une dernière fois mon sermon pour la messe de ce soir quand j'ai reçu un coup de téléphone : c'était Marc Gouirand qui me disait que voilà...

– Qu'est-ce qu'il vous a dit au juste ?

– Très peu de choses.

– Essayez de vous souvenir.

– Il avait du mal à parler, j'ai juste compris Tarasque et garage de la Ville. C'est tout.

– Et vous avez compris que quelque chose ne tournait pas rond ?

– J'étais urgentiste. Je connais très bien les situations d'accident ou de drame.

– Et après ?

– Après, je suis arrivé ici. Marc était assis comme vous le voyez, il n'a pas bougé depuis. J'ai vu le cadavre et j'ai appelé la police. Trois minutes après, vous étiez là.

Marceau regarda sa montre. Il était dix heures passées de vingt minutes. Le récit de Favier collait parfaitement. Il observa Gouirand qui n'avait toujours pas bougé. Dans quelques minutes, il irait l'interroger.

En attendant il retourna à sa voiture et demanda par radio où en étaient les techniciens de Marseille.

« Sont déjà en route », hurla la voix du PC radio.

À 10 heures 45. Larousse arriva, flanqué du substitut

du procureur, une jeune femme élancée, brune, avec un petit nez en trompette semé de taches de rousseur qui supportait des lunettes carrées, plutôt jolie. Marceau ne l'avait encore jamais vue.

Larousse fit les présentations.

– Votre opinion, Marceau ?

Le flic se gratta la tête.

– Acte de barbarie, tout ce qu'on veut. L'œuvre d'un déséquilibré. J'avais pas vu quelque chose d'aussi ignoble depuis bien longtemps. Voici le père Favier qui a alerté les secours.

La jeune substitut du procureur voulut s'approcher du cadavre, mais Larousse la retint par le bras.

– Il vaut mieux que l'on reste ici, on pourrait déranger des choses. Attendons les techniciens, ils ne devraient plus tarder.

Marceau jeta un coup d'œil en direction de Gouirand. Il vit qu'il avait redressé la tête et qu'il regardait dans le vague, en face de lui. Le flic décida qu'il était temps de l'entendre. Il alla s'asseoir à côté de lui.

– Comment vous sentez-vous ?

Marceau lui tendit la main, mais Gouirand l'ignora.

– C'est Christian qui est devant la Tarasque.

– Christian qui ?

– Rey. Un ancien chevalier.

Marceau tendit une cigarette à Gouirand qui la refusa d'un mouvement de la tête.

– Vous l'avez bien connu, ce Rey ?

– Un ami d'enfance.

Marceau s'approcha un peu plus de Gouirand.

– Vous avez dit chevalier ?

– Chevalier de la Tarasque ! Ce sont ceux qui la poussent et qui la servent.

Gouirand leva les yeux et regarda le cadavre qui était à quelques mètres de lui. Une odeur de panique et de mort rôdait dans la cour du garage municipal.

– Et quand vous êtes arrivé ici tout à l'heure ?

– Je l'ai découvert, comme vous le voyez maintenant. J'ai touché à rien. Vous vous rendez compte !

Gouirand replongea sa tête dans ses mains. Marceau comprit qu'il n'en tirerait rien de plus. Il se leva, lui donna une tape amicale sur l'épaule et se dirigea vers le commissaire Larousse.

– Vous savez qui c'est qui est devant la Tarasque ?

– Non.

– Rey.

– Christian Rey !

– Affirmatif.

– Vous pouvez m'expliquer, lança la première substitut avec une pointe d'autorité dans la voix.

– Une vieille connaissance de chez nous, répliqua Larousse. Christian Rey : proxénétisme, machines à sous. On a toujours pensé qu'il était l'exécuteur en chef du milieu local. Voilà.

– Vous pensez à un règlement de comptes ?

– Pourquoi pas ! C'est un scénario classique.

– Je ne pense pas, répliqua Marceau.

– Ah bon !

– Non, sincèrement pas.

– Enfin, nous verrons, trancha froidement Larousse.

Les techniciens de Marseille arrivèrent. Marceau leur fit un topo très bref, puis il enfila des gants et des couvre-chaussures et suivit le technicien en direction du cadavre de Rey.

À chacun de ses pas, le TIC posa un cavalier jaune avec un énorme chiffre noir inscrit dessus. Son collègue suivait, appareil photo en main pour tirer un cliché de chaque cavalier.

Au bout d'une paire de minutes, ils arrivèrent à deux pas du cadavre et s'accroupirent en prenant leur respiration.

Une poitrine. Des bras sans mains et une tête, étrangement intacte. Le corps avait été coupé au niveau du tronc.

Des plaies immenses. Les os saillaient. Marceau distingua une vertèbre et une côte, tranchées net par quelque chose qu'il pensa être une machine.

Le visage jetait hors de lui une impression d'épouvante. Les joues étaient étrangement creusées, comme s'il ne restait que du cuir sur les mâchoires. Les dents saillaient, les yeux semblaient encore mordre ce qui restait de visible.

Marceau n'avait jamais ressenti une telle impression de terreur animale. Il eut l'impression de se retrouver des années en arrière, au 36, quand, jeune inspecteur, il faisait l'apprentissage de l'horreur.

Les chairs de Rey étaient encore vermeilles. Aucune trace de putréfaction, le sang était déjà coagulé à la surface des plaies.

Le policier promena son regard sur le crâne, il ne vit aucune blessure. Aucune plaie circulaire, signe de blessure par balle. Aucune ecchymose non plus. Pas d'hématome.

Marceau se recula.

– Je vous le laisse, fit-il au technicien. Nous verrons à l'autopsie.

Marceau se retira en prenant soin de mettre ses pieds dans ses traces de l'aller.

– Alors ? fit Larousse.

– Alors, bien malin celui qui me dit de quoi est vraiment mort Christian Rey. En tout cas, c'est pas du bon vieux 11.43.

– Vous pensez à quelque chose en particulier ? demanda la première substitut.

– Oui. À une machine. Y a qu'une machine qui puisse amputer un corps comme ça. Quelque chose comme une énorme cisaille.

– Et à votre avis dans le cadre d'un règlement de comptes, ça ne peut pas se voir ?

– C'est pas ça qui me fait tiquer. Ils ne se flinguent pas toujours à coups de calibre.

– Alors c'est quoi ?
– La Tarasque.
– La quoi ?
– La Tarasque.
– Ah oui, le gros machin tout moche.

*
**

– Allô, Michel ? C'est Jean-Claude. J'ai un macchab' sur les bras. Un certain Christian Rey, ça te dit rien ?

– Christian Rey, putain, tu vois que tout finit par arriver. Y en a qui doivent dire qu'il était temps.

– Ouais, mais il y a un problème.

– Lequel ?

– On l'a retrouvé quasiment dans la gueule de la Tarasque. Ce matin.

Le Baron laissa passer un silence.

– Et tu penses à quoi ?

– Je pense qu'il y a plus qu'un simple règlement de comptes. Et toi, qu'est-ce que tu en dis ?

– Je sais pas, je suis pas sur le coup... Est-ce que tu as quelqu'un qui tchatche un peu ?

– Celui qui a découvert le corps. Il m'a dit que Rey était un chevalier de la Tarasque.

– Un quoi ?

– Un de ceux qui la poussent quand ils la sortent pour les fêtes et le carnaval.

– La Tarasque, tu dis !

Pendant quelques secondes, le Baron hésita. Les idées tournaient dans sa tête.

– Le proc est là ?

– Le premier substitut, une nénette. C'est une nouvelle, je la connais. Elle a l'air con comme une valise.

– Et Steinert, tu en es où ?

– Le proc a classé. Je viens de l'apprendre. Officiellement, il n'y a plus d'affaire Steinert.

– Pourtant je pense qu'il a été assassiné.

– La seule vérité dans ce dossier c'est que le proc a classé l'affaire.
– Bon, il faut qu'on se parle d'urgence, Jean-Claude.
– Pourquoi d'urgence ?
– À plus, mon grand. Je suis là dans l'après-midi.

*
**

Le bureau de Marceau empestait la Gitane froide et la sueur. Il était assis face à son ordinateur, les deux pieds sur la table. De Palma se tenait devant lui, le regard fixe, la peau du visage tendue.
– Tu es en train de me dire que tu es allé voir Morini comme ça, avec Maistre !
Le Baron ne répondit pas.
– Ensuite, tu me dis que c'est pas la dernière fois ! Qu'on t'a calibré et que tu as des noms !
– Affirmatif, lâcha De Palma avec un léger voile sur la voix.
Marceau se leva d'un coup.
– Affirmatif, mon cul ! Je crois que tu travailles du ciboulot de plus en plus et que tu as mis des collègues en danger. Tu as de l'influence sur Maistre, n'en profite pas ! Il est père de famille ; au cas où tu aurais tendance à l'oublier, je te le rappelle.
De Palma se détendit.
– J'imagine que tu as encore un zeste de conscience pour t'apercevoir des conséquences éventuelles de tes conneries.
– J'avais besoin de savoir, un point c'est tout.
– Qu'est-ce que tu veux qu'il te raconte, Morini ? On ne sait pas toujours tout, dans la police. C'est comme ça.
– Et tu peux vivre avec ça ?
– Depuis longtemps, j'ai appris à vivre de petites vérités et de gros mensonges. J'ai appris à vivre avec de plus en plus d'inconnues dans cette grande équation de merde.

De Palma croisa les bras sur sa poitrine. Il laissa son regard se promener sur les avis de recherche qui pendaient aux murs. Celui de Steinert était encore là.

– Il est de Tarascon, Morini ? fit De Palma en ouvrant son calepin.

– Il est né dans la rue des Archives et il a encore beaucoup d'amis dans le coin. En plus, il a beaucoup d'affaires ici, c'est vrai. Je te conseille même de faire attention quand tu circules, Tarascon c'est un peu son fief.

– Né en 1943, à Tarascon, Bouches-du-Rhône, fit De Palma d'une voix laconique. Fiché au banditisme en 1963 pour proxénétisme aggravé et ainsi de suite. L'irrésistible ascension d'un enculé. Un gros mensonge ambulant comme tu dis.

– Qu'est-ce que tu veux que j'y fasse ? On dit qu'il bouffe avec le maire, qu'il entre chez les « Frères Trois Points » comme tu vas chez le coiffeur... On en raconte beaucoup sur Morini.

– Tu sais où il vit ?

– Il a une énorme villa à Maussane, un peu avant l'entrée du village. Et des terres tout autour. Suffisamment pour voir venir l'ennemi.

– Ça doit le changer de son bar de minable à Aix. Parce que là il le voit pas venir l'ennemi. Tu peux me montrer sur la carte où vit ce connard ?

– J'ai ça dans la machine.

Marceau tripota la souris de l'ordinateur et ouvrit des fenêtres.

– Voilà, c'est là, juste sous la route d'Eygalières. Limitrophe à cette grande forêt que tu as sur ta droite quand tu montes.

De Palma réalisa tout à coup qu'il s'agissait des Terres d'en bas. Morini et Steinert étaient donc des voisins en quelque sorte.

Marceau retourna s'asseoir.

– On dit que c'est lui qui contrôle les baraques[1] de Nîmes à Toulon en passant par tous les patelins au nord jusqu'à Valence et peut-être même Lyon. Plus les filles, plus les boîtes. Assez peu de drogue à ma connaissance. Morini c'est le jeu son truc. Christian Rey était un de ses hommes, si tu veux le savoir. C'est lui qui relevait les compteurs dans le coin.

Marceau alluma une Gitane et regarda monter la fumée bleue vers le plafond.

– Lui et un autre mec, un ancien flicard : Bernard Dominguez.

– Je connais, fit De Palma. C'était un bon flic avant qu'il se mette à niquer des putes à longueur de journée.

– Je rêve de me le faire, celui-là... À part ça, y a pas grand-chose à dire sur Morini. Un parrain classique, au fond. On en fait tout un plat, mais il est comme les autres.

Il écrasa sa cigarette à moitié entamée.

– C'est déjà pas mal !

Marceau avait tout à coup une mine fatiguée. Il semblait triste et vide. Il ferma les fenêtres de l'ordinateur et alluma une deuxième Gitane.

– Moi aussi, je ne l'ai pas oubliée, Isabelle. Des fois, je me rends compte que je n'ai pas pensé à elle pendant deux ou trois jours et je m'en veux. Putain, ce que je m'en veux.

Il y avait aujourd'hui un vide entre les deux hommes que rien ne pouvait combler, pas même le souvenir.

– C'est toi qui as donné mon phone à Chandeler ?

Marceau se contenta de lever une main et de baisser les yeux en essayant de prendre un air indifférent.

– Je ne t'en veux pas, Jean-Claude.

Long silence.

– Et Maistre, qu'est-ce qu'il dit ?

– Tu connais Jean-Louis, toujours en dedans. C'est pas un démonstratif.

1. Machine à sous.

*
**

Il y avait beaucoup de monde sur la place de l'Hôtel-de-Ville d'Aix, c'était jour de marché. Marc Morini était assis à la terrasse de son rade. Vincent Lopez se tenait en face. L'homme sortit son deux cents millimètres et prit deux photos.

Comme la dernière fois, l'homme remarqua que l'étal le plus proche du bar de Morini était celui d'un marchand de fromage italien. Il s'approcha, commanda cinq cents grammes de parmesan et un bon morceau de mozzarella. D'ici, on pouvait voir Morini de trois quarts : il prit un troisième cliché.

Onze heures sonnèrent au beffroi de l'hôtel de ville.

La dernière fois qu'il était venu, il avait vu entrer dans le bar ces policiers qu'il ne connaissait pas. Les flics avaient dû rester un bon quart d'heure et puis ils étaient ressortis avec des mines sévères. C'est bien après qu'il avait vu tout un tas de mecs louches rappliquer.

Il en avait conclu qu'on ne mettait pas la main aussi facilement sur Morini.

La situation semblait se répéter aujourd'hui. Le Grand était assis à la même place.

Il prit la portion de mozzarella et la portion de parmesan et retourna dans le centre du marché. Anonyme parmi les anonymes.

Il acheta des calissons et commença à ouvrir la boîte quand il vit que le garde du corps de Morini se levait et se dirigeait à l'intérieur du bar.

Le Grand était seul. Toujours le dos à la rue. L'homme n'attendit pas. Il se sentit porté par toutes les merveilles que lui avait dispensées la Bête. Il sortit son Colt .45 et fonça vers sa proie, l'arme collée à sa jambe droite.

Morini n'eut pas le temps de dire ou de faire quoi que ce soit. Son instinct de prédateur venait de l'abandonner au moment où le serviteur de la Bête lui enfonça le canon du .45 dans le gras du cou.

– Lève-toi, ordure. Et vite.

Morini s'exécuta sans rien dire. Heureusement, sinon, il aurait été contraint de l'abattre sur-le-champ.

– Mets les mains derrière le dos.

– Mais vous n'avez pas le droit, qui êtes-vous ?

– Je suis la police, dit l'homme en tendant une carte tricolore.

Ils remontèrent la place sur une trentaine de mètres puis s'engouffrèrent dans une vieille 406 break.

Quand Morini vit qu'un papillon de la police municipale ornait l'essuie-glace gauche de la 406, il comprit instinctivement qu'au bout du voyage, il n'y aurait ni garde à vue, ni interrogatoire.

C'était le grand saut de sa vie de prédateur. Il s'y attendait depuis longtemps, mais jamais il n'aurait pensé que les choses se dérouleraient comme cela.

*
**

Le souvenir le plus précis que Marceau avait conservé de Christian Rey datait de son passage à la BRB de Marseille ; c'était une audition au sujet d'un règlement de comptes. Rey avait été soupçonné d'avoir fumé un patron de bar récalcitrant du centre d'Avignon : le Nain Jaune. Le juge Bonnardi avait voulu que le voyou soit entendu et le voyou avait été entendu. Rien n'était sorti.

Aujourd'hui, Rey était à moitié bouffé par une machine infernale, étendu sur les chromes de la salle de dissection du Service de médecine légale de la Timone.

Docteur Mattei aux commandes. Le docteur des morts.

Il reste pas grand-chose de notre ami.

– Cette blessure, à ton avis ? demanda Marceau.

– Difficile à dire.

– Est-ce que ça pourrait être une machine du type broyeur à quelque chose ?

– Peut-être oui, peut-être non... Ça m'évoque plutôt des morsures.

– Vas-y doucement, Mattei, c'est pas parce que je

t'ai dit qu'on l'avait retrouvé devant la Tarasque qu'il faut se mettre à faire de la poésie.

– Je suis sincère, Jean-Claude... Vraiment.

Mattei se recula de la table, les deux bras en l'air, un scalpel dans la main gauche.

– J'ai déjà vu ce type de morsure quand je travaillais à Maurice, juste après mon internat. C'était un pêcheur qui avait été attaqué par un requin, dans le lagon. Il était à moitié bouffé. La même chose que ça.

Marceau se passa la main dans le cou pour essuyer la sueur qui lui dégoulinait jusque dans le dos.

– Déconne pas avec ça, Mattei, y a pas de requins à Tarascon. Qu'est-ce que tu as trouvé d'autre ?

– Tout un tas de choses intéressantes : des algues, des particules de terre sous les ongles, et cætera...

– Des algues, tu dis ?

– Oui, et de la vase. D'eau douce, je précise. Pas de traces de sel ou quoi que ce soit qui puisse nous faire penser qu'il peut s'agir d'eau de mer.

– Et qu'est-ce que tu en conclus ?

– Que notre client a fait un séjour dans la flotte. Je dirais une eau stagnante. Un peu comme celui que tu m'as envoyé l'autre fois.

– William Steinert ?

– Tu as gagné. Mais Steinert, lui, il est mort noyé.

– Tu es sûr de ça ?

– Absolument, totalement ! Et je ne permets à quiconque d'en douter. Steinert est mort noyé comme celui-là est mort bouffé par quelque chose. VU ?

– Reçu, grand chef.

Marceau observa le cadavre de Rey. Il essaya de se souvenir du voyou qu'il avait croisé dans une garde à vue : le visage avait rétréci, les traits n'étaient plus les mêmes. Marceau en était sûr. Il remettait un gars plutôt gras, sans être un gros du bide, grand, taillé comme un pilier. La moitié d'homme qui se trouvait devant lui avait dû souffrir le martyre, la passion des voyous, le chemin de croix des raclures.

– Il a été torturé avant d'être exécuté, fit-il comme s'il jetait une carte sur la table.

– Qu'est-ce que tu veux dire par là ?

– Torturé. Ni eau, ni rien pendant des jours. Regarde ses joues.

Mattei se retourna vers Marceau.

– Tu vas finir par me remplacer, un jour, Jean-Claude !

– Pas encore, docteur des morts, mais je me documente.

Mattei remarqua des traces de brûlures sur les poignets de Christian Rey. Une ou deux blessures anciennes. Un tatouage sur son épaule.

– Il est joli ce tatouage, fit Mattei.

Marceau se pencha par-dessus son épaule.

– Alors ?

– Un monstre pas possible : une Tarasque. Ça colle avec ce que m'a déclaré Gouirand.

D'un coup de scalpel, Mattei fit le tour du crâne de Rey et demanda la scie à son assistant.

– Je crois que j'en apprendrai pas plus pour aujourd'hui. Va falloir attendre les résultats des analyses d'ADN et les expertises de la chimie.

– Combien de temps ?

– Pour la chimie, demain au plus tard. C'est Marseille qui s'y colle, mais pour l'ADN, j'envoie tout à Nantes, ça risque d'être long.

– Pourquoi tu ne passes pas par Bordeaux ?

– On travaille plus avec eux, trop de couilles.

– Attendons les labos, ce sont eux qui font la police, maintenant.

Marceau avait la peau du visage qui se tendait et qui faisait saillir les os du crâne. Il s'approcha du cadavre tandis que Mattei soulevait le cuir chevelu. Tout en réfléchissant, il serrait les dents et les cartilages de ses mâchoires allaient et venaient à chaque pression.

Une lueur froide faisait comme une vitre sur le regard du policier.

16

Il pleuvait depuis le milieu de la nuit. La pluie avait agglutiné en de noires traînées la poussière des rues et des trottoirs surchauffés de soleil.

La veille De Palma s'était fait retirer les points de suture de sa blessure à l'épaule. Il ne sentait plus rien, mis à part un léger tiraillement sur la peau.

Quand il sortit de la résidence Paul-Verlaine, il eut l'impression, à peine avait-il passé le portail automatique, que quelqu'un l'observait de l'autre côté de la rue.

Il ne pouvait dire exactement d'où venait le danger, mais il le sentait. Pour sa prochaine nuit, il avait prévu de dormir chez Maistre. Ensuite, il verrait.

De toute façon, il savait que Morini ne lui ferait pas de cadeau. Il était allé trop loin avec lui : sa visite chez Lornec et puis les menaces qu'il lui avait faites à Aix ne passeraient pas. De là à penser au contrat, il y avait un monde. Même si Morini avait bâti son empire avec une violence inouïe. Même s'il avait nettoyé les gangs rivaux comme un véritable boucher. C'était un être pervers qui n'aimait que deux choses : s'inviter dans les partouzes des grands de ce monde et buter un mec. Cependant il ne le faisait jamais sans une bonne raison.

En tournant rue Laugier, De Palma vit dans le rétro une Scénic qui lui emboîtait le pas. Immédiatement, il remarqua le visage du chauffeur dans son rétroviseur. Il avait suffisamment vu de voyous dans sa vie pour comprendre que celui qui le suivait n'était pas un intermittent du spectacle.

Il accéléra brusquement et mit une cinquantaine de mètres entre lui et la Scénic, puis se retrouva nez à nez avec le bus 18 qui remontait l'avenue de la Capelette. Derrière lui, le chauffeur de la Renault prit son téléphone portable.

De Palma coupa la Capelette et s'enfila en sens interdit dans la rue Saint-Jean. Dans le rétroviseur, la Scénic avait disparu. Il s'arrêta, vérifia le barillet de son bodyguard, prit son .45 en main, fit monter une balle dans la chambre et le posa sur le siège du passager.

Était-il encore une fois la victime d'une de ses hallucinations ?

Il était en train de se le demander quand il vit, à une trentaine de mètres, la moto qui se dirigeait vers lui, en sens inverse de la circulation. Deux hommes étaient juchés dessus.

De Palma accéléra comme un fou, il fonça sur la moto. D'un coup de reins, les deux hommes l'évitèrent.

Devant l'église Saint-Jean, De Palma évita de justesse deux minots qui tapaient dans un ballon à moitié dégonflé.

À gauche d'un coup sec du volant. Comme au stage de conduite sportive. Puis, le long de la voie ferrée. L'Alfa se plaqua au sol nerveusement.

Encore à gauche. Hurlements de pneus.

Sur les pavés de l'ancienne zone industrielle, il y avait des trous, des matelas brûlés, des frigos déglingués. Une télé aveugle.

Les usines de casques coloniaux que la ville devait détruire depuis des lustres. Un coup d'œil dans le rétro : **dégun** de **dégun**.

Le Baron planqua la Giuletta juste devant la guérite du gardien. Devant la pointeuse boursouflée de rouille.

Au même moment la moto s'arrêta. Michel se jeta

hors de sa voiture, dégaina son Colt, roula par terre et se redressa, face à la cible, jambes pliées, la paume de la main gauche sous la crosse du .45.

Le Colt tressauta dans ses mains. Comme un joujou rebelle.

Les deux premières balles firent deux petits volcans de poussière sur les murs de l'usine électrique.

Le chauffeur fit chuter sa moto et se planqua derrière. L'autre fit le tour pour prendre le Baron à revers.

Une troisième balle, en plein objectif. Sous l'impact du 11.43, la moto bougea sur elle-même.

Une balle, deux balles. Le 11.43 frappa l'acier. CLANG. CLANG.

Et puis le grand BOUM.

De la chaleur partout. Hydrocarbures en fusion et benzène.

Le corps de cuir noir monta dans le ciel et rebondit sur les moellons gris du mur. Puis, il retomba, une jambe par-dessus la tête, désarticulé par l'explosion.

Le Baron se courba et courut jusque derrière la guérite du gardien.

Un tas de gravats lui dissimulait l'ancien réfectoire des prolos. Ça sentait la merde de SDF et la pisse de chien. Une odeur fétide qui se mit à courir sur la peau de Michel et à pénétrer par chacun de ses pores.

Une télé bougea. Un éclair de feu. Le Baron sentit le premier baiser de la mort. En plein dans l'épaule. Au même endroit que l'autre fois, mais plus profond. Il chuta au sol et vit le sang dégouliner sur ses doigts. Des gouttes de vie sur les ongles.

Une balle. Et deux. Et trois. Et clic.

« Merde, le chargeur est dans la voiture. »

De Palma sortit le Bodyguard.

38 spécial. Police. Calibre connu.

Il s'avança. Le pétard dans la main gauche. Plus rien.

Il attendit dans le silence.

Combien de temps s'était-il écoulé ? Des heures, une

éternité. Tout juste quelques secondes. De Palma savait que le temps se dilate.

Il tendit l'oreille. On courait en contrebas de l'usine. Des pas en fuite vers les ruines de l'usine de soufre.

De Palma revint vers le motard. Du bout du canon, il souleva la visière du casque. L'œil droit était tuméfié. Vincent Lopez. Dernier contrat.

Tout à coup, il entendit des sirènes qui peinaient dans le trafic, là-bas, du côté de la Capelette.

Il fit quelques pas et s'assit sur le trottoir. Ça sentait le cuir fondu et les vapeurs de pétrole.

Quand les collègues déboulèrent comme des fusées. Il se dressa sur ses longues jambes, sortit sa carte de police et leva les mains en l'air.

*
**

Anne Moracchini entra dans la chambre d'hôpital avec Maistre sur ses pas.

– Comment va, Michel ?

Elle déposa un baiser sur son front. Elle portait le même parfum musqué que lors de leur dernière sortie à l'opéra.

– J'ai mal, mais le toubib me dit que ce n'est rien et que demain je suis à casa, si je veux.

– En tout cas, faut pas rester ici, tant que tout n'est pas réglé. Désolée de te le dire, mais les baveux ont donné ton nom et l'hôpital où tu es en ce moment.

– Merci à eux. J'espère qu'ils ont pas oublié le numéro de la chambre.

– Tu viens chez moi, fit Anne.

– N'en profite pas...

Elle prit une chaise et vint s'asseoir à côté du Baron. Délicatement, elle posa sa main sur la sienne.

– Dès qu'on a su, on est allé faire un petit tour à Aix, dit-elle à voix basse. Maistre, Moreno et moi.

– Il était là.

– Négatif, fit Maistre à voix basse.

– Et alors ?

Anne baissa les yeux.

– Son mastard nous a dit qu'il était sans nouvelles de lui depuis hier.

– Le pauvre, il s'inquiète !

– Il y a de quoi ! fit Maistre. Imagine : tu discutes avec un mec, tu te lèves pour aller pisser, tu traînes un peu car c'est plutôt la grosse commission et quand tu ressors, plus de Morini.

– Qu'est-ce que tu me chantes ?

– Tu as bien compris, fit Anne. Le gars s'appelle Serge Mondolini, ça te dit rien ? On le connaît par cœur.

Le Baron fronça les sourcils.

– Bref, il va aux cabèches et quand il revient : pas plus de Morini que de beurre sur le cul.

– Il a inventé tout ça.

– Je pense pas. Franchement, je pense pas. Il m'a même dit qu'il redoutait le pire et qu'il se tenait à notre entière disposition.

– J'irai le voir, dans quelques jours.

– Vas-y, fais le con, fit Maistre en jetant un œil par la fenêtre. Tu nous diras où tu veux qu'on t'enterre !

– À côté de mon père.

Anne se leva.

– Michel, il va falloir que tu choisisses entre tes amis et tes conneries. Quand tu sors d'ici, tu vas chez moi. Mais je veux plus te voir traîner du côté de la Capelette. Et Morini, on s'en charge.

– Qui est-ce qui savait que j'habitais au 102, boulevard Mireille-Lauze ?

– Ils savent beaucoup de choses, tu sais.

– Non, il y a très peu de gens qui savent ça. Très, très peu. À part des amis très proches.

– Ils t'ont filoché, gros couillon. Tout simplement.

– Sauf que depuis qu'on a vu Morini, je fais particulièrement attention. Je rentre par la traverse de la Barnière, en sautant par-dessus le mur. Et là, personne peut me voir. Alors, à ton avis ?

– C'est... Je sais pas.

– Moi, je sais ! Il y a un connard qui veut me régler mon compte depuis que je me suis intéressé à cette affaire.

De Palma reprit sa respiration. Une flèche de douleur lui traversa l'épaule.

– On est sûr du lourd, Anne, du très lourd. Il y a plus que le milieu de mes deux.

– Évidemment, ce que tu dis colle avec la première fois.

– Non, justement.

– Pourquoi ?

– Quand tu tires avec un SIG, tu rates pas ta cible.

– Qu'est-ce que... balbutia Maistre.

– La première fois, c'était pour me faire peur. Là, c'était pour me tuer.

– Tout ça est intéressant, Michel, mais tu me demandes même pas qui a ton affaire ?

– Raconte.

– C'est moi, fit Anne, avec une pointe de défi dans le coin des yeux.

Michel regarda Maistre qui semblait plongé dans des souvenirs pas possibles.

– Et les premiers éléments de l'enquête nous donnent une balle de SIG.

– Tu l'as trouvée où ?

– Sur le tas de gravats, dans un gros morceau de plâtre. Direction sud-nord. C'est-à-dire qu'elle a été tirée par celui qui a fait le tour. Pas celui de la moto. Le passager, quoi !

– C'est la nouvelle du jour.

De sa main valide, Michel se saisit de la télécommande et fit monter le dossier de son lit. Le médecin de service entra.

– Comment allez-vous ?

– Parfait, ça tire juste un peu.
– C'est normal, ce sont les points.
Le médecin souleva le pansement et ajusta ses lunettes.
– Y a-t-il quelqu'un chez vous capable de vous refaire ce pansement ?
– Oui, fit Anne, j'ai une bonne expérience de la chose.
– Bon, alors si vous le voulez, vous pouvez sortir. Dans une semaine, je vous enlève les points.

*
**

Le salon d'Anne s'ouvrait sur un petit jardin frais avec au fond deux immenses chênes qui bordaient un ancien canal d'irrigation. Elle avait planté des rosiers grimpants et de la glycine et avait posé un peu partout des pots de fleurs.

De Palma se sentit bien. Il observa sa collègue et s'aperçut que c'était la première fois qu'il la voyait chez elle, dans son intimité.

Elle vint s'asseoir à côté de lui avec des compresses et de la Bétadine. Pendant qu'elle lui refit son pansement, De Palma sentit son souffle sur sa nuque.

– Il t'a tiré juste à l'endroit où il t'avait chopé la dernière fois. C'est un maniaque.

Elle appliqua une compresse, plaqua deux rangées de Sparadrap puis rabaissa la manche de la chemise du Baron.

– Tu veux boire quelque chose ?
– Un truc fort, je l'ai bien mérité.

Elle lui prépara un *morito* gigantesque avec de la glace pilée et de la menthe poivrée. Ils burent en silence, en savourant le liquide glacé.

Anne avait noué ses cheveux sur le haut de sa nuque, ce qui grandissait sa silhouette et lui donnait un air de jeune fille. De Palma le lui fit remarquer et elle sourit tendrement.

Elle lui parla de son père qui lui faisait souvent des compliments. Son père était un homme de silences et de phrases qu'il ne terminait jamais. Anne avait passé une grande partie de son adolescence à tenter de comprendre ce que cet homme qu'elle vénérait par-dessus tout pouvait bien vouloir dire en lâchant ses phrases dans le vide. Pourtant, il était avocat et pied-noir, mais il réservait son éloquence pour les audiences d'assises et de correctionnelle.

Anne aussi savait qu'elle était une femme portée aux silences et à la contemplation.

– C'est bizarre que tu me parles de ton père maintenant !

Elle lui donna une tape sur son épaule valide.

– C'est parce que tu m'impressionnes, Monsieur le Baron ! Alors je dois me défendre comme je peux.

– Je t'impressionne, moi !

– Oui et tu ferais mieux de t'en rendre compte parfois.

Elle se leva en lui faisant un clin d'œil.

– Viens, allons dans le salon, on sera mieux.

Elle s'allongea sur son canapé, appuyée sur ses coudes.

– Et si tu me parlais de toi un peu.

– Y a rien à dire sur moi.

– Tu étais comment, petit garçon ?

Michel ne pensait que rarement à son enfance et à ce qu'il avait partagé avec son frère. Cela le plongeait dans une infinie tristesse. Son frère était mort d'une leucémie et il en avait nourri un sentiment de culpabilité qui ne le quittait toujours pas ; coupable de n'avoir rien pu faire, c'était le sentiment le plus terrible qui l'habitait. Il n'en avait jamais parlé à personne.

– Y a un souvenir que je garde de cette époque, c'était quand on quittait le conservatoire à la place Carli après la classe de solfège. On avait la tête pleine de triples croches. Je sais pas pourquoi, mais dans mes souvenirs il y a toujours le soleil couchant... Enfin bref ! On descendait jusqu'à l'opéra avec des copains. C'était magique. On longeait la gare de l'Est et puis on achetait une demi-pizza au marchand, tu sais le Rital qu'il y avait à l'angle de la Canebière. Ensuite on descendait en mangeant et on traversait le quartier des voyous en regardant les putes en cuissardes qui nous faisaient des clins d'œil.

– Qu'est-ce que tu allais faire à l'opéra ?

– J'étais figurant.

– Tu chantais !

– Les figurants ne chantent pas, Anne. Ce sont la foule, les prêtres, les gardes, les pages ou je sais quoi. Ils servent à rien, mais sans eux le spectacle n'a plus vraiment de saveur. Ce sont des inutiles splendides. Tu imagines Aïda sans les soldats ? Moi, je faisais un grand prêtre avec une perruque en cordelette et du fond de teint de partout, juste à côté de Radames. Une autre fois, on a fusillé Mario dans *Tosca*...

Le Baron se tut. Dans la pénombre, il cherchait une posture de fierté, quelque chose pour se planquer en laissant l'émotion passer.

Il lui raconta mille anecdotes de scène : les broncas monstrueuses, quand les programmes roulés en boule ou les pièces de monnaie tombaient sur le spectacle comme des gouttes d'humiliation, les succès sans partage qui faisaient péter les travées de velours.

Il avait passé plus de onze ans sur les planches du théâtre municipal, onze ans dans la chaleur électrique des coulisses noires comme le secret, dans les lumières blanches des Svobodas, les découpes feutrées de bleu et d'ocre liquide, tantôt dans le lointain, cour ou jardin, tantôt à l'avant-scène, le seul endroit où l'on découvre les visages luisant de gravité des anonymes du public.

Onze ans à déchiffrer dans les yeux des magnifiques de l'art lyrique l'angoisse des longues minutes d'attente, la souffrance qui libère les mélodies par-dessus les violons, et les porte jusqu'au bout, là-haut dans l'infini du grand théâtre.

Anne réalisa tout à coup combien un homme tel que le Baron pouvait souffrir dans la police marseillaise. D'un geste doux comme un murmure, elle lui caressa l'épaule. Le Baron se recroquevilla sur lui-même.

– Le monde se divise en deux : ceux qui aiment Callas et ceux qui aiment Tebaldi.

– Et tu préfères qui ?

– Tebaldi dans *Aïda* et Callas dans *Norma*.

– Tu serais pas un peu suisse des fois ?

Le Baron se redressa et se servit un verre d'eau. Anne vint s'asseoir à côté de lui.

– Quand j'étais gamin, il y avait ceux qui aimaient les Stones et ceux qui aimaient les Beatles. Deux chapelles, quoi !

– Ça, je m'en souviens. Et alors ?

– Les uns et les autres étaient souvent des cons, la plupart étaient les premiers de la classe, ceux qui ne comprennent rien à rien et qui ne ressentent rien si ce n'est le besoin de se coller une étiquette. Heureusement, il y a aussi ceux qui aiment la musique.

Elle l'attira vers lui et l'embrassa sur les lèvres et sur le front de façon maternelle en lui souriant droit dans les yeux. Il s'enfouit dans ses cheveux et descendit le long de son cou brun comme un dessert.

D'un coup de reins, Anne se retourna sur le dos, De Palma ressentit une violente percée dans le muscle de l'épaule qui lui arracha un petit cri.

Avec des gestes lents, il défit le corsage de dentelle fine, libéra ses seins lourds qu'il prit dans ses paumes et les couvrit de mille baisers. Puis, il courut se perdre jusque dans le creux de son ventre et respira son intimité poivrée.

17

De Palma se massa longuement les tempes. Depuis deux jours, il se retapait dans la maison de Jean-Louis Maistre, sur les hauteurs de l'Estaque. Il avait quitté la villa d'Anne, pour ne pas s'installer dans une relation qui lui faisait encore peur.

Il se tenait droit et prenait à pleins poumons l'air marin que la **largade** faisait monter jusqu'aux maisons à flanc de colline.

Aussi loin qu'il pouvait voir, tout était d'azur. La ville au loin était blanche, comme des écailles de coquillages précieux. La digue du port fendait la mer et donnait l'impression d'un immense point d'exclamation au bout d'une longue phrase de terres minuscules, de toits brûlants et de collines.

– Ça roule pour toi, Baron ? fit Maistre. Tu t'es pas fait trop chier toute la journée.

– J'ai pas mal dormi. Le patron veut m'interroger, demain.

– Ah, fit Maistre en servant deux 51.

– M'en fous de leurs histoires. Ils peuvent rien contre moi.

– Surtout que les bastos de 11.43 sont dans le tiroir de mon bureau.

Le Baron se retourna vers son ami.

– Elle t'aime comme personne, Anne. Je te le dis,

mon vieux. Elle t'a blanchi comme un drap neuf. Si tu as l'impression de ressembler à un frigidaire ou à un cachet d'aspirine, tu peux la remercier.

Michel s'assit sur la petite muraille de pierres que Maistre avait édifiée pendant l'hiver pour retenir la terre maigre de son jardin.

– Elle a même mis quelques bastos de ton arme sur la scène du crime. Pas mal non !

– Je...

– Moi, je me retiens de t'en foutre une... Qu'est-ce que tu fous avec ce putain de 11.43 ! Il me semble que depuis le temps tu aurais dû le jeter.

Quand il s'emportait, Maistre retrouvait son accent de titi parisien qui ne l'avait jamais vraiment quitté.

– Si tu dois me gonfler, je me casse, Jean-Louis !

– Ça va, t'énerve pas gros **pébron**. Anne va arriver.

– Il me faut un nouveau calibre, Jean-Louis.

Maistre disparut un moment dans la pénombre de sa maison et en revint avec une boîte noire qu'il tendit au Baron.

– Il voit le jour ?

– Eh sûrement, couillon ! C'est le mien, que je me suis acheté avec mon argent gagné dans la Police nationale.

– Qu'est-ce que tu veux que j'en fasse ?

– En dernière extrémité, Michel. Il a jamais servi, mais il est bougé. C'est un Corse qui me l'a vendu. OK ? En plus j'ai fait changer le canon et le chien. Admire un peu.

C'était un Colt Cobra. Canon court. Une arme merveilleuse. Noire comme la mort et fine comme l'envie. De Palma la soupesa. Il aima son poids et sa poignée en bois verni. Sobre et classique.

Il fit basculer le barillet et l'approvisionna de six « calibre .38 ».

Lorsque Anne déboucha sur la terrasse. Elle jeta un œil noir sur le Cobra et déposa un baiser tendre dans le cou du Baron.

C'est à ce moment-là que le portable de Michel sonna.

– Monsieur De Palma, Ingrid Steinert à l'appareil.

– Bonjour, fit le Baron en s'isolant.

– Je suis très inquiète. Dans la presse, on raconte qu'on vous a tiré dessus, que vous avez abattu un homme...

– Il ne faut pas croire tout ce que la presse raconte, vous savez.

Le Baron vit qu'Anne l'observait et essayait presque de lire sur ses lèvres.

– Je ne sais pas... Je... Vous êtes blessé ?

– Rien de grave.

– Quand nous reverrons-nous ?

– Je vous appelle dès demain, pour l'instant j'ai besoin de me reposer.

– À demain alors, et bon courage.

En raccrochant, De Palma sentit le regard d'Anne peser sur son dos. Il se retourna, elle se tenait à un mètre de lui.

– C'était Ingrid Steinert ?

– Oui, j'avoue que je l'avais un peu oubliée...

– Qu'est-ce qu'elle voulait ?

– Elle a lu dans la presse que j'avais tué un homme et que j'étais blessé. Tout simplement.

– Il va falloir qu'on tire certaines choses au clair avec elle.

– Comme tu dis...

*
**

Morini perdit l'équilibre. Il s'affala de tout son long et mit un bon moment pour se relever.

Depuis qu'il était dans le noir complet, cela faisait deux fois qu'il tombait : d'abord des vertiges, comme s'il ne savait plus où se trouvait le haut et le bas, et puis la chute de son corps énorme.

Le dernier souvenir qu'il avait de la lumière, c'était

une étendue plate à moitié dans l'eau et une cabane dans le fond, avec des murs blancs. Ce qui l'avait frappé c'est que l'homme qui l'avait kidnappé lui avait bandé les yeux et ne lui avait rendu la vue que lorsqu'ils s'étaient retrouvés dans ce marais.

Et puis le noir complet. Pas la moindre lumière venant de l'extérieur. Morini avait perdu le sens du jour et de la nuit. La faim lui creusait le ventre. Il avait atrocement soif.

Il parcourut à tâtons les murs de sa prison et retrouva la porte. Il frappa du poing. Plusieurs fois. Comme il l'avait si souvent fait lorsque le juge André l'avait mis à l'isolement au quartier D des Baumettes.

– Ouvrez-moi !

Comme réponse, il eut le silence énorme.

– Ouvrez-moi, hurla-t-il avant de fondre en sanglots.

Dans la voiture, il avait essayé de négocier avec son ravisseur. Un type qu'il croyait avoir déjà vu quelque part. Grand, cheveux grisonnant sur les tempes. La quarantaine bien tassée. Avec un étrange accent. Un accent d'ailleurs qui ne correspondait pas à la physionomie du type. Morini l'avait pris tout d'abord pour un flic avant de se demander s'il n'était pas un voyou de l'autre camp. La réflexion avait duré une minute.

Il avait voulu « porter la bonne parole » comme on dit chez les voyous puis il s'était énervé, avait menacé. Jusqu'au moment où l'homme lui avait collé une énorme gifle et l'avait bâillonné.

Putain ! Il s'était fait avoir comme un bleu. Cette pensée le torturait encore plus que la soif. Il avait confondu un flic et un voyou.

Pire : il n'avait pas su faire la différence entre un voyou et un fou furieux.

L'instinct l'avait quitté.

Il se dit qu'il ne méritait plus de vivre.

18

Au-dessus du mas de la Balme, les derniers feux du soir cousaient une dentelle rouge sur les arêtes calcaires des Alpilles.

La 205 de Maistre, couverte de poussière, les amortisseurs minés, sautait sur chaque caillou qu'elle rencontrait. C'était toujours mieux que l'Alfa Romeo que tout le monde semblait désormais connaître.

Dans la matinée, De Palma était passé voir Brissonne. Le tonton ne l'avait pas rassuré. Morini avait piqué une colère pas possible après leur visite et avait failli tuer Lopez de ses mains. Tout le milieu parlait maintenant de cette rencontre. Mais le contrat venait de Lopez, pas de Morini.

Ensuite Brissonne avait prévenu De Palma : Morini avait bel et bien disparu et on se demandait qui était à l'origine de sa disparition. Les calibres allaient parler dans quelques jours si Morini ne refaisait pas surface. Une guerre du milieu aurait lieu. C'était inévitable.

– Tu devrais te mettre au vert, Paulo. Prends-toi quelques jours !

– Je vais aller me faire un tour en Italie. J'ai quelques amis là-bas.

Le truand avait regardé le Baron en fronçant les sourcils.

– Fais attention à toi, Michel. C'est la tempête qui se lève et tu sais comment ils sont.

Ingrid était seule, vêtue d'un chemisier noir léger et d'une jupe fleurie très fine qui épousait ses formes élancées. Elle marchait lentement au bord de la piscine. Pieds nus.

De Palma sortit de la 205. D'un geste instinctif, il vérifia la présence du Cobra sur sa hanche et marcha dans la direction d'Ingrid tout en jetant un regard circulaire autour de lui.

Elle le vit venir et lui fit un signe amical.

Quand il fut près d'elle, elle lui tendit la joue. Pour la première fois.

– Je suis heureuse de vous voir, Michel. Les journalistes sont idiots, la manière dont l'article est tourné laisse à penser que vous êtes sur le point de mourir. C'est *furchtbar*... affreux.

– C'est juste une blessure de rien du tout.

– Je l'espère.

Elle avait une voix plus grave que d'habitude et ne le regardait pas en face. Elle laissait promener son regard sur la surface turquoise de la piscine.

– Je vous ai fait venir parce que je pense avoir du neuf.

– Ah bon !

– Oui, mais avant tout, allons boire un petit apéro. Qu'en dites-vous, Michel ?

Le Baron se sentait maladroit. Il acquiesça d'un signe de tête.

Sur la terrasse, Ingrid fit teinter une clochette. Une jeune femme sortit de la cuisine. Ingrid dit quelque chose en allemand. De Palma se rendit compte que c'était la première fois qu'il l'entendait parler cette langue. Il trouva cela plutôt joli.

– Je veux vous faire goûter le vin blanc muscat que nous faisons ici, à la Balme. C'était une idée de William.

Il avait conservé une vieille vigne en muscat qui se trouve derrière la piscine et le pool-house, là-bas. Je dois dire qu'il est bon, c'est mon préféré.

Le Baron avait la gorge sèche. Il avala la moitié du verre d'un trait. Le vin doux lui emplit la bouche comme un bouquet de miel.

Ingrid lui fit un clin d'œil.

– Ce soir, vous êtes mon invité. Connaissez-vous le val d'Enfer ?

– Non.

– C'est un endroit mystérieux en contrebas des Baux. On raconte que la sorcière Taven y avait ses habitudes.

– Mon père me racontait des histoires de sorcières.

– Est-ce que c'est lui qui vous a fait connaître Cathy et Heathcliff ?

Le Baron posa son verre et fit malencontreusement tomber une olive par terre.

– En effet, c'est lui. Comment...

– Je devine beaucoup de choses. William était toujours impressionné par ce don que je possède.

– Vous avez aussi une bonne mémoire.

– Oui, parfois, quand les gens m'intéressent.

Elle trempa ses lèvres dans le muscat.

– Je voulais vous inviter à dîner dans un restaurant qui se trouve juste à côté du val d'Enfer. Qu'est-ce que vous en dites ?

– Je ne sais pas si je dois accepter !

– À moins que vous préfériez dîner ici. Robert, notre vieux cuisinier, a préparé une soupe au pistou comme jamais vous n'en avez mangé. Qu'est-ce que vous en dites : gastronomie ou simplicité ?

– La simplicité, dit De Palma.

– Je suis touchée par vos goûts.

Elle se leva et disparut dans le salon. Michel observa sa démarche souple. Il se dit qu'entre les taudis de la Capelette et le mas de la Balme, la vie lui avait joué un sacré tour de con.

Il emplit ses poumons de l'air plein de senteurs d'olivier et de vigne mûre. L'image de sa mère qui mettait le tub au milieu de la cuisine pour lui donner le bain du soir lui traversa l'esprit. Il se revit tremper dans l'eau savonneuse avec les genoux écorchés, les mains noires d'avoir joué aux osselets dans la cour de l'école primaire de la rue Laugier. Le tub et la cuisinière à charbon qui chauffait quatre pièces.

Il se leva et marcha vers la piscine. Un grillon bricolait une mélodie quelque part dans un bouquet de lavande.

Une main fine se posa sur son avant-bras.

– Je voulais vous montrer quelque chose. Si cela ne vous dérange pas trop.

– Pas du tout, je vous suis...

Elle s'était changée et avait passé une robe rose pâle très simple qui dévoilait ses épaules et arrivait au-dessus des genoux.

Ils pénétrèrent dans les bâtiments par l'entrée principale. De Palma reconnut la salle principale où l'avait reçu Ingrid la première fois qu'il était venu au mas, puis il suivit Ingrid jusqu'au premier étage par un large escalier en pierre blanche d'une sobriété surprenante. Aucune décoration, aucune fioriture. La peinture à la chaux sentait l'ancien.

Ici aussi William Steinert n'avait rien voulu changer. Sans doute pour préserver le souvenir de cette mère qu'il n'avait pas connue.

– Je voulais vous montrer quelques documents que j'ai trouvés cette semaine en rangeant les affaires de William.

Elle ouvrit la porte d'une vaste pièce aménagée en salon ou salle de réception, avec un billard au milieu, des canapés golf couverts de piqués marseillais et des objets divers partout. Un jeu d'échecs posé sur un guéridon, un vieux flipper, un juke-box Wurlitzer des années cinquante. Des toiles de maître un peu partout.

Ingrid vit que le Baron marquait un temps d'arrêt.

– Vous aimez le style ?

– C'est un sacré mélange.

– Ce ne sont que des pièces de collection. William appelait cela « mon musée ». Il a chiné tout ce que vous voyez ici sur les marchés du monde entier. Ce sont des pièces rarissimes. Je tenais à vous le montrer pour que vous compreniez bien quel genre d'homme il était.

Dans une vitrine De Palma vit des rouleaux de cire. Une lettre signée de Blaise Cendrars, des antiquités égyptiennes et grecques. Une statue d'environ un mètre de haut.

– C'est un kouros, en marbre.

Le kouros souriait pour l'éternité, les lèvres relevées aux coins des joues de pierre.

– C'est la fin de la période archaïque. Il est magnifique. Beaucoup de musées nous l'envient.

– Le trait est simple, mais il est parfait. Il ressemble au cavalier Rampin.

– Seriez-vous connaisseur, Michel ?

– Un vieux souvenir de la faculté d'histoire. J'adorais l'art grec.

– Oh je vois...

Elle s'approcha de lui comme si elle souhaitait plus d'intimité.

– Vous désirez un nouveau verre de muscat ?

– Oui, je vous remercie, fit-il sans quitter des yeux le kouros.

– Venez, allons nous asseoir, Laura va nous porter tout ce qu'il faut.

Elle s'assit dans un fauteuil et croisa ses jambes. Le Baron se plaça en face. Un peu gêné par son regard qui ne le quittait pas.

– Pourquoi êtes-vous entré dans la police, Michel ?

– C'est drôle, à chaque fois que je sors le peu de culture que je possède, les gens me posent cette question.

– C'est légitime, non ?

– Oui, peut-être.

– Mais vous ne m'avez pas répondu...

– Parce que je viens des quartiers pauvres de Marseille et que je n'avais guère d'autre choix.

– Il me semble qu'on a toujours le choix.

– Peut-être. Sans doute faut-il être plus courageux que je ne le suis.

– Ce n'est pas une question de courage, mais pourquoi y êtes-vous resté ?

La question, aussi banale soit-elle, prit le Baron au dépourvu.

– Peut-être à cause d'une jeune fille qui vous ressemblait étrangement.

– Racontez-moi, vous voulez bien ?

– Ça ne se raconte pas.

– Elle est morte, n'est-ce pas ?

Laura arriva et présenta un plateau avec deux verres de muscat. De Palma en prit un et en profita pour se lever.

– Elle est morte, et vous n'avez jamais retrouvé le meurtrier. Je me trompe ?

– Je... Je préfère ne pas en parler. S'il vous plaît.

– Je vous comprends. Venez, je vais vous montrer quelque chose.

Au bout du salon, il y avait une table de style art déco avec des pieds en corbeille sur laquelle Ingrid avait disposé tout un tas de papiers et de photos.

Les photos étaient des clichés de la Camargue. De Palma vit des étangs à perte de vue dans la lumière du soir ou dans le jour naissant. Il y avait aussi des photos d'oiseaux : des rapaces, des hérons, des espèces que De Palma ne connaissait pas.

Il s'arrêta sur des clichés de grands oiseaux blancs.

– Ce sont des spatules blanches. Les dernières photos qu'il a prises, à ma connaissance, puisque Laura est allée les chercher aujourd'hui chez le photographe de Tarascon.

– Elles sont magnifiques.

– Oui, n'est-ce pas ?

– Est-ce que le photographe vous a dit quel jour votre mari était venu les déposer ?

– Le jour où il a disparu. Le 24 juin. J'ai pensé que cela pouvait vous apprendre des choses.

– Et vous avez bien fait. On est donc sûr qu'il a disparu le 24 juin. Et ces documents ?

– Ce sont des notes qu'il avait laissées dans sa voiture. La police ne les a pas emportées.

De Palma lut :

1 – La Capelière. Au bout de la grande prairie. Prendre à gauche et droit vers l'arbre mort dans l'eau. Dix mètres à gauche. Dans le bosquet.

2 – Depuis la cabane des gardians, en direction du marais.

– On dirait des notes de repérage, n'est-ce pas Michel ?

– L'une d'entre elles indique l'endroit exact où on l'a retrouvé.

– Ça, je ne l'avais pas remarqué.

Sur une autre feuille pliée en quatre, William Steinert avait écrit :

Cabane en sagno 2, bien cachée après la roselière. Bon coin pour le soleil levant. En parler à Christophe.

– Votre mari prenait souvent des notes comme cela ?

– Tout le temps. Il avait une mémoire mal foutue, il oubliait toujours les petites choses, alors il notait.

– Vous connaissez ce Christophe ?

– C'est Texeira, le responsable de la réserve. Nous nous sommes rencontrés une fois ou deux.

Elle rangea les photos dans leur enveloppe.

– Voilà, c'est tout ce que je voulais vous montrer, le reste ce ne sont que des bribes de vie sans forcément beaucoup d'intérêt.

– Dans une vie, tout a de l'intérêt.

Elle le regarda avec des yeux de petite fille.

– Venez, Michel, allons manger cette fameuse soupe au pistou. Nous parlerons de choses gaies. William n'aurait pas aimé qu'on soit triste.

19

Les investigations que Maistre menait sur le parcours du SIG ne donnaient pas grand-chose pour le moment, sauf que l'arme n'avait pas été inscrite sur la liste des scellés avec le bon numéro de série. C'est pour cela qu'il avait eu du mal à s'y retrouver. Le numéro porté par l'OPJ [1] qui avait saisi l'arme ne collait pas avec celui de l'enregistrement au greffe. Dans les paperasses de la justice et de la police, l'arme n'existait plus. Maistre n'avait jamais vu un tel tour de passe-passe.

C'est pour cette raison qu'il avait décidé d'avancer lentement afin de ne pas éveiller les soupçons des collègues. Car l'un d'entre eux était mouillé et il était sûr qu'il le trouverait tôt ou tard.

*
**

En fin d'après-midi, le Baron longeait le Vaccarès écrasé de chaleur. Texeira avait appelé : les voix étaient revenues.

Aux abords de l'étang, il régnait partout une odeur d'algues mortes et de vase séchée. À chaque place disponible sur le bord de la route, il y avait une caravane ou un mobil-home. Tantôt des Hollandais, tantôt des

1. Officier de Police judiciaire.

Allemands, les cuisses rouges, les visages bouffés par le soleil.

Il tourna dans le chemin de la Capelière et gara la 205 entre deux bus de touristes.

La roselière bruissait dans la fournaise. Les pointes des cannes roussies se balançaient imperceptiblement, animées par un souffle invisible.

Texeira se tenait au milieu d'un groupe. Il distribuait des prospectus et des guides de visite de la réserve. Quand il leva la tête, il aperçut De Palma qui le salua de la main.

– J'arrive, j'arrive...

De Palma lui fit signe de prendre son temps et alla se mettre à l'abri du soleil à l'intérieur du musée d'écologie. Texeira le rejoignit au bout de quelques minutes.

– Bonjour, Monsieur De Palma. Je suis très pris pour le moment. Venez dans cinq minutes dans mon bureau, on pourra discuter.

De Palma en profita pour visiter le musée. Il s'arrêta longuement sur la composition de la flore dans les marais. Il ne se serait jamais douté qu'il y eût autant d'espèces de plantes différentes, notamment des algues.

Quand il eut fini sa visite, il acheta un plan de la réserve, un dépliant sur les oiseaux de Camargue et une carte IGN des lieux.

Texeira était dans son bureau, il jetait un coup d'œil à son binoculaire quand le Baron apparut dans l'embrasure de la porte.

– On a tout notre temps, j'imagine que vous venez pour les voix ?

– C'est ça, oui.

Le biologiste rangea des boîtes de Pétri qui traînaient sur la paillasse du laboratoire. Il posa ses deux mains sur le binoculaire.

– J'ai entendu des voix. Il était une heure passée. Cela venait de l'autre côté du marais, vers la vieille cabane. Des voix et des bruits de pas.

– Qu'est-ce qu'elles disaient, ces voix ?
– Très difficile à dire !
– Pourquoi ?
– Parce que j'ai l'impression que c'était du provençal ou quelque chose de ce genre.
– Du provençal !
– Oui, ça disait : « La Tarasco, la Tarasco... Lou Castéou... » La Tarasque, quoi ! Ça, je l'ai compris. Et ça ressemble plutôt à du provençal, vous ne trouvez pas ? Le reste, je ne peux pas vous dire. Il m'est impossible de m'en souvenir.
– Une seule voix ou plusieurs ?
– Je pense qu'ils sont deux parce qu'il y a une voix aiguë et une plus grave.
– Steinert vous en avait-il parlé de ces voix ?
– Non, pourquoi ?
– Simple question.
Texeira s'assit sur un tabouret tournant. Il croisa les bras et rentra la tête dans les épaules.
– J'ai tenu à vous prévenir, mais je ne vois pas très bien ce que cela peut avoir d'important. Ce sont des imbéciles qui viennent faire du bruit la nuit. Y a tellement de fous de nos jours.
– Deuxième chose : pourquoi ne pas m'avoir dit que vous connaissiez bien Steinert ?
– Je m'en suis voulu après. C'est par pur égoïsme, je ne voulais pas d'ennuis, voilà tout. De toute façon, ce que je sais sur lui n'a strictement aucune importance.
Le Baron balaya l'air pour signifier au biologiste de cesser de trouver des excuses.
– Parlez-moi de lui, plutôt. Comment était-il ?
Texeira enleva ses lunettes et entreprit de nettoyer les verres avec le revers de sa chemise.
– C'était un homme très impressionnant, même si vous ne saviez pas qui il était au juste. Quand il venait le soir comme ça, avant de partir bivouaquer dans les marais, il discutait de tout et de rien, mais – comment

dire ? – il rayonnait. C'était une présence, avec un magnétisme hors du commun. Grand, très grand...

– Vous aviez l'air de l'apprécier ?

– On avait les mêmes points de vue sur l'écologie, sur la protection des animaux...

– Qu'est-ce que ça signifie ?

– Il pensait comme moi qu'on ne peut pas nier le facteur humain, que l'écologie est un tout et que protéger la nature c'est aussi protéger le patrimoine culturel et humain d'une région. Je sais qu'il se battait beaucoup pour ça, notamment à propos de l'archéologie. Il était toujours en pétard avec les maires de telle ou telle commune de la Provence profonde. Il avait les moyens de les emmerder s'il le voulait, mais à chaque fois il préférait les voies de la négociation. C'était un homme d'écoute. Quand je lui parlais, il m'écoutait comme un étudiant ; c'était assez impressionnant surtout si vous pensiez qu'il était un véritable magnat de l'industrie de son pays.

– Vous connaissiez sa femme ?

– Non, il ne m'a jamais parlé d'elle d'ailleurs.

– Elle prétend pourtant vous avoir déjà rencontré !

– Franchement, je ne m'en souviens pas.

– Vous parliez de véritables combats qu'il menait, vous pouvez m'en dire plus, prendre des exemples ?

– Je vais avoir du mal, il était assez discret sur ses actions concrètes. Je sais par exemple qu'il s'est battu pour que la gendarmerie mette son nez dans le monde des travailleurs saisonniers. Il y a tout un tas de clandestins qui passent par ici, c'est un véritable esclavage.

De Palma s'appuya contre la bibliothèque du laboratoire, une sombre lueur lui recouvrait le visage.

– Est-ce qu'il venait seul ?

– Oui, toujours. Il garait son énorme 4×4 à côté de ma bagnole et il montait me voir. Par contre il ne venait jamais quand il y avait du monde.

– Vous êtes-vous demandé pourquoi ?

– Je le lui ai demandé et il m'a répondu qu'il n'aimait pas la compagnie des touristes. C'était ce qu'il haïssait le plus, les touristes.

De Palma alla se poster à la fenêtre et regarda les marais.

– Monsieur Texeira, vous avez toujours mon téléphone ?

– Oui, bien sûr, il est sur mon agenda.

– Si jamais vous entendez ces voix encore une fois. Appelez-moi immédiatement.

– D'accord. Comme vous voulez. C'est si important que ça ?

– Je ne sais pas, en tout cas c'est beaucoup plus important que vous ne le croyez.

Le Baron sortit un mouchoir et s'essuya le front.

– Êtes-vous là toutes les nuits dans ce créneau horaire ?

– Oui, en principe.

– Dormez-vous d'habitude à ces moments-là ?

– Je ne me couche jamais avant 1 h 30 ou 2 h du matin.

– Maintenant, pourriez-vous me montrer exactement l'endroit où vous avez entendu ces voix.

– Suivez-moi.

Sur le sentier qui longeait la roselière, la terre était dure comme du vieux ciment, craquelée partout malgré les pluies récentes. Texeira marchait devant d'un pas rapide. De temps en temps, il jetait un coup d'œil vers le marigot.

– Le niveau baisse, fit-il en tendant le doigt vers l'eau qui moussait comme de la lessive.

Ils pénétrèrent dans un bosquet de frênes. Texeira obliqua à gauche, gravit les marches d'un escalier en bois que les arbres dissimulaient et disparut dans un abri d'observation. De Palma le suivit, le souffle court.

– Voilà, les voix venaient de l'autre côté du marais. Là-bas, dans cette grande roselière que vous voyez.

– Qu'est-ce que vous avez entendu exactement ?

– Comme je vous l'ai dit : deux voix, des mots en provençal et du bruit.

– Quel genre de bruit ?

– Des remous, des bruits de pas dans l'eau...

– Et puis ?

– C'est tout, ils ont chanté et puis tout s'est arrêté.

– Ils ont chanté ?

Texeira paraissait agacé par les questions en cascade du policier.

– Oui, et alors ? fit-il en soufflant.

– Écoutez, Monsieur Texeira : vous entendez des voix dans un endroit où personne ne peut aller, ensuite vous me dites que les gens chantaient, ensuite vous me dites que vous entendez des bruits de remous... Tout ça après que quelqu'un a été retrouvé mort dans votre réserve et ce dans des circonstances plus que douteuses. Vous oubliez aussi de me dire que vous connaissiez cette personne. Alors, essayez de comprendre mes questions !

– Monsieur De Palma, je regrette. Sincèrement, mais je pensais que ce genre de détails ne vous intéressait pas vraiment et puis je ne voulais pas avoir affaire avec vous.

– Comment peut-on aller là-bas ?

– À vrai dire je n'y suis encore jamais allé et je ne vois pas comment on peut y aller à pied sec.

– Avec une barque peut-être !

– On va prendre celle de la réserve.

Le marais faisait une bonne centaine de mètres de large sur deux cents de long. Il s'étalait au milieu d'une nature quasiment vierge qui donnait l'impression de revenir à la vie avec le soleil couchant.

Au bout du plan d'eau, une aigrette s'envola en frôlant la surface liquide du bout des ailes.

Texeira, debout sur la barque à fond plat, poussait sur la longue perche qui à chaque fois s'enfonçait profondément dans la vase et faisait de larges taches brunes dans l'eau verdâtre.

En moins de cinq minutes, ils arrivèrent au bord de la roselière. De Palma voulut se lever, mais Texeira l'arrêta net.

– Méfiez-vous, il y a des sables mouvants ici. Cherchons plutôt un bout de terre ferme et essayons de progresser. Si vous voyez des oiseaux au sol, évitez de les effrayer. Ils ont pris leurs quartiers de nuit.

Ils longèrent la roselière vers le nord, lentement. Texeira sonda le rivage, mètre après mètre. Ce n'est qu'au bout d'une centaine de mètres que la barque frôla le fond.

Texeira sonda plusieurs fois et fit un signe affirmatif de la tête : ils se trouvaient sur un banc de sable qui sortait de l'eau au milieu de la roselière.

Quand ils sautèrent par-dessus bord, De Palma posa sa main sur l'épaule de Texeira.

– Je vous remercie de tout ce que vous faites. Maintenant, il faut ouvrir les yeux, n'importe quelle trace qui ne vous paraît pas normale, je vous demande de me la signaler.

– Pas de problème.

– Je vais marcher dans vos pas. Prenez votre temps, il y a sûrement des choses que vous verrez et pas moi. Je compte sur vous.

– Texeira progressa lentement. Bientôt, ils se retrouvèrent les pieds dans une dizaine de centimètres d'eau. Un peu partout le Baron vit tout un tas de bestioles qu'il ne connaissait pas. Tout autour de lui, le marais grouillait de vie.

Tout à coup, Texeira s'arrêta.

– Il y a des traces de pas ici.

De Palma s'approcha et vit sur une bande de terre hors de l'eau une trace de pas : un homme, dans les 42 ou 43. Une seule trace car celui qui l'avait laissée avait dû marcher dans l'eau comme ils le faisaient en ce moment. Une trace de pas avec des semelles à crampons, parfaitement reconnaissable pour un connaisseur : des semelles Vibram.

– Ça, j'en reviens pas, fit Texeira. Pour venir marcher ici, il faut bien connaître les lieux.

De Palma s'en voulut de ne pas avoir pris d'appareil photo. Il sortit de sa poche un morceau de papier et le planta sur une tige de roseau. Il sortit ensuite son calepin et fit un croquis sommaire indiquant la direction du pied : grosso modo plein nord selon les indications de Texeira.

– Continuons.

– On doit pas être très loin de la cabane.

Ils marchèrent encore sur quelques mètres, la roselière devint moins dense et s'ouvrit sur un deuxième marais, plus petit que le précédent. À l'autre bout, entre deux peupliers, une cabane en sagno, aux murs blancs à moitié décrépits, était posée sur un monticule de terre.

– Combien y a-t-il de cabanes comme celle-là ?

– Deux, pas plus.

– Et vous êtes déjà allé dans celle-là ?

– Non, je dois avouer que non. C'est bête, mais c'est comme ça. Un de mes étudiants y est allé l'an dernier. Et il m'a dit qu'il n'y avait pas grand-chose. C'est juste une cabane comme les autres. En plus, ce n'est pas un très bon point d'observation. Depuis qu'ils ont barré le ruisseau que vous avez vu tout à l'heure, l'eau de ce marais a monté et on ne peut plus y accéder à pied.

– Bon, fit De Palma, essayons tout de même.

– Alors, on va retourner à la barque et on va la porter jusqu'ici.

Une demi-heure plus tard, De Palma et Texeira prenaient pied sur le monticule et s'approchaient de la cabane. Ils en firent le tour et pénétrèrent à l'intérieur.

C'était une pièce ovale, avec en son centre une vieille table à moitié mangée par les pince-oreilles. Trois chaises dont la paille était défoncée, une vieille musette et des verres pleins de poussière.

De Palma passa les moindres recoins au peigne fin. Il ne trouva rien d'intéressant sauf des traces évidentes d'un passage récent. Très récent puisqu'on pouvait voir par endroits, sur la table notamment, des marques dans la poussière.

La terre battue avait été comme balayée et on avait effacé les traces des coups de balai. Michel se baissa et vit qu'on avait nettoyé le sol récemment.

« Pas plus de trois ou quatre jours », se dit-il.

Texeira l'appela au-dehors.

– Regardez.

Au bord de l'eau, la terre avait été retournée et le sable, dans l'eau, avait été labouré par quelqu'un ou quelque chose.

– On dirait comme un gros gibier qui a tout chamboulé.

– C'est ce qui explique sans doute le bruit de remous, fit Texeira en désignant les traces.

– Ce bruit, vous l'avez entendu la deuxième fois ?

– Non, sans doute parce que j'étais plus loin, ou peut-être parce que je n'y ai pas prêté attention.

Les traces étaient récentes. Elles entraient dans l'eau et disparaissaient dans la vase. Cependant, on voyait nettement des marques en forme de cônes, comme en négatif. L'eau du marais avait creusé autour de la trace.

De Palma vit que sur le rivage on avait effacé tout ce qui aurait pu être identifiable. C'était évident.

Un héron vint se poser sur l'arbre mort qui basculait dans la grisaille de l'eau. Au même moment, la nature frémit. Sur les pointes de la roselière, une lumière rose pâle passa rapidement. Le soleil se couchait, là-bas, sur l'autre rive du Vaccarès.

*
**

– Non, Michel, je ne peux pas répondre à cette question ! Je ne sais pas si William était franc-maçon ou pas. Il était discret sur sa vie privée. Et ne croyez pas que je faisais partie de son domaine privé.

Ingrid était agitée. Elle avait encore les cheveux mouillés. Elle les avait remontés sur le haut de la nuque et les faisait tenir avec une baguette d'ébène.

Après avoir quitté le Vaccarès, De Palma était passé la voir au mas de la Balme. Il avait prévenu Maistre qu'il rentrerait tard dans la nuit. Maistre avait grogné, Anne Moracchini avait fait une crise de jalousie et le Baron n'en avait fait qu'à sa tête.

– Je suis désolé de vous déranger pour si peu. Je vais vous laisser.

– Vous ne me dérangez pas, Michel et, de plus, je vous garde à dîner.

– J'ai peur de vous ennuyer avec toutes mes questions.

– Pas du tout, dois-je vous rappeler que c'est moi qui vous ai mis dans cette situation ?

De Palma se tortilla sur sa chaise.

– Avez-vous des nouvelles de maître Chandeler ?

– Non, pas depuis que j'ai décidé de me passer de ses services.

– Et puis-je savoir pourquoi vous avez décidé de le renvoyer ?

– Tout simplement parce qu'il était trop gourmand. Trop vorace. Et puis, en fait, il ne gérait qu'une infime partie des intérêts de la famille.

À la moue qu'elle fit, De Palma comprit que Chandeler avait peut-être tenté sa chance et qu'il avait été éconduit.

– Si vous me parliez des Terres d'en bas ?

– Je vous propose d'aller y faire un tour.

– Mais il fait nuit !

– Nous irons demain.

– Demain ?

– Oui, si vous acceptez, bien entendu, de rester dormir au mas. Ce ne sont pas les chambres qui manquent, vous savez.

Pour toute réponse, Michel leva les yeux vers les murs de pierres sèches percés de petites fenêtres. Le mas comprenait trois étages d'habitation. Au dernier, quelques fenêtres brillaient dans la nuit. Ce devaient être les chambres des gens de maison.

– Vous êtes-vous demandé pourquoi votre mari tenait tant à garder ce mas en l'état ?

– Je ne vous suis pas ?

– Pourquoi ne voulait-il rien changer ou presque ?

La question la prit au dépourvu. Elle parut presque gênée, comme si De Palma venait de lui faire remarquer qu'elle ne s'était jamais vraiment inquiétée du comportement étrange de son mari.

– Je l'ignore. Je pense qu'il devait y avoir de sa part un souci d'authenticité.

– Il y a plus que ça.

Ses yeux turquoise le regardèrent prudemment. Elle prit une cigarette, au ralenti, la porta à ses lèvres et fit claquer son briquet.

– Il y a que William était le fils de l'ancienne maîtresse de maison, Madame Maurel.

Ingrid posa son briquet lentement. Elle regarda intensément le Baron. Visiblement, il venait de lui délivrer une vérité qu'elle ne connaissait pas. Elle détourna le regard. Il vit que ses yeux brillaient.

– Je ne voulais pas vous choquer, mais je pense que je vous dois cette vérité.

Elle défit ses cheveux et les laissa tomber, encore lourds d'humidité, sur ses épaules dorées. Puis, elle referma les bras sur sa poitrine dans un geste d'autoprotection et serra fortement.

– Je ne vous en veux pas. C'est... c'était tout le problème avec William, il me cachait une bonne partie de sa vie. Je pense que vous l'avez bien compris... La vie avec lui n'était pas facile.

Elle se leva et fit quelques pas en direction de la piscine, sa silhouette noire ondula comme une ombre étrange, sur le fond turquoise de l'eau.

– C'est Bérard qui vous a dit ça, n'est-ce pas ?

– Oui.

– Il sait beaucoup de choses sur mon mari.

– J'en ai l'impression, oui. Je pense que vous devriez aller le voir.

Soudain, Ingrid parut fragile. Sa peau tremblait. Une ride lui barra le front. Elle écrasa sa cigarette.

– Je... Restez ici, ce soir, Michel. Ce... Ce n'est pas une invitation, c'est une demande. Rendez-moi ce service.

– Je ne veux pas que vous considériez cela comme un service...

– Dans mon milieu... je veux dire, dans mon... Enfin... Je suis très maladroite ce soir.

Elle mit enfin la main sur son étui à cigarettes et en sortit une nouvelle tige qu'elle alluma en tirant dessus plusieurs goulées. De Palma constata qu'il n'aimait pas la voir fumer, cela la rendait trop familière. Il détourna le regard

– Un jour, j'ai été appelé sur ce qu'on appelle une scène de crime, c'était il y a des années et des années. Au tout début que j'étais dans la police. Ça se passait à Paris. Je m'en souviens comme si c'était hier.

« Elle s'appelait Isabelle Mercier. Elle avait seize ans. Blonde... C'était une belle jeune fille. Enfin, je ne l'ai su que plus tard. Je ne sais pas si vous me comprenez. Quand j'ai vu des photos et des films que son papa a bien voulu nous montrer.

« J'ai longtemps cherché. Longtemps. Sans jamais me lasser. J'ai des cahiers entiers de notes et de témoignages. Depuis, je cherche toujours celui qui lui a fait subir tout ce qu'elle a subi... Et je mourrai peut-être avec cela ! Mais je chercherai encore et encore. Je construirai mille scénarios différents. Sans peut-être jamais trouver le bon, mais tant pis. Vous savez, c'est un peu comme une quête sans fin.

Ingrid tira une dernière goulée de sa cigarette et l'écrasa dans le cendrier.

– Elle vous ressemblait, Ingrid. C'est terrible comme elle vous ressemblait. Terrible.

– Arrêtez, Michel, vous me faites peur.

Elle se leva, traversa le salon, puis s'arrêta dans l'embrasure d'une porte qui devait sans doute donner dans ce qu'elle appelait son « domaine privé ».

– Je vous souhaite une bonne nuit, Michel. Vous trouverez votre chambre au premier, juste en face du salon que vous connaissez. À demain.

Elle laissa retomber son bras le long de sa jambe et disparut dans son domaine privé.

*
**

Morini essaya de se relever sur ses deux bras, mais il n'y parvint pas. Ses muscles avaient fondu. Ses jambes ne réagissaient pratiquement plus.

Il se souvint des voix qu'il avait entendues hier ou tout à l'heure. Ce matin ou cette nuit. Il n'en savait rien.

C'étaient des voix tellement lointaines, qui filtraient comme à travers des couches épaisses de coton. Il se souvint avoir hurlé, mais il n'était pas sûr que sa voix ne soit pas restée sur le bord de ses lèvres, ou au fond de sa gorge brûlante.

Après, il avait bu son urine et sa soif s'était calmée pour un temps. Un temps seulement. Car au bout d'un temps une pâte acide avait gonflé dans sa bouche sur les bords de la langue.

Il se souvenait bien des voix. L'une avait dit : « on a tout nettoyé ici », ou quelque chose comme ça. Et l'autre : « il y a encore des traces dans l'eau ». C'était deux voix d'hommes qui ne se connaissaient pas très bien puisqu'elles se disaient « vous ».

De ça il en était sûr.

Il s'endormit, épuisé par les efforts de sa mémoire. C'est un bruit énorme qui le réveilla. Un bruit de remous dans l'eau, juste de l'autre côté de la paroi de sa prison.

Et puis la chanson, surgie du noir. Aiguë comme une voix d'enfant.

« Lagadigadeu, la tarasco, lagadigadeu... »

Et une deuxième voix. Beaucoup plus grave. Comme le cri d'un paysan qui appelle ses bestiaux.

« Laïssa passa la vieio masco... Laïssa passa que vaï dansa... »

Les deux voix se mêlèrent pour faire un étrange duo.

« La tarasco dou casteu, la tarasco dou casteu... »

Cette chansonnette rappela des bons souvenirs à Morini. C'était la chanson des tarascaires lorsqu'ils promenaient le monstre de carton-pâte à travers les rues de Tarascon et qu'ils fonçaient sur la foule terrorisée.

Et lui, Morini, avec le costume tout blanc des tarascaires, le beau chapeau de mousquetaire. La première fois qu'il avait vu la Tarasque c'était quand il était minot, perché sur la pointe des pieds, le menton sur le rebord de la fenêtre.

Il jura que s'il s'en sortait, le parc porterait le nom de la Tarasque. Il était le Grand, celui que tout le monde écoute. Celui à qui tout le monde obéit.

Il aurait aimé rester chevalier de la Tarasque... Si la prison n'était pas venue embrouiller son destin. Depuis qu'il avait quitté le monstre, ça faisait comme un grand vide dans sa vie. C'est pour ça qu'il avait mis toute son énergie dans le Grand Sud.

Il fallait que ce parc porte la marque du monstre. Au moins son image. Et des spectacles qui lui soient entièrement consacrés. Son père aurait aimé cette idée. Pas sa mère, mais ça, il s'en foutait.

Le plafond de la geôle s'ouvrit d'un seul coup. De la terre lui tomba sur le visage.

Une lumière violente lui frappa les yeux comme une gifle. Une force surhumaine l'attrapa et le hissa dans le ciel noir.

*
**

De Palma se réveilla de bonne heure. Les appartements du mas de la Balme étaient déserts. Il sortit sur la terrasse et goûta les dernières fraîcheurs du matin. Les ouvriers agricoles s'étaient réunis dans le garage et discutaient de la journée à venir autour de l'énorme tracteur.

Une lumière intense saillait entre les mamelons des Alpilles. Dans moins d'une heure, le mas serait dans la fournaise.

Il regarda sa montre et constata qu'elle s'était arrêtée pendant la nuit. Elle indiquait 11 h 30, l'heure à laquelle il s'était couché.

Il sortit son portable et l'alluma et vit qu'il avait neuf messages. La voie de la messagerie indiquait que le premier message avait été laissé à minuit passé de dix-huit minutes.

Monsieur De Palma, Christophe Texeira. Désolé de vous déranger si tard, mais les voix sont revenues. Rappelez-moi dès que vous avez ce message. »

De Palma se maudit d'avoir coupé son portable pendant qu'il était en compagnie d'Ingrid.

Il écouta les autres messages. Ils émanaient tous de Texeira qui avait cherché à le joindre à différentes heures de la nuit. Le dernier message datait de 2 h 19.

Il composa immédiatement le numéro de Texeira.

– Je les ai entendues vers minuit.

– Minuit ?

– Oui, c'est ça, à peu près minuit. Toujours le même

truc en provençal. Par contre j'ai fait quelque chose de vachement bien : je les ai enregistrées.

– Ça donne quelque chose ?

– Passez me voir, vous verrez !

De Palma ne prit pas le temps de dire au revoir à Ingrid. Il monta dans la 205 de Maistre et fonça jusqu'à la Capelière.

Le temps était à l'orage. Des nuages montaient de la mer et s'affalaient sur les immenses prairies de la Crau et les marais de Camargue.

Quand De Palma tourna dans le chemin de la Capelière, de grosses gouttes s'éclatèrent sur le capot poussiéreux de la Peugeot.

Texeira l'attendait dans l'embrasure de la porte du petit musée. De Palma le rejoignit en courant.

– Content de vous voir, Monsieur De Palma !

– Et moi donc !

– Ne perdons pas de temps, venez.

Texeira posa sur son bureau un petit magnétophone à bande comme il en avait souvent vu dans les anciens dispositifs d'écoutes.

– C'est un Nagra, fit Texeira avec une pointe de fierté dans la voix. Et voici le micro miracle.

Il lui montra un long micro, un peu comme ceux qu'utilisaient les techniciens de la police dans les planques. Sur le canon était marqué « Sennheiser » en lettres chromées.

– C'est un vieux micro, mais lorsqu'on l'associe à cette parabole, on obtient des résultats fabuleux. On se sert de tout ça pour enregistrer les oiseaux.

– Super, fit De Palma qui s'impatientait.

– C'est du vieux matos, mais c'est du bon ! Et voilà le résultat.

Texeira actionna le bouton « Play » du Nagra.

On entendait tout d'abord des bruits de pas et de souffle. Quelque chose de très désordonné.

– C'est moi qui cours pour être le plus près des voix.

Et puis, tout à coup, le bruit de pas s'arrête... On entend encore le souffle de Texeira puis plus rien. Sans doute le biologiste avait tourné son micro de l'autre côté.

– C'est là, vous allez voir.

Ce fut tout d'abord un bruit de pas lourds dans de l'eau relativement profonde. Quelqu'un ou quelque chose marchait dans le marais à une distance que De Palma avait du mal à imaginer. Puis, on n'entendit plus rien, juste quelques remous très faibles et puis la première voix.

Une voix si aiguë et tellement étrange que De Palma se recula du magnétophone.

« Lagadigadeu, la tarasco, lagadigadeu... »

Il y eut de gros bruit d'eau comme si quelque chose remuait dans le marais. Et une deuxième voix. Beaucoup plus grave.

« Laïssa passa la vieio masco... Laïssa passa que vaï dansa... »

Les deux voix se mélangèrent comme un chœur terrifiant, au beau milieu de la nuit et des marais.

« La tarasco dou casteu, la tarasco dou casteu... ».

Il y eut d'autres bruits que De Palma ne put vraiment analyser. Cela ressemblait à des pas sur de la boue, mais il n'en était pas sûr. Les deux voix s'élevèrent encore dans la nuit.

« La tarasco dou casteu, la tarasco dou casteu... »

De Palma remarqua que les deux hommes s'étaient déplacés, leurs voix étaient assourdies. Soit ils s'étaient éloignés du micro, soit ils avaient pénétré dans un sous-bois ou passé derrière un mur.

– Ils sont entrés dans la cabane, fit-il tout à coup.

– Vous croyez !

– C'est une hypothèse.

– Attendez, le plus dur reste à venir.

Texeira monta le son de l'ampli.

– C'est un micro qui capte souvent ce que l'oreille humaine ne peut entendre.

C'était un cri, assourdi. À peine audible, mais De Palma le reconnut immédiatement : le dernier hurlement d'un homme qu'on mettait à mort.

Texeira arrêta le Nagra. Sa main tremblait.

– Voilà, après il n'y a plus rien.

– Remettez-moi la dernière minute.

Le Baron écouta, les yeux fermés. Il reconstitua mentalement le scénario selon les sons que le micro avait captés dans la nuit des marécages.

– Christophe, est-ce que vous êtes allé jusqu'à la cabane ?

– Non. Je me suis souvenu des conseils que vous m'avez donnés.

– Je pense que vous venez de vous sauver la vie.

– Vous pensez !

– Sûr à cent pour cent.

Texeira regarda le Baron de la tête aux pieds.

– Je vous propose d'aller faire un petit tour du côté de la cabane. Est-ce que vous avez le temps ?

– Le temps pas vraiment, mais je dois vous dire que ma curiosité est au maximum.

*
**

Depuis plus d'une heure, le vent du large poussait vers Tarascon la puanteur de l'usine de cellulose implantée en aval sur le Rhône.

Malgré les quelques gouttes d'orage, il faisait encore chaud. Une chaleur prisonnière d'une baudruche que rien ne parvenait à crever.

Quand il vit l'attroupement, Marceau essuya la sueur qui coulait de son front d'un geste vif. Il eut du mal à se frayer un passage à travers les badauds avant d'atteindre la lourde porte de l'église Sainte-Marthe.

L'ADS qui lui ouvrit la porte s'était composé une mine de circonstance. À l'intérieur de l'église, c'est un vieux briscard que Marceau avait connu à la Brigade territoriale qui lui montra du doigt l'endroit où les choses s'étaient passées.

Au fond de l'abside, la police scientifique avait tendu un ruban et posé quelques cavaliers. La grille qui menait vers la crypte était ouverte. Marceau vit des lueurs bleues qui montaient des salles souterraines de l'église : les techniciens étaient en train de passer le Crimescope [1].

Marceau ne s'approcha pas. Il laissa les techniciens de la police scientifique terminer leur travail fastidieux.

– Ah, vous êtes là, fit Larousse qui avait la sale gueule des grands jours. On a réussi à limiter les dégâts avec la presse.

– Qu'est-ce que vous leur avez dit ?

– Qu'un promeneur avait découvert le corps inanimé d'un touriste et que pour le moment la police poursuivait ses investigations.

– Pourquoi, ce n'est pas vrai ?

– Comment, vous n'êtes pas au courant ?

– J'étais de repos aujourd'hui.

Larousse prit Marceau par le bras et l'attira un peu à l'écart.

– C'est le même scénario que la dernière fois.

– Christian Rey ?

Larousse hocha la tête.

– Le corps a été découvert par un promeneur, dès l'ouverture ; un touriste danois du nom de Thomas Nielsen. Mais, ce coup-ci, c'est un poisson beaucoup plus gros que nous avons. Morini, je pense que ça vous dit quelque chose ?

– Morini !

– Morini. Après Rey le lieutenant, nous avons le patron lui-même. À quand le prochain !

– Vous pensez à quelque chose comme une série qui nous tomberait sur les bras ?

1. Projecteur de lumières de diverses natures qui permet de visualiser sur les scènes de crime ce que l'œil nu ne voit pas.

– Comment vous appelez ça, vous ?

Marceau regarda en direction de la crypte. Larousse se retourna.

– On en est où avec Rey ?

– On a reçu les résultats des ADN.

– Et alors ?

– ADN inconnu partout sur les plaies.

– Et alors ?

– ADN vraiment inconnu.

– Qu'est-ce que vous voulez dire par là ? fit Larousse avec irritation.

– Je veux dire que ce sont des traces de salive qui ont été prélevées.

Larousse leva les yeux vers le plafond de la basilique. Il respira profondément.

– Est-ce qu'on a fait toutes les comparaisons avec des ADN... Je sais pas, moi, comment dire...

– La salive sur une plaie signifie souvent qu'il y a eu morsure.

– Vous vous rendez compte, Marceau, de la taille de la plaie ?

Jean-Claude se contenta de lever les deux mains et de les laisser retomber aussitôt.

– J'ai passé un coup de fil hier soir à Nantes, ils font du très bon boulot, mais ce coup-ci, ils n'ont vraiment rien en magasin. Rien de rien.

– Et le FNAEG ?

– Rien de rien. ADN inconnu.

Un technicien de la police scientifique apparut dans l'entrée de la crypte. Il enleva ses gants et son masque et les jeta dans une boîte jaune. Puis, il fit signe à Marceau et Larousse de s'approcher.

– Adieu, Jean-Claude, ça va comme tu veux ?

– On se maintient, on se maintient. Et toi ?

– C'est pas joli en bas. Putain, j'avais jamais vu ça !

– On peut descendre ?

– Tout de suite. On vient de finir.

Larousse et Marceau enfilèrent gants et couvre-chaussures et franchirent la porte gothique.

En descendant les marches, Marceau sentit la puanteur le prendre à la gorge. Il s'arrêta et mit le masque à cartouche que lui tendit le technicien.

– Ça schlingue, putain.

Larousse se tenait derrière Marceau et louchait par-dessus le masque qui lui faisait un museau de cochon.

Un peu plus bas le photographe prenait plusieurs clichés d'une trace de sang sur la grille du tombeau du chevalier Jean de Cossa.

Quand ils arrivèrent dans la crypte, Marceau s'arrêta net.

Le corps de Morini était posé devant le sarcophage de marbre contenant les restes de sainte Marthe ; il avait la tête en direction du monument, les yeux exorbités et la joue gauche contre le dallage. Le bas du tronc et les jambes manquaient. Le regard de Marceau était liquide, chargé de colère.

– Tu as des choses à me raconter ? fit Marceau, en direction du technicien.

– Oui, par quoi tu veux que je commence ?

– Parle-moi de la plaie surtout ; le reste, je le lirai.

– J'ai jamais vu de plaie comme ça, fit le technicien en secouant la tête. Regarde.

Ils se penchèrent sur le corps.

– On a vraiment l'impression que les chairs ont été déchirées. Il manque tous les organes à l'intérieur. Le tronc est vide, quoi.

Marceau pointa son index vers des reflets blanchâtres sur le sang.

– C'est quoi ces trucs, là ?

– Ça ressemble à de la salive ou du sperme, je ne peux pas te dire. À vue de nez, comme ça, je dirais plutôt de la salive.

Larousse se tenait à l'écart et regardait dans la direction opposée du corps. Marceau se releva doucement et regarda sainte Marthe couchée sur son lit de parade : silhouette fine et tendre, drapée de marbre. Son visage était maculé de taches de sang, le corps était zébré de traces brunes, comme si le fou qui avait profané le sanctuaire avait voulu griffer la pierre.

– La mort remonte sans doute à cette nuit. Je pense que le corps a été déposé vers le début de la matinée. Je dirais entre 8 et 9 heures.

– Tu es sûr ?

– Presque. Il y avait encore des taches de sang pas complètement sèches.

– Pas coagulées ?

– Non, coagulées, mais pas complètement sèches.

– Ce qui veut dire que le corps a été transporté juste après le supplice. Maximum trente ou quarante minutes. Sinon le sang était coagulé et il ne pouvait pas faire toutes ces traces.

– Je suis complètement d'accord avec toi.

– Ensuite, il l'a transporté dans un sac ou quelque chose comme ça. Il n'y a pas de traces ailleurs.

– Bien vu, fit Larousse. Et qu'est-ce que vous en concluez ?

– Rien du tout, fit Marceau d'une voix grave. Rien du tout. Morini a été massacré pas très loin d'ici, on l'a transporté et on a fait cette mise en scène. Où est le curé ?

– Il est dans la sacristie, Delmastro est en train de l'entendre.

– Il faut que je le voie tout de suite.

Au-dessus de la tête de la sainte, l'inscription « *Solicita, non turbatur* » était barrée de plusieurs traits de sang.

– « *Solicita, non turbatur* », répéta Marceau.

– Quelqu'un sait ce que cela veut dire ?

– Ça fait longtemps que j'ai oublié mon latin, fit Larousse.

– Ça m'a l'air d'être quelque chose pour lui. Regardez comme il a barré l'inscription.

– En tout cas, motus et bouche cousue à la presse pour le moment, fit Larousse. Je veux pas voir un baveux dans les parages.

Le commissaire tourna les talons et remonta les escaliers. Marceau se recula et considéra la scène dans son ensemble. C'était une vision comme il n'en avait jamais vu. Morini avait été posé comme un sacrifice aux pieds d'une sainte particulièrement aimée des Tarasconnais. Cette mise en scène contenait sans doute la réponse à ce massacre.

Une fois remonté à la surface, Marceau arracha son masque et ses gants.

– Je viens d'avoir un coup de fil du procureur, l'affaire va à la PJ. On a plus rien à voir là-dedans.

– Je m'en doutais, fit rageusement Marceau en jetant ses gants.

– Ils vont arriver d'un moment à l'autre.

– C'est qui ?

– Moracchini, et un autre que je connais pas : Moreno.

– Je connais Moracchini, mais pas l'autre.

– Désolé, Marceau, c'est trop gros pour nous. Ça fait le deuxième gus qu'on retrouve à moitié bouffé. On n'a pas les moyens de ce genre de boulot. Le proc' a raison : c'est un truc PJ. Et nous au moins on est tranquille.

*
**

De Palma prit une première photo du rivage, puis une deuxième de la maigre bande de terre qui serpentait à travers la roselière.

Texeira lui avait prêté l'appareil numérique de la réserve. Le Baron vérifia l'image et avança.

– Même principe que la dernière fois, Christophe. Le moindre truc a son importance. Même le plus petit.

Texeira regardait au sol en fronçant les sourcils. Au

bout d'un quart d'heure, ils se retrouvèrent devant l'empreinte de pas qu'ils avaient découverte la dernière fois. Personne n'avait touché la marque que le Baron avait posée.

Le Baron prit trois photos, puis il posa le mètre de maçon que lui tendit Texeira à côté de l'empreinte et prit encore un cliché.

Au bout d'un autre quart d'heure, ils se retrouvèrent devant l'étendue d'eau qui les séparait de la cabane en sagno.

Il n'y avait pas le moindre souffle d'air. Les seuls bruits que faisait la nature croupissante du marais étaient ceux des bulles qui s'échappaient de la vase et venaient éclater à la surface.

Le Baron fit signe à Texeira de s'accroupir.

– Observez bien, dit-il. Est-ce que quelque chose a changé.

Texeira fixa son regard sur la cabane. Il prit son temps avant de se tourner vers le Baron.

– La porte, fit-il.

– Exactement, fit le Baron.

– Elle était fermée la dernière fois. C'est moi qui l'ai fermée.

Plus d'une demi-heure plus tard, ils prirent pied sur le monticule de terre qui supportait la cabane. Le Baron dégaina son Cobra et fit signe à Texeira de rester en retrait.

Il s'avança lentement, presque au ralenti, tendu comme un fauve.

Le sol avait été méticuleusement nettoyé autour de la cabane. Sur le rivage, il vit les mêmes traces que lors de leur précédente visite. Mais il préféra ne pas s'attarder sur ces détails et il se dirigea vers la cabane.

Lentement, il poussa la porte du pied tout en braquant son Bodyguard en direction de la pénombre de la cabane. La porte grinça longuement. Texeira le suivit à l'intérieur.

Sur la table, il vit des traces de doigts. Il se pencha et vit que celui qui les avait laissées avait pris soin de mettre des gants. Le sol en terre battue avait été balayé.

– Je n'y comprends rien, fit Texeira.

– Moi je commence à y voir un peu plus clair.

– Vous avez bien de la chance !

– Dans l'enregistrement, on entend clairement que les voix disparaissent, ou sont plus assourdies...

– C'est vrai juste avant le cri.

– Imaginons un scénario : deux hommes entrent ici avec une troisième personne. Ils sont sur la berge quand ils chantent puis ils entrent.

Le Baron faisait des signes dans l'air pour imager sa démonstration.

– Pourquoi deux hommes ?

– C'est très clair sur l'enregistrement, quand on entend le cri ! Il y a donc trois voix.

– C'est vrai, avant on l'entend pas.

– Avant on l'entend pas... fit le Baron songeur.

– C'est très net ce que vous dites, maintenant que j'y pense.

– Avant... Putain, le troisième était déjà ici.

– C'est sûr ?

– En tout cas, c'est le scénario le plus évident.

Le Baron recula jusqu'à la porte, fit quelques pas à l'extérieur puis entra.

– Ils entrent en chantant et, à ce moment-là, ils frappent celui qui se trouve ici.

– Ils frappent !

– Ils l'ont peut-être même tué. Regardez, tout a été nettoyé.

Le Baron promena son regard sur le sol de la cabane. Puis, il se pencha et regarda de près sous la table. De grands coups de balai ou de ce qui ressemblait à un balai marquaient la terre. Le Baron recula pour voir la salle dans son ensemble. Puis, il se rapprocha encore une fois et regarda les marques sous plusieurs angles. Il prit le mètre de maçon et gratta la terre en plusieurs endroits.

– C'est vraiment étrange, dit-il. Vraiment.

Texeira l'observait, tendu. Il ne perdait pas un seul des gestes du policier.

– Bizarre, ce truc...

Tout à coup, le Baron fit de grands traits sur le sol. Plusieurs fois, dans tous les sens, et souleva de la terre. Il recommença jusqu'à ce que la pointe du mètre rencontre un obstacle. Puis, il se mit à genoux et gratta à l'endroit où le mètre avait buté. Très vite, il découvrit une rainure qu'il suivit. En moins de trente secondes, il avait découvert une trappe dans le sol.

Il se releva d'un coup et poussa la table.

– Aidez-moi à soulever cette trappe. Ou plutôt soulevez-la, devant moi, pendant que je braque mon arme, on ne sait jamais.

Texeira souleva le panneau de bois. Une odeur fétide envahit immédiatement la pièce. De Palma reconnut l'odeur des matières fécales humaines en décomposition.

Texeira sortit une lampe torche de sa poche et la tendit au Baron.

La trappe s'ouvrait sur un long boyau étroit d'environ un mètre de diamètre. Au bout, dans le faisceau lumineux, De Palma devina l'entrée d'une salle souterraine : une espèce de cave taillée à même la terre.

– Vous voyez quelque chose ?

– Rien de bien passionnant, il faudrait descendre jusqu'en bas, mais nous ne le ferons pas pour l'instant.

Le Baron se recula, prit deux photos. Puis il prit l'intérieur du boyau, la trappe tenue par Texeira.

– Nous allons tout refermer comme avant, en faisant de telle sorte que personne ne s'aperçoive de notre passage.

Au bout de dix minutes, ils traversèrent l'étendue d'eau dormante en sens inverse. De Palma regarda la cabane en sagno qui dansait devant ses yeux à chaque coup de perche que donnait Texeira.

Dans la lumière humide, une buse sortit d'un bosquet de frênes et de peupliers rabougris ; elle fit lourdement quelques battements d'ailes et plana à la surface de la roselière avant de disparaître derrière le rideau de cannes.

*
**

Le clocher de l'église Sainte-Marthe battait l'angélus quand Anne Moracchini et Daniel Moreno garèrent la Xsara banalisée de la PJ devant le parvis de l'abbatiale.

Ils présentèrent leur carte tricolore à l'ADS qui faisait de plus en plus une mine désespérée.

– Le commissaire Larousse ?

– Il vient de partir.

– Le commandant Marceau ?

– Ils sont partis ensemble en fait.

– Ah bon, très bien, fit Anne. La PJ est toujours bien accueillie. Ça fait plaisir.

Elle pénétra dans l'église et fonça droit vers l'entrée de la crypte.

La police scientifique avait levé le dispositif. Les équipes de nettoyage étaient en train de se préparer.

– Et le corps ?

– Ils l'ont enlevé, y a pas cinq minutes.

– D'accord, fit Anne, ils vont m'entendre.

Elle descendit les escaliers de la crypte, suivie de Moreno qui était en train de vivre sa vraie première enquête à la Criminelle ; et déjà les ennuis entre services.

Quand Anne vit les marques de sang sur le corps de sainte Marthe, elle prit sa respiration et s'approcha lentement en essayant d'imaginer l'emplacement du corps de Morini.

La police scientifique avait enlevé les lampes puissantes, le tombeau de la sainte avait retrouvé sa lumière sépulcrale. L'odeur de cadavre avait pratiquement disparu.

Un brigadier du commissariat de Tarascon entra dans la crypte.

– Qui a enlevé le corps ?

– Ce sont les pompiers, ils l'ont emmené à Marseille pour l'autopsie.

– Je veux dire qui a donné l'ordre de l'emmener ?

– C'est Marceau, le com...

– Ça va, ça va... À quelle heure a-t-il donné l'ordre de la levée ?

Le brigadier s'approcha de la lumière pour jeter un coup d'ail à sa montre.

– C'était il y a tout juste une demi-heure.

Anne et Daniel se regardèrent sans dire un mot.

– Récolte tout ce que tu peux, Jéjé. Moi je sors pour essayer de joindre Michel, ce serait bien qu'il passe jeter un œil.

– D'accord, Anne, tu veux que je prenne des photos ?

– Avec cette lumière !

– J'ai le flash.

– Essaie, sinon tu demandes à ce qu'on te remette du jus.

L'équipe de nettoyage apparut dans l'embrasure de la porte. Cela faisait deux silhouettes noires dans la lumière bleue.

– Vous ne touchez à rien, fit Anne, en les montrant du doigt. Vous remontez là-haut tout de suite.

– Le commandant Marceau...

– Je m'en moque du commandant machin, moi je suis la PJ et je suis saisie par le procureur de Tarascon, d'accord ! Et je vous donne l'ordre de remonter là-haut.

Les deux fonctionnaires ne se le firent pas dire deux fois.

– Vous voulez que j'appelle Marceau, Madame, fit le brigadier.

– Je le ferai convoquer... Il veut jouer à ce jeu, je vais le faire convoquer par le juge dès que possible. Il va voir qui est-ce qui commande !

Anne s'isola sur le parking en face de l'église Sainte-Marthe, à quelques mètres de l'immense forteresse du roi René. Elle composa le numéro de De Palma. Sans succès. Elle essaya le téléphone de son domicile, elle tomba sur le répondeur et ne laissa pas de message.

De rage, elle fourra son portable dans la poche arrière de son jean et retourna vers l'église Sainte-Marthe.

Le père Samuel tournait en rond dans la sacristie, complètement désemparé. De temps en temps, il s'arrêtait, ouvrait des tiroirs contenant les instruments du culte puis les refermait d'un geste nerveux.

– Essayez de vous calmer, mon père, fit Moreno. Il faut nous dire tout ce que vous savez.

– Pardonnez-moi, mais je ne sais absolument rien. Rien de rien ! En dix ans d'urgence, j'ai jamais vu autant de cruauté. C'est ignoble de faire ça.

– Je sais, fit Anne en échangeant un regard avec Moreno. Nous essayons juste de reconstituer votre emploi du temps. Après on vous laisse, d'accord ?

Le prêtre s'arrêta net.

– D'accord.

– À quelle heure avez-vous découvert le corps ?

– C'est pas moi, c'est un visiteur.

– Peu importe ! On va recueillir sa déposition tout à l'heure.

– Il devait être 9 heures, mais je n'en suis pas sûr.

– À quelle heure vous avez téléphoné à la police ?

– Tout de suite.

Daniel Moreno notait soigneusement chacune des réponses du prêtre et il notait aussi les détails qu'il trouvait importants, comme les attitudes de Favier quand on lui posait une question.

– Est-ce que vous avez entendu du bruit ou quelque chose avant ?

– Non, dans la matinée, non.

– Pourquoi avant oui ?

– Il y a deux jours, j'ai eu l'impression qu'on s'était introduit dans l'église, mais bon, il n'y avait personne.

– Vous voulez dire que vous avez entendu une présence étrangère pas normale, c'est ça ?

Le père Favier hocha la tête et se remit à marcher dans la sacristie.

– On vous laisse vous reprendre et on discutera plus tard, d'accord ?

Favier marmonna un truc que ni Anne, ni Moreno ne comprirent.

*
**

Le juge fit immédiatement parvenir une commission rogatoire au bureau de la Criminelle à Marseille donnant ordre de perquisitionner le domicile de Morini. Anne et Daniel arrivèrent peu après l'intervention des gendarmes qui avaient cerné la maison du truand.

– Commandant Bonin, compagnie de Tarascon, fit le gendarme en serrant la main d'Anne. On vous attendait.

La femme de Morini venait juste d'apprendre la mort de son mari. Elle faisait une véritable crise d'hystérie. Anne la fit asseoir dans le salon. En attendant les renforts de Marseille et de l'antenne PJ de Tarascon, elle commença la perquisition.

– Il est 14 heures, Daniel. Note : commençons perquisition en la présence de Madame Morini.

La maison du caïd devait faire dans les trois cents mètres carrés partagés entre les deux étages.

Au rez-de-chaussée, il y avait un vaste hall de réception assez sobre, avec des murs blancs, quelques toiles de petits maîtres provençaux, deux sculptures classiques et des plantes vertes à tous les coins. À droite, s'ouvrait un immense salon aux murs vert pâle, avec plusieurs canapés en cuir de différents styles, des fauteuils capitonnés et des rideaux lourds à grosses fleurs pastel.

Aux murs, le voyou avait accroché une série de vieilles photos de Tarascon : le centre-ville et le château avant les aménagements du Rhône et de la ville. Au-dessus d'un canapé, il y avait une affiche des fêtes de la Tarasque datant de l'année 1932. À côté une photo sépia représentant la Tarasque entourée de ses chevaliers servants. Dans une vitrine Régence, une collection de Tarasques miniatures en bronze ou en céramique côtoyait divers petits monstres de terre cuite et de cuivre.

Au fond du salon, il y avait un bar, un véritable zinc que le voyou avait dû chiner dans un coin pas possible. De part et d'autre du comptoir, des bandits manchots de la Belle Époque.

Par la baie vitrée, on voyait en contrebas la piscine d'une vingtaine de mètres avec son pool-house de style néo-classique. Au-delà, il y avait la forêt de pins et de chênes : la partie des Terres d'en bas qui appartenait à Morini.

Au premier, sept chambres étaient organisées comme des suites : chacune dans un style différent avec son jacuzzi et son petit bureau.

– On va commencer par les chambres, Daniel. On monte à l'étage.

Seulement deux chambres étaient régulièrement utilisées ; dans l'une, les affaires de Morini et dans l'autre, celles de sa femme.

– Ils ne couchaient pas ensemble ces deux-là ? fit Daniel.

– Tu sais, les voyous, ce n'est pas des gens comme nous !

Les deux policiers retournèrent tout dans la chambre de la femme. Ils ne trouvèrent rien, mis à part une collection de sous-vêtements qui fit rougir Moreno.

Ils fouillèrent ensuite la chambre de Morini et tombèrent sur quelques numéros de téléphone griffonnés sur des Post-it ; Anne les plaça dans une pochette plastique. Quatre téléphones portables qui traînaient sur les tables de nuit furent également saisis ainsi que le carnet d'adresses de Madame Morini.

Anne redescendit les escaliers qui menaient dans le hall d'entrée de la villa. Elle donna des instructions aux renforts qui venaient d'arriver puis elle se dirigea vers la veuve de Morini. La jeune femme était assise sur un canapé en cuir épais, le Rimmel de ses yeux avait coulé sur ses joues et elle sentait passablement le gin.

– On peut vous parler, Madame Morini, vous vous sentez mieux ?

Elle était plus jeune que Morini d'au moins vingt ans. Ses cheveux noirs étaient noués sur sa nuque fragile par un nœud en ruban de velours. Elle portait un peignoir blanc sur sa peau brune et, en dessous, un maillot de bain deux pièces avec des fleurs rouges et jaune vif.

– Vous pouvez me demander tout ce que vous voulez, je sais rien. Il me disait jamais rien...

Elle parlait avec un léger accent de Marseille.

– Comment vous appelez-vous ?

– Stéphanie, c'est à peu près la seule chose dont je me souviens de moi-même !

Stéphanie leva les yeux vers Anne et la dévisagea. Elle vibrait de colère.

– De toute façon, ça devait arriver, tôt ou tard.

Anne s'assit à côté d'elle.

– Est-ce qu'il avait reçu des menaces ?

– Il était plus nerveux que d'habitude, mais bon... Avec lui on pouvait jamais savoir. Ça dépendait des affaires qu'il faisait.

– Quand est-ce que vous l'avez vu pour la dernière fois ?

– Il y a une semaine presque. Je me souviens plus trop, vous savez ! Je vis un peu dans un monde parallèle.

Il était descendu à Aix et il m'a dit qu'il rentrait le soir. Il est jamais revenu.

Anne comprit que la Stéphanie devait pas mal consommer de saloperie pour supporter un porc comme Morini.

– Il vous a téléphoné pour vous dire qu'il ne rentrait pas ?

La jeune femme fit une moue cynique.

– Vous plaisantez ou quoi ! Quand il rentrait pas, il disait rien. Il a juste dit qu'il rentrait.

– Je veux dire : est-ce que depuis sa disparition vous avez eu un coup de fil de lui ou de quelqu'un d'autre ?

– Non, rien, Madame. Par contre, la veille de sa disparition, il était pas dans son état normal. Il est resté longtemps dans sa chambre et il parlait au téléphone à voix basse.

– Et c'était quelque chose de pas fréquent si je comprends bien ?

– Vous avez tout à fait raison, mais quand on vit avec des mecs comme lui, on apprend vite à faire comme les petits singes : je sais rien, j'entends rien, je vois rien...

Anne ne put s'empêcher d'avoir un regard méprisant.

– Bon, vous restez ici, je reviendrai vous interroger dans un petit moment. Habillez-vous pendant ce temps.

Anne se retira dans le parc de la villa et téléphona longuement à De Palma.

*
**

Il était midi passé de quelques minutes quand le Baron descendit le chemin du mas de la Balme. La chaleur était étouffante, il avait du mal à maintenir les mains sur le volant de la 205.

Pour la première fois depuis longtemps, il aperçut l'un des gardes du corps de la jeune femme. L'homme disparut derrière un bâtiment quand il s'approcha. Ingrid avait dû le voir venir car elle l'attendait sur la terrasse, la mine sévère.

– Vous nous avez manqué ce matin au petit déjeuner.

– Je suis désolé de vous avoir quittée comme cela, mais j'ai dû faire un petit tour en Camargue.

– Ah bon ! fit-elle en croisant les jambes.

– Oui, une ou deux vérifications de routine comme on dit.

– Comme ça le matin, ça vous prend ! Tiens, si j'allais vérifier quelques choses en Camargue...

En prononçant cette dernière phrase, elle fit claquer ses doigts en l'air. Sa voix était devenue métallique.

– Vous tombez bien, Michel, j'ai envoyé Georg, mon chauffeur, chercher Monsieur Bérard pour qu'il vienne prendre l'apéritif. Le voilà qui arrive.

Le 4x4 Mercedes fit un large cercle dans la cour du mas. Le Baron reconnut Georg, c'était le garde du corps qu'il avait aperçu la première fois qu'il avait vu Ingrid à Marseille. Georg portait des lunettes noires.

Bérard refusa que Georg l'aide à sortir de la Mercedes ; cassé en deux, il vint serrer la main que lui tendit Ingrid. Quand il vit le Baron qui était resté en retrait, il siffla légèrement.

– Il y a aussi le policier !

– Policier, mais surtout ami, fit Ingrid qui avait gardé sa main. Venez, nous allons boire quelque chose.

– Oh, je vais pas rester longtemps, les bêtes attendent, vous savez. En plus avec ce temps. *Quand plòu en Avoust, tout òli e tout moust.*

– Ce qui veut dire ? demanda Ingrid en souriant.

– Quand il pleut en août, tout huile et tout mout.

– C'est plutôt bon, ça.

Bérard jeta son regard dans celui d'Ingrid et fit un signe de la tête en plissant les lèvres.

– Vous n'en êtes pas sûr ?

– Diable, août commence. Et ce matin, y a eu du

tonnerre. Diable. *Quand trono lou matin marco d'auro.* Vous comprenez pas !

Ingrid leva les mains et les laissa retomber le long des jambes.

– Quand il fait le tonnerre comme ce matin, c'est souvent signe de vent. Mille dieux, j'ai bien peur qu'il se mette à souffler, et avec tous ces incendies...

– *Fängt der August mit Donnern an, er's bis zum End' nicht lassen kann.* S'il tonne au début du mois d'août il tonnera jusqu'à la fin du mois, répondit Ingrid.

Bérard baissa les yeux et regarda ses pieds un instant. Puis il ajusta son béret en découvrant une mèche de cheveux argent.

– *Pecaïre*, William il le comprenait le patois.

– C'est vrai que William avait appris le provençal.

– Il le parlait mieux que moi, fit Bérard en sifflant. Ça, c'était un type avec de l'instruction dans notre langue.

– Venez, Monsieur Bérard, allons prendre un verre à l'ombre. Vous serez mieux.

– Oh, vous inquiétez pas pour moi, le soleil ne me fait pas peur.

Bérard était gêné, il jetait des regards noirs partout. De Palma était impressionné par l'étonnante vigueur qui se dégageait de ce vieillard presque centenaire.

– Vous m'avez fait venir pour que je vous parle des anciens propriétaires ?

Il regarda le Baron.

– J'ai pensé qu'il serait préférable que Madame Steinert sache ce que vous m'aviez dit lors de notre dernière rencontre. Mais ce n'est pas moi qui lui ai demandé de vous inviter aujourd'hui.

Bérard fixa Ingrid longuement.

– C'est de l'histoire ancienne, maintenant qu'il est mort, le pauvre.

– Vous avez connu son père ? demanda Ingrid.

– Oui, oui. Bien avant la guerre, avant que tout foute

le camp. Il venait chercher les choses d'antique par là et comme moi j'en savais pas mal là-dessus, il venait me poser des questions. Des fois, on allait faire une petite promenade et je lui montrais les endroits.

– Comme les Terres d'en bas, fit De Palma.

– Eh oui, pauvre. On y était allé... *Tè*, je m'en souviens comme si c'était hier. Il marchait derrière moi, c'était une journée comme aujourd'hui, un temps lourd ! On a marché depuis la route de Fontvieille jusqu'au grand chêne qu'il y a là-haut. Et là, je lui ai fait montrer les vieilles pierres comme on dit.

– C'est là qu'il y avait la statue d'Hercule ?

Bérard leva les yeux vers le Baron.

– Lui, il disait Héraklès. C'est le nom grec. Parce que, voyez-vous, ces pierres, elles viennent des Grecs. Les Romains sont arrivés après, pardi. Ça, je l'ai lu dans les livres.

Bérard trempa ses lèvres dures dans le verre de pastis. Il attrapa une olive.

– C'est de la noire de Carpentras, ça ! Elles sont bonnes.

– On va en planter encore.

– Attendez le printemps et mettez-les sur cette grande parcelle que vous avez sur la route là-haut. Ce n'est pas trop humide ni trop sec.

Bérard avala une rasade de pastis et lança un regard intéressé à Ingrid.

– Si vous voulez planter c'est que vous allez rester ?

– Pourquoi, vous aviez peur que je m'en aille ?

– Après la mort de William, j'en ai bien eu peur.

– Non, nous restons.

– Alors là... fit Bérard en secouant sa main.

De Palma laissa passer un silence.

– Qu'est-ce que vous voulez dire, Monsieur Bérard ?

– Y en a qui ne vont pas être contents.

Ingrid voulut prendre la parole, mais le Baron lui fit signe discrètement de s'abstenir.

– De qui vous voulez parler ?

– De ceux qui veulent construire le parc. Ils sont venus me voir l'autre jour. Je leur ai dit que je ne vendrai pas un pouce de terre. Qu'ils avaient qu'à attendre que je passe. Et que même j'ai tout donné à William.

– Vous pourriez me les décrire, ces hommes ?

– C'était des types qui paraissaient bien. Y en a un qui m'a dit son nom. Ça ressemblait à un nom d'Allemagne ou de je ne sais pas, pas un nom de chez nous.

Ingrid se leva d'un bond.

– Ce serait pas Monsieur Chandeler ?

– Comment vous dites ?

– Chan-de-ler.

– Ça ressemble un peu à ça.

– Comment était-il ?

– Grand, très grand. Avec des cheveux bien peignés. Toujours en train de sourire comme un représentant de commerce. Comme, comme... les gens du Crédit Agricole, voyez ? Ils veulent toujours vous vendre quelque chose. Mais ne vous inquiétez pas il m'a laissé une carte de visite. Je vous la montrerai. Mais je suis sûr que c'est le nom que vous venez de me dire.

– Et l'autre personne ?

– C'était un gros. Un type grand aussi, mais gros. Et puis il avait une sale gueule, celui-là.

– Il vous a donné son nom ?

– Non, non. Lui, il disait rien. Et dehors, y en avait un autre qui attendait dans la voiture.

De Palma essaya de faire fonctionner ses méninges à plein régime. La présence de Chandeler n'avait rien d'étonnant, c'était tout simplement un avocat qui venait tenter sa chance. Mais pour qui travaillait-il ? Et qui était ce type gros qui se trouvait avec lui ?

– Dites-moi, Monsieur Bérard, vous vous souvenez du jour ?

– *Pecaïre*, non. Des fois, je perds un peu la notion du temps. J'ai peur de vous dire une bêtise.

– Mais ce n'était pas hier ?

– Non, non, fit Bérard en levant les mains. C'était quelques jours après la mort du pauvre William.

– C'est pas bien grave.

Le berger avala une autre gorgée de pastis, puis il se leva.

– Il faut que je rentre, les bêtes m'attendent.

Ingrid lui prit les deux mains. Elle avait un visage attendri.

– Est-ce que je peux venir vous voir un de ces jours ?

– Hou, chez moi, c'est pauvre vous savez ! Y avait que William qui venait, lui ça ne le dérangeait pas. Ma femme est morte, il y a bientôt vingt ans. Alors c'est pas bien comme il faut.

– Ça ne fait rien... Ou bien je passerai vous voir quand vous gardez vos moutons.

– Eh bien d'accord. Je vais y être tout à l'heure quand il fera un peu moins chaud, par ces rochers là-haut.

Le portable du Baron sonna.

– Tu es où, Michel ?

– Je suis en Provence, Anne.

– Encore avec Ingrid ?

– On peut rien te cacher.

– Pointe-toi tout de suite à l'IML. À la Timone.

– Pourquoi ?

– On a transporté Morini. Ce coup-ci c'est pour nous.

– J'arrive.

– Tu ne viens pas à l'IML. Michel ! Officiellement tu n'es pas dans l'enquête.

– D'accord, on se rejoint dans deux heures.

Il lui donna rendez-vous dans un café du boulevard Baille, à proximité de l'institut médico-légal.

Bérard s'assit sur une chaise paillée. De Palma vit qu'Ingrid était émue. Ses yeux étaient humides.

– *Tè*, qu'est-ce que je vous disais, le vent se lève ! C'est pas bon, ça.

*
**

Une lumière verdâtre tombait des néons de la salle de dissection. Anne et Moreno, vêtus de combinaisons vertes, un masque sur la bouche, faisaient un demi-cercle devant le docteur Mattei et son assistant.

Mattei regarda Anne et pointa ces ciseaux en direction des plaies de Morini.

– Il y a de la bave sur les plaies. La même salive que la dernière fois, du moins c'est ce que je crois.

Le docteur des morts désigna un lambeau de chair qui pendait.

– Le derme, l'épiderme et le muscle ont été déchiquetés, voyez ! Comme si on avait mordu et qu'on avait tiré ensuite pour détacher le morceau.

Anne regarda Moreno. Par-dessus le masque blanc, elle avait un regard anxieux.

– Tu as une idée, Docteur ?

– Aucune.

– Je pense que l'ADN va une fois de plus voler à notre secours. Et je suis prête à parier qu'on va trouver le même que la dernière fois.

– Donc ?

– On l'a donné à bouffer à quelque chose. C'est comme ça qu'il est mort. Qu'est-ce que tu en penses, Mattei ?

– Je pense plus à ce niveau. J'ai du mal à concevoir des mâchoires aussi puissantes. À moins qu'il y ait plusieurs bestiaux.

Mattei se pencha encore sur les plaies de Morini, presque à les toucher du nez. Il fronça les sourcils et se retint de respirer.

– La colonne vertébrale est brisée par des mâchoires. C'est pas possible autrement. C'est identique à des morsures de chien, mais en dix fois plus gros. Ça me rappelle vraiment les mecs qui se faisaient bouffer par les requins dans les îles...

Mattei avait ouvert le thorax et le cou jusqu'au menton. Il avait écartelé la cage thoracique avec des fers et retiré les poumons et le cœur.

– Il y a de l'adrénaline dans le cœur et de l'eau dans les poumons. J'ai aussi prélevé des algues sur le corps.

– On a vraiment le même scénario que pour Christian Rey. Très précisément le même... On trempe le gus dans la flotte et il se fait bouffer.

– C'est de l'eau douce en plus. Donc pas de requins... Plutôt un crocodile.

– Et pourquoi pas un varan du Komodo. Putain de casse-tête, j'y comprends riens !

Anne observa Daniel Moreno. Elle vit que son regard traînait dans le vague ; elle ne connaissait son collègue que depuis peu, mais elle savait que c'était un signe de grande activité cérébrale.

*
**

– La Tarasque, fit De Palma dans un murmure.

Anne avait les yeux rouges de fatigue et de dégoût. Elle avait récupéré De Palma et roulait sur la voie rapide de la Rose en direction de Château-Gombert.

– Qu'est-ce que tu dis dans ta barbe ?

– La Tarasque. C'est tout.

– Tu serais pas un peu fou, Michel !

– Non, non.

– Attends, elle n'existe pas la Tarasque !

– Peut-être, mais il y a un type assez frappé du carafon pour nous la jouer grand monstre.

Le métro aérien les doubla. Anne vit un groupe de jeunes qui chahutaient dans la dernière rame.

– Un type qui se fait un scénario... Ça, ça tient un peu plus debout !

– La morsure, les algues... Tout tient debout. Il y a un type, quelque part, qui veut ressusciter cette Tarasque.

– C'est une hypothèse. On peut penser aussi que

Morini comme Rey se sont fait trucider par leurs petits copains du milieu. Ça aussi, ça n'a rien d'étonnant.

– Pas le bon mode opératoire.

– Qu'est-ce que tu en sais, Michel ! Ils sont de plus en plus fous, tu le sais comme moi.

Le Baron fit un signe de dénégation et se pinça les lèvres. Il était presque livide et une douleur commençait à croître à la base du front.

– Moreno est retourné à Tarascon pour récupérer le rapport de Marceau. Ce connard, il a pas supporté qu'on ait l'affaire. Il a fait enlever notre ami avant que j'arrive.

– C'est pas très important, Anne.

– Qu'est-ce que tu me racontes ! On a rien et si ça se trouve, il va nous planquer des choses pour qu'on rame comme des cons.

Anne passa sous le métro et accéléra brusquement, comme si elle fuyait quelque chose. Elle avait les mains crispées sur le volant et les phares des voitures qui venaient en contresens se reflétaient dans ses yeux humides.

*
**

Le lendemain, à 19 heures, le Baron sauta par-dessus le mur d'enceinte de la résidence Paul-Verlaine et dégaina son Cobra en faisant un panoramique complet du regard.

Il laissa entrer le voisin du troisième qui traînait son fils par la main. Puis, quand il vit que personne ne venait, il remonta le chemin qui conduisait jusqu'à son bâtiment et prit soin de marcher près des pins et des buissons qui le bordaient. Le Cobra dissimulé le long de sa jambe. Au cas où un danger viendrait à surgir.

C'était la première fois qu'il revenait chez lui depuis trois jours. Ça sentait le renfermé et les mauvais souvenirs.

Le répondeur annonçait une dizaine de messages. Sur

dix, deux étaient des coups de fil raccrochés, huit venaient de sa mère à qui il n'avait pas téléphoné depuis une semaine.

Sans perdre son temps, il marcha jusque dans la chambre, prit un sac de voyage, jeta dedans deux jeans, une paire de chaussures de sport, quelques t-shirts et un plein tiroir de shorts et de chaussettes. Dans l'armoire, il vit la boîte dans laquelle il conservait tout un tas de souvenirs. Il regarda à l'intérieur et vit le cahier dans lequel il avait conservé la photo d'Isabelle Mercier. Il l'observa un moment et remarqua un détail auquel il n'avait jamais encore fait attention, malgré des dizaines et des dizaines d'observations : Isabelle avait un grain de beauté en forme d'as de pique juste entre l'oreille et l'angle de la mâchoire.

Il remarquait ce détail seulement aujourd'hui. Et il savait pourquoi. Parce qu'il l'avait aperçu ailleurs. Sur la joue d'Ingrid Steinert.

Il s'allongea sur le lit et s'enfonça dans les eaux noires de ses souvenirs. Comme à chaque fois, il ne vit qu'un visage qui n'existait plus, un corps déjà raidi par la mort. Un œil unique qui le fixait encore par-delà les années et les nuits sans sommeil.

Il resta longtemps dans la pénombre de sa chambre. À regarder la lumière du jour se consumer doucement à travers les jointures des volets. Isabelle avait été la première victime, mais combien de cadavres avait-il vus par la suite dans sa vie de flic ?

Plus de trois cents en tout. Peut-être plus.

Le chiffre lui donnait le vertige.

Au début, il se disait qu'il fallait qu'il les retienne tous, qu'il les garde en mémoire. C'était sa dette vis-à-vis des morts car les morts savent qu'ils existent tant qu'on se les représente. Et que si on les oublie, c'est fini à jamais.

Tout petit, il allait parfois se promener dans les travées du cimetière Saint-Pierre. Il aimait lire les noms des morts sur les plaques de granite noir et inventer des histoires de vies, des petits romans à la noix sur les destins des disparus ; des pièces d'un instant dans lesquelles l'amour et les merveilles tenaient une grande place.

Une place immense.

Il se leva d'un bond, ferma son sac et se dirigea vers la sortie.

Dehors, la nuit avait tendu sa toile. Il attendit qu'il n'y ait plus personne aux abords de son immeuble, que la cage d'escalier et le hall soient plongés dans le noir pour sortir dans **Marsiho** la brune.

Trente minutes plus tard, il gravissait quatre à quatre l'escalier de pierres qui montait à travers les figuiers de barbarie jusque sur la terrasse de Maistre.

Il se servit un kir et s'assit sur le muret de pierres qui surplombait les maisons basses de l'Estaque. Au loin, la mer faisait une immense nappe noire, de la digue du large jusqu'à Maïre et, au-delà, l'étoile fugitive du phare de Planier.

Maistre consultait un catalogue d'accastillage. Au loin, on entendait les rumeurs de Marsiho.

– Tu crois qu'on va finir par le trouver ce **pointu**, Michel ?

Le Baron répondit par un grognement.

20

Le contrôleur général Lamastre était le patron du SRPJ [1] de Marseille depuis cinq ans. Un homme plutôt élégant qui était dans les bons papiers de la municipalité et n'aimait pas les vagues disciplinaires.

Ce matin, Lamastre s'impatientait, il prit dans ses mains velues l'insigne d'agent spécial du FBI qu'il avait toujours sur son bureau ; c'était un souvenir d'un séjour à Quantico effectué des années plus tôt dans le but d'intégrer les fameuses techniques de profilage des super-flics yankees aux habitudes françaises. Il en avait gardé un insigne offert par James Lehane Jr, l'un des meilleurs chasseurs de toute l'Amérique du Nord.

– Asseyez-vous, Michel. Je n'aime guère cet entretien, mais je dois m'y plier. Comment allez-vous ?

– Bien, patron. Je suis totalement remis. À fond de fond pour reprendre le service.

– Vous l'avez connu vous aussi, Lehane ?

– Oui, patron. C'était un type formidable. J'ai lu ses deux bouquins et je dois dire que je m'en suis pas mal servi.

– Ouais, fit Lamastre en reposant son insigne. Un sacré morceau de flic. Buvons un coup à sa santé avant que je vous remonte les bretelles.

1. Service régional de Police judiciaire.

Lamastre était un Normand avec des yeux bleus profondément plantés dans leurs orbites, une éternelle barbe de trois jours et la peau du visage sacrément tannée par l'alcool, ce qui n'entamait pas son élégance naturelle. Il sortit du tiroir de son bureau une bouteille de Jim Beam et deux verres.

– J'ai pas de bonnes nouvelles, jeta-t-il en versant le Jim Beam dans les verres. Y a des gus, ici et là, qui veulent vous mordre les couilles, Michel.

– Je sais.

– Nous sommes dans un pays où les flics comme vous se font de plus en plus rares... et ça fait plaisir à certains, on dirait. Pour tout vous dire, je suis en train de voir ce que je peux faire pour vous éviter la mise en examen.

– Ils ne peuvent rien contre moi, je n'ai rien fait.

– Le problème, c'est qu'on vous a vu discuter de manière plutôt musclée avec ce con de Morini quelques jours avant qu'il passe de la vie à la mort. Vous me suivez ?

– À fond, patron. Mais...

– Ne cherchez pas à vous justifier, Michel, je sais bien que ce n'est pas vous qui l'avez coupé en deux et ai d'ores et déjà repoussé ces insinuations. Vous noterez cependant qu'elles existent. Mais je bute sur le témoignage d'un client du bar de Morini. Il vous a vu et il est prêt à signer avec les coudes s'il le faut.

– Je ne vois pas...

– Arrêtez, Michel, je ne cherche pas à vous enfumer.

Lamastre tendit un PV d'audition.

– Ils vous veulent et ils vous auront si vous persistez. Ce « Monsieur » vous a vu. Tout est dans le PV. Lisez, vous verrez ! Ça ne manque pas de détails.

– Soit, j'ai discuté avec Morini et j'ai passé les menottes à son garde du corps.

– Les deux sont décédés dans les jours qui ont suivi...

Le Baron se tassa sur sa chaise. Lamastre reprit son insigne.

– J'ai besoin de savoir pourquoi, Michel.

– C'est très complexe, je ne sais pas par où commencer...

– J'ai tout mon temps et nous avons encore du whisky. C'est un ami qui vous le demande, Michel !

Pris au piège, le Baron garda quelques secondes de silence. Il fallait qu'il se mette à table, mais il devait connaître les informations que Lamastre avait en sa possession. Quand il tendit la main pour s'emparer du PV, Lamastre posa la sienne dessus.

– On déconne plus, maintenant, Michel ! Dans ce rapport, il y a surtout le nom de Lopez, celui que vous avez atomisé pas très loin de chez vous. Ça commence à faire désordre. À vrai dire, le reste je m'en branle !

Il leva sa main du PV.

– Que vous ayez foutu la chiasse à cette ordure de Morini, je m'en cogne ! Mais que deux connards de juges de la cellule du grand banditisme cherchent à vous mettre sur le dos la mort de ce brave Lopez, je ne peux pas le tolérer. Il me faut votre vérité. Et vous avez intérêt à ce que cette vérité soit plus vraie que celle des corbeaux du tribunal. Vu ?

– Reçu, Patron.

De Palma savait que Lamastre était un type d'une extraordinaire rigueur et d'une honnêteté sans faille, qu'il n'hésitait pas à se mouiller pour ses hommes. De Palma devait jouer franc jeu tout en masquant ses atouts et ses faiblesses tout à la fois ; sinon le piège risquait de se refermer sur lui.

– Ce qu'a dit le client, c'est un faux témoignage, fit-il.

– Ce n'est pas ça que je veux entendre, Michel.

– De vous à moi, Patron, c'est un faux témoignage. Mais soit, je vais tout vous raconter.

Il commença par le début : la rencontre avec Ingrid, le coup de feu... Il parla aussi du tonton qui l'avait mis sur la piste de Morini.

Lamastre l'écoutait sans quitter son insigne du FBI.

– Vous êtes dans la fosse à purin, fit-il, et jusqu'au nez. Vous savez ce que signifie une mise en examen pour un fonctionnaire de police ?

– Je sais, Patron.

Le contrôleur général jeta l'insigne du FBI sur le dossier « De Palma ».

– Je vais passer l'éponge pour ce qui me concerne, je veux dire la PJ Marseille. Quand est-ce que vous devez reprendre ?

– Lundi prochain.

– Bon, on va dire que le grand retour de De Palma n'est pas pour aujourd'hui. Démerdez-vous pour vous prendre encore un bon mois de maladie. Le temps que les choses se tassent. On verra cet automne. Je vois votre ami le préfet tout à l'heure.

– Saluez-le de ma part.

– Heureusement pour vous qu'il est votre ami de vingt ans, celui-là.

– Ça date de la Crim'.

– Je sais, je sais : les casse-burnes du 36. Y a pas que Maigret dans la vie !

– Il était jeune commissaire à l'époque.

– Arrêtez, Michel, vous allez me faire pleurer.

Lamastre reversa encore deux rasades de Jim Beam dans les verres.

– Steinert vous dites ?

– Oui, Patron.

– Ça sent la merde ce dossier, vous ne trouvez pas ?

– Ce n'est pas un dossier. Enfin, on a tout fait pour que ce ne soit plus un dossier.

– Oui, j'ai entendu dire qu'ils avaient conclu à la noyade.

– C'est un meurtre. J'en suis sûr comme deux et deux

font quatre. Et derrière y a du lourd : de l'immobilier et tout le toutim !

– Je serais prêt à vous croire, mais je m'en tamponne. On juge les gens sur des faits pas sur des constructions intellectuelles.

Lamastre vida son verre cul sec et fit une grimace en sentant le feu du whisky descendre en lui.

– Y a des centaines de pauvres cons qui meurent assassinés et dont on dit qu'ils se sont suicidés. Et vous savez pourquoi ?

Le Baron haussa les épaules et prit l'insigne du FBI dans ses mains.

– Parce qu'il y a une justice à deux vitesses – ça tout le monde le sait. Il y a aussi une police à deux vitesses. Un ADN ça vaut entre 300 et 800 euros. Vous me saisissez, De Palma ?

– Sauf votre respect...

– J'enfonce des portes ouvertes, je sais. Je dis des évidences...

Lamastre se versa encore une dose de Jim Beam.

– Et je vous recommande de ne pas vous occuper de l'affaire Steinert pendant le mois de maladie que vous allez prendre.

Quand il sortit dans la cour de l'Évêché, le Baron chercha à joindre Marceau sur son portable. Il n'était pas disponible. Il composa le numéro du commissariat, on lui apprit qu'il était parti en congé depuis deux jours. À l'étranger.

Le Baron allait démarrer la 205 de Maistre quand il vit la tête de Romero apparaître à la vitre de la portière.

– Adieu, poulet, ça baigne ?

– Je viens de voir Lamastre. Il préfère que je sois encore malade quelque temps.

– Normal, on parle beaucoup de toi, en ce moment, et pas toujours en bien je dois dire !

– C'est toujours comme ça.

– Y a tout qui remonte, quoi.

– Bof...

Romero passa carrément la tête par la portière.

– Je suis allé voir Maistre hier. Vu que Lornec ça n'avait rien donné, on est allé jusqu'à la Belle-de-Mai pour démêler un peu ce qu'il en restait de ces histoires de braquages.

– Vous avez du neuf ?

– Pas grand-chose. Mais il y a un truc pas mal : à l'époque c'est Marceau qui s'est occupé de ces affaires. Il faudrait que tu l'appelles.

– Ah oui c'est vrai, il était à la BRB à cette époque ! J'aurais dû y penser avant. Le problème c'est qu'il est en congé, maintenant, à l'étranger ; personne ne sait où il est, ce con. Faut attendre la fin août.

– Merde, dommage.

– Comme tu dis, oui. De toute façon, en ce moment y a rien qui marche.

– Anne est là, tu veux lui parler ?

– Non, fils. J'ai l'impression de sentir le mazout dans cette turne.

– Tu t'en bats les couilles, Michel, franchement !

– Tu les connais pas. Ils sont comme des danseuses, jalouses comme pas possible !

– En tout cas, on essaie de se voir au plus vite, non ?

– T'inquiète, fils. À plus.

*
**

Le Canadair fit un virage au-dessus des crêtes des Alpilles avant de plonger vers les Terres d'en bas, tout juste à une trentaine de mètres du sol.

Les larmes aux yeux, Bérard le regardait foncer dans l'axe des champs de lavande, à moitié caché par la fumée noire. Ingrid avait pris le bras du vieux berger qui ne tenait plus en place.

À peine la route de Maussane dépassée, le Canadair lâcha ses tonnes d'eau, un plein ventre, sur les torches de résine et de chêne. Puis, il disparut dans l'azur taché de noir de fumée.

– Venez, Monsieur Bérard, il ne faut pas rester là, les pompiers nous font signe de partir.

Le vieux ne bougea pas. Il murmurait quelque chose d'inaudible, comme une incantation, en fixant le brasier qui avançait vers une tour de calcaire.

Un quartier-maître des marins-pompiers de Marseille hurla au milieu du tumulte et du claquement des troncs d'arbres déchirés par les flammes.

– Il faut pas rester là, fit-il, tandis qu'il déroulait un tuyau. Dégagez, ne restez pas là.

Ingrid guida Bérard vers l'autre côté de la route. Le vent rabattit la fumée dans leur direction, comme une virgule de fureur, tout devint noir et des poussières de feu dansèrent dans l'air carbonisé. Ingrid prit Bérard par l'épaule et l'entraîna vers sa voiture. C'est à ce moment-là qu'elle vit De Palma surgir de l'arrière d'un camion-citerne.

– Il faut partir d'ici, fit-il. Monsieur Bérard, montez dans la voiture, vous allez vous faire du mal. L'air est très malsain.

Le Baron fit signe à Ingrid de monter dans sa Mercedes et de prendre le volant, il installa le berger à l'avant. Le vieillard était comme un pantin, il ne réagissait plus à ce qui se passait autour de lui.

Le Baron s'assit à l'arrière du 4x4 Mercedes d'Ingrid et ils remontèrent en direction d'Eygalières. Devant la maison de Morini, les pompiers avaient installé leur PC et combattaient le feu à moins d'une centaine de mètres de la façade.

– On va ramener Monsieur Bérard chez lui.

Ingrid hocha la tête et dépassa un VSAB [1] des pompiers de Maussane.

1. Véhicule de secours aux asphyxiés et aux blessés.

– Où sont vos bêtes, Monsieur Bérard ?

Le vieux ne répondit pas. De Palma vit qu'il pleurait, les yeux grands ouverts sur l'effroi.

Quand ils arrivèrent dans la cour du mas des Fontaines, Matelot, le chien du berger, ne bougea pas. De Palma comprit que quelque chose de terrible venait de se produire avant l'incendie ou pendant ; il fit signe à Ingrid de rester dans la voiture.

– Foutez le camp dès que je suis dehors.

Ingrid avait les mains crispées sur le volant. Bérard gardait le regard rivé devant lui. Comme si ce qui se passait ne le touchait plus.

Le Baron se jeta hors de la Mercedes et courut jusqu'à la niche du chien, le Bodyguard en main. Ingrid démarra immédiatement.

Matelot avait été abattu d'une balle dans la tête. Le crâne avait éclaté, il y avait de la matière cervicale un peu partout sur les parois de la niche.

De Palma se mit dans l'entrée de la grange et écouta. Il entendit que la voiture d'Ingrid venait de quitter le chemin du mas et roulait maintenant sur le goudron de la route d'Eygalières. Puis ce fut le silence.

Le mas des Fontaines était plongé dans un état d'hébétude. On entendait que le bruit en zzz des mouches qui s'affolaient dans l'air épais. Les moutons n'étaient plus là. La porte de la bergerie était grande ouverte. Au sol, la paille avait été retournée, il y en avait aussi dans la cour, cela faisait une grande trace jaune qui allait vers les champs à l'extérieur. On avait fait partir les moutons en leur faisant peur : derrière une mangeoire, un agneau respirait faiblement, les reins cassés par le troupeau qui l'avait piétiné pendant sa fuite.

Le Baron poussa la porte d'entrée des habitations et braqua son arme à l'intérieur. Il retrouva la forte odeur d'ancien et de cendre de bois qui était collée à la patine des vieux meubles. L'immobilité des choses avait quelque chose d'inquiétant. Il n'y avait que le tic-tac de la grosse pendule pour donner un peu de vie à l'espace.

De Palma fit quelques pas en avant. Toujours sur ses gardes.

Les portes de l'armoire étaient ouvertes, une boîte à biscuits métallique était renversée sur le sol. Autour, il y avait des papiers qui ressemblaient à des factures et deux ou trois billets de 10 euros soigneusement pliés.

Le Baron jeta un coup d'œil à l'armoire. Il y avait trois étagères. Sur celle d'en haut étaient alignées des bouteilles de liqueurs et des bocaux vides. En dessous, une pile de torchons avait été retournée et, à côté, un emplacement vide, sans doute celui de la boîte à biscuits. Sur l'étagère d'en bas, il y avait des boîtes de conserves et des tablettes de chocolat ; là aussi tout avait été renversé.

Le Baron fit le tour de la pièce et s'avança vers la seule porte qui se trouvait au fond. Elle était fermée. Il tourna la poignée, mais il ne parvint pas à l'ouvrir. La porte était soit fermée à clé, soit bloquée. Il essaya encore une fois et, d'un geste de rage, il donna un coup de pied, mais la porte ne bougea pas. Il s'aperçut qu'elle était fermée de l'intérieur.

Un miaulement perça le silence. C'était le chat qui venait d'apparaître dans l'embrasure de la porte, sans doute le seul témoin de la scène atroce qui s'était jouée dans le mas.

La grosse horloge sonna 18 heures. Dehors, le jour avait roussi. Le vent s'était levé et poussait maintenant les odeurs de l'incendie jusqu'au mas des Fontaines.

Le Baron allait sortir quand il entendit le bruit d'un corps qui chutait sur le sol. Il eut juste le temps de s'accroupir que deux coups de feu claquèrent. Une vitre vola en éclats. Puis ce furent des bruits de pas rapides. Un homme courait vers l'autre côté des bâtiments. Le Baron se releva et le mit en joue.

Ce fut comme au ralenti : il tira une fois et vit l'impact

que fit le .38 sur le sol. Il rectifia la trajectoire quand l'homme se retourna et pressa sur la détente. La balle atteignit l'homme à la jambe gauche, il fit un geste pour tirer, mais le Baron lui expédia une deuxième bastos au même endroit.

L'homme tira une fois, puis une deuxième. Le Baron eut juste le temps de se baisser et à nouveau une vitre se brisa. Quand il se releva, l'homme avait disparu. Le Baron sortit et courut dans sa direction.

Il s'arrêta net quand il entendit une moto, une forte cylindrée, hurler sur le chemin de terre.

Le mas vibrait encore des coups de feu et il régnait une odeur de poudre brûlée. Les moutons s'étaient réfugiés dans le champ qui jouxtait l'arrière de la grange, quelques-uns traînaient dans le jardin.

De Palma revint dans la salle à manger ; la serrure de la porte qui menait aux chambres était un vieux système facile à ouvrir. Il trouva dans la réserve à matériel du mas un gros fil de fer et bricola une clé. Au bout de trente secondes, la serrure céda.

Les murs de la chambre du berger étaient recouverts d'une tapisserie jaune paille délavée et constellée de fleurs bleues et rose pâle. À droite de la fenêtre, une énorme armoire occupait tout l'espace, à gauche, une chaise seule avec une veste de costume noire posée sur le dossier. Le lit en noyer brun était couvert d'un édredon épais et d'un couvre-lit en coton tricoté à la main.

Le Baron ouvrit l'armoire. Il y avait sur l'étagère supérieure des piles de chemises repassées et au-dessous, des pantalons de velours côtelé noirs soigneusement pliés. Un fusil de chasse ancien était posé devant les piles de pantalons ; Michel bascula le canon, il était garni de deux cartouches de double zéro, marque Tunet.

Le reste de la pièce ne lui apprit rien. Sur le mur, il y avait un Christ en métal jaune monté sur du bois d'ébène, une branche d'olivier séchée accrochée au clou X qui la retenait suspendu au-dessus du lit.

Au fond de la chambre, une porte donnait sur une deuxième pièce, en enfilade. Quand le Baron l'ouvrit, il eut l'impression que quelque chose d'invisible se libérait, qu'une forme impalpable passait devant lui et s'enfuyait vers l'extérieur.

Il y avait quelques vieux meubles poussiéreux et de vieilles photos suspendues aux murs : des portraits sépia d'ancêtres, une photo de groupe sous verre : une Tarasque en carton-pâte, avec à la droite un jeune homme dans un costume qui faisait penser à celui d'un mousquetaire : culottes qui descendaient jusqu'au genou comme des knickers, chaussures à boucle, chemise bouffante et large chapeau. C'était Bérard qui posait en costume de chevalier de la Tarasque à côté du monstre. Derrière lui, il y avait d'autres chevaliers.

À gauche de la bête se tenaient plusieurs personnes, sans doute des officiels de la mairie de Tarascon, et deux hommes de taille supérieure en uniforme nazi.

Le Baron se souvint que Bérard lui avait parlé de la Résistance et de la protection que Steinert lui avait accordée. Il décrocha le cadre et le retourna. Derrière la photo, Bérard avait écrit à la plume, d'une écriture déliée : Fêtes de la Tarasque, 1942.

Le Baron remit le cadre en place. Il regarda autour de lui et ne tarda pas à voir que le ménage avait été fait. Les tiroirs des commodes avaient été fouillés, il y avait deux bréviaires usés, un exemplaire de l'édition provençale de *Mireio* de Frédéric Mistral, un *Trésor du Félibrige* et quelques livres de Roumanille et de Daudet. En refermant le tiroir, le Baron donna un coup de pied dans un objet. Il se baissa et ramassa un vieux bouquin qui traînait sur le sol : *La Philosophie occulte ou la magie* d'Agrippa ; la préface disait que la présente édition datait de 1911, mais que le livre avait été écrit vers 1540. C'était un livre d'initié.

Il s'assit sur le lit et réfléchit un instant. Un homme était venu pour fouiller et il l'avait dérangé. Qu'était-il venu chercher ? Un livre sur la magie ?

De Palma reconstitua le scénario : en le voyant venir, l'homme avait fermé la porte des chambres à clé et s'était enfui par la fenêtre de derrière qui n'était pas très haute. Il n'avait donc sans doute pas eu le temps de trouver ce qu'il était venu chercher.

De Palma passa les deux pièces au peigne fin. Il ne trouva rien d'insolite, mis à part ce livre sur la magie. Il pensa aux livres qu'il avait vus chez Steinert, tenta d'établir des correspondances, mais il dut se résigner : il ne connaissait pas suffisamment la magie pour aller plus loin dans ce genre de raisonnement.

Il reprit la photo encadrée et l'observa longuement : 1942, les fêtes de la Tarasque, les nazis sont là... « Et après, se dit-il, une photo comme des milliers d'autres ! »

Pourtant Bérard avait tenu à lui parler de cette période de l'histoire. C'était l'enfance de Steinert, le « fils de Boche » comme on disait après la guerre. Le père de William lui avait évité cette honte, mais sa mère, Simone Maurel, avait été tondue, son frère fusillé dans la cour du mas de la Balme.

De Palma raccrocha la photo au mur et se recula. Les hommes et les femmes qui posaient à côté de la Tarasque regardaient l'objectif du photographe, le sourire figé pour la postérité, par-dessus l'histoire, sans se rendre compte qu'ils se couvraient de honte à côtoyer ainsi l'ennemi.

Ils semblaient appartenir à une seule et même famille, réunie autour d'un monstre ridicule. L'un d'eux avait sa main posée sur l'épaule d'un officier nazi. Bérard bombait le torse.

De Palma comprit que tout était sans doute là, dans cette photo, mais qu'il était à jamais incapable de la déchiffrer. Seul Bérard pouvait le faire. Le vent du sud poussa jusqu'au mas des Fontaines les odeurs noires de l'incendie.

Les moutons étaient revenus dans la cour en appelant leur maître absent. De Palma les fit entrer dans la bergerie et fit tomber des bottes de foin dans les mangeoires. En refermant les portes, il réalisa qu'il devait rejoindre les lieux de l'incendie à pied.

*
**

Sur la route qui descendait de Maussane vers Fontvieille plusieurs camions-citernes étaient garés à cheval sur le talus. Des groupes de marins-pompiers discutaient, le visage ruisselant, la cagoule blanche baissée autour du cou.

Quand De Palma arriva devant les lieux de l'incendie, il vit un officier de gendarmerie en train de faire le point avec le commandant des pompiers.

– Mes respects, mon capitaine. Michel De Palma, PJ de Marseille. Est-ce que je pourrais vous demander deux ou trois choses ?

– Vous avez une carte ?

De Palma sortit sa carte tricolore et la flanqua sous le nez du gendarme.

– Je peux savoir l'objet de votre visite ?

– Je voulais juste savoir si vous considérez qu'il s'agit d'un incendie criminel ?

– Criminel, répondit l'officier des pompiers. Sans aucun doute.

Le gendarme le foudroya du regard.

– Écoutez, fit-il, j'ai besoin de savoir ce que vous venez faire ici.

– J'enquête. Initiative personnelle.

– Initiative mon cul.

– Écoutez-moi, Monsieur : j'ai tout lieu de croire que cet incendie est connecté à une affaire que nous sommes en train de traiter. Maintenant, vous pouvez toujours refuser de me parler et je peux toujours le mentionner dans mon PV. Qu'est-ce que vous en dites, capitaine ?

– Allez-vous faire voir, lâcha le gendarme en tournant les talons.

– Il vient de se faire pourrir par son colon, fit le pompier. Il les a à l'envers.

Le gendarme fit claquer la portière de sa 406.

– Comme je vous disais, c'est d'origine criminelle. Système classique : une spirale pour insecticide, une mèche au bout et de l'essence dans un récipient. Vous mettez à feu et vous vous tirez tranquille. Ça prend des heures plus tard.

– Je m'en doutais, fit De Palma. Si jamais vous avez du neuf, vous pouvez me passer un coup de bigo.

– Pas de problème, chef, fit le pompier en prenant la carte que lui tendait le Baron.

*
**

Ingrid avait passé son bras sous le coude de Bérard, elle le faisait marcher sur la terrasse du mas de la Balme à la manière d'une infirmière.

– Comment va-t-il ? fit le Baron.

– Cela fait un moment que je vous attends... Je pense qu'il faut l'hospitaliser, dit-elle à voix basse. Il a sans doute perdu la raison.

Le vieillard avait toujours la même mine hébétée. Son regard donnait l'impression de regarder dans un monde inconnu ; il avait perdu les éclairs qui le rendaient si vif.

– Est-ce que vous m'entendez, Monsieur Bérard ?

Le berger ne répondit pas.

– Je suis le policier de l'autre fois, vous vous souvenez de moi ?

– Je crois vraiment qu'il est en état de choc et qu'il faut demander à ce qu'il soit hospitalisé. J'ai appelé le maire d'Eygalières, il m'a dit que Bérard n'a aucune famille. Et que personne à la mairie n'a le temps de s'en occuper avant demain.

– Vous pensez que ça ne peut pas attendre demain ?

– Je ne pense pas, j'en suis sûre ! Et puis vous ne voulez tout de même pas qu'il retourne chez lui tout seul dans cet état !

Une ambulance de Tarascon vint chercher Bérard à 20 heures. Ingrid et Michel décidèrent de l'accompagner.

À 22 heures 32, le vieux berger décéda. Les médecins de l'hôpital ne purent vraiment dresser un diagnostic. Ils invoquèrent son grand âge et le choc psychologique.

Ce soir-là, Ingrid prit la main du Baron et la serra longuement. Elle releva les cheveux qui tombaient sur ses épaules. Son profil se découpait dans la lumière crue des néons. Entre la joue et le lobe de l'oreille, il y avait un grain de beauté en forme d'as de pique.

*
**

À 2 heures du matin, De Palma déposa Ingrid au mas de la Balme. Il lui parla de la photo qu'il avait vue sur le mur de la chambre du berger et réalisa qu'il lui serait très difficile de pouvoir l'utiliser maintenant que Bérard était mort.

En quittant la Balme, il remonta vers Eygalières et gara la 205 de Maistre dans l'entrée d'un champ d'oliviers, à l'intersection de la route de Maussane et du chemin creux qui permettait d'accéder à l'arrière du mas des Fontaines. De la route départementale, personne ne pouvait voir la voiture.

Dans la boîte à gants, il prit une lampe électrique, referma doucement la porte de la voiture et se dirigea sur le sentier en gardant le faisceau lumineux pointé vers le sol.

À droite, les lignes noires des vignes faisaient des raies de charbon sur les ténèbres. Ça sentait le raisin mûr et la résine chaude des pins. Chaque pas craquait sur les petits cailloux pointus du sentier. Tout à coup, le Baron piqua dans les pins et s'enfonça dans le noir.

Le mas des Fontaines était à une quarantaine de mètres. C'était à découvert, il coupa la lampe et s'avança un peu à l'aveuglette sous la lumière froide de la lune. Cinq minutes plus tard, il traversait la cour du mas.

Les bêtes étaient calmes. Il se blottit dans l'embrasure de la porte des appartements, fit jouer son fil de fer dans la serrure et monta directement dans la chambre. Tout était extraordinairement silencieux. Il trouva la photo, la décrocha et dirigea le faisceau de la lampe sur les personnages qui entouraient la Tarasque.

C'est à ce moment-là qu'il sentit qu'il n'était pas seul.

La photo s'anime,
La foule ondule de rumeur.
« La tarasco, la tarasco... »
La foule s'ouvre comme une blessure
Devant le monstre de carton-pâte qui fonce sur elle.
« La tarasco, la tarasco... »
Bérard s'accroche à la queue de la bête,
Il la dirige avec des gestes précis.
« La tarasco, la tarasco... »
Bérard crie : « Laissa la passa... Laissa la passa... »
Les tarascaires reprennent : « La tarasco dou casteu... Lagadigadeu... »
Les enfants fuient en hurlant.
La gueule fantastique claque des dents.
Un tarascaire trouve une jeune fille dans la foule.
Elle est belle et brune comme une vierge gitane.
Le servant du monstre la capture.
Deux autres tarascaires la hissent de force sur l'encolure de l'animal en s'égosillant « Lagadigadeu... »
La vierge rugit et gigote, ses jambes dénudées.
« La tarasco, la tarasco... »

Bérard se pend à la queue de l'animal pour faire un mouvement de bascule.

Toute la foule scande : « La tarasco, la tarasco... »

L'encolure se soulève.

La vierge rebondit.

« La tarasco, la tarasco... »

Elle enfourche la Tarasque.

Ses cuisses sont à moitié nues.

Elle s'agrippe à la crinière du monstre hideux.

« La tarasco, la tarasco... »

On rit et on s'esclaffe.

On jouit, les yeux pastissés.

Les verres s'entrechoquent.

On braille en allemand à la terrasse du café du Centre.

En allemand et en provençal.

De Palma se retourna vivement et braqua sa torche vers la fenêtre. Un visage livide le fixait depuis l'extérieur. Une figure au faciès tailladé par la lumière de la lampe électrique du policier.

Il dégaina son Bodyguard, la tête disparut aussitôt et il entendit le bruit d'un corps qui chutait sur le sol. Il courut jusqu'à la fenêtre, l'ouvrit et braqua sa lampe dans la cour. Elle était vide. Dans l'écurie, des bêtes s'agitèrent et se pressèrent les unes contre les autres en bousculant les mangeoires.

21

La température avait baissé, ce n'était plus la chaleur moite des derniers jours. Des courants d'air circulaient entre les massifs de roseaux et faisaient des rides sur les eaux plates.

Anne et les deux techniciens de la police scientifique sautèrent de la barque que Texeira avait mise à leur disposition. Un peu à l'écart, De Palma et Romero se tenaient sur un Zodiac et faisaient un premier tour de reconnaissance autour de la cabane en sagno. À chaque avancée, la perche que poussait Romero faisait un gros plouf dans l'eau.

Richard, un vieux de la vieille de la police scientifique, entra le premier dans la cabane. Il y resta une demi-heure et en ressortit avec tout un tas de sachets qu'il déposa dans une caisse en plastique.

– On fera les scellés plus tard, quand on sera au bureau. Je vais juste noter ce que c'est.

– Y a pas mal de trucs, ça m'a l'air assez riche, fit Richard.

– Bon, c'est pas mal, ça, fit Anne en regardant les sachets.

Richard avait indiqué la nature du prélèvement et le numéro du cavalier.

– Je vais encore faire deux ou trois photos et puis on va dans le trou.

– Comme tu veux.

De Palma et Romero passèrent en revue le rivage qui ceinturait la cabane. Ils ne virent pas grand-chose à part des traces d'oiseaux sur la terre imbibée. Il y en avait partout.

Mais pas de traces de pas humain.

Ils revinrent à l'endroit où De Palma et Texeira avaient vu, quelques jours plus tôt, que le fond du marais avait été remué.

Le niveau de l'eau avait légèrement monté, plus rien n'était exploitable. Le Baron voulut quand même explorer dans la direction qu'avait donnée la trace qu'il avait relevée, c'est-à-dire vers le nord. Il s'avança dans la roselière, mais la végétation devint si dense qu'il dut se rendre à l'évidence : il était impossible de pénétrer dans ce maillage de verdure.

– On retourne voir si Richard a fini avec la cabane. Je veux être là quand ils vont descendre dans le trou.

Richard finissait de prendre des photos. Son collègue Patrick n'avait pas trouvé grand-chose autour de la cabane, à part quelques plumes d'oiseau.

– Michel a raison, on a fait le ménage. Et je peux te dire que le gars est doué. À croire qu'il fait partie de la maison.

– Parle pas de malheur.

– Ah franchement, on dirait qu'il a fait des stages chez nous !

Richard sortit de la cabane et posa son appareil photo sur sa valise. Il s'essuya le front et enleva ses gants.

– On attend Michel et on y va.

Le conduit en pente douce qui menait dans la salle souterraine mesurait environ deux mètres. La salle elle-même faisait trois mètres sur deux. On pouvait y tenir debout. Elle avait été creusée dans la terre qui était assez dure à cet endroit-là et le sol avait été bétonné grossièrement. Les murs avaient simplement été lissés, comme du torchis.

Cela faisait une vraie salle qui rappelait, dans sa forme et sa conception, les souterrains du Viêt-Cong.

– Ça pue grave là-dedans, fit Anne.

– Mouais, fit Richard. Pipi et caca. D'origine humaine. Et c'est pas vieux. On a vraiment l'impression d'être dans une tanière. Je vais passer un coup de Crimescope, mais à vue de nez, y a pas grand-chose.

Anne se hissa hors du conduit et s'assit à côté du Baron. Elle sortit son paquet de cigarettes et le lui tendit. Il répondit en agitant sa main gauche pour dire non.

– Tu fumes vraiment plus, Michel ?

– C'est mauvais pour mes migraines. J'essaie de tenir.

– Qu'est-ce que tu penses de tout ça ?

– J'y comprends rien. On a un puzzle qui s'agrandit un peu plus chaque jour. D'un côté, un taré qui élimine des voyous les uns après les autres, de l'autre, des voix, ici, dans le trou du cul du monde.

« Des voix qui parlent de la Tarasque. En provençal.

« Et un milliardaire qui meurt noyé dans le même quartier. Ajoute le con qui me tire dessus et tu as la totale. Si tu trouves un début de logique dans tout ça, dis-le-moi.

– Les choses ne sont pas forcément liées. Elles se recoupent, c'est sûr, mais elles ne sont pas forcément liées les unes aux autres. On a déjà connu ça.

– Je dirai autrement : il y a un lien, mais pas de logique. Voilà toute la difficulté.

– Et c'est quoi ce lien ?

– La Tarasque.

Anne leva les yeux en l'air.

– Tu y crois sincèrement à ce truc.

– Je ne crois pas moi, je constate : Steinert s'intéresse à la Tarasque, Christian Rey est un chevalier de la Tarasque, Morini idem et en plus il est né à Tarascon.

J'ajoute qu'il était voisin de Steinert et intéressé par ces fameuses Terres d'en bas. J'ai appris qu'il connaissait Rey, lequel travaillait pour lui comme ramasseur de caisses de bingos. C'est pas du lien, ça ?

« Les cadavres sont découverts dans des lieux ou à côté de choses qui renvoient à la Tarasque.

– C'est sûr que ce ne sont pas des coïncidences ! Steinert s'intéressait à la Tarasque : OK. Tout le monde à Tarascon s'intéresse à la Tarasque. Il a entendu les voix ici : OK. Il est mort à côté d'ici, d'accord. Mais qui te dit qu'il y a un rapport avec les deux cadavres qu'on a ?

– L'adrénaline.

– Quoi ?

– L'adrénaline. Cette putain d'adrénaline. Il y en a dans chaque cadavre. Beaucoup d'adrénaline. Mattei est formel. Les gens qui sont morts dans ce périmètre ont eu la trouille de leur vie avant de passer. Voilà, le vrai, le seul et unique lien. Un bon lien scientifique. Le reste est encore fumeux, je suis d'accord avec toi, mais ça, je dois t'avouer que ça me prend la tête depuis quelques jours.

*
**

Dans les affaires de braquages en série mettant en cause Lornec et son équipe, Marceau avait signé la plupart des PV d'audition et quasiment toutes les pièces de procédure. Quelques-unes seulement portaient la signature d'Alexandre Vander, capitaine à la BRB.

Maistre parcourut les dizaines de feuillets en essayant d'aller à l'essentiel. Il y avait les PV d'audition de Lornec, Vandevalle et Santiago. Deux d'entre eux avaient été fumés, seul Lornec était encore de ce monde.

Les auditions ne livraient rien. Tout le monde avait nié et avait avancé des alibis en bois : Lornec avait déclaré être chez sa sœur, Santiago était allé voir un ami du côté de Nîmes, Vandevalle avait affirmé avoir regardé la demi-finale de la coupe d'Europe.

Selon la liste des scellés, des armes avaient été saisies au domicile de Lornec. Aucun pistolet automatique de marque SIG n'apparaissait. Maistre feuilleta les conclusions de Marceau, referma le dossier en soufflant et le rendit à la secrétaire des archives.

En montant vers les bureaux de la Criminelle, il fit un crochet par les locaux de la BRB. Vander était là, il finissait de taper des écoutes de trafiquants de bagnoles.

– Comment tu vas, Vander ?

– Bien et toi ?

– Je fais des écoutes. Toute la journée, putain, c'est pas de la police ça !

– J'ai besoin de toi, Alex.

– Tu veux me demander de rejoindre la Sécurité publique ?

– Non, je veux que tu te souviennes des affaires Lornec, Santiago et Vandevalle. Braquages dans les années 90 par là.

Alexandre Vander fit rouler sa chaise en arrière et posa ses grosses mains sur ses cuisses.

– C'est l'équipe des quartiers nord. Ça ne date pas d'hier. On n'a pas sorti grand-chose ! Y en a deux qui se sont fait refroidir. Lornec à ma connaissance est toujours en vie.

– Tu as travaillé avec Marceau à l'époque ?

– Jean-Claude ! Oui, on les a fait tomber, mais ça n'a pas donné grand-chose.

– Y avait des armes ?

– Oui.

– Tu te souviens des modèles ?

– Attends, il faut que je me replonge là-dedans... Il y avait des fusils de chasse, un revolver ou deux peut-être, je sais plus. Là, tu me poses une colle.

– Essaie juste de te souvenir ! Une arme qui sorte de l'ordinaire.

– Attends, c'est pas là qu'il y avait un machin un peu bizarre...

Vander prit son menton dans la main et ferma les yeux.

– Un SIG. Je crois que c'est là qu'il y avait le SIG. C'est rare de trouver une arme comme ça.

– Oh ! tu sais de nos jours !

– Ah non, non, non... un automatique comme le SIG j'en ai jamais vu chez les braqueurs. Ils ont des grosses pétoires souvent, des 11.43, mais des machins nobles comme ça...

– Et tu sais pas ce qu'elle est devenue cette arme ?

– Sous scellés, ma foi ! Où tu veux qu'elle soit ? Tu sors le dossier et tu la trouves. Maintenant, si tu cherches l'arme elle-même, ça, je sais pas ! Elle est peut-être en bas ou au tribunal.

Vander jeta un œil sur l'écran d'ordinateur et cliqua deux fois sur la fenêtre « Sauvegarder ».

– Tu as une sacrée mémoire, Alex.

– M'en parle pas. Des fois, je me souviens du numéro de téléphone des gens que j'ai eu sur les zonzons y a trois ans. Tu te rends compte !

– Tu m'as toujours impressionné.

Maistre lui donna une bourrade dans le gras de l'épaule. Alex fit mine d'avoir mal.

– Dis-moi, pourquoi ça t'intéresse cette histoire vieille de dix ans ?

– Je voulais vérifier un truc dans un dossier. On a une arme qui parle et c'est la même.

– Tiens c'est bizarre, parce qu'à l'époque, elle n'avait pas parlé. Neuve de chez neuve.

– Tu en es sûr ?

– Sûr de sûr. Aucun problème. Les armes qui parlent chez les voyous on s'en souvient. C'est comme les miracles de Lourdes. Demande à Marceau, tu verras !

– Je te remercie, mon beau.

Maistre attendit d'être dans sa voiture et de se trouver embourbé dans la circulation de l'autoroute Nord pour téléphoner au Baron.

– Ça me paraît bizarre cette histoire de SIG. Vander me dit qu'il a vu cette arme, qu'elle a été mise en procédure et, dans le dossier, il n'y a rien. En plus il me dit que l'arme n'avait pas parlé.

– Autre que bizarre. Tu as vérifié la chronologie ?

– Qu'est-ce que tu veux dire ?

– Date de la mise sous scellés et date à laquelle on a ramassé la balle.

– J'ai pas la date de mise sous scellés sur moi, je voulais le faire.

– Les scellés portent un mauvais numéro, mais c'est le même jour que les PV d'audition !

– Pardon, Michel, je ne réfléchis pas comme toi.

– Regarde à quelle date on relève la douille chez le vieil épicier et la date à laquelle Marceau et Vander interpellent les trois cons. Si c'est avant, pas de problème. Si c'est après, tu viens de mettre les pieds dans le plat. Et tu sais ce que j'espère...

– Je te rappelle dans cinq minutes.

Maistre cala le volant de sa voiture sur ses genoux et consulta son dossier. Il lui fallut moins de cinq minutes pour qu'il s'aperçoive qu'entre les deux dates, il s'était écoulé pas moins de deux ans. Ce chiffre lui donna un haut-le-cœur.

– Michel, bingo !

– La balle est découverte après.

– Conclusion ?

– L'arme et le PV sont sortis de notre belle maison. Parfois les gens sont assez orgueilleux pour laisser des trucs aussi grotesques derrière eux.

– Et tout ça pour finir dans les mains de celui qui a essayé de me tuer.

– Trois fois.

– Je te le fais pas dire. Bravo à toi. Mais il faut en savoir plus. Est-ce que tu en as parlé à quelqu'un ?

– Oui, à Vander.

– Lui, ça ne risque rien, mais n'en parle à personne. Parce que là on risque d'être vraiment sur du lourd.

– D'accord.

– Bien évidemment, il faut pas chercher des liens là où il n'y en a pas. Tu vois ce que je veux dire.

– Non.

– C'est par Lornec que les choses arrivent. Lornec plus Morini. Lornec a travaillé pour lui jusqu'à sa mort.

– Comment tu sais ça ?

– Je suis devin.

– Arrête, Michel.

– Mais Lornec n'est pour rien dans cette affaire, il a tout juste la malchance de faire le lien. Mais je te jure qu'il n'y est pour rien. Un calibre entre et sort de l'Évêché ou du tribunal, voilà le vrai problème. Il n'y a que deux personnes qui puissent faire ça.

– Arrête, Michel, je commence à avoir froid dans le dos.

– Soit un juge d'instruction, soit un enquêteur.

– Marceau !

– Bien entendu. Le juge n'a aucun intérêt. Trop dangereux pour lui et puis il ne connaît rien au terrain. À cette époque c'est sans doute Alonso : elle n'était pas du genre à retourner les armes aux voyous avec un mot d'excuse.

– Pourquoi Marceau ?

– Je l'ignore. Franchement, je suis désemparé. Ça me tombe dessus comme une merde de pigeon.

– Mais enfin, Michel, tu te rends compte ! On le connaît depuis toujours... Franchement j'y crois pas.

– Je me rends compte. Si mes souvenirs sont bons, il y a quatre ou cinq ans, y avait pénurie de calibres. Ceci peut expliquer cela. Il a toujours des problèmes de pognon, Marceau. L'IGS [1] l'a enguirlandé deux fois pour des trucs similaires.

– Enfin, j'espère qu'on se trompe !

– J'aimerais, Gros. J'aimerais...

*
**

Le Baron inspecta longuement la carte. Il voulait contourner la zone d'incendie afin de ne pas se faire repérer. Par le nord, depuis l'axe Fontvieille-Maussane, c'était impossible. Depuis Eygalières non plus. Il passerait par le sud. Quitte à traverser des propriétés privées !

La carte indiquait plusieurs chemins forestiers ; le plus difficile était de ne pas se faire repérer par les patrouilles de pompiers ou de gardes-champêtres. Il laisserait la voiture le plus loin possible de l'endroit qu'il s'était fixé comme objectif.

À Marseille, il avait loué un 4x4 Nissan Patrol. Ça lui avait coûté une fortune et personne ne le rembourserait.

Il replia la carte et roula jusqu'à Raphèle et, de là, rejoignit la route qui tire droit jusqu'aux Alpilles. Au bout d'un quart d'heure, il descendit dans un chemin qui partait en dessous de la départementale et s'enfonça dans la cambrousse.

Il roula un bon moment entre deux rangées de barbelés, puis le chemin se releva et il gravit un premier bois de pins et de chênes rabougris. Le 4x4 avala la pente raide et commença à tanguer comme une barque. Puis, le chemin se mit à serpenter à flanc de colline, de plus en plus chaotique.

Au loin, la plaine de la Crau se confondait avec le ciel, la mer et les marais de Camargue. C'était une vaste

1. Inspection générale des services.

étendue plate qui s'estompait dans l'évaporation des restes d'humidité de la nuit.

En passant le dernier virage qui formait un col, les premiers arbres calcinés apparurent. Le décor changea brusquement. La nature avait été passée au chalumeau, des souches noires sortaient de terre comme des griffes de charbon. Le calcaire faisait quelques taches blanches qui mouchetaient le tapis de suie.

Le Baron reconnut au loin la tour blanche qu'il voulait voir. D'ici, elle ressemblait plutôt à un gros cube de calcaire qui saillait du sol avec, à ses pieds, quatre pins tordus par la souffrance du feu.

Il gara le Nissan Patrol à l'abri, entre deux rochers, et s'éloigna à pied, le plus vite possible. Il savait que des patrouilles héliportées n'allaient pas tarder à faire des vacations pour voir si le feu ne reprenait pas.

Un quart d'heure plus tard, en sueur, il était au pied de la tour et commençait ses recherches.

Bérard lui avait parlé de vieilles pierres et il avait vu dans le bureau de Steinert des relevés topographiques dont il se souvenait plus ou moins.

Surtout, il avait les quelques traductions que lui avait transmises Ingrid. Toutes les notes qu'il avait parcourues parlaient de cette « Tour blanche », point remarquable dans la vallée, et d'un véritable village qui aurait existé à ses pieds vers le premier siècle avant Jésus-Christ. D'après Ingrid, c'est de cet endroit que provenait le formidable sarcophage qu'il y avait dans la cour du mas de la Balme.

De Palma savait qu'il devait faire vite et voir si oui ou non les terrains ravagés par le feu recelaient des vestiges datant de l'époque gréco-romaine qui auraient pu empêcher, ou en tout cas ralentir, certains projets immobiliers.

Il ne tarda pas à trouver ce que le vieux berger appelait les vieilles pierres d'antique. L'incendie venait en fait de mettre au jour ce qui sans aucun doute ne se voyait guère avec la forêt et les broussailles : des blocs parfaitement taillés, de dimensions différentes, à moitié enfouis dans la terre.

Cela faisait grosso modo un mur de calcaire qui s'enfuyait en direction de la Crau en s'enfonçant dans le sol.

Le grand-père Steinert, Karl, ne s'était guère trompé. Il y avait bien là des habitations. Le texte traduit par Ingrid disait :

... Selon le chanoine Malvan (les fouilles datent du XIX*e) il existe au lieu-dit « la Tour blanche » des maisons et un mur en gros appareil qui pourrait être un mur d'enceinte, bien que cela ne soit pas vérifié.*

Les maisons ne s'organisent pas selon un plan orthogonal, mais dessinent au sol des parcelles complexes, assez différentes les unes des autres. Sans doute dans un premier état assez récent, vers 30 ou 40 avant notre ère, il se trouvait une maison qui s'ordonnait autour d'une cour avec un portique...

Vers le sud, on pense à un jardin ou à un vaste espace réservé alors à des jeux ou des manifestations. Mais l'état actuel ne nous permet pas d'en dire plus, puisque la végétation, assez dense, ne permet pas de faire des relevés...

Le texte décrivait ensuite plusieurs céramiques trouvées dans le périmètre de la Tour blanche, dont certaines remontaient au deuxième siècle avant notre ère.

... Sur une pierre de calcaire est gravée une représentation d'un monstre assez particulier : mi-homme, mi-crocodile, qui ressemble étrangement à la Tarasque de Tarascon... La pierre est située à la cote 26 N/84 E...

... Cette découverte ou plutôt redécouverte est due à Monsieur Bérard, agriculteur à Eygalières et propriétaire de ces terres. Monsieur Bérard m'a plusieurs fois affirmé que

ces terres autrefois n'étaient pas boisées, en tout cas pas comme elles se présentent aujourd'hui.

En outre, je me suis entendu avec Monsieur Bérard pour qu'il cède cette terre si toutefois une fouille devait y être menée.

Steinert. Le 23 octobre 1938.

Des ronces et des buissons recouvraient les abords des murs antiques. Il était impossible de s'approcher des vestiges sans débroussailler. Le Baron prit plusieurs clichés. La plupart des pierres étaient couvertes de racines d'arbres et de buissons calcinés. Il fit encore une fois le tour du rocher et ne vit rien de plus à prendre en photo. Ce ne fut que quand il prit un peu de hauteur qu'il vit des traces rectilignes dans le sol : des carrés, des rectangles, quelques courbes.

Il prit une nouvelle fois toute une série de photographies et décida de s'en retourner.

En montant dans la Nissan, il comprit soudainement pourquoi on avait mis le feu à ce bois et surtout qui.

Au même moment, le ronron de l'hélicoptère passait par-dessus les Alpilles et se répandit sur la plaine de la Crau.

22

Marceau sortit de chez lui, au 10, rue des Halles, à 11 h 45. C'était son cinquième jour de congé. Il devait encore régler deux ou trois affaires avant de partir pour l'étranger ; cette année c'était le Mexique.

Il alla chercher le journal au kiosque d'en face et se dirigea vers le Café du Globe. Là, il commanda un café, comme il le faisait tous les jours depuis qu'il était en poste au commissariat de Tarascon.

L'homme l'observait sans bouger, le 200 millimètres dans la main droite. Si tout se passait comme prévu, Marceau devait sortir dans moins d'un quart d'heure, le temps de boire son café et, peut-être, d'en commander un autre ; comme il l'avait fait avant-hier. Il aurait le temps de faire une ou deux photos.

Mais aujourd'hui, Marceau ne travaillait pas. Il le savait depuis hier soir. « Le commandant est en congé. Vous pourrez le joindre à la fin du mois », avait dit la voix de jeune fille au bout du fil.

Il s'approcha du bar et fit mine de chercher une carte postale à la papeterie d'en face. Au cas où le flic déciderait de changer de direction et de presser le pas comme il le faisait parfois pour des raisons que l'homme ne pouvait pas s'expliquer.

Marceau sortit après son premier café. Il prit une seule photo, de face. Puis, le flic tourna immédiatement à gauche et, au lieu de rentrer chez lui, il prit la rue de l'Hôtel-de-Ville et remonta en direction du théâtre.

L'homme le suivit. Il savait de toute façon que le flic ne pouvait pas lui échapper.

Arrivé devant le théâtre, Marceau regarda dans tous les sens. Il ne vit pas l'homme qui avait eu juste le temps de s'éclipser dans l'embrasure d'une porte cochère. Il resta comme ça un moment puis il sortit un trousseau de clefs et pénétra dans l'immeuble dans lequel se trouvait le bureau de William Steinert.

C'était un scénario imprévu. Mais bon, l'homme savait s'adapter. Il décida de s'accorder quelques minutes de réflexion et finalement prit le parti d'attendre. Marceau était une proie redoutable.

Cela prit une bonne demi-heure avant que la porte ne s'ouvre à nouveau et que Marceau fasse à nouveau son apparition. Ils se remirent en marche.

L'homme se dit que ce n'était pas pour aujourd'hui. Certainement pas. La journée semblait trop pleine d'imprévus. À moins que la chance ne lui sourie.

Et c'est ce qui se passa.

Au lieu de retourner chez lui, Marceau s'arrêta pour faire des photocopies. Puis, il revint poser à leur place les documents qu'il avait pris dans le bureau de Steinert. Une nouvelle demi-heure s'écoula. Marceau sortit et jeta dans le caniveau ce que l'homme crut être une paire de gants. Peu importe.

Et puis, pour une raison tout à fait inattendue, Marceau décida de passer par le boulevard périphérique. Quand il fut à quelques mètres de la voiture de l'homme, celui-ci se mit à sa hauteur.

Tout se passa très vite. L'homme braqua son .45 sur Marceau et lui fit mettre les mains dans le dos. Ensuite, il lui passa les menottes et prit l'arme qu'il portait à la ceinture.

Trente minutes plus tard, il roulait sur les chemins de Camargue.

*
**

Anne savourait les résultats de son boulot : elle avait réussi à obtenir des résultats de tests ADN en quarante-huit heures. Avec du charme et des promesses de sourires.

Et les tests parlaient : les traces salivaires relevées sur les plaies de Christian Rey et de Morini appartenaient au même individu.

Les fragments d'ADN retrouvés dans la cabane en sagno correspondaient à Morini et Rey. Dans ce cas-là, c'est le FNAEG [1] qui avait fait le rapprochement, Morini et Rey y figurant parmi les codes barres et les allèles de la génétique policière.

Anne en avait donc conclu que les deux voyous avaient séjourné dans le trou. Elle put quasiment reconstituer leurs dernières journées : pas d'eau, pas de nourriture et le noir absolu. Le rapport de la police scientifique était formel.

En outre, Mattei lui aussi était formel : les corps des victimes avaient été mordus par des mâchoires hors du commun, du type de celles d'un crocodile. Il recommandait de pouvoir établir des comparaisons avec des animaux ayant pu approcher les victimes. Cela paraissait surprenant, mais c'était ce que préconisait l'expert de l'institut médico-légal de Marseille.

Anne et Romero étaient allés ensuite cuisiner Lornec sur ses éventuelles relations avec Marceau. Le voyou n'avait rien dit, mais il avait paru gêné. Anne ne se trompait jamais là-dessus. Romero l'avait remarqué aussi.

Gouirand, le chef des tarascaires, avait été interrogé à deux reprises. Les deux auditions étaient décevantes. Pourtant, Anne en avait attendu beaucoup, surtout quand les fichiers avaient donné le CV de Gouirand : pris deux

1. Fichier national des empreintes génétiques.

fois en flagrant délit de vol avec son pote Rey. Les deux hommes étaient des amis, mais la piste s'arrêtait là. Toutefois, Anne était optimiste.

– On a pas mal progressé, non ?

À travers la baie vitrée de la salle à photocopieuse de la Crim', De Palma fixait le dôme de la Major qui s'embrasait dans le soleil.

– C'est super ! Je pense qu'il faut éplucher les noms de personnalités qui interviennent dans les projets immobiliers de la SODEGIM, dans la région de Maussane, Eygalières... Et même jusqu'à la Camargue. Je parle de projets du type parc de jeux, centre de loisirs, tu vois !

– Rien que ça !

Anne avait relevé ses cheveux sur le haut de sa nuque et les avait noués avec un stylo Bic. Elle portait une robe légère et des sandales à lanières.

– Il va falloir faire ce travail, ma grande !

– On a le temps.

– En police, on n'a jamais vraiment le temps.

– Je sais, mais en l'espèce, pour ce qui concerne l'affaire Steinert, on n'a pas de CR[1]. Franchement, on est limite dans le code de procédure. Je peux invoquer l'initiative personnelle, mais j'y crois pas trop.

– C'est difficile. On est dans des secrets de village, des choses qui se trament dans notre dos et qu'on est loin de connaître. On peut penser logiquement que Morini déglingue Steinert pour faire main basse sur le reste des terrains. Mais il reste Bérard. Faut-il le tuer lui aussi ? Pourquoi les sbires de Morini ne sont pas allés voir le vieux pour lui acheter ses terrains ? C'est plutôt étrange, non ? Pourquoi ne sont-ils pas allés voir Steinert pour faire de même ?

« J'ignore si on aura une réponse un jour.

Anne défit ses cheveux et les renvoya en arrière.

– Tu penses à des secrets de famille ?

1. Commission rogatoire.

– Pas seulement !

– Tu as le fil de Gouirand ?

– Oui.

– Appelle-le et demande-lui s'il connaissait Morini.

Anne prit son portable et composa le numéro de Gouirand. Elle resta moins d'une minute au téléphone, mais à l'expression de son visage, De Palma comprit qu'il avait tapé juste : Morini avait été chevalier de la Tarasque dans les années quatre-vingt, au même moment que Rey.

*
**

Marc Gouirand était devant la mairie en train d'astiquer le pare-brise de la Safrane du maire. Il portait des lunettes noires, un pantalon en lin et une chemise à fleurs ouverte sur la poitrine. Anne l'observait depuis un bon moment, assise devant un café au Bar du Centre.

Quand il reposa sa peau de chamois, Anne se leva et se dirigea vers Gouirand.

– Monsieur Gouirand, vous me reconnaissez, je suis Anne Moracchini de la PJ de Marseille.

Le chef des tarascaires se leva et toisa l'officier de police.

– Je voulais vous poser quelques questions à propos de la mort de Christian Rey.

– Maintenant ?

– Si possible.

Gouirand regarda sa montre.

– Le maire est encore en conseil, je pense qu'on en a pour trois quarts d'heure... Est-ce que ça suffit ?

– Monsieur, c'est à vous de vous mettre à la disposition des forces de police et non l'inverse, vous me comprenez ?

Gouirand ravala son sourire et baissa les yeux.

– Peut-être préférez-vous me suivre jusqu'à l'hôtel de police de Marseille ?

– Non, non, ça va !

– Bon, très bien, dites-moi : à quelle époque de votre vie avez-vous rencontré Rey ?

– On se connaissait depuis l'école maternelle. La réponse est simple : depuis toujours.

Anne fit mine de noter ce détail dans son calepin.

– Et Morini ?

Gouirand leva les yeux vers Anne. Il avait une drôle d'expression, une mine partagée entre le doute et la surprise.

– Morini, c'est pareil. On avait le même âge.

– Vous savez qu'il est mort ?

Gouirand se contenta de hocher la tête et de donner un coup de peau de chamois sur le pare-brise de la Safrane.

– Ils étaient chevaliers de la Tarasque tous les deux, comme vous ?

– Oui, on est arrivés ensemble.

– Qu'est-ce qui s'est passé ?

– Ma foi je sais pas, chacun a suivi son chemin et chacun a fait comme il a voulu. Eux, ils sont devenus des voyous, moi je suis devenu employé de mairie.

Anne leva les yeux vers la façade de la mairie : c'était une vieille bâtisse en pierre de taille qui datait de la fin du Moyen Âge, avec ses fenêtres à meneaux, ses vitraux en losange et ses sculptures fantastiques.

– Ça fait longtemps que vous travaillez pour la mairie ?

– Depuis 1987.

– Et je peux savoir ce que vous faites au juste ?

– Je suis le chauffeur du maire.

– Ça, je le sais, mais on dit aussi que vous menez les campagnes d'affichage et que parfois vous faites un peu le coup de poing.

Gouirand haussa les épaules. Anne jeta un coup d'œil sur le siège arrière de la Safrane et vit le manche d'un tonfa qui sortait d'une veste de smoking.

– Le tonfa, c'est pour les embouteillages ?

– Uniquement si le maire est en danger.
– Vous faites aussi le garde du corps ?
– Pas vraiment, mais on sait jamais.
– Je pense qu'on va vous convoquer dans quelques jours, ne vous éloignez pas trop de Tarascon. Compris ?
– Très bien, Madame.

*
**

– De Palma, je suis officier de police.
La blonde qui montait la garde chez Chandeler et associés cligna des yeux et garda la bouche en rondelle.
– Vous avez rendez-vous ? finit-elle par dire en observant son visiteur par-dessus les lunettes.
– Maître Chandeler est avec un client ?
– Non, enfin oui...
De Palma ouvrit la porte, la secrétaire le suivit.
– Maître, ce monsieur...
– Laissez, laissez... Vous pouvez fermer la porte, je connais Monsieur De Palma.
À peine la blonde avait-elle refermé la porte à double battant qu'un claquement sec et un cri retentirent dans le bureau.
Chandeler se retrouva à genoux, ses lunettes dans les mains. Il marqua un temps d'arrêt, renifla le sang qui coulait de son nez puis se releva d'un coup. Le Baron fit un écart et lui balança un coup de pied dans l'estomac qui le plia en deux.
Chandeler roula sur lui-même et finit par se relever. Il allait crier quand il constata avec effroi que le Baron le tenait en joue. Un Cobra à belle gueule, le canon gominé et froid, à même pas deux mètres.
– Asseyez-vous, espèce d'ordure.
Chandeler leva les mains en signe d'apaisement et s'avança vers son fauteuil.
– Non pas là, ici, ordonna le Baron en lui désignant le fauteuil réservé aux clients.

– Je vous demande de réfléchir, Monsieur le policier. Vous venez déjà de commettre un geste qui va être lourd de conséquences pour vous, n'aggravez pas votre cas.

Le Baron s'approcha de Chandeler en analysant le moindre rictus de son adversaire. Quand il fut à portée de l'avocat, il lui balança une gifle qui fit voler ses lunettes.

– Vous allez me le payer.

– Vous savez qu'il est mort le vieux berger ?

– Je ne vois pas de quoi vous...

Une autre gifle partit.

– Écoutez-moi, on a tout sur vous, on vous a même pris en photo chez Bérard avec votre copain Morini.

Chandeler se recroquevilla sur lui-même.

– Alors maintenant ou vous vous mettez à table ou je fais courir le bruit que je vous ai donné un peu et que vous avez balancé. Avec la tronche que vous avez, je pense que beaucoup vont me croire.

– Je ne suis qu'un rouage.

– Bien, je vois que monsieur est un chevalier.

– Un simple rouage, il y a de gros intérêts, très gros...

– Monsieur est un chevalier doublé d'un intellectuel !

– Ce sont... C'est un groupe financier... de...

Le Baron s'approcha. Chandeler se recroquevilla un peu plus.

– Un groupe de gens, quoi...

– Dont Morini fait partie.

– C'est ça, oui.

– Vous savez que vous commencez à me gonfler les couillons à dire ce que je sais déjà !

Le téléphone sonna.

– Répondez donc et dites à votre secrétaire de se barrer, de toute façon c'est l'heure.

Chandeler s'exécuta et en profita pour essuyer le sang qui coulait à la commissure des lèvres.

– Bon, reprenons. Morini ce n'est pas un scoop. J'espère que vous avez mieux...

Le Baron décida d'abattre une carte dont il n'était pas sûr. Il fit un geste, un simple geste : il se passa l'index sur le ventre comme s'il se coupait le tronc avec une arme imaginaire.

Chandeler ouvrit des yeux énormes, il se mit à trembler de tout son corps.

– Le problème c'est qu'ils ne veulent pas vendre et dans la région c'est le seul endroit où l'on peut réaliser un tel projet.

– On peut construire un parc où l'on veut, qu'est-ce que vous me chantez !

– Cherchez à qui appartiennent les terres qui sont autour et vous comprendrez.

– Des noms, Chandeler, des noms... Vous les connaissez, ce sont vos clients.

– Si je vous les donne, je suis mort.

La Baron lui tendit un sourire en coin.

– Si vous les donnez pas aussi, murmura-t-il presque.

– Pourquoi ne pas s'arranger...

– Un homme vient de mourir, il me faut sa part de vengeance.

– Bon, il y a des gens d'ici et des Italiens et aussi des Américains.

– Une liste...

Chandeler s'avança vers le bureau, ouvrit un dossier et tendit une feuille à De Palma.

– Tout est là, fit-il en détournant le regard.

– Eh bien voyez, quand on veut...

De Palma regarda la liste de noms. Il n'y avait pas celui de Morini, mais il reconnut un ou deux de ses proches susceptibles de blanchir son argent sale.

– J'espère que la bête ne va pas vous manger vous aussi !

– J'ai reçu la marque moi aussi.

Le Baron fit un signe de la tête comme s'il savait de quoi Chandeler était en train de lui parler.

– Montrez-moi.

Chandeler regarda le Baron avec des yeux en accent circonflexe. Il ouvrit prudemment le tiroir de son bureau et en sortit une plume toute blanche. Identique à celle que De Palma avait vue dans le bureau de Steinert.

– Qui d'autre a reçu cette marque ?

– Nous l'avons tous reçue.

– Tous les débiles à pognon qui sont sur votre liste ?

– C'est ça, oui.

– Priez fort le dieu des tordus de votre espèce pour que la police que vous méprisez tant le retrouve avant qu'il ne vous trouve.

Le Baron recula jusqu'à la porte, l'ouvrit et sortit.

*
**

Maistre se tenait droit comme un I devant la mer. Il donnait l'impression de savourer l'infini. Au bout d'un moment, il s'anima et se versa une dose de rouge dans un gobelet en plastique.

– Je tiens enfin une vérité... Enfin un début de vérité.

Maistre ne se retourna pas. Il gardait les yeux rivés sur l'horizon encore rouge des fureurs du soleil. La sirène d'un roulier retentit dans le terminal de Mourepiane.

– Si je me trompe pas, c'était, comment dire, une affaire presque banale.

– C'est souvent le cas, Baron. On croit qu'on se trouve devant des types exceptionnels qui magouillent des trucs pas possibles et la plupart du temps on tombe sur deux cons qui ne valent pas le déplacement.

Maistre regarda sa montre. Anne apparut au bout de la terrasse. Elle portait une robe de lin qui dévoilait ses épaules et ne laissait apparaître que ses chevilles fines. Elle enleva ses sandales et marcha pieds nus sur le dallage de calcaire.

– Delpiano sait déjà que tu as secoué Chandeler.

– Pourquoi, ils sont de la même chapelle, enfin de la même loge ?

– Il vient juste de m'en parler au téléphone. Il veut ta mort, Michel ! Je sais pas pourquoi il t'en veut autant. Ça me fait peur.

Anne s'assit à quelques centimètres de lui. De Palma sentit son corps se magnétiser au contact furtif de sa robe. Il se leva brusquement et sortit de la poche arrière de son jean la feuille que lui avait donnée Chandeler. Anne la prit et la lut attentivement.

– Attends, il y a des mecs que je connais là-dedans !

– Oui, et d'autres que tu ne connais pas. Peu importe ! Ils ont tous un truc en commun.

– Lequel ?

– Quelqu'un leur a envoyé la plume que voici.

– Et qu'est-ce que ça signifie ?

– Pas grand-chose pour l'instant, à part que quand j'ai parlé à Chandeler de corps coupé en deux, il en a fait dans son froc.

Maistre prit les feuilles et s'attarda sur la liste de noms.

– Putain, il y en a deux ou trois que la financière aimerait bien se faire : Grimaud, Ladrèche, Rossi... Ô connasse !

– Ce sont ceux qui voulaient se payer les terres de Steinert, celles qu'il ne voulait pas vendre, les fameuses Terres d'en bas. Qui appartenaient à Steinert et que Bérard lui avait vendues sans doute avant-guerre.

– Ce sont bien celles qui ont brûlé, hier ? fit Maistre.

– Tu as tout à fait raison, mais ce coup-ci c'est pas eux !

– Qui c'est alors ?

– Bérard lui-même. Il voulait que tout le monde sache que dans cette forêt il y avait des vestiges grecs et romains et que personne ne pourrait construire quoi que ce soit dessus.

Anne se massa les avant-bras comme si elle avait froid.

– Tu crois qu'ils ont tué Steinert pour cette raison ?

– On peut le penser, mais ça m'étonnerait. Seulement, je ne suis pas sûr qu'on obtienne quelque chose sur cette affaire. À moins que la chance se mette enfin de notre côté.

Maistre alluma une cigarette et tira dessus nerveusement.

– Y a une chose que je ne comprends pas, fit-il. Ces mecs-là, ils ont suffisamment de pognon pour le construire où ils veulent ce parc à la con !

– Tu as raison, Jean-Louis, mais je crois qu'il reste deux ou trois choses qui nous échappent encore. Dans le quartier, c'était à peu près le seul coin intéressant. Il y a beaucoup de touristes et tout le monde avait à y gagner. Ceux qui vendent ces terres font le prix qu'ils veulent. Le terrain constructible dans ce triangle des Bermudes atteint des sommets : jusqu'à 4 000 balles le mètre ! Faut savoir ça.

– Peut-être, mais il y a la côte et tout le reste, tu te rends compte. C'est quand même le trou du cul du monde là-haut.

– À mon avis, il y a de la subvention dans l'air et surtout une bande de mecs qui se connaissent depuis l'enfance. Un clan en quelque sorte. Morini et Rey ce sont des potes !

– Oui mais l'un est le parrain et l'autre l'exécutant minable !

– Tu as raison, Gros. Reste à trouver les liens avec les autres.

Maistre se leva et sortit deux bouteilles de vin. Il posa trois verres sur la table et déboucha la première bouteille. Le roulier qui sortait de Mourepiane lança encore un coup de sirène.

– Des mecs pleins aux as qui trucident le milliardaire gênant, ça se tient. Surtout quand on voit les noms qui sont sur ta liste. Sauf que tu dis que c'est autre chose !

– Autre chose, oui.

23

Anne faillit sortir de la route en voulant éviter un touriste. La Xsara fit un écart à gauche et vint taper sur le trottoir. Romero plaqua les mains sur le tableau de bord.

– Putain, Anne, fais gaffe, merde, j'ai des enfants.

– Mets le deux-tons et la loupiote sur le toit, on sera plus visibles.

Devant le château de Tarascon, Anne se trompa de direction : elle partit vers l'église au lieu de continuer sur le boulevard périphérique. Elle fit marche arrière et revint sur ses pas, puis elle fonça sur la file de gauche en sens contraire de la circulation.

Juste après le château, un ADS se mit au milieu de la route et lui montra la direction. C'était à gauche, sur le parking des bords du Rhône.

Anne posa la Xsara juste devant le cordon de sécurité.

– Ah vous êtes là, Moracchini. Putain, c'est pas joli. Vous l'avez connu, je crois !

Larousse avait le visage froissé, les yeux qui pendaient presque.

– Pardonnez-moi, je ne connais pas l'identité de...

– Marceau.

– Quoi !

– Il est là-bas, sur le rocher. Comme les autres. C'est... c'est ignoble.

Anne descendit jusqu'à la berge du Rhône. Elle fit quelques pas dans les bouquets d'herbes qui poussaient à quelques centimètres de l'eau et s'arrêta. Larousse tendit le doigt en direction du château.

– Il est là, vous le voyez ?

– Oui, très bien. Et maintenant virez-moi ces connards qui marchent partout. Les technos vont arriver d'un moment à l'autre.

Larousse tourna les talons et ne releva pas. Il se contenta de hurler en direction des curieux.

– Daniel, appelle De Palma encore une fois. Dis-lui de venir. On a besoin de lui. Tant pis si l'autre con de Delpiano fait chier, on trouvera une excuse. Marceau et lui étaient amis, je crois.

– OK, je m'en charge.

– Ensuite, il faut aller faire une perquise à son domicile. Immédiatement. Dans les deux minutes qui viennent, il faut qu'il y ait trois hommes chez lui qui retournent tout.

Marceau était posé au pied des remparts, sur le rocher qui sert habituellement de plongeoir aux gamins de Tarascon. C'est un pêcheur qui l'avait découvert. Il avait d'abord cru à quelqu'un qui avait chuté des remparts.

– Anne, c'est Michel. Je ne vais pas venir, c'est trop tard de toute façon...

– Comme tu veux.

– Désolé, Anne, mais il me faut une heure pour venir. Tu te rends compte !

Anne raccrocha et regarda longuement les gens qui observaient la scène. Elle remarqua sur les remparts quelques têtes qui s'encastraient dans les créneaux, tout là-haut à plus de quatre-vingts mètres du sol.

Elle avisa un brigadier de la sécurité publique et lui demanda une paire de jumelles. L'homme disparut dans l'amas de voitures de police et revint avec une paire de 8 x 30. Anne les braqua en direction des remparts et vit des visages de touristes, tous blonds, sans doute des Hollandais ou des Anglais, toute une famille en balade. Elle fit un panoramique vers la gauche et vit trois gamins qui se penchaient par-dessus la muraille et faisaient des signes en direction du cadavre.

« Et les parents laissent faire », pensa-t-elle.

Elle descendit le long de la muraille de la forteresse du roi René, il n'y avait aucune trace de sang ou quoi que ce soit d'anormal. Elle arriva enfin sur le corps de Marceau qui brillait au soleil comme du vernis à ongle.

La première fois, c'était devant la Tarasque, la deuxième, dans le tombeau de sainte Marthe et aujourd'hui sur ce rocher, dit-elle à voix basse.

Elle allait poser ses jumelles quand apparut derrière les enfants une silhouette plus haute. Elle pointa les binoculaires sur le haut des tours et vit un homme coiffé d'une casquette. La silhouette resta un bon moment dans le champ. À un moment, elle eut le sentiment que leurs regards se croisèrent. Et puis la silhouette disparut. Tout d'un coup.

Anne prit immédiatement Romero par le bras et lui parla à voix basse.

– Il y a un mec là-haut qui me paraît pas clair, je ne sais pas si je fabule ou pas, mais ça vaut le coup de jeter un œil, en quatrième vitesse.

– D'accord, mais on ne court pas sinon il va nous repérer.

En moins de deux minutes, Anne et Romero se trouvèrent devant la poterne du château. En passant la porte, Anne montra sa carte de police au gardien.

– Vous fermez cette porte et vous ne laissez sortir personne, à part les enfants.

Le gardien municipal, un gros type à moitié endormi, prit un air important et s'exécuta sans dire un mot.

– Combien y a-t-il d'escaliers pour accéder au toit ?

– Un seul aujourd'hui, l'autre est fermé.

Anne dégaina son Manurhin et pénétra dans la cour du château.

Quelques touristes la regardèrent et reculèrent en murmurant quand ils virent l'acier noir du revolver dans la main du policier. Anne les dévisagea les uns après les autres. Mentalement elle compara chaque visage, chaque corpulence avec la silhouette à casquette qu'elle avait vue en haut des remparts. Aucun des hommes présents dans la cour du château ne correspondait à l'image qu'elle avait gravée dans sa mémoire quelques minutes plus tôt.

Romero prit position de l'autre côté de la cour et inspecta les meurtrières et les fenêtres qui perçaient les murs.

Quelques touristes en short et sandales sortirent de l'escalier gothique et furent surpris de voir un homme et une femme armés les dévisager. C'était la famille qu'Anne avait vue à la jumelle et les trois enfants qui se penchaient par-dessus la muraille.

Romero leur demanda s'il restait encore du monde là-haut mais personne ne comprit ce qu'il disait. Il fit sortir les touristes de la cour et ordonna au gardien de les retenir le temps qu'ils fouillent le château.

– Merde, Anne, on n'a pas de radio.

– Tant pis, il faut pas perdre de temps. On va monter.

Anne s'engouffra dans la pénombre de l'escalier. Elle monta rapidement en essayant de ne pas faire claquer ses Converse sur la pierre froide.

Après deux virages en L sur la droite, l'escalier déboucha sur une vaste salle décorée de tapisserie. Romero entra derrière Anne et courut jusqu'au fond de la salle, pénétra dans une deuxième pièce puis en ressortit aussitôt. Anne vit sur sa droite une flèche en bois posée contre le mur indiquant le sens de la visite en trois langues.

L'escalier, large comme le précédent, menait à une autre salle aussi vaste que la première, mais plus éclairée. Il y avait un touriste qui lisait un panneau d'information. Anne braqua son arme sur lui, le touriste devint blême. Il leva les mains en l'air en bégayant quelque chose en allemand. Anne lui fit signe de sortir par l'escalier, l'Allemand ne se le fit pas dire deux fois et marcha en crabe jusqu'à l'escalier sans perdre de vue l'arme qui le menaçait.

Une deuxième flèche indiquait les parties hautes du château. Anne vit que l'escalier était en colimaçon, plus étroit que les deux précédents. Un véritable piège à rats. Elle fit signe à Romero de la couvrir avant de se lancer dans la montée le plus silencieusement possible en grimpant les marches par deux. Romero la suivit à un mètre.

Le toit était désert. Anne se dirigea vers l'endroit où elle avait aperçu l'homme à casquette et se pencha au-dessus du vide. C'était effectivement la meilleure place pour observer ce qui se passait en bas. Elle vit les deux techniciens de la police scientifique qui s'affairaient autour du corps de Marceau et à l'écart sur le rivage, Larousse qui faisait de grands gestes en téléphonant.

Pendant ce temps, Romero fit le tour du toit.

– On l'a raté, Anne, il a dû descendre en quatrième vitesse et on l'a raté.

– Fait chier, putain, fait chier !

– Tu pourrais donner son signalement ?

– Un type plutôt grand avec une casquette blanche sur les yeux. La moitié de la population de cette putain de ville.

Elle s'appuya sur les remparts pour tenter d'élaborer une stratégie. Sous ses pieds, le Rhône coulait paisiblement vers le delta de Camargue. Immense courbe verte qui semblait presque immobile dans son lit.

– Descendons et fouillons mieux. On verra.

La salle du deuxième ne leur apprit rien, pas plus que celle du premier. Le château du roi René était complètement désert. En descendant le deuxième escalier, Romero s'arrêta net. Il venait d'entendre quelque chose.

– Tu as entendu ?

Anne fit non de la tête.

Un deuxième claquement parvint. Cela venait d'en dessous ou de derrière l'une des parois. Les deux policiers dévalèrent l'escalier et s'arrêtèrent à l'endroit où l'escalier donnait sur la cour à travers une ouverture décorée de fleurs de pierre.

Un deuxième claquement se réverbéra dans le silence du château.

– C'est par là, fit Anne. Du côté du fleuve.

Ils sortirent dans la cour et s'approchèrent de l'endroit d'où pouvait provenir le bruit. Ils ne trouvèrent d'abord que du silence puis, au bout d'une vingtaine de secondes qui leur parurent une éternité, la chanson :

« Lagadigadeu, la tarasco, lagadigadeu... »

La voix était enfermée dans une salle du château. Personne n'aurait pu dire exactement d'où elle pouvait provenir. Cela se passait sans doute derrière le mur, dans un endroit qui communiquait avec l'extérieur d'une manière ou d'une autre, soit par une porte soit par une meurtrière.

« Laïssa passa la vieio masco. Laïssa passa que vaï dansa... »

Il y eut un long silence. Et puis nettement plus loin dans l'espace :

« La tarasco dou casteu, la tarasco dou casteu... »

Anne chercha dans tous les sens. Elle approcha son oreille à la coller presque contre les murailles. De son côté, Romero remonta jusqu'au premier étage dans la grande salle et se pencha à l'une des fenêtres. Il ne vit que le Rhône et sur sa droite, le cadavre de Marceau en train de sécher au soleil. La voix avait définitivement disparu.

*
**

Au bout de vingt heures de travail, les techniciens ramenèrent plus de deux cents prélèvements. Sur certains de ces prélèvements, les scientifiques tirèrent parfois une vingtaine d'échantillons. Au total, ce furent plus de huit cents échantillons qui furent envoyés au laboratoire de biologie de Nantes.

Le lendemain, *La Provence* titra : « Un policier sauvagement assassiné ». Les journaux nationaux reprirent les dépêches AFP en les augmentant de commentaires pas toujours bienvenus. La Provence de Mistral fut mise à toutes les sauces. Pas un article ne put s'empêcher de mentionner Tartarin et la Tarasque. Ce fut l'affaire de ce début de mois d'août. Cela dura dix jours, pas plus.

À la mi-août, les premiers résultats des analyses parvinrent à la brigade criminelle et au bureau du juge Marie-Paule Garcia. Les scientifiques avaient des ADN inconnus par dizaines, le seul qui avait un sens était celui qui avait été prélevé sur les plaies de Marceau : identique à ceux trouvés sur Rey et Morini.

Anne, Daniel et les policiers qui firent la perquisition chez Marceau trouvèrent des photocopies de documents, de lettres et des plans de fouilles archéologiques, dont certains étaient en allemand. Anne fit immédiatement le rapprochement avec les documents que De Palma avait vus dans le bureau de Steinert. Elle décida de les placer sous scellés en attendant d'y voir plus clair.

Sur la table de chevet de Marceau, à côté du téléphone, les policiers saisirent un carnet d'adresses avec des noms de personnalités politiques et des huiles de la région. Dans l'armoire, ils mirent la main sur un autre carnet, plus épais, avec des noms et des chiffres. Toutes ces données furent passées au crible et permirent de mettre au jour un vaste réseau de placement de machines à sous organisé par Christian Rey et Marceau pour le compte de Morini. Le flic couvrait le trafic et en croquait pour vingt pour cent des bénéfices. Rey prenait trente et Morini cinquante, protection comprise ; ce qui signifiait aux bandes de marioles d'en face « pas touche aux bingos du Grand ». Maintenant que les places étaient vacantes, la guerre pour les placements de baraques allait reprendre de plus belle, de quoi occuper la BRB et les Jeux pendant un bon bout de temps.

Mais le plus intéressant était ailleurs : lors d'une deuxième perquisition, dans le box de parking appartenant à Marceau, Anne et Romero trouvèrent des armes de poing : deux CZ, deux Colt .45 et un Beretta 9 mm. Ils découvrirent en outre, caché au-dessus du boîtier du mécanisme d'ouverture automatique du portail, une boîte de munitions 9 mm enveloppée dans un torchon à carreaux et un chargeur de SIG 29 approvisionné ; l'arme resta introuvable.

L'institut médico-légal de la Timone lâcha la dépouille de Marceau au bout de deux semaines, comme une bête qui rend sa proie après s'être repue.

Le Baron et Maistre assistèrent aux obsèques en compagnie d'une vieille tante du policier, personne d'autre ; l'ancien collègue du 36 fut incinéré au crématorium de Tarascon un jeudi à 9 heures du matin.

En regardant la caisse disparaître dans la gueule du crématoire, Maistre se signa.

– Je le revois encore la première fois qu'il s'est pointé au quai, il cherchait le bureau de Boyer. C'était pas le mauvais mec.

– Il aurait pu m'avoir, il ne l'a pas fait, murmura le Baron en tournant les talons.

Le nom d'Isabelle Mercier ne fut pas prononcé.

*
**

Vingt jours après la découverte du château de Tarascon, on en était là. Les rapports qui unissaient Christian Rey, Morini et Marceau étaient enfin connus.

Anne avait passé au crible la vie du policier, des zones d'ombre étaient apparues, notamment sur le plan financier. Marceau était en train de retaper aux Baux-de-Provence une maison familiale en ruine, un bien hérité de sa mère. Coût des travaux : environ un million de francs, une somme largement au-dessus de ses possibilités de financement.

Anne avait simplement remarqué qu'une fois de plus, l'enquête les ramenait dans un périmètre allant des Baux à Mouries jusqu'à Eygalières et Maussane.

Pendant quelques jours, le Baron prit ses distances avec l'affaire et le reste du monde. Il passa ses journées à la pêche, tantôt sur les caillasses brûlantes de la baie des Singes en face de Maïre, au bout du serpent d'asphalte des Coudes, tantôt vers les tombants des calanques de Morgiou et d'En-Vau, calé dans le Zodiac de location, minuscule solitude sur l'outremer qui chahutait les calcaires fantastiques.

La Baron avait voulu cette retraite comme une descente aux entrailles, un repli sur le grand **viémon** de son moi profond ; le casque du baladeur sur les oreilles avec les grands de l'opéra comme compagnons de tristesse : Renata Tebaldi, Carlo Bergonzi, Mario Del Monaco, Montserrat Caballé... Des versions râpées d'*Aïda, Turandot* ou *Paillasse*. De l'opéra pour Rital avec des drames pleins de matière grasse et de mélodies sans faille. Ses préférés, à lui, le fils du soleil.

Il n'avait pas pêché grand-chose, ni dans la mer flasque, ni dans la musique de ses pères.

Il comprit seulement quand il passa à Wagner et à Strauss, à Melchior, Varnay, Rysanek et Flagstad. Quand il plia les cannes et qu'il rendit le Zodiac. Son autre moitié était loin. Depuis des semaines, Isabelle Mercier ne l'avait plus appelé depuis l'autre côté du monde connu.

Ingrid Steinert avait regagné l'Allemagne pour une durée indéterminée. Le règlement de la succession de son mari posait d'interminables problèmes. De fait, elle devenait propriétaire d'une bonne partie de Klug-Steinert Metal, ce qui faisait grincer les dents de la majorité de sa belle-famille. Elle téléphona plusieurs fois au Baron. Tard le soir, après avoir passé des heures interminables dans les cabinets d'avocats et les études des notaires à travers l'Allemagne.

*
**

Quand Michel sortit de sa torpeur, il se plongea dans les livres d'histoire de l'Occupation en Provence. Il passa ses journées à la bibliothèque Méjanes d'Aix-en-Provence au milieu des étudiants qui préparaient les rattrapages de septembre et ingurgita des mémoires de maîtrise, des thèses de doctorat et des actes de colloques.

À aucun moment, il ne vit apparaître le nom de Steinert. Il apprit en revanche qu'un bon nombre de familles puissantes de la région s'étaient mouillées avec l'occupant à partir de 1942, date à laquelle était né William Steinert. Toutefois, la plupart des études restaient extrêmement discrètes sur les patronymes et sur les fortunes constituées pendant cette période.

C'est en feuilletant un mémoire de maîtrise consacré à la région de Tarascon : « L'épuration en Provence : 1944-1946 » que le Baron vit surgir les noms de Steinert et de Maurel. Le mémoire datait de 1966 ; dans sa préface, l'étudiant, un certain Gilbert Sicard, prévenait le lecteur qu'il ne citait aucun nom de témoins ou de victimes sauf accord des familles et des intéressés.

... Dans les mois qui suivirent la libération de la Provence, entre août 44 et janvier 1945, des règlements de comptes ont eu lieu aux alentours des Baux et plus particulièrement à Maussane et Eygalières.

Selon des témoins que nous avons rencontrés, l'affaire la plus sordide eut lieu au mas de la Balme où l'on a fusillé Émile, le fils aîné de la famille Maurel, et tondu Simone, sa sœur cadette... Il semblerait pourtant, selon plusieurs témoignages, que la famille Maurel n'ait jamais

basculé du côté de l'occupant et qu'il s'agisse bien d'un règlement de comptes entre puissants, nourri de vieilles rivalités et de jalousie... Étienne, le second des fils Maurel, faisait partie du réseau Vincent, particulièrement actif dans cette région et commandé par Eugène Bérard, agriculteur à Eygalières.

Selon le témoignage d'Henri Bayle, commandant les FFI de Tarascon, aucun de ses hommes n'est à l'origine de cet acte. C'est en tout cas ce qui se dégage de sa déposition devant les gendarmes de Tarascon lors de l'enquête qui eut lieu en 1952 suite à la plainte du frère de Simone Maurel, Étienne... Enquête qui aboutit, comme souvent, par un classement sans suite. Sont cités dans les dépositions et dans la plainte les noms des plus puissants propriétaires de la région. Henry Bayle a affirmé ne jamais avoir entendu parler des maquisards qui ont fusillé Émile Maurel. Ce qui est confirmé par les registres des FFI...

Selon des témoignages oraux, Marthe Maurel a été tondue sur la place d'Eygalières et livrée à la vindicte publique. On imagine à peine la souffrance de cette jeune femme sur laquelle on a craché (témoignage d'un homme présent sur les lieux)...

On reprochait à Marthe Maurel une liaison avec un Allemand, un certain Karl Steinert, qui n'était ni officier ni de la police... Toujours selon des sources orales, rien n'était prouvé, mais il apparaît que Simone Maurel a été jugée par un « tribunal » composé des mêmes qui ont fait fusiller son frère...

De Palma prit quelques notes sur son calepin. En bas de la page, il marqua en grosses lettres : VENGEANCE.

*
**

France Télécom donna trois Sicard avec le prénom Gilbert, un à Fontvieille, un à Arles et un Tarascon. De Palma tenta sa chance : les numéros de Fontvieille et d'Arles ne donnèrent rien. À Tarascon, il tomba sur un répondeur qui disait que Gilbert Sicard serait absent jusqu'au début septembre. De Palma laissa un message.

Il prit dans ses mains la photo de Bérard et l'observa longuement. Une fois de plus, il avait l'impression qu'une porte se refermait lentement. Qu'il était interdit d'espérer.

On était à la fin août.

Le premier règlement de comptes eut lieu dans le centre d'Aix : neuf balles de 11.43 pour la vie de François Lomini, lieutenant de Morini. Trois jours après, ce fut le tour de Jérôme Lornec, abattu devant le « 421 », la boîte de nuit que le Grand lui avait donnée en fief.

Jean-Luc Casetti fut abattu de trois salves d'Uzi dans un bar de l'avenue de la République, à l'heure du pastis.

Le milieu avait horreur du vide.

24

Il avait plu toute la matinée, les pavés qui menaient jusqu'à l'église Saint-Blaise luisaient d'eau et de peine. Cela faisait vingt-deux ans jour pour jour que Michel n'était pas revenu ici.

Et pas mal d'années qu'il n'était plus revenu à Paris.

Il revit encore le cercueil tout blanc porté par les croque-morts de la porte de Bagnolet, les centaines de bouquets de fleurs et les dessins naïfs des enfants du quartier.

Ce jour-là, Michel avait garé la R8 banalisée de la Crime dans la rue des Prairies. Maistre et Marceau étaient avec lui, raides dans des costumes sombres trop étroits. Les cheveux noirs et raides de Maistre tombaient jusqu'au col de sa chemise, ce qui lui donnait l'allure d'un Napoléon romantique. Marceau était bouclé, sa figure adolescente barrée de tristesse et de dégoût.

Michel monta lentement les marches de l'église Saint-Blaise et s'arrêta devant la porte. Il n'entra pas, une force le retenait à l'extérieur. Il obliqua par la gauche et gravit les quelques marches qui menaient au petit cimetière de quartier. Une vieille femme remplissait un arrosoir de plastique vert au robinet de l'allée centrale.

Il passa devant la tombe de Brasillach et s'étonna qu'elle fût parfaitement entretenue. Le caveau qui gardait Isabelle était une tombe plus loin. On avait déposé des fleurs fraîches, sans doute le matin même. Il y avait une plaque avec une photo de la jeune fille. Elle souriait.

À côté du nom d'Isabelle, il y avait le nom de son père, décédé huit ans plus tard et celui de sa mère, décédée l'année d'après.

Michel posa le bouquet de violettes qu'il avait acheté au fleuriste de la rue Belgrand. Il voulut dire une prière, mais il ne connaissait pas de prière pour les morts. La vieille dame s'approcha de lui.

— Vous la connaissiez ?

— Oui, je l'ai connue.

— C'était une jolie petite, vous vous rappelez !

De Palma se baissa et remis debout le bouquet de violettes qui s'était couché sur le granit.

— Elle faisait toujours un clin d'œil quand on la regardait, fit-il en se relevant. Un petit sourire en coin et un clin d'œil.

— Vous êtes de la famille ?

— On peut dire ça comme ça.

Quelques gouttes de pluie s'écrasèrent sur la pierre tombale en faisant un bruit sec. De Palma leva les yeux, de gros nuages avançaient depuis le périphérique Est, sur la porte de Bagnolet.

— Et la police n'a jamais retrouvé celui qui a fait ça !

— Jamais, non.

— À mon avis, ils n'ont pas dû chercher bien longtemps.

— Vous pensez ?

— Pour sûr.

— Vous avez peut-être raison.

— Vous êtes de la famille ?

— Non, pas vraiment.

— Ah bon.

— Pourquoi vous me demandez ça ?

— Parce que c'est là qu'il fallait chercher : dans sa famille.

En un clin d'œil Michel vit défiler les longues nuits de veille à éplucher toutes les auditions, tout avait été passé au rouleau compresseur de la PJ. Le moindre témoignage, le moindre indice. Tous les prélèvements avaient été faits, mais à l'époque la police scientifique ne connaissait rien aux expertises biologiques.

— Vous n'êtes pas d'ici, vous ?

— Non, de Marseille.

— Je ne savais pas qu'ils connaissaient des gens à Marseille.

— On ne sait pas toujours tout sur tout le monde

Le visage de Michel se referma. La vieille comprit qu'elle l'importunait. Il pensait à Marceau, le collègue du 36 qui avait fini dans l'ornière. Il ne le blâmait pas. Lui seul savait que Marceau avait été correct jusqu'au bout, malgré la corruption, malgré la débâcle de son âme. Marceau était un excellent tireur, breveté ; il aurait pu abattre Michel trois fois, et il ne l'avait pas fait, sans doute en souvenir d'Isabelle et de cette tragédie qui les liait à jamais.

Michel regarda longuement le visage d'Isabelle incrusté sur le marbre de la plaque funéraire. Elle ressemblait à Ingrid et cela le troublait jusqu'au plus profond de lui-même. Isabelle et Ingrid a des années d'intervalle. Une vie presque.

Une violente douleur lui traversa le front et se répandit dans son crâne. Il se massa les tempes jusqu'à ce que la migraine s'estompe.

« Parce que c'est là qu'il fallait chercher : dans sa famille. » Il se répéta cette phrase plusieurs fois.

La vieille femme disparut au bout du cimetière, du côté de la rue des Prairies

Il tourna les talons et redescendit dans la rue de Bagnolet.

Au Terminus de Saint-Michel, à quelques pas du 36, il commanda un demi et composa le numéro du juge

Brivet. Il tomba sur une secrétaire qui lui demanda de rappeler. Il lui donna son numéro, son nom et son grade. La secrétaire lui promis de transmettre.

Aujourd'hui, Gilbert Brivet était au pôle financier de Paris ; vingt ans plus tôt, il avait eu la charge, écrasante pour un jeune juge, de l'affaire Mercier. De Palma voulait lui en parler, d'ancien à ancien. Brivet ne devait être plus très loin de la retraite.

Le Baron commanda une seconde Leffe quand son portable sonna.

— Michel ! Gilbert à l'appareil. Comment tu vas ?

— Bien, bien et toi ?

— Oh là, il s'en est passé des choses ! Mais ça va. On peut se voir ?

— Je t'ai téléphoné pour ça.

— Michel, putain, ça me fait plaisir !

— Et moi donc.

— On se retrouve aux Chauffeurs ?

— Il est toujours là !

— Étienne, non. C'est plus lui qui tient le restaurant, mais c'est toujours aussi sympa. En plus ce soir y aura pas trop de monde ; **dégun** comme on dit chez vous.

Gilbert Brivet avait toujours eu une tronche de premier de la classe. C'était comme ça ! À plus de cinquante ans, il gardait une bouille de gamin bien sage malgré les cheveux gris et les coups de Trafalgar. Il n'était ni marié ni divorcé ; aucune femme ne voulait rester avec cet ado attardé dans les coulisses de la vie des grandes personnes.

De son passé de premier de la classe, il avait conservé les manières d'érudit qui sait tout sur tout, capable de réciter les collections de disques qu'il avait écoutées et les centaines de polars qu'il avait ingurgités, sans pour autant être un intellectuel. Des claques de l'existence, il gardait une attitude défaite qui le rendait sympathique. C'était un juge redoutable et redouté, un de ceux qui faisaient trembler le microcosme politique à coups de mise en examen et de révélations sournoises à la presse.

Quand le Baron se présenta dans l'entrée des Chauffeurs, Brivet se leva et manqua faire tomber le kilo de rouge planté devant lui.

— Michel, merde, ça c'est quelque chose !

— Adieu, monsieur le juge.

Brivet avait toujours la même ride profonde en forme de virgule qui lui partageait le front quand il était heureux ou inquiet.

— J'ai compté en t'attendant, ça fait presque 25 ans qu'on se connaît.

— Les Américains quittaient le Vietnam, monsieur le juge. Je m'en souviens comme si c'était hier. Avec Maistre, on t'avait présenté un certain Marcel Gouffé. Il était 8 h 45. Fin de garde-à-vue. Il avait tout avoué : le meurtre de sa femme et tout le reste.

« Pendant la garde-à-vue, on avait maté les images de l'hélico au-dessus de l'ambassade américaine de Saïgon. Comme si c'était hier, mon gars !

— Oh, à l'époque, vous étiez des flèches, avec Maistre et Marceau. Qu'est-ce qu'ils deviennent ?

— Tu sais pas ?

— Non.

— Marceau est mort !

— Merde, comment veux-tu que je le sache.

— Tous les journaux en ont parlé, il y a un mois.

— Merde alors. J'étais en congés en Afrique.

— Il a pas eu une belle fin...

Le Baron prit la carte du menu que lui tendait le serveur.

— Il avait mal tourné tu sais. Il naviguait côté ripoux et tout le tremblement. Pas joli quoi !

— Merde alors !

— Comme tu dis, ouais. Ils l'ont fumé, mais pas proprement. C'était pas joli.

Gilbet Brivet posa ses yeux délavés sur le Baron qui

gardait les yeux rivés sur le menu. Il le détailla, comme s'il voulait faire le décompte des coups que son ami avait reçus et ceux qu'il avait rendus.

— C'est moche ce que tu me dis là. Michel. Il était venu me voir pas mal de fois, en fait chaque fois qu'il repassait par Paris. Il manquait jamais de téléphoner et on se voyait.

— Il m'a tiré dessus.

— Quoi !

— Trois fois. Il m'a tiré dessus trois fois.

Le Baron venait de prononcer cette dernière phrase à la manière d'un gardé à vue qui lâche un peu de cette culpabilité qui lui pèse.

— Attends, tu veux dire que Jean-Claude Marceau t'a tiré dessus à toi. Mais...

— C'est comme je te le dis.

— Merde alors !

Le Baron commanda une escalope normande et des frites, comme il l'avait fait pendant des années de police à Paris. Il leva les yeux et eut l'impression de voir Marceau et Maistre en face de lui. Marceau avec les cheveux longs et les croquants, une énorme moustache à la Moustaki, son idole d'alors. Marceau le gauchiste malgré tout, le roi de la planque, le flic comac capable de fignoler une audition comme une continuité dialoguée de Godard.

— Ça fait drôle de te revoir, Michel. Tu arrives comme ça, avec tes nouvelles de mort... Ça me...

Le regard de Brivet se mouilla de gouttes de tristesse et de nostalgie. Il vibrait sur sa chaise, comme un arbre adolescent qui tend ses branches les plus solides pour contredire le vent du Nord.

— Au pôle financier, c'est fini tout ça !

— Fini, oui. Mais parfois, je regrette toute cette époque. Et je regrette qu'on se soit plus vu.

— C'est ma faute. Je me suis marié et puis j'ai voulu tirer un trait sur Paris et tout ça.

— On a tous fui la même chose, en fait.

De Palma commanda deux 51.

— Je suis allé sur sa tombe cet après-midi.

Brivet posa les coudes sur la table et bloqua son menton sur ses doigts croisés.

— Je me suis demandé si...

— Arrête, Michel, tout ça en sert plus à rien, maintenant. C'est un mauvais coup que la vie nous a joué ce soir-là. À toi, à Maistre, à Marceau et à moi. Un vrai putain de tour de con.

Brivet ferma les yeux.

— Si tu savais combien de fois, j'ai repassé ce truc dans ma tête : normalement c'est pas moi qui suis de permanence, normalement c'est pas moi qui doit avoir ce genre de truc. Merde, c'est la première fois, je suis trop jeune. Et au lieu d'appeler un vieux à la rescousse, je fais le malin et je vais faire mon magistrat...

Le juge avala d'un trait son 51. Il posa le verre sur la table et fit tourner les glaçons à l'intérieur pendant un moment.

— C'est tout ce qu'il y a à dire. On était là quand il fallait être ailleurs.

— Mouais. Le pire c'est qu'après, de la viande froide j'en ai vue, crois-moi. Mais, je sais pas pourquoi, j'ai jamais pu sortir ça de ma tête.

Le Baron pointa son regard sur son ami qui gardait les yeux fixés sur les glaçons qui tournaient dans son verre.

— Je suis allé me renseigner sur les scellés.

— Et alors ?

— Il sont encore là. Au greffe, ils n'ont rien jeté. Aussi étrange que cela puisse paraître. Je me suis dit qu'on pouvait peut-être tirer quelque chose de l'ADN.

Le Baron fit signe au serveur de ramener deux autres 51.

— Ça va être difficile ! Et pour les analyses, et pour les comparaisons. Ils sont casse-couilles au FNAEG.

Le juge avait la mine triste, les yeux liquides.

— Je sais pas, ça fait longtemps que je fais plus ce genre d'affaires et je n'ai jamais eu besoin d'eux. Au pôle financier, maintenant c'est plutôt des chiffres.

— Moi, je peux demander à faire des comparaisons.

— Même si tu n'es pas saisi !

— Attends, je suis flic ou pas, merde ! Il faudrait juste qu'on puisse justifier une ouverture du dossier.

— C'est là que ça merde.

— En plus, il y a très peu de chances qu'il soit dans le FNAEG cet enculé.

— Qui sait ? De plus en plus ils en retrouvent comme ça.

— Ouais, fit Brivet en trempant ses lèvres dans le pastis.

Le juge se plongea dans la carte du restaurant pendant de longues secondes. Le garçon s'approcha. Le Baron observa son ami qui se réfugiait derrière la liste de plats, des prix et des mots de brasseur.

— Je vais prendre comme toi : une escalope à la normande.

— C'est drôle, il n'a pas changé sa carte.

— Non, quand le vieux est parti, il a continué sur la même lancée. Il a eu raison, d'ailleurs : c'est plein tous les soirs.

— J'ai l'impression que c'est toujours les mêmes nappes...

— Il a repeint une fois les murs, mais de la même couleur. Pour les nappes, je crois que c'est ta nostalgie qui les voit comme avant.

— Après, on allait au Bus, tu te souviens...

— S'ils avaient su ça au palais !

— Ils le savaient, tu parles.

— Une fois, on a croisé un avocat. Une seule fois. Ils allaient pas au Bus. C'était un truc de drogués, ils préféraient les boîtes de bourges.

— Y avait des beaux mecs au Bus...

— Des gens de chez toi, en plus.

Le Baron tourna les paumes vers le plafond.

— Et on fumait pas que du tabac !

Les deux escalopes arrivèrent en même temps. Le Baron repéra dans la crème, les quartiers de pomme fruit.

— Au fait, pourquoi on venait manger ici, au cul du loup ?

— C'est mon cousin qui m'avait indiqué cette adresse. Le dernier vrai « vins et charbons » de Paris. Et voilà.

— Dommage qu'il n'y ait pas Jean-Louis.

— Lui, c'est un vrai Parisien, mais tu le feras plus décoller de Marseille.

— Et toi, Michel ?

— J'ai demandé ma mutation pour le Quai.

Brivet posa sa fourchette et son couteau bien comme il faut de part et d'autre de son assiette, mais en inversant l'ordre.

— Tu as fait quoi ?

— Tu m'as bien entendu : la semaine dernière, j'ai demandé ma mutation à la Crime, au 36 quoi ! Et j'ai fait appuyer ma demande par Gégé.

— Il est préfet maintenant, lui.

— Ça sert à ça les amis.

Brivet reprit sa fourchette et son couteau.

— Tu restes le mec le plus givré que j'ai jamais vu, fit-il en faisant des moulinés devant lui.

25

Anne posa les écouteurs et tapota sur le rebord de son Toshiba, l'ordinateur portable de service.

Elle relut encore une fois la phrase qu'elle venait de taper et fit une grimace qui lui pinça les yeux.

« La bête va venir... La vieille sorcière va danser... »

Le numéro appelé était celui de maître Chandeler ; son cabinet plus précisément. L'appel provenait d'une cabine téléphonique du centre de Tarascon.

Chandeler qui avait fait tout un foin pour qu'on le mette sur écoutes et qu'une enquête soit ouverte. Il avait reçu un premier appel le lundi 28 août, un deuxième le 30 et celui qui avait été enregistré par l'ordinateur de la PJ datait du 3 septembre.

Trois appels passés dans des cabines situées dans un triangle Maussane, Tarascon et Arles. Anne avait tout retourné dans ce secteur, elle avait passé au crible tous les individus suspects fichés par la PJ et la Sécurité publique, tous les auteurs d'infractions même les plus mineures : rien.

Les combinés des téléphones publics avaient été envoyés au LIPS [1] de Marseille pour les analyses ADN. Théoriquement, les réponses devaient tomber dans la journée du lendemain.

1. Laboratoire interrégional de police scientifique.

Elle avait ensuite envoyé au centre de la police scientifique d'Écully l'enregistrement de la voix de l'homme qui avait passé l'appel du 3 septembre. Le laboratoire de traitement du son avait mis du temps avant de lui renvoyer le rapport suivant :

... Il s'agit de la voix d'un individu de sexe masculin dont l'âge se situe entre 40 et 50 ans.

L'individu analysé ne présente pas de forme de parler ou des défauts de prononciation pouvant faire penser qu'il s'agit d'un étranger ou de quelqu'un d'origine étrangère. Le français est donc sa langue maternelle.

L'homme tente de contrefaire son accent, mais il présente les caractéristiques d'un locuteur qui s'exprime naturellement avec l'accent du Midi. Plus particulièrement l'accent marseillais : la manière d'accentuer les consonnes nasales étant typiques de cette région.

Nous ajoutons que cet individu s'avère particulièrement habile pour falsifier sa voix...

Anne reposa le rapport de l'ingénieur et choisit dans ses cheveux une mèche qu'elle se mit à tresser sans quitter des yeux son écran d'ordinateur.

Dans la matinée, elle avait téléphoné à De Palma : il se trouvait à Paris et n'avait pas dit quand il rentrait. Il avait été froid au téléphone et cela l'avait rendue triste et furieuse contre elle-même. Elle avait pris la décision de se détacher de lui le plus possible. Elle se rendait compte que Michel lui manquait et cette dépendance naissante lui faisait peur.

Elle descendit dans la salle des écoutes et en remonta avec un nouveau CD qu'elle plaça dans son ordinateur. Les trois numéros des cabines publiques ne se trouvaient pas dans les numéros d'appel. Il y avait quantité de portables, beaucoup trop pour son humeur du jour. Elle composa le numéro de Chandeler et associés.

– Maître Chandeler ?

– Maître Chandeler n'est pas venu travailler ce matin.

– Ah bon !

– Je ne vous cache pas que je suis inquiète. D'habitude, il téléphone s'il n'est pas revenu dans l'après-midi.

Anne regarda sa montre, il était 15 heures.

– Si, dans une heure, il n'a pas appelé, contactez-moi : je suis le capitaine Anne Moracchini de la Brigade criminelle de Marseille.

Anne regarda la longue liste des numéros de portables et se mit au travail. Romero était de repos pour la journée.

Elle élimina d'abord tous les appels qui se trouvaient plus de trois fois dans la liste, considérant que l'homme n'avait aucune raison de téléphoner plus de trois fois. Cette opération lui enleva plus de la moitié des coups de fil, soit une trentaine en vingt-neuf heures d'écoutes. Puis elle choisit d'éliminer toutes les voix féminines. Au total, elle se retrouva avec vingt et un appels.

Quatre de ces appels étaient raccrochés. Huit provenaient de clients, dont un qui retint son attention : celui qui téléphonait semblait paniqué et parlait de manière assez embrouillée d'affaires concernant des placements immobiliers. Elle choisit de s'en occuper plus tard.

Le treizième appel la remplit d'effroi. C'était un numéro de Bouygues Télécom.

Il y avait d'abord un long silence où l'on ne percevait que quelques bruits sans signification. Apparemment l'individu qui téléphonait se trouvait dans un lieu très calme, on n'entendait aucun bruit de voiture ou de foule. Au bout d'une dizaine de secondes, ce fut le chant :

« Lagadigadeu, la tarasco, lagadigadeu... »

La voix s'arrêta.

Au bout de quelques secondes, une deuxième voix, grave comme une basse d'orgue, entonna la même mélodie. Au bout de ce qu'Anne qualifia de couplet, la première voix vint se superposer à la première.

« Laïssa passa la vieio masco... Laïssa passa que vaï dansa... »

Anne posa ses écouteurs. Ses mains tremblaient. Elle appela immédiatement De Palma et tomba sur son répondeur. Elle raccrocha en jurant. Romero non plus n'était pas là.

Il fallait qu'elle sache immédiatement d'où provenait cet appel. Il y avait une chance que l'homme à la voix ait utilisé son portable personnel. Cela semblait peu probable, mais ça valait le coup d'essayer. Elle appela encore une fois Romero, il finit par répondre.

– OK, Anne, j'arrive tout de suite.

Le commissaire Delpiano était en congé. Son second se contenta de conseiller à Anne d'en référer au juge d'instruction.

Anne appela le juge. Elle lui résuma la situation.

– Je pense qu'il faut faire analyser cet enregistrement tout de suite.

– Il faut aller à Lyon !

– Il vaut mieux y aller vous-même, en plus.

– Je pars tout de suite.

– Très bien, je m'arrange pour la saisine. J'envoie un fax à Écully. À plus.

Sur l'autoroute nord, la circulation était au point mort. Anne mit le gyrophare et le « deux-tons » et doubla, sur la bande d'arrêt d'urgence, la file de bagnoles qui ruisselaient sur le goudron chaud.

De Palma appela.

– Je monte à Écully, je pense y être avant 19 heures.

– Tu as du neuf ?

– Tu me fais chier, Michel, ça fait trois fois que je t'appelle !

Anne expliqua la situation.

– Écoute, je vais te rejoindre à Écully. Je pense que je peux y être dans la soirée, aux alentours de 20 heures. On mange ensemble et on discute de ça.

– Attends, je suis pas de Lyon, moi !

– Moi, non plus. On se débrouillera.

Ces derniers mots la firent sourire. Elle regarda sur le siège du passager. Il n'y avait que son sac à dos et le dossier des écoutes. Elle n'avait rien prévu pour la nuit...

À 18 heures, la plupart des flics et des contractuels qui travaillaient dans les différents services du centre de la police scientifique d'Écully finissaient leur journée. Anne traversa le parc et longea le long bâtiment qui abritait le fichier national des empreintes génétiques et les laboratoires d'analyses biologiques.

Elle avait roulé comme jamais sur l'autoroute : plus de 160 de moyenne, ce qui signifiait des pointes à 200 ; la Xsara de la PJ était bouillante quand elle l'avait garée sur le parking visiteurs.

C'était la première fois qu'elle venait dans ce lieu étrange, à l'écart du tumulte. Au milieu d'un parc planté de cèdres et de pins, la police avait implanté le nec plus ultra de la technologie dans des bâtiments style Bauhaus de deux ou trois étages tout en angles droits, faits de vitres, de métal et de bois.

Au bout de l'aile principale, elle se dirigea vers le pavillon qui abritait le fichier national des empreintes digitales et les labos d'informatique, de sons et de vidéo.

– Le LATS [1], s'il vous plaît ?

Le gardien de la paix, un blondinet tiré à quatre épingles, leva la tête par-dessus le comptoir de l'accueil.

– Vous voulez Leila Hamdi ?

– Oui.

– Deuxième étage, l'ascenseur est là, sur votre gauche.

Leila Hamdi était plongée dans le spectre d'une voix enregistrée lors d'une conversation entre deux voyous. « Sur la tête de ma mère », disait une voix. « Ma parole, je vais te niquer », gueulait l'autre. Leila avait repéré

1. Laboratoire d'analyse et de traitement du son.

derrière la voix qui répétait en permanence : « Sur la tête de ma mère » le son d'un autobus qui s'arrêtait et repartait. Conclusion : l'un des deux hommes avait téléphoné dans un lieu proche d'un arrêt de bus.

Leila se retourna sur son fauteuil en voyant Anne se présenter à la porte et toquer sur le chambranle.

– Bonjour, Leila, je suis Anne Moracchini.

Leila se leva et dévisagea Anne.

– J'ai souvent entendu parler de toi. Ici, on a des échos de toute la France.

Anne prit la main que lui tendait Leila.

– Tu m'as dit qu'il y avait urgence ! C'est le gars de l'autre jour, je pense.

– Oui, oui. C'est vachement urgent ! fit Anne en lui tendant le coffret du CD. Est-ce que tu as reçu le fax du juge Laurence Modiano ?

– Non, c'est pas moi qui m'en occupe, fit Leila en haussant les épaules. Je m'en fous, de toute façon, de la paperasse.

Derrière Leila, vers le mur du fond, il y avait tout un tas de magnétophones : un Revox avec des bandes énormes, un Nagra, et quantité d'appareils équipés de VU-mètre qui allaient du simple lecteur de minicassette au dernier cri du numérique.

À gauche, en entrant, deux ordinateurs énormes affichaient des courbes et des graphiques de séquences sonores.

– C'est impressionnant ton matos !

– C'est ce qui se fait de mieux, c'est le top ! fit Leila en caressant le clavier de l'ordinateur. La plupart des logiciels viennent de Russie... Ils ont été créés à l'époque du KGB et perfectionnés par la suite. J'en ai un aussi qui vient du FBI, mais il marche moins bien. Ça impressionne toujours les visiteurs quand je leur raconte ça.

La plupart des flics avaient encore du mal à saisir le travail de Leila. Il y avait un monde entre les enquêteurs de terrain et ce docteur en physique capable de dire d'où provenait un son inaudible pour des oreilles dures comme du bois. Pourtant, Leila avait travaillé sur de grandes affaires et souvent elle avait apporté des aides décisives.

– C'est long ?

– Non, juste deux minutes.

– On va procéder comme d'habitude : je vais écouter une première fois au casque et puis on va en discuter. Tu peux aller boire un café si tu veux, la machine est juste en sortant à gauche, puis encore à gauche. Reviens dans cinq minutes.

Le LATS donnait en partie sur les couloirs par de grandes baies vitrées. Anne vit passer un commissaire qu'elle connaissait depuis longtemps. Elle sortit dans le couloir tandis que Leila introduisait le CD dans le lecteur numérique.

Au bout de cinq minutes, Anne revint dans le labo. Leila était toujours coiffée des écouteurs et réfléchissait, coudes sur le bureau, la bouche posée sur ses index.

– C'est un drôle de truc, fit-elle en enlevant les écouteurs. Vraiment drôle.

– Pourquoi ?

– C'est une écoute de portable ?

– Oui.

– À quelle heure ?

– 20 h 34.

Leila se retourna vers l'écran d'ordinateur. Elle pointa son index vers une fenêtre dans laquelle se trouvait ce qui ressemblait à des nuages verts plus ou moins denses selon les endroits.

– C'est le spectre du son qu'on va écouter, là tu as le profil.

Leila cliqua sur la souris et le profil se mit à défiler. Anne entendit tout un tas de sons nouveaux, des bruits qu'elle n'avait pas entendus dans son bureau.

– Ça, fit Leila en montrant une tache assez large, c'est le souffle de ton mec. Il réfléchit avant de parler.

Je dirai que c'est un anxieux. Ces petits machins, ce sont des bruits autour de lui. Ils sont à peine audibles parce qu'il est à l'intérieur de ce que je pense être une voiture, ou un petit bureau : les bruits sont vraiment étouffés, y a aucun écho. Pourtant tu entends comme moi des cris d'oiseaux et là, ce que tu vois, c'est le son d'une grenouille. Si je l'isole, regarde ce que ça donne.

Leila fit deux manipulations et Anne put entendre le coassement de grenouilles.

– On dirait qu'il y en a beaucoup !

– Ton mec est à côté d'une mare ou d'un bassin, enfin d'un endroit où il y a plein des grenouilles.

– Pourquoi pas un marais ?

– Pourquoi pas !

Leila fit défiler le son et s'arrêta sur une pique du profil.

– Ça, c'est le cri – je dirais même le grognement – d'un oiseau que je ne connais pas. Il y en a plusieurs. Ton mec peut se trouver dans un zoo. En tout cas proche d'un oiseau que je ne connais pas.

Leila fit un large sourire :

– Et j'en connais pas mal !

Anne ne fit aucun commentaire. Elle était totalement fascinée par le matériel et le savoir de Leila.

– La voix maintenant. C'est le même gars que l'autre fois. Je t'avais dit qu'il est très fort, mais là il m'impressionne vraiment. Je n'ai vu ça qu'une seule fois dans ma vie. Au Vietnam.

Leila regarda intensément Anne par-dessus ses grosses lunettes.

– C'est un gars qui peut faire deux voix en même temps.

– Tu veux dire que les deux voix qu'on entend en même temps appartiennent à la même personne.

Leila fit un grand oui de la tête.

– Voilà le A et le R du mot tarasco de la voix aiguë et voici le A et le R de la voix grave. Ce sont les mêmes.

Or, il est quasiment impossible de trouver deux personnes qui prononcent « ar » de la même manière. Idem pour les « é » et les « ou » liés : il les prononce de la même manière mais sur deux registres différents.

– C'est dément ce truc, mais comment il fait ?

– Le Vietnamien que j'avais rencontré m'avait expliqué qu'il utilisait son ventre, une espèce de ventriloque, quoi ! J'avais du mal à y croire, mais il émettait deux sons de cette manière. Je ne peux pas t'en dire plus, mais c'est un phénomène rare ton gus. Extrêmement rare.

Le portable d'Anne sonna.

– C'est Michel, je suis à Lyon Part-Dieu.

– Déjà !

– Il est déjà neuf heures.

– Tu peux venir jusqu'à Écully ?

– Non, pas la peine. Tu me raconteras. Je vais plutôt essayer de trouver deux chambres d'hôtel et puis je te rappelle.

– Si tu n'en trouves qu'une, je t'en voudrai pas...

Leila ne quittait pas Anne des yeux.

– C'est un poulet de chez toi ?

– De Palma, tu le connais ?

– Tout le monde connaît De Palma. Il a été l'un des premiers à me demander des analyses et l'un des premiers à me faire confiance. Il vient ici ?

– Il ne pense pas pouvoir, mais si on se fait une bouffe, tu viens ?

– Pas ce soir, désolée, j'ai un rendez-vous. On va travailler encore un peu et puis je vais arrêter avant que ma tête explose.

Leila se remit devant son ordinateur et écouta le même passage. Puis, elle isola un son et cliqua sur plusieurs fenêtres.

– Il faut trouver ce putain d'oiseau. C'est lui toute la clef du truc. Tu l'entends ?

C'était un petit grognement, d'abord médium puis

grave, comme un « r » qui finissait en une sorte de « ou » et de « a ». Le cri revenait à intervalle régulier : « Rrrouaa », « Rrrouaa »...

– C'est le genre de truc qu'on n'entend pas à l'oreille nue. C'est le logiciel qui le décode et l'amplifie.

« Rrrouaa... Rrrouaa... »

– Je crois que tu viens de me filer un sacré coup de main, Leila.

– Service, collègue ! C'est mon boulot.

Leila changea d'ordinateur. Anne vit qu'elle se connectait sur Internet. Elle passa ensuite deux coups de fil.

– Merde, ils sont tous les deux sur messagerie, fit-elle en soufflant.

Elle essaya encore un autre numéro, sans succès. Elle reposa le combiné, se leva, sortit le CD du lecteur et le remit dans le boîtier.

– Tu reviens demain vers 10 heures ?

– Tu crois que...

– Indispensable. Demain j'essaie de trouver le piaf et tout le reste. Là, je ne peux plus rien faire. Ils ont fermé boutique... Les bureaux, les portables, tout est closed. Demain matin, je vais me connecter avec des collègues ou des scientifiques en France qui risquent de connaître ce son. Ce soir, c'est impossible.

– OK, à demain alors.

– Je vais essayer tout de même de chez moi, tout à l'heure. Si jamais j'ai un truc, je te téléphone.

Il était déjà 10 heures.

De Palma avait trouvé une chambre dans l'Ibis de la Part-Dieu. Lorsqu'ils rentrèrent, à minuit passé, ils tirèrent à pile ou face celui qui dormirait du côté de la rue. C'est le Baron qui gagna.

– On va prendre un dernier verre, il y a un bar. J'ai deux ou trois choses à te dire.

Anne sortit deux mignonnettes de vodka du minibar

et fit deux cocktails à l'orange. Pendant qu'elle préparait les alcools, elle expliqua sa journée au Baron.

– Un oiseau qui grogne ! fit-il, perplexe. J'aurais jamais pensé qu'un oiseau pouvait grogner.

– C'est ce qui sort de la machine.

– Leila ne se trompe que très rarement. Cela me paraît être une nouvelle capitale. Si Chandeler n'avait pas fait dans son froc, on n'aurait jamais pensé aux zonzons.

– Chandeler n'a pas donné de nouvelles depuis ce matin.

– J'ai bien peur qu'il finisse comme les autres. La même logique. Putain, et nous on ne peut rien faire !

– C'est pas la première fois qu'on se retrouve dans ce genre de situation, ni la dernière. Dans ce genre d'affaires, il faut toujours qu'il y ait plusieurs cadavres pour qu'on découvre une logique. Je trouve qu'on a pas mal avancé et j'ai pas le sentiment de me sentir impuissante.

Le Baron était crispé, il se passa plusieurs fois la main dans les cheveux en clignant des yeux nerveusement.

– C'est peut-être parce que je suis un égocentrique de première et que je pense que je dois tout résoudre à une vitesse record ! De Palma version protecteur de ses frères humains. Quand je n'y arrive pas, je m'en prends à moi-même et j'ai l'impression que je devrais raser l'univers tout entier.

– J'ai beaucoup réfléchi, Anne, sur la vie en général et sur moi en particulier. Je pense que je ne suis qu'un orgueilleux et un égoïste. Dans cette affaire, tu en as fait autant que moi et à chaque fois que tu avances, tu me mets au jus de ce que tu fabriques. Moi, je ne te dis presque jamais rien. Franchement je le regrette.

– Un regret, c'est déjà pas mal !

Il but une gorgée de vodka orange et fit doucement couler le liquide sucré et froid dans sa gorge.

– Texeira lui aussi a fait un enregistrement de la voix. J'ai oublié de t'en parler et je l'ai même pas envoyé au LATS. Je me dis parfois que je suis le roi des cons. Je vis recroquevillé sur moi.

Anne s'assit à côté de lui et lui massa la nuque.

– Je ne t'ai pas parlé non plus de la Libération et des liens de Steinert avec le mas de la Balme.

– Tu auras tout le temps demain, dans la voiture.

– De plus en plus souvent, je me demande ce que je vais faire après la police. Tu as déjà réfléchi à ça, toi ?

– Sans vouloir te fâcher, j'ai quelques années de moins que toi.

Elle lui caressa la joue et l'attira vers elle en glissant une main sous sa chemise. Elle l'embrassa sur la poitrine en crochetant sa jambe entre les siennes. Il sentit son corps ferme, tendu par le désir, ses seins qui s'écrasaient contre son torse. Elle défit sa ceinture et le fit vaciller sur son socle.

Longtemps après, au milieu de la nuit, il se réveilla. Anne dormait. La lumière rouge de la rue entrait par les imperfections des volets. Il ne pensait à rien.

C'était la première fois depuis bien longtemps.

*
**

Leila Hamdi attendait De Palma et Anne à côté de la machine à café. Elle avait tenté de dissimuler ses traits tirés par une nuit d'insomnie sous une couche épaisse de maquillage et avait verni ses ongles longs d'un rouge vermeil qui tranchait sur la blancheur du gobelet en plastique qu'elle tenait.

Pendant la nuit, Leila avait consulté des collègues, deux aux États-Unis et un en Allemagne, au sujet du grognement de l'oiseau. Les Américains avaient donné des réponses impossibles a priori : les espèces auxquelles ils attribuaient ce son étaient des poules d'eau uniquement présentes dans les marais du delta du Mississippi. L'Allemand avait avoué d'emblée son incompétence, mais il avait donné une piste évidente : les sites Internet des fondus d'ornithologie.

Pendant des heures, Leila avait surfé sur la toile à la recherche des sites qui proposaient des enregistrements sonores et, vers 2 heures du matin, les yeux en compote, elle avait trouvé : sur Ornithopédia.com, il y avait l'une des plus vastes sonothèques virtuelles de cris d'oiseaux. Restait à trouver la bonne bestiole. Cela lui prit encore une paire d'heures qu'elle passa à télécharger les grognements qui ressemblaient le plus à celui de l'enregistrement des écoutes. Au petit matin, elle s'était couchée avec une certitude : ce grognement était celui d'une spatule blanche.

En arrivant au laboratoire de traitement du son, Leila avait immédiatement comparé les deux profils des cris, ils étaient identiques. Quand elle vit Anne et Michel arriver sur le palier du deuxième étage, elle se jeta sur eux.

– J'ai une bonne nouvelle pour vous, fit-elle en embrassant le Baron puis Anne. C'est une spatule blanche. Un oiseau très rare, paraît-il.

De Palma resta silencieux jusqu'à ce que la porte du LATS soit refermée.

– Spatule blanche, tu dis ?

– Sûre et certaine.

Michel composa le numéro de Texeira.

– Est-ce que vous avez des spatules blanches dans votre secteur ?

– Bien sûr, mais elles sont rares. Ce sont un peu des oiseaux mythiques pour ceux qui aiment la Camargue !

– Mythiques ?

– Je veux dire qu'elles sont plutôt difficiles à observer. Ce sont des migrateurs qui sont très exigeants !

– Est-ce qu'il y en a en ce moment ?

– En principe oui, mais je n'en ai pas vu depuis la fin du printemps.

– Est-ce que vous pourriez vous rencarder un petit peu là-dessus ?

– C'est possible, mais je ne vois pas comment !

– Je ne sais pas, mais il le faut, Christophe. Et le plus vite possible... Tout de suite, quoi ! Je ne peux pas vous expliquer, mais il le faut.

– OK, je m'y colle. Je vais sonner tous les copains ornithologues.

Anne et le Baron quittèrent Écully à 10 heures du matin. C'est Anne qui prit le volant. Pendant un long moment, jusqu'à ce qu'ils sortent du trafic coagulé de l'agglomération lyonnaise, le Baron ne quitta pas des yeux le derrière des voitures qui se trouvaient devant eux. Il donnait l'impression de mariner dans des eaux mornes.

Anne n'essaya même pas de le sortir de cette étrange torpeur. Après le péage de Lyon, c'est le portable d'Anne qui rompit le silence.

« ... le téléphone qui a servi à appeler Chandeler a été déclaré volé au commissariat de Tarascon le 29 juillet à 10 heures 15. À part ça rien d'autre ».

– Merci, Daniel.

*
**

Chandeler rassembla ses forces. Cela faisait maintenant plus d'un jour qu'il n'avait ni bu, ni mangé. Il avait l'impression que ses lèvres partaient en lambeaux et que sa langue et sa gorge devenaient aussi rugueuses que du papier de verre.

Il tâtonna dans le noir, jusqu'à ce que ses mains remontent le long d'une rainure dans le mur. Au bout il trouva un angle droit puis une ligne horizontale et un autre angle droit. Il en était sûr : il s'agissait d'une porte. Il en estima la taille et vit qu'il s'agissait plutôt d'une trappe.

C'était la seule issue de l'endroit dans lequel il se trouvait.

Sans faire le moindre bruit et en retenant son souffle, il colla son oreille au panneau de la trappe et entendit que, de l'autre côté, l'on fouillait dans ce qui pouvait être un tiroir ou une partie de meuble. C'était en tout cas des gestes nerveux, accompagnés d'une étrange voix grave qui répétait, en boucle, à la manière d'un mantra :

Lagadigadeu la tarasco, lagadigadeu dou casteu...
Lagadigadeu la tarasco, lagadigadeu dou casteu...

Tout à coup la voix s'éloigna et il entendit une porte claquer. Son geôlier venait de sortir. De ses doigts fébriles, il parcourut le panneau de la porte et trouva, sur le côté droit, un trou. Il y avait une serrure mais pas de poignée. Il mit son œil devant le trou : il était bouché, mais un minuscule rayon de lumière perçait à travers. Ce rai aussi fin qu'une aiguille lui procura une joie comme il n'en avait pas connu depuis bien longtemps. Aussi petite soit-elle, cette particule de lumière lui donnait de l'espoir.

Il alla s'asseoir au fond de sa prison sans perdre de vue le point de lumière. Au bout d'un moment le point était aussi gros qu'un soleil.

26

Ingrid se tenait à l'ombre de la glycine mauve qui retombait sur la terrasse, entre les rosiers grimpants qui avaient à nouveau fleuri. Elle portait un justaucorps en cotonnade, tendu par ses cuisses et ses seins, la ceinture nouée dans le creux des reins.

Quand De Palma approcha, elle tira une dernière goulée sur sa cigarette et la balança d'une chiquenaude dans le jardin. Elle lui tendit une main molle.

Elle avait coupé ses cheveux assez courts, à la manière des écolières des années quarante : cela faisait deux boucles au niveau des oreilles et une frange droite sur le haut du front, ce qui la rajeunissait extraordinairement. De Palma se souvint qu'Isabelle avait exactement la même coupe de cheveux sur sa dernière photo connue.

– Comment allez-vous, Michel ?

– Je dois vous avouer que je suis heureux de vous revoir... et en même temps un peu gêné.

Elle posa ses yeux sur lui pour scruter sa conscience. Au loin on entendait un tracteur qui faisait des allées et venues dans un champ. Sur la route d'Eygalières, De Palma avait aperçu un groupe de vendangeurs dans une vigne appartenant sans doute au mas de la Balme. À cause de la canicule, les vendanges étaient précoces cette année.

De Palma leva les yeux et fouilla les pentes des Alpilles ; il cherchait les moutons de Bérard.

– Quelle fin terrible ! N'est-ce pas, Michel ?

Le Baron ne répondit pas, encombré par ses souvenirs ; il se contenta d'un hochement de tête et balaya l'air de la main.

– Vous avez commencé les vendanges ?

– Non, pas aujourd'hui, il a plu cette nuit, de gros orages. Les fermiers sont allés faire le tour des vignes pour voir s'il n'y avait pas trop de dommages. On va commencer dans quelques jours quand tout aura séché.

Le bruit du tracteur s'arrêta. Tout redevint calme. Un vent frais, encore chargé des mauvaises humeurs de l'orage fit trembler les feuilles lourdes des platanes.

– Il va falloir que je reprenne mes collections d'automne. Ma vie est dans un sacré désordre. Il va falloir s'occuper des oliviers. Je n'ai rien fait depuis des mois.

Laura, la gouvernante, franchit le seuil de la porte du salon.

– Il faut que je me rende à Arles pour faire quelques courses, Madame. Est-ce que cela vous dérange de rester seule ?

– Non, pas du tout.

Le ciel, au-dessus des Alpilles, virait au roux avec des flammes bleues qui perçaient les nuages comme un chalumeau oxhydrique.

– Est-ce que vous avez des écrits de votre mari, ici ? fit De Palma.

Elle hésita. Ses yeux parcoururent le visage du Baron.

– J'en ai pas mal. À vrai dire je me demandais quand est-ce que vous me demanderiez de les consulter.

– Je pense qu'il le faut, maintenant.

– Qu'est-ce que vous voulez voir au juste ?

– Tout.

– J'ai fini de ranger ça en essayant de faire un classement. J'ai mis sa correspondance de côté et ses écrits, comme vous dites, dans un grand carton. Il est au premier ; si vous voulez, on y va.

Il y avait des documents qui dataient de plusieurs années. De Palma essaya de les organiser de manière chronologique. Les plus vieux remontaient aux années soixante : c'étaient des réflexions banales sur le mode d'un journal intime d'un touriste étranger en Provence. Quelques poèmes. Beaucoup de notes sur les oiseaux. De Palma les parcourut longuement. Il avait en tête cette spatule blanche que les écoutes avaient révélée.

– Est-ce que vous vous souvenez des fois où William vous a parlé d'oiseaux qu'on appelle spatules blanches ?

– Des souvenirs précis, non. Il disait que c'était un oiseau très rare, de plus en plus rare d'ailleurs. Il était toujours très heureux quand il arrivait à les photographier. Vous savez, il vouait un véritable culte à ces oiseaux de Camargue.

De Palma se replongea dans les notes ornithologiques : il y avait des descriptions précises de lieux de nidification ou des schémas d'accès à des postes d'observation, mais aucun ne concernait les lieux que le Baron avait déjà repérés. Steinert avait joint à ces notes des photos légendées dans le dos : Macreuse brune, Harle huppé, grand Labbe, Bruant jaune... William Steinert était un photographe très doué.

Ingrid s'était approchée du Baron, il pouvait presque sentir son souffle. Dans un deuxième paquet de paperasse, il y avait un carnet de papier recyclé. Sur la première page, Steinert avait noté une date, 1990, sans doute celle qui marquait le début de la rédaction de ce carnet. Sur la première double page, il y avait la photo d'un râle d'eau tapi dans l'intimité du marais, son bec rouge éclatant au milieu de la verdure et de l'or de la roselière. Sur la page de droite, Steinert avait noté :

Râle d'eau, Rallus aquaticus.

1 nid avec 5 œufs le 23 mars 1990. Salicornes du Vigueirat nord, à trente mètres du point d'observation 18.

1 nid et 2 poussins le 14 mars 1997. Salicornes de la Sigoulette. 43° 30 / 4° 28.

Les poussins ne voleront pas en août.

À la deuxième page, il y avait le même type de notes concernant une grue cendrée, prises à des années d'écart. De Palma tourna les pages rapidement et s'arrêta, approximativement au milieu du carnet.

Spatule blanche. Platalea leucoradia.

2 individus. Le 17 août 1995. 7 h 30. Marais de St Seren.

1 individu en vol en le 28 juin 1999. 18 h 20. Salin de Redon.

Dans le Delachaux : notée assez régulièrement. Environ 51 observations entre 1957 et 1979. Pas mal en juillet et en août. Très peu en hiver.

La photo avait quelque chose d'irréel, elle représentait une spatule flottant dans la chaleur de juin, portée par les courants d'air chaud, ailes déployées brillant de nacre sous le soleil.

– Il me parlait souvent aussi de la cigogne noire. Il disait qu'avec la spatule, c'était le plus bel oiseau qu'on puisse rencontrer par ici. Elle est très rare aussi, regardez sur la page suivante.

Il y avait une photo posée du grand oiseau, étrange majesté au milieu d'une prairie de Camargue dans laquelle elle semblait s'être égarée. De Palma n'en avait jamais vu et la trouva magnifique.

Steinert avait noté :

1 individu. Le 19 mai 1998.

Si l'on en croit Texeira, c'est la seule photo prise depuis 1987 ! En tout cas la seule connue.

De Palma feuilleta le reste du carnet. Il ne trouva rien de plus. La seule chose qu'il retenait pour l'instant, c'était le nom de Texeira. Il composa le numéro du biologiste.

– Vous avez des nouvelles des spatules blanches ?

– Non. Personne n'en a vu depuis des mois. Au début de l'été, il y a un type qui m'a envoyé des photos qu'il a prises. Je dois dire que j'en étais un peu jaloux.

– Vous connaissez cet homme ?

– Non, hélas non. Pourquoi ?

De Palma laissa passer un silence, le temps d'enclencher la réflexion sur un autre système.

– L'auriez-vous rencontré, ce visiteur ?

– Eh bien oui, figurez-vous. On avait discuté ensemble, quelques jours avant que je reçoive ces photos !

– Vous vous souvenez de lui ?

– Pas mal, oui, j'ai le sens de l'observation.

– Je vous écoute.

– Grand, environ un mètre quatre-vingt-cinq. Cheveux châtains, ou noirs. La cinquantaine. Le genre « vieux routard », si vous voyez ce que je veux dire : pantalon négligé, veste de treillis... Un peu hippy, un peu rêveur. Y en a pas mal comme ça dans le milieu des passionnés d'oiseaux. Souvent des garçons brillants, d'ailleurs.

– Décrivez-moi ses habits...

De Palma fit signe à Ingrid de lui donner une feuille de papier et un stylo.

– Jean assez sale, veste de l'armée kaki et sandales comme en portaient les militants gauchistes dans les années soixante-dix.

– Sandales viêt-cong ?

– Tout à fait.

De Palma nota.

– Par contre il avait un sacré matos. On va dire bien sûr que c'est du matos de photographe tout ce qu'il y a de plus classique, mais à des prix tels que seuls les amateurs fous furieux ou les professionnels se les offrent, ces appareils ! Il avait des jumelles périscopiques aussi.

– C'est quoi, ça ?

– C'est un périscope, quoi, comment dire... le principe du sous-marin : voir sans être vu. Ça, par contre, y en a pas beaucoup qui en ont !

De Palma nota ce détail en lettres capitales ; il souligna de deux traits.

– Vous l'avez pas revu depuis ?

– Non, mais tout en vous parlant, je suis descendu consulter le registre des observations, il a noté la journée du 28 juin. J'ai reçu les photos quelques jours après.

– Par rapport aux voix, qu'est-ce que ça donne ?

– Eh bien, je... Merde c'est quasiment le même jour, ou en tout cas c'est dans ces eaux-là ! Vous pensez que...

– Je ne pense pas, Christophe, je constate ! Cela ne veut peut-être rien dire.

– Attendez, vous me foutez la trouille, là !

– Oh, vous ne risquez rien, strictement rien !

Ingrid s'était levée et observait intensément De Palma. Sa cotonnade tamisait ses formes longues et fermes dans la lumière du matin qui perçait des fenêtres.

De Palma réfléchissait. Tout cela ne le menait pas à grand-chose, mais l'excitait au point de soulever en lui des bouffées de chaleur. Il voulait agir et cherchait désespérément des moyens ou des voies d'investigations concrets. Il lui fallait se rendre à l'évidence : il était sur le seuil d'une pièce complètement noire et ne savait pas comment l'éclairer. Mais une porte venait encore de s'ouvrir.

Ingrid s'approcha, s'assit à côté de lui et ouvrit un cahier à la couverture cartonnée et relié à la manière d'un livre. Leurs épaules se touchèrent. De Palma était hypnotisé par les longs doigts d'Ingrid qui tournaient délicatement les pages.

– J'ai feuilleté ça hier, murmura-t-elle. Je veux que vous le voyiez, Michel.

Elle tourna encore trois pages et lui passa le cahier. Il sentit son sein se poser délicatement sur son bras, l'espace d'une seconde.

– En lisant cela, hier soir, j'ai eu très peur.

Elle posa sa main sur son épaule.

– Lisez, Michel.

On a dit que la Tarasque, mi-homme mi-reptile du jurassique, symbolise le dominateur romain installé en Provence depuis longtemps.

Pour les Volques qui occupent la rive droite du Rhône et les Salyens qui s'étendent de Monaco à Marseille, Rome pourrait se symboliser par un monstre. C'est une chose qu'on peut imaginer aisément : un monstre sorti tout droit de l'imagination des peuples soumis à la « Pax romana ». Ce monstre pourrait symboliser cette Rome dominatrice, mais il y a plus.

La Tarasque est un reptile. Certains y ont vu la représentation des instincts les plus bas de l'homme (le cerveau reptilien), d'autres y ont vu les dieux du paganisme domptés par sainte Marthe.

Mais ne peut-on pas y voir une représentation d'un fléau ayant réellement existé ? Bérard dit que la vérité est là et que des tarasques ont existé. Rome toujours : la légion romaine qui occupe et administre la région de Tarascon est basée à Nîmes. Son emblème est un... crocodile.

Bérard dit que les Romains transportaient avec eux ces immenses reptiles capturés dans le Nil égyptien. On raconte qu'ils s'en servaient comme mascotte. Mais ce qui est beaucoup plus sûr, c'est qu'ils les utilisaient dans les arènes de Nîmes et d'Arles...

En outre les crocodiles du Nil peuvent tout à fait s'adapter au climat et au milieu de la Camargue, à bien des égards semblable à celui des rives du Nil.

À partir de là, Steinert avait écrit rapidement, c'était à peine lisible tellement l'écriture était fine et nerveuse.

Ceci pourrait expliquer la trace que j'ai vue hier, dans le marais de la Capelière. Je n'en avais jamais vu d'aussi grosse et d'aussi impressionnante. C'est pas un animal répertorié dans la faune de Camargue. J'en ai parlé à Bérard, il m'a dit : « Elle est de retour. Je l'ai appelée et la voilà. » Son regard m'a fait peur...

Je vais retourner dans les marais demain à la nuit tombée pour voir cette trace. Je ne veux pas qu'on me repère. Ensuite je montrerai tout ça à Texeira.

NB : Bérard avait l'air complètement fou...

De Palma quitta le carnet des yeux et laissa son esprit se démener dans le désordre des indices qui se mettaient sur sa route.

Il venait sans doute de lire les derniers mots de William Steinert.

Ingrid avait posé sa main sur son avant-bras.

– Je ne sais pas pourquoi, mais j'ai fait le rapprochement avec ce que j'ai lu dans la presse. Vous savez ces corps mutilés. Le crocodile, la Tarasque...

– C'est la présence de Bérard qui m'inquiète le plus. Je crois qu'on est en face d'un grand péril.

De Palma se concentra, il aurait voulu faire exploser son crâne tellement les idées lui faisaient mal. Il murmura, en pointant de son index un endroit imaginaire sur la table :

– Bérard, la Tarasque, William.

Il voulut ajouter « les Allemands », mais il se retint.

– Bérard, la Tarasque, William, les oiseaux... La Tarasque, les oiseaux... Bérard et la Tarasque.

Ingrid posa sa main sur son épaule et serra légèrement le muscle qui saillait sous la chemise.

– Bérard et la Tarasque...

De Palma chercha le détail insolite. Boyer, le père de la Crim' leur avait appris à chercher le détail insolite, celui qui ne semble pas entrer dans le puzzle et qui finalement complète le tableau. Michel tapa un coup sec sur la table.

– Est-ce que le berger donnait dans les sciences occultes ?

Ingrid fouilla dans son regard.

– Je pense que oui. William me disait qu'il était un peu *Zauberer*... Un sorcier ! Il soignait ses moutons avec des plantes qu'il était le seul à connaître. Des fois, il parlait à William de choses pas possibles... William me disait même qu'il avait fait avec Bérard des expériences ésotériques d'une rare intensité.

– Pourquoi ne pas m'avoir dit cela plus tôt ?

Elle s'approcha de lui un peu plus.

– Je ne sais pas, tout simplement. J'ai jamais pris ça bien au sérieux. William était un mystique de nature, moi j'ai déjà du mal à croire en Dieu.

De Palma passa sa main par-dessus ses épaules et la serra fortement. Elle laissa son corps se presser contre la poitrine du policier.

– Je vous crois, Ingrid.

Il desserra son étreinte.

– Désirez-vous boire un apéritif ?

De Palma contempla par la fenêtre le spectacle des arbres sous le soleil. Ingrid le regardait en souriant légèrement, deux verres à la main.

– J'ai encore ouvert une bouteille de muscat, je sais que vous l'appréciez, Michel.

Ils burent du vin blanc doux et parlèrent pendant de longues minutes, d'abord de William Steinert, des quelques notions de magie que De Palma connaissait. Puis la discussion dériva pendant peut-être plus d'une heure. Ingrid ouvrit une autre bouteille de muscat. Elle provenait des vieilles vignes qui bordent les Terres d'en bas.

Ils jouèrent à étaler leur vie, en prenant soin de ne

jamais tout dire, jusqu'à ce que les esprits s'épuisent et qu'un sentiment de joie saugrenue s'installe entre eux.

Elle se tenait en retrait de la fenêtre et donnait l'impression que les formes de son corps avaient été subitement soulignées par le pinceau d'un aquarelliste. Irrésistiblement il s'approcha d'elle, lui prit les mains. Elle se laissa faire et lui offrit ses lèvres. Il se perdit dans la chaleur de son visage et eut l'impression qu'elle était née du soleil.

Ses seins étaient durs à travers le coton de sa robe. Il monta ses mains le long de ses flancs et de ses reins, sa peau ruisselait de sa chaleur de femme.

27

La moiteur augmentait depuis un bon moment.

Chandeler estima qu'on devait approcher le zénith ou peut-être plus. Des bruits de tiroirs et de portes d'armoire qui s'ouvraient et se fermaient lui parvenaient à travers le panneau de bois de la trappe.

Soudain, il entendit une porte claquer différemment des autres : plus lourde. L'homme qui le gardait prisonnier venait certainement de sortir ; ce n'était pas la première fois. À chaque sortie, l'avocat avait remarqué que son maton revenait après un temps qu'il estimait à plus d'une heure.

Il s'approcha de la trappe, guidé par le minuscule point lumineux qui piquait ses ténèbres, et commença à taper sur le bois, d'abord avec l'épaule puis avec les talons. L'homme ne donna pas signe de vie, ce qui donna du courage à Chandeler.

Il plaça ses mains, paumes vers le plancher, sous ses cuisses, de manière à avoir le maximum d'appui, puis il remonta ses genoux jusqu'à hauteur du menton et frappa un grand coup. Une violente douleur remonta depuis les pointes de ses pieds jusqu'à la colonne vertébrale. Il planta ses ongles dans les rainures de l'embrasure de la trappe et vit qu'elle jouait légèrement. Il se recula et frappa, encore et encore.

La douleur dans ses pieds et ses jambes devenait insoutenable.

Il serra les dents. Les yeux en larmes.

Il frappa à nouveau.

La trappe céda.

Il se précipita sur le panneau de bois et le tira à lui d'un geste sec.

Il était libre. Aveugle de lumière.

Sur un bureau face à la trappe, il y avait un énorme ordinateur avec des grands oiseaux blancs en fond d'écran ; des cris d'oiseaux sortaient des haut-parleurs. À l'autre bout de la pièce, de part et d'autre de la fenêtre, il y avait deux oiseaux blancs, empaillés, de la taille d'une cigogne, les mêmes que ceux qui se trouvaient en fond d'écran sur l'ordinateur.

Sur les murs, il y avait des photos épinglées. Des clichés au téléobjectif sur lesquels l'avocat reconnut Morini, son ancien client. Morini était de trois quarts, assis dans son bar. Sur deux autres clichés, un homme marchait dans la rue. Au-dessous il y avait un Post-it avec une inscription : Jean-Claude Marceau.

Chandeler se mit à trembler. La soif lui nouait la gorge, pourtant il ne prit pas le temps de chercher de l'eau. Il rassembla le peu de force qui lui restait et se dirigea vers la porte d'entrée. Elle était fermée de l'extérieur. Un énorme trousseau de clés était accroché au chambranle. Les doigts tremblants, il essaya les clefs l'une après l'autre. Par deux fois, le trousseau lui tomba des mains. Il avait mal aux pieds comme si on les avait battus avec une cravache. Après avoir essayé une dizaine de clefs, il trouva celle qui ouvrait.

La porte donnait sur un chemin étroit qui s'enfuyait à travers une roselière. Il marcha le plus vite possible, en essayant de ne pas hurler à chaque fois qu'il posait le pied par terre. La plupart des cannes de roseaux devaient dépasser les trois mètres. Il se retourna et vit que sa prison n'était qu'un petit mas à moitié dévoré par du lierre, tapi dans un nid de frênes et de roseaux. Absolument invisible dans son repère de jungle.

*
**

Le père Favier avait des doigts longs et noueux, comme si on avait inséré des pièces d'un euro au niveau des phalanges, ses mains étaient sans cesse en mouvement, ce qu'Anne analysa comme un signe de nervosité.

– Vous me dites que peu de temps avant la mort de Christian Rey, vous avez discuté avec Gouirand dans votre église !

– C'est cela, oui. Mais pourquoi me reposer ces questions ?

Anne négligea la réponse du prêtre, s'approcha de lui et releva ses cheveux en arrière de manière ostensible. Favier ne remarqua même pas son geste.

– Je passe sur votre discussion. Vous me déclarez ensuite que, une fois Gouirand sorti de l'église, vous avez entendu des bruits, c'est bien ça ?

– Comme je l'ai déjà expliqué plusieurs fois : Gouirand était venu chercher la Tarasque pour la nettoyer. Une fois sorti, j'ai refermé la porte derrière lui. Tout semblait calme et puis j'ai entendu ces bruits. Je n'ai pas pu en découvrir l'origine, mais je suis absolument certain de les avoir entendus. Il y avait quelqu'un et ce quelqu'un s'en est allé. Ça j'en suis sûr !

– Comme ça, par l'opération du Saint-Esprit ?

Le prêtre esquissa un sourire de dépit.

– On peut le dire comme cela.

Anne se leva et détendit son corps. Elle portait un jean qui la moulait et un t-shirt qu'elle avait gagné au concours de tir de la police.

– Qu'est-ce que vous en pensez de tout ça, mon père ?

– Je ne sais pas quoi répondre. Bien entendu, je ne crois pas à ces histoires qui circulent dans Tarascon !

Imaginez-vous que pas plus tard qu'hier on est venu me demander de donner des messes pour chasser le mauvais sort. Des messes pour combattre la Tarasque... Certains croient en une malédiction, d'autres me réclament des processions sur les lieux de la légende de la Tarasque. Vous me voyez dire à l'évêque que je pars en procession au château de Tarascon ou dans les marais de Camargue ? Je passe sur les coups de téléphone des journalistes.

– Effectivement, je vous comprends !

– Pas tant que ça ! Des demandes officielles m'ont été adressées pour que j'aille bénir les eaux marécageuses. Dans cette ville, les gens sont comme possédés par ce démon. Même les jeunes Maghrébins défendent la Tarasque, vous vous rendez compte ! C'est pas vraiment leur culture, pourtant... Mon prédécesseur m'avait prévenu, mais je ne croyais pas que c'était à ce point.

Anne continuait de le fixer tout en essayant de capter son attention avec des marques de féminité, ce qui devait sans doute le gêner, mais il ne le montra pas.

– Chacun ses monstres : vous avez la Tarasque, nous avons l'OM !

Anne désigna la fenêtre.

– Vous savez où il se trouve, maintenant, ce Gouirand ?

– Franchement, non, fit l'abbé en tournant la paume des mains vers le plafond. Je pense qu'il est tout simplement en congé.

Anne se retourna vers son ordinateur et cliqua sur la fenêtre du STIC qui était ouverte.

– Eh bien, je ne vois plus aucune raison de vous retenir, merci d'être venu.

– Je n'ai rien d'autre à dire si ce n'est que je pense que c'est l'œuvre d'un fou !

De Palma se présenta dans l'embrasure de la porte et frappa sur le battant.

– Entre, Michel, je pense que tu connais le père Samuel !

– De Palma dévisagea le prêtre et lui tendit la main. Anne se plaça entre les deux hommes.

– Je voulais encore vérifier certaines choses avec monsieur le curé de Sainte-Marthe, mais j'ai fini.

Le prêtre se leva et récupéra une serviette en vieux cuir raboté qu'il avait posée sur le bureau d'Anne.

– Votre collègue de Tarascon m'avait entendu à deux reprises.

– Le Tarasque l'a mangé lui aussi !

Le prêtre arrêta de jouer avec ses doigts et posa son regard sur De Palma ; il avait une curieuse expression, un accent aigu par-dessus les yeux.

– Ce n'est pas drôle, Monsieur, de dire cela, je trouve cela vraiment pas drôle !

De Palma posa la main dans le dos du prêtre et le poussa doucement dehors.

– Vous avez tout à fait raison, ce n'est pas drôle.

Le curé sortit comme une ombre et disparut dans les couloirs verdâtres de la Criminelle.

– Il faut qu'on mette la main sur Gouirand. Je vais le convoquer.

– Bérard, lui aussi, a été chevalier de la Tarasque...

– Ah bon, je vais finir par me demander qui ne l'a pas été.

De Palma tendit à Anne une feuille de papier sur lequel il avait griffonné des notes :

Spatule blanche (Platalea leucocodia).

Silhouette et taille d'un héron tout blanc. Long bec noir en forme de cuiller à l'extrémité. L'adulte a une bande pectorale orangée et, au printemps, une longue huppe occipitale jaune orangé. Immature : pas de huppe, bout des ailes noir, bec rose. Silencieuse sauf à la saison de la reproduction où elle fait entendre des grognements.

Eaux douces et littorales peu profondes, niche en colonies dans les arbres, les buissons, les massifs de roseaux des lieux marécageux.

86 centimètres.

Peut être observée en Camargue au printemps et en automne. Niche en Afrique du Nord. Grognements au nid (pas en Camargue). Claquements de bec occasionnels.

Long cou. Longues pattes. Vole le cou tendu.

Mange des invertébrés aquatiques et des petits poissons.

– C'est bien, Michel, mais cela ne nous dit pas grand-chose.

– J'ai pris ça dans un guide pour les emplumés de Camargue. Jette encore un coup d'œil.

Anne parcourut la feuille de papier en marmonnant chaque mot.

– Merde, c'est un piaf qui ne chante que lorsqu'il est au nid et ça se passe uniquement en Afrique du Nord.

– C'est un montage sonore qu'on nous a transmis. Un montage habile mais parfaitement clair. Là, je crois qu'on a vraiment affaire à un taré comme on ne se l'imagine pas encore.

– Tu as des solutions ?

Anne s'était assise sur le rebord de son bureau, elle regardait ses ongles en fronçant les sourcils.

– Il faut passer en revue tous les allumés d'ornithologie. Tous les fondus de nos amis les bêtes à plumes. On ne sait jamais...

– Mouais, et en attendant, Chandeler il est dans la nature avec le débile.

– Qu'est-ce que tu veux que je te dise ?

– Rien. Ne me dis rien.

*
**

En sortant de la roselière, l'homme comprit immédiatement que son prisonnier lui avait faussé compagnie. Sans savoir pourquoi, il en avait eu le pressentiment, mais il avait fallu préparer la bête. Et ce n'était pas une chose facile : cela faisait un moment qu'il la faisait jeûner et les orages qui tournaient dans le ciel du delta avaient saturé l'air d'électricité.

La bête était nerveuse et dangereuse comme jamais.

Il sortit son couteau et courut jusqu'à l'intérieur de la maison. L'intérieur était calme. Il s'arrêta, les bras ballants devant la trappe défoncée. Dans la pénombre de la fin d'après-midi, les spatules blanches l'observaient de leurs yeux de verre. Elles donnaient l'impression de se moquer de l'étrange tour que le destin lui avait joué.

Il resta immobile pendant un bon moment. Son esprit s'embrouilla au point qu'il eut l'impression que les circonvolutions de son cerveau se mélangeaient.

De l'ordinateur sortaient des claquements de becs et des grognements. C'étaient le chant d'amour et de grâce des spatules pour la parade nuptiale. Il sourit comme s'il revenait de sa torpeur. L'enregistrement était monté en boucle. Il datait de l'époque où il avait travaillé pour les pétroles algériens.

Au bout d'un moment, il eut l'impression que les spatules s'animaient sur leurs socles de bois verni. Il s'approcha d'elles en se soulevant sur la pointe des pieds, en cadence, et en poussant de petits cris, comme une plainte discrète.

Les larmes envahirent ses yeux. Il essuya la sueur qui dégoulinait de ses tempes. Ses mains tremblaient, son ventre se secouait. Il voulut se maîtriser, mais il fut pris de tremblements et de spasmes douloureux qui lui barrèrent les entrailles. Il avança encore vers les oiseaux et s'arrêta à moins d'un mètre. Du bout des doigts, il caressa les plumes blanches comme des merveilles. Il laissa la pointe de ses doigts se perdre dans le duvet du long cou gracieux des oiseaux.

Il demanda aux spatules de lui donner la force de combattre la crise qui était en train de le submerger, mais les tremblements se transformèrent bientôt en convulsions et il s'écroula.

Il revint à lui, longtemps après, sans qu'il puisse dire combien de temps la crise avait duré. Les spatules étaient toujours là, on entendait le claquement sec de leur long bec en forme de cuiller et les grognements des mâles.

Fou de rage, il sortit et se dirigea vers une remise qui jouxtait la maison et en revint cinq minutes plus tard avec un bidon d'essence. Il avait les yeux rouges de fureur, de la salive pendait à ses lèvres qu'une étrange douleur tordait vers le bas.

Il entra à l'intérieur de la maison et répandit méthodiquement le carburant en des points stratégiques. Puis il craqua nerveusement une allumette et sortit en courant, poursuivi par le souffle brûlant du feu.

Il s'arrêta de courir longtemps après, quand il se retrouva sur la route des Salins-de-Giraud. Une colonne de fumée montait au loin, comme un immense point d'exclamation par-dessus les marais.

À ce moment-là, il songea à la bête. À ce moment-là seulement il réalisa qu'elle serait furieuse et que rien ne pourrait l'arrêter.

28

Chandeler sentit une main osseuse le secouer vivement. Il entrouvrit les yeux et vit un visage buriné, aux yeux bridés, qui le regardait fixement, un rictus aux coins des lèvres qui laissait voir deux rangées de dents d'ivoire.

– Réveiller... M'sieur ! Réveiller... Pas rester là.

Chandeler écarquilla les yeux et vit deux Asiatiques qui le fixaient avec nervosité.

– Réveiller... M'sieur... Pas possible...

Il rassembla les dernières forces qui lui restaient pour articuler quelques mots.

– Il faut... appeler... la police. Je...

– Nous pas police, M'sieur... Nous travailler dans les champs. Ouvriers !

Chandeler entendit un déferlement d'onomatopées barbouiller son esprit affaibli. Il crut un instant avoir encore une hallucination. Depuis qu'il avait été capturé, il naviguait sans cesse entre le monde réel et celui des visions cauchemardesques.

Il voulut se relever, mais il sentit immédiatement des bras puissants qui passèrent sous lui et le soulevèrent du sol pour le mener jusque vers la plate-forme d'une carriole attelée à un tracteur de vigne. Tout à coup il se retrouva allongé au milieu de cageots qui sentaient la terre crue et la verdure, avec le ciel luisant de soleil au-dessus de lui.

Ils étaient quatre à s'asseoir à côté de lui dans la carriole. Quatre Asiatiques à qui il tendit un sourire de gratitude. Puis le cortège traversa un champ qui était hors de portée de sa vue et s'engagea dans un chemin creux qui longeait des frênes et des peupliers.

Il devait être relativement tard dans la journée, l'azur commençait à se teinter de rose et d'orangé. Une odeur de diesel et de fumée l'enveloppa, le tracteur s'arrêta presque et le moteur changea de régime : on roulait maintenant sur une route goudronnée.

Chandeler recouvrit ses esprits au fur et à mesure qu'il échangeait des regards avec ses sauveurs. Après s'être évadé, il avait marché longuement et, à bout de forces, il avait trouvé un ruisseau où il avait bu jusqu'à se remplir d'eau, et un coin à l'abri des regards dans un buisson frisé. C'était en bordure d'un champ, peut-être une vigne, il ne se souvenait plus. Peu importe ! Il s'était endormi.

Il observa longuement les hommes qui l'avaient tiré de l'ornière et s'aperçut alors que ce devait être des travailleurs clandestins : il avait entendu parler de ce genre de trafic de main-d'œuvre en Camargue, plusieurs gros propriétaires avaient été pris en flagrant délit d'esclavage moderne. Essentiellement des Thaïlandais et des Cambodgiens, qui bossaient comme des coolies pour une poignée d'euros.

L'homme qui l'accueillit dans la cour du mas de la Fraysse devait être un contremaître ou quelque chose comme cela. Les Thaïlandais disparurent dans les bâtiments.

– Les ouvriers vous ont retrouvé juste comme ils quittaient leur travail. Je suis Fabrice Luciano, responsable des cultures.

– Chandeler, avocat au barreau de Marseille.

Le contremaître se recula.

– Comment se fait-il que vous vous retrouviez dans cet état, au bord d'un champ de fraisiers ?

– Je... Je... C'est trop long et trop fou, il faut que je parle à la police.

– Je peux vous ramener à Marseille si vous le désirez.

– Non, non, il faut prévenir la police !

– Écoutez, Maître, je... comment dire ? Les ouvriers qui vous ont ramené ne souhaitent pas que la police sache qu'ils travaillent ici. Vous... vous comprenez ?

– Il faut appeler la police, laissez-moi téléphoner.

– À condition de ne rien dire sur ce qui s'est passé ici. Je ne veux pas voir la police ou la gendarmerie dans les parages.

– D'accord, je vais appeler un ami.

À 19 heures 12, le téléphone de De Palma sonna.

*
**

Tout alla très vite. Moins d'une heure plus tard, De Palma arrivait au mas de la Fraysse avec Anne et Romero. Chandeler était assis à la grande table de la salle à manger et terminait le repas qu'on lui avait offert.

Quand il vit les policiers, il se leva et leur serra la main longuement.

– C'est la première fois de ma vie que je suis heureux de voir un policier.

– Tout finit par arriver, lança De Palma. Si vous nous racontiez.

Le regard de Chandeler changea brusquement, un voile de terreur le recouvrit. Ce n'est qu'après un long silence qu'il commença le récit de son enlèvement : à la sortie du tribunal de Marseille où il défendait un industriel dans une affaire de corruption de fonctionnaire, un homme l'avait abordé et lui avait discrètement braqué une arme sur le ventre.

– Il a entre quarante-cinq et cinquante ans. Un mètre quatre-vingts, peut-être plus... Il faisait ma taille, quoi !

Je fais un mètre quatre-vingt-cinq. Cheveux noirs mi-longs, avec des petits yeux bleus et de gros sourcils. Le nez fin... Pas rasé. Il porte une veste saharienne, un jean et des sandales.

Chandeler n'avait pas discuté les ordres de cet homme et était monté dans une Ford Scorpio quasiment neuve. Ce détail l'avait marqué : c'était sans doute une voiture de location. Puis, ils avaient roulé en direction de Martigues, Fos et la Camargue.

De Palma sortit une carte du delta du Rhône et la déplia sur la table.

– Essayez bien de vous souvenir. Nous sommes sur la grande ligne droite de la nationale 568. À un moment vous tournez à gauche, est-ce qu'il s'agit de cette route ?

– C'est bien celle-là. Sur le bas-côté, il y a une vieille caravane et une carcasse de frigo.

– Ensuite, vous roulez.

– On roule un bon moment sur la même route. Autour il y a des champs qui ont été fauchés... Je veux dire : il n'y a rien dedans... On continue et on arrive à un croisement, il y a un panneau qui indique le Sambuc. On roule...

Chandeler réfléchit, les yeux fermés il refit le parcours dans sa tête.

– À droite, il y a une grande étendue d'eau et à gauche des roseaux partout. Et puis...

Chandeler se replongea dans ses souvenirs. Il fronça les sourcils.

– Je voudrais me souvenir, mais je n'y arrive plus.

– Est-ce que vous avez roulé longtemps dans cette direction ?

– Non très peu.

– Combien de minutes ? demanda Anne.

– Pas plus de cinq minutes.

Elle regarda Michel.

– On dirait que c'est vers la Capelière.

– C'est là qu'il y a eu l'incendie ! fit le contremaître.

– L'incendie ?

– Y a un vieux mas qui a brûlé, ça a failli foutre le feu à toute la région.

– Vous pourriez nous y conduire ?

– Sans problème.

De Palma regarda Chandeler, il avait l'air complètement abattu.

– Je vous propose de rester ici pour le moment. Nous revenons dans un moment et on vous transporte à Marseille. OK ?

Chandeler se contenta de répondre en hochant la tête.

*
**

Assis à califourchon sur la branche maîtresse d'un vieux frêne, il vit passer deux voitures sur la route du Sambuc. La première était un 4 × 4 japonais dont il ignorait la marque et la seconde une 406 Peugeot. Des flics, pensa-t-il.

Auparavant, il avait observé le ballet des véhicules de pompiers et de gendarmerie qui avaient convergé vers l'incendie.

Le soleil, encore lourd de lumière, s'enfonçait dans l'argent du Vaccarès. Il y avait des flamants, des sédentaires, qui becquetaient les fonds avant de disparaître dans les roselières secrètes.

Les flics ne trouveront rien, se dit-il. Rien. Mis à part Chandeler qui allait sans doute donner son signalement. Et l'avocat fournirait mille détails précieux à la police. La deuxième voiture, c'était cela : pas des gendarmes, non, mais des flics venus de Marseille, la PJ et peut-être même ce maudit condé qu'il avait vu chez Morini et qu'il avait revu chez le maître l'autre nuit. Celui-là, il savait d'instinct qu'il fallait s'en méfier. Du même acabit que Marceau : un violent doué de sensibilité. Cependant, il n'avait rien contre lui et ne ferait rien tant que le policier n'entraverait pas les desseins de la bête.

Il se tourna vers l'incendie. Il n'y avait plus de fumée, les pompiers et les gendarmes devaient maintenant passer les cendres et les vestiges du mas au peigne fin. Mais tout avait dû brûler.

Pourquoi avait-il tout incendié ? Un accès de folie, aussi incontrôlable qu'imprévisible ?

Il n'en savait rien au fond, ce n'était pas la première fois que sa nature le submergeait, il voyait des merveilles et puis tout à coup tout s'effondrait, à la moindre anicroche, au moindre détail qui foirait l'ensemble. C'était comme une verrue de pollution au milieu de la nature. Une fleur de déshonneur dans l'immensité de son orgueil. Il fallait qu'il détruise, quitte à tout perdre.

Les souvenirs de ces derniers mois lui revinrent. Il avait le sentiment d'avoir accompli une bonne partie de sa mission. La Tarasque avait accompli ce qu'on attendait d'elle. Le parc n'existerait jamais. C'était l'essentiel. Il avait éliminé l'une des têtes pensantes, Morini, et quelques-uns de ses meilleurs soldats. Dommage pour Chandeler.

Il regrettait sincèrement la mort de Steinert. Ça l'avait rendu triste, vraiment : ils avaient tellement partagé de choses ensemble.

Steinert avait voulu voir la bête.

Lui, le chevalier, avait toujours refusé de la lui montrer. C'est Bérard qui avait tranché : Steinert n'était pas initié. Pas suffisamment.

Mais le fils de Simone était plus têtu qu'un bélier, il avait voulu voir quand même. Pour ça, il avait cherché jusqu'au jour où il avait trouvé. On finit toujours par trouver.

Comment avait-il fait ? Il ne le savait pas. Il pensait juste que William avait dû le suivre. Et la bête l'aurait dévoré s'il n'avait pas couru comme un damné.

Malheureusement, il faisait nuit et William n'avait pas vu le marais. Et lui n'avait pas pu le sauver sinon la bête lui aurait échappé.

Il avait eu du mal à la ramener dans son trou, au milieu des cannes. Plusieurs fois, il avait chanté le chant des servants de la bête pour la calmer et, finalement, elle avait accepté de le suivre.

La tristesse l'envahit. William ne saurait jamais la fin de l'histoire, il ne saurait jamais que tout avait été accompli.

Le Vaccarès engloutissait tout à fait le soleil. Comme un monstre calme qui avale méthodiquement sa proie pour la digérer lentement. Un vent léger fit trembler les feuilles assoiffées du frêne. Il huma l'air comme le font les bêtes sauvages pour mesurer le danger. Comme le lui avait appris Bérard, l'ancien, le majoral.

Bérard le magicien.

Des mèches de bois cramé et de tuiles chaudes lui caressèrent les narines. Le visage du berger lui apparut, comme si le vieux maître retraversait le fleuve des morts pour lui donner les forces.

Il resta dans son arbre jusqu'à la nuit. Puis, il descendit, aussi agile qu'un chat sauvage qui décide que l'heure de la chasse est venue. Il devait être plus de 9 heures quand il disparut dans les cannes sèches et coupantes comme des lames de faucheuse.

*
**

Ça sentait l'herbe calcinée et le bois sucré. La chaleur du feu montait encore de la terre et des pierres tombées du mur.

Anne questionnait un pompier du Sambuc qui tentait de lui expliquer en montrant du doigt les vestiges du mas que l'incendie était sans doute parti de l'intérieur de la maison.

De Palma s'aventura sur le sentier et marcha sur une centaine de mètres. La roselière avait été caressée par l'incendie ; aux abords de la maison, les pointes des cannes étaient à moitié cramées.

Au ras du sentier, on voyait nettement des traces de pas encore fraîches : des herbes vert tendre étaient cassées, ce qui ressemblait à une jacinthe d'eau avait été broyé.

De Palma se retourna ; il se trouvait au milieu de la roselière, les ruines du mas avaient complètement disparu de sa vue, il n'en restait que l'odeur qui imprégnait l'air lourd.

« Pour se planquer, y a pas mieux, se dit-il. Une sacrée planque à quelques pas de la route. »

Il fit encore quelques pas et vit que la végétation avait été remuée ; des cannes jeunes, plus basses que les autres avait été cassées et on voyait nettement des traces de pas dans le fond sablonneux et dans les plis de mousse. « Ce doit être le chemin qu'a suivi Chandeler dans sa fuite », pensa le Baron.

Il revint sur ses pas et aperçut Anne qui fouillait dans les cendres et les décombres du mas.

– Il nous faudrait les techniciens du labo, fit-elle quand De Palma se retrouva à sa hauteur. Va chercher quelque chose là-dedans !

Elle donna un coup de pied dans une carcasse d'ordinateur à moitié fondue.

– D'après les pompiers, il a foutu le feu à la baraque avec de l'essence. Il en a sans doute répandu un peu partout et il a craqué une allumette.

– Simple et efficace, fit De Palma en soulevant une lambourde qui fumait encore.

Le capitaine des pompiers s'approcha d'eux et leur tendit un objet noir : c'était le foyer d'une pipe qui avait résisté aux flammes. De Palma la fit sauter dans la paume de sa main. Il se souvint tout à coup que la première chose qui l'avait marqué quand il avait pénétré dans le bureau de Steinert, c'était une forte odeur de tabac aromatique pour pipe.

Il se souvint aussi qu'Ingrid lui avait assuré que son mari ne fumait jamais quoi que ce soit. De Palma était un homme qui croyait aux signes et il se dit que le génie des flics venait de lui en envoyer un. Restait à l'interpréter.

Anne s'approcha de lui.

– Intéressant ?

– Peut-être. Fouillons encore, on est dans un bon jour.

Ils trouvèrent sous un tas de pierres qui s'étaient détachées du mur de façade une masse charbonneuse et à côté une plume blanche entamée par le feu.

– Une spatule blanche, fit le Baron.

En fouillant les cendres, il trouva un socle de plâtre et des fils de fer qui en sortaient. Au bout d'un moment de réflexion, il comprit qu'il s'agissait sans doute de la structure d'un oiseau empaillé.

Le reste de la maison ne leur apprit rien de plus. Un vent de mer s'était levé et emmenait par-dessus le Vaccarès les odeurs fortes de l'incendie.

« Parce que c'est là qu'il fallait chercher : dans sa famille. » Cette phrase prononcée par une vieille femme dans un cimetière parisien lui percuta le front comme une charge creuse. « Parce que c'est là qu'il fallait chercher : dans sa famille. » Il se sentit vieux, incapable de saisir les balles au bond, un usé aux coups de revers limités : il n'avait même pas demandé le nom de cette vieille dame. La douleur pénétra par le haut de son crâne et descendit entre les deux yeux.

Un pompier enleva son casque, le noir de fumée lui avait dessiné une gueule de mineur. Il posa sa hache de sapeur contre un morceau de mur et alluma une cigarette.

*
**

Le lendemain Gouirand se présenta dans les locaux de la Brigade criminelle à 10 heures précises. Anne l'interrogea pendant plus de deux heures et n'apprit rien de plus si ce n'est quelques détails sur la jeunesse de Morini et sur quelques-unes de ses amitiés politiques. Elle découvrit ainsi que le parrain avait tout simplement grandi avec un élu influent de la région. Christian Rey faisait partie de ce même réseau d'amitiés.

– Et Bérard, vous le connaissiez ?

– Je l'ai rencontré souvent lors de fêtes traditionnelles, à Noël ou pour les fêtes de la Tarasque. Il venait nous réciter des poèmes et nous conter des légendes en provençal. On raconte qu'il faisait partie du Félibrige et qu'il était un descendant de Frédéric Mistral.

– C'était un chevalier de la Tarasque lui aussi !

– Je sais qu'il avait été chevalier, mais bien avant que je m'occupe de la Tarasque. Une fois ou deux, j'en avais parlé avec lui. Il m'avait même donné des conseils quand j'ai voulu faire de nouveaux costumes.

– Vous le connaissiez donc ?

– Pas plus que ça.

– Et Steinert ?

– Jamais vu, ni entendu parler de lui, à part dans la presse ou par la rumeur.

Dans la matinée, De Palma avait interrogé Chandeler. L'avocat lui avait expliqué que la SODEGIM n'existait plus et que Philippe Borland avait disparu dans la nature depuis belle lurette. Peu avant de mourir, Morini était en train de monter une deuxième société, une espèce d'usine à gaz basée à Monaco et au Luxembourg et dont le capital était constitué de fonds qui arrivaient de quasiment tous les paradis fiscaux imaginables.

– Morini était avec moi quand nous sommes allés voir Bérard. Nous voulions lui acheter sa part des Terres d'en bas, mais il a refusé.

– Et qu'est-ce qui s'est passé ?

– Il nous a dit qu'il allait faire en sorte que nous ne puissions jamais construire sur ces terrains.

– Et vous l'avez menacé !

– C'est Morini. Il s'est énervé et il a voulu lui foutre la trouille. Je vous garantis que j'ai voulu m'interposer, mais je n'ai rien pu faire.

La suite, De Palma la connaissait.

– Quand est-ce que vous avez reçu la menace la première fois ?

– C'était un ou deux jours avant que nous allions voir Bérard.

– Vous l'avez reçue à votre domicile ?

– Oui, c'est cela. Pourquoi ?

– Parce qu'il y a très peu de gens qui connaissent votre adresse !

Chandeler avait sursauté. Il s'était rendu compte qu'il ne serait sans doute jamais en paix tant que la police ne mettrait pas la main sur celui qui avait tenté de le massacrer.

– Il est peut-être temps de tout me dire, Maître.

– Je pense, oui.

Chandeler avait décroché son téléphone et avait demandé à ce qu'on lui monte un paquet de cigarettes. Deux minutes plus tard, une jeune femme avait ouvert la porte et avait déposé sur le guéridon de la chambre un plateau avec un paquet de Craven A sans filtre, une boîte d'allumettes et un cendrier.

– J'ai besoin de réfléchir et de dormir un peu. Pourriez-vous passer en fin d'après-midi ?

Chandeler avait allumé une Craven et avait tiré avidement dessus. L'avocat était dans un tel état d'agitation que De Palma avait pu sentir l'odeur rance de la peur.

– On se connaissait tous... Voilà ce que vous devez comprendre. Je suis un enfant du pays, moi aussi.

Au bout de quatre bouffées, l'avocat avait écrasé sa cigarette et avait toussé légèrement.

*
**

Gouirand jeta un regard inquiet sur De Palma quand il le vit entrer dans le bureau d'Anne Moracchini. Il ne l'avait jamais croisé auparavant et il lut sur le visage du policier une détermination qu'il redoutait instinctivement.

– On est devant une grande famille, Michel. J'ai l'impression qu'ils se connaissent tous !

– Et plus encore, fit le Baron.

Le regard de Gouirand ne cessait de passer d'un policier à l'autre. Anne le remarqua et s'assit derrière lui pour le déstabiliser.

– Monsieur Gouirand, j'ai l'impression que la Tarasque est en train de porter malheur à tout le monde.

– Je ne vois pas ce que vous voulez dire !

– Rey et Morini étaient des chevaliers de la Tarasque, non !

– C'est vrai, je les ai connus à l'époque où ils étaient dans l'équipe. J'ai déjà expliqué cela à votre collègue.

De Palma massa son épaule blessée. Il regardait intensément le chef des tarascaires.

– Et Marceau dans tout ça !

Gouirand changea d'expression, sa lèvre inférieure pendait légèrement, ce qui le vieillissait tout à coup et lui donnait une mine pitoyable.

– Je ne vois pas ce que vous voulez dire... J'ai déjà répondu à ces questions.

Le visage du Baron se détendit, ses yeux pétillèrent.

– Voyez-vous, Monsieur Gouirand, dans le crime il y a toujours une logique. Les gens se tuent les uns les autres pour des milliers de raisons et il arrive souvent que ces raisons n'aient aucune logique apparente. Pourtant, cette logique est toujours là, devant nous. C'est notre travail de la comprendre. Toujours, vous m'entendez ? C'est un devoir.

« J'ai connu Marceau, il y a bien longtemps. Nous étions des collègues au 36, quai des Orfèvres... C'étaient les plus belles années de ma vie. Je suis venu à Marseille et Marceau est revenu à Tarascon.

De Palma se leva et se passa la main sur le front.

– Depuis des mois, je me dis que Marceau est à Tarascon parce que la police l'a mis au placard et qu'il a voulu revenir chez lui, comme j'ai voulu revenir à Marseille. Tout simplement. Ensuite, j'apprends qu'il arrondit ses fins de mois en faisant des ménages pour le milieu. Tout simplement. Jusque-là, il y a une logique.

Anne suivait des yeux le Baron, elle s'aperçut que les muscles de son visage se raidissaient et que les veines saillaient de ses bras.

– Et puis Marceau se fait bouffer par votre animal de malheur : là, il n'y a plus de logique. Pourquoi ?

Le Baron se leva d'un bond et tourna le dos à Gouirand.

– Parce qu'il y a des choses que j'ignore... Et qu'est-ce que je peux bien ignorer d'une camaraderie vieille de vingt-cinq ans ?

Il pivota et plongea son regard fiévreux dans celui de Gouirand.

– Monsieur Gouirand, j'ai passé la nuit à réfléchir à ça. Je me suis aperçu d'un truc tout bête, vraiment bête : Marceau était natif de Tarascon, d'une vieille famille bourgeoise, comme vous, comme Rey, comme Morini, comme la plupart des tarascaires. C'est aussi bête que cela. Seulement voilà, vous et Marceau êtes de Tarascon. Mais pas vos parents, qui sont nés dans ces villages de malheur, comme des centaines de gens de Tarascon. La logique, vous me comprenez ? Le reste, je dois dire que je l'ai un peu imaginé et je pense que je suis bien tombé.

Le Baron déplaça une chaise et s'assit en face de Gouirand. Il le dévisagea pendant quelques secondes.

– Pourquoi vous ne me dites pas que vous connaissiez Marceau depuis presque toujours et qu'il était lui aussi un chevalier de la Tarasque... Pourquoi ?

– Je sais pas...

Gouirand enfouit son visage dans ses mains. De Palma l'observait.

– Vous avez reçu la marque vous aussi ?

Le chef des tarascaires baissa la tête un peu plus.

Le Baron se leva et fit signe à Anne de le rejoindre à l'écart. Il chuchota.

– Le mieux pour lui est de se mettre au vert et tout de suite. On ne l'a pas encore attrapé, l'autre fou. Si ça se trouve, il va changer de mode opératoire et se les trucider à la chaîne sans qu'on ne puisse rien faire.

– On peut le mettre au trou si on veut, on a de quoi charger la mule. J'appelle la juge et puis voilà !

– C'est le mieux, fous-le en garde à vue... On y verra plus clair, demain.

– Comment tu as su pour Marceau ?

– J'ai bluffé. Chandeler m'a dit qu'ils se connaissaient tous, alors j'ai un peu brodé. Il faut que je retourne le voir tout à l'heure. Pose-lui des questions, maintenant, il va finir par croire qu'on sait tout.

Ils revinrent vers Gouirand, De Palma reprit sa place en face de lui.

– Je pense que vous pouvez nous dire son nom, fit Anne d'une voix dure. Je pense qu'il est temps ! Y a eu suffisamment de morts comme cela ! Vous savez combien peut coûter votre silence devant un tribunal ?

– Si je connaissais son nom, je vous l'aurais dit depuis longtemps ! Mais je ne le sais pas.

Anne se pinça les lèvres et chercha le regard du Baron.

– Je vous crois, fit De Palma. Mais je vous crois à moitié... Je pense que vous hésitez entre plusieurs personnes. Est-ce que je me trompe ?

– Non, Monsieur.

– Et si je vous dis que c'est un passionné d'oiseaux. Un fou furieux des emplumés qui passe la majeure partie de son temps en Camargue. Un mètre quatre-vingt-cinq, allure de hippie...

Gouirand se tendit sur sa chaise. Il essuya des gouttes de sueur qui perlaient sur son front.

– C'est Vincent Soubeyrand, murmura-t-il. Ça ne peut être que lui.

– Le meilleur ami de Steinert, n'est-ce pas ?

– Oui, c'est ça. Soubeyrand du mas de Clary.

– Est-ce qu'il y vit toujours ?

– Non, il n'y a plus que sa mère, Mireille, et des fermiers qui travaillent la terre.

Anne releva l'adresse et appela le gardien de la paix qui conduisit Gouirand dans les geôles de l'Évêché. De Palma consulta les cartes routières : le mas de Clary se trouvait en contrebas de la route de Maussane à Eygalières, à quelques kilomètres du mas de la Balme.

– Il y a un téléphone, on essaie ?

– Pourquoi pas ?

Anne brancha le haut-parleur du téléphone et composa le numéro sans détacher ses yeux du clavier. Un homme répondit. Elle fronça les sourcils.

– Je suis bien chez Monsieur Lebel ?

– Non, pas du tout.

– Excusez-moi, j'ai dû faire une erreur.

Les deux policiers se regardèrent et réfléchirent à l'unisson : une voix d'homme dans une maison censée n'être habitée que par une femme, cela ne voulait peut-être rien dire, mais c'était à vérifier.

– Vincent et Mireille, c'est drôle, fit De Palma.

– Qu'est-ce qu'il y a de drôle là-dedans ?

– Ce sont les héros du grand poème de Mistral.

– Ouais, et ça se termine mal en Camargue.

Moins d'une heure plus tard, De Palma et Anne garaient la Xsara de la Brigade criminelle dans un chemin creux, sous des chênes verts, à quelques mètres de l'embranchement du chemin qui menait au mas de Clary. De la route, personne ne pouvait voir la voiture banalisée.

De Palma dégaina son Bodyguard et s'avança dans le petit bois qui bordait le chemin. L'air bouillant vibrait du chant des cigales. À chaque pas, il faisait craquer des brindilles de bois mort et des herbes sèches. Au bout d'une cinquantaine de mètres, il s'arrêta, en sueur. Le mas de Clary était devant lui, de l'autre côté d'une vigne qui sentait encore le raisin mûr.

Anne le rejoignit et sortit ses jumelles.

– Y a personne devant la baraque.

– Il faut s'avancer.

– Le seul problème, c'est le chien. Il y a toujours un enfoiré de chien dans ce genre d'endroit.

Le Baron s'essuya le front.

– Il y a une chance sur mille qu'il soit là. Vraiment. Si on fait une connerie, on va se faire démolir par tes amis du tribunal.

Anne avait des aiguilles de pins longues comme des épingles dans les cheveux. Elle sortit son Manurhin et le soupesa dans ses mains.

– Tu as raison sur un point, Anne, il y a très peu de chances qu'il soit là. Par contre, il faut y aller. Pas possible autrement.

– Si tu le dis, fit Anne en regardant le Baron s'avancer à couvert dans les vignes.

Elle le laissa marcher quelques mètres et se dirigea vers le chemin, pour fermer une fuite éventuelle.

Elle n'avait pas atteint son objectif qu'un premier coup de feu claqua. La balle ricocha devant elle en soulevant une gerbe de terre. D'un bond, elle se coucha dans la poussière du chemin et roula sur elle-même pour se mettre à couvert dans une rangée de vigne.

– Ça va, Anne ? cria De Palma.

Elle eut juste le temps de répondre qu'un deuxième coup de feu claqua au hasard sur le chemin. Anne comprit que le tireur ne pouvait pas l'apercevoir ; elle en conclut qu'il devait se trouver dans la maison et faisait feu depuis une fenêtre du premier, juste derrière le pin qui lui bouchait forcément la vue.

Le Baron avait avancé en direction du mas, à plat ventre dans la terre. Un courant d'air transporta les odeurs acides des écuries et des huiles mécaniques des machines agricoles. Des mouches noires dansaient dans l'air autour de lui et se moquaient de sa détresse. Il avait de la poussière mouillée de sueur sur le visage, ses vêtements étaient couverts de terre.

Quand il ne fut plus qu'à une dizaine de mètres des bâtiments, il se redressa et observa les fenêtres. Tout était silencieux. Contrairement à ce qu'Anne redoutait, il n'y avait pas de chien. Il en conclut que le troupeau était sorti et que les chiens étaient en train de garder les bêtes.

Il décida de progresser encore jusqu'à se plaquer contre le mur, quand il entendit le bruit caractéristique d'un démarreur de moto. Cela venait du garage qu'il avait aperçu quand il était à l'autre bout du chemin.

– La voiture, Anne, la voiture, hurla-t-il.

Les deux battants du portail claquèrent contre le mur du garage, une moto, une grosse cylindrée, sortit comme une fusée de la remise. De Palma se mit debout et fit feu. Le chauffeur se courba, balança la moto à droite et à gauche et mit la tête dans le guidon. De Palma tira en faisant un panoramique. Quand le chien frappa dans le vide, il jeta le revolver au sol et dégaina son Colt .45 en courant derrière la moto. Une seule balle atteignit le motard qui sursauta sur la selle.

À trente mètres devant, Anne se mit en position de tir et ajusta la moto de face. Trois coups de feu claquèrent, aucun n'atteignit la cible mouvante. Le chauffeur slaloma et plongea finalement dans un champ situé sur sa gauche et disparut.

Quand De Palma retrouva Anne, une lueur de fureur persistait sur son visage. Elle ne dit rien, bascula le barillet de son Manurhin, sortit les douilles encore chaudes de feu et logea trois balles de .38 dans les chambres vides.

– Il faut fouiller ce mas, fit-elle, le regard dur.

– Laisse, je pense qu'on doit plutôt aller voir Chandeler, il m'attend.

*
**

Chandeler était assis à son fauteuil.

Anne et De Palma s'approchèrent lentement. Ils avaient tous deux suffisamment vu de morts pour sentir que l'assassin les avait précédés depuis peu. Un filet de sang brillait encore sur les veines grises du marbre du salon et dessinait une calligraphie chinoise jusqu'au tapis persan qui pompait la vie de l'avocat.

Chandeler avait regardé la mort en face. Sans doute avait-il même discuté avec son bourreau. Vincent Soubeyrand lui avait placé une balle en pleine tête, une ogive creuse qui avait fait un trou rond et net sur son front et avait dévasté l'arrière de son crâne. Il y avait des morceaux de cervelle collés sur le fauteuil.

Anne posa sa main sur le front du cadavre.

– Ça remonte à moins d'une heure, fit De Palma en se penchant sur le cadavre.

– C'est du 9 mm, à coup sûr. Je mange un bœuf si ce n'est pas un SIG qui l'a fait passer de l'autre côté.

L'assassin de Chandeler lui avait croisé les mains sur le ventre et avait placé une longue plume blanche entre ses doigts.

– Putain, ça me fout les jetons, ce truc, fit Anne en se reculant.

De Palma prit la plume et l'observa longuement.

– La signature n'a pas varié depuis le début, mais il ne peut plus les mener en Camargue pour que la bestiole les bouffe. Il est en pleine panique, Anne. Il sait plus où aller et il va tirer dans tous les sens.

– Tu as une idée de l'endroit où il se planque ?

– Aucune. Chandeler était notre dernière chance de le savoir. C'est un malin et ça fait un moment qu'il nous observe et qu'il a repéré notre manière de faire. Il a toujours au moins un coup d'avance sur nous.

– Et l'on peut même pas donner son signalement.

29

L'école Saint-Joseph était un établissement scolaire privé du second degré dont le mur d'enceinte occupait une bonne partie de la rue de Beaucaire côté des numéros pairs, à quelques pas de la mairie de Tarascon.

Il était 17 heures.

Devant le portail de l'école, des enfants couraient dans tous les sens, excités par le premier jour de la rentrée des classes.

Le Baron aperçut Gilbert Sicard qui surveillait les sorties. Deux jours plus tôt, Sicard avait répondu au message que De Palma avait laissé sur son répondeur. L'ancien étudiant d'histoire était devenu enseignant et directeur d'une école catholique.

– Venez, Monsieur De Palma, allons dans mon bureau.

Ils traversèrent une cour de ciment plantée de trois platanes séculaires. Les fenêtres des classes donnaient sur un préau ombragé ; au bout des lignes de vitres, une porte grise indiquait le bureau du directeur.

– C'est une bien triste affaire... fit Sicard en soupesant dans ses mains un exemplaire de son mémoire de maîtrise qui était posé sur son écritoire.

– Vous êtes un peu mon dernier recours.

Sicard avait une drôle de tête : un visage rond, des yeux comme des billes et de grosses lunettes ovales qui reposaient sur son nez aquilin.

– Je dois vous dire que je suis moi-même issu de ces villages : ma mère était de Maussane et mon père venait de Fontvieille.

Sicard ouvrit sa maîtrise et fit défiler rapidement les pages en les retenant avec le pouce.

– Il manque des choses là-dedans, mais il faut que vous compreniez que je l'ai écrit en 1966. J'étais bien jeune à l'époque.

Sicard connaissait parfaitement l'histoire de son village natal. Il s'étendit sur l'époque de l'Occupation et nomma les unes après les autres les familles qui avaient collaboré avec les nazis. La famille Rey était sans doute celle qui s'était le plus investie : l'un des fils, l'oncle de Christian, était mort en Poméranie sous l'uniforme des SS de la division Charlemagne. Les Rey avaient consolidé leur fortune et n'avaient pas fait partie des familles qui avaient été inquiétées par le comité d'épuration. La grand-mère de Christian Rey avait même fait partie du petit tribunal qui avait jugé Simone Maurel.

– Ce sont des histoires tellement douloureuses, fit Sicard en refermant son mémoire.

Il parla ensuite des faux maquisards qui fusillèrent le frère de Simone Maurel. De Palma vit apparaître le nom de Gabriel Morini et celui de Sébastien Marceau. Émile Maurel avait été fusillé sans aucune espèce de jugement. Gabriel Morini et Sébastien Marceau étaient venus à la Balme et l'avaient abattu en se faisant passer pour des résistants.

– À votre avis, pourquoi ont-ils agi comme cela ?

– L'argent, Monsieur ! Je devrais plutôt dire la terre. La famille Maurel était la plus riche et il faut dire que les parents de Simone n'avaient pas toujours été très fair-play quand ils achetaient des terres. Or, bien avant la guerre, ils avaient fait main basse sur ce qu'on appelle les Terres d'en bas, en soudoyant le grand-père Morini, un bûcheron italien qui s'était marié à une fille d'Eygalières, une Bérard... Justine Bérard. C'était un vieil ivrogne qui avait cédé aux Maurel contre une somme rondelette... Les Maurel voulaient tout, et ça, les Morini ne pouvaient pas le pardonner ! Cet achat les a ruinés, vous comprenez !

De Palma voyait devant lui un puzzle se constituer. « Parce que c'est là qu'il fallait chercher : dans sa famille », se dit-il. Il ouvrit son sac et sortit la photo dont il s'était emparé chez Bérard.

Sicard la prit dans ses mains et l'observa pendant un long moment, comme s'il passait à la loupe chacun des individus qui se trouvaient dessus.

– Où avez-vous trouvé ce cliché ? fit-il en fronçant les sourcils.

– Permettez-moi de rester discret là-dessus.

Sicard reposa la photo devant lui et croisa les mains. Un éclat d'amertume lui glaça le regard.

– C'est la Tarasque, dit-il sans quitter l'image des yeux.

Les tarascaires qui entouraient le monstre étaient issus des familles les plus puissantes de Tarascon et de ses environs. Il y avait Bérard, Émile Maurel, Lucien Soubeyrand...

– Le roi René, à la fin du XVe siècle, avait codifié la confrérie des tarascaires de telle sorte que les fils des grandes familles se rencontrent au lieu de se battre en duel. À cette époque-là, il n'y avait que des fils de puissants qui avaient le droit de servir ce monstre. Avant la guerre, cette tradition était encore en vigueur et cela a dû faire bien des jaloux. D'autant plus que ces familles sont des gens très traditionalistes. Les Bérard descendaient par les filles de Mistral, je crois que Soubeyrand était lié à Roumanille. Dans cette partie de la Provence, laissez-moi vous dire que c'est quelque chose !

« Laissez-moi vous dire aussi que pendant la guerre, ils vont avoir du mal à choisir un camp, car la plupart étaient des maurrassiens convaincus. Mais c'était aussi des patriotes : Bérard et Soubeyrand surtout. Étienne

Maurel. Le réseau Vincent. Des résistants de la première heure. Vous les retrouvez aussi parmi les membres du Félibrige... Bérard en a même été le capoulié.

Sicard ouvrit sa main et pointa son pouce vers le plafond.

– Il y a la tradition, les jalousies, la vengeance... Si vous voulez, dans cette série de meurtres qui a eu lieu cet été, on retrouve tout cela. D'après ce que vous m'avez dit tout à l'heure, deux conceptions de la Provence s'affronteraient : il y aurait les traditionalistes et ceux qui voudraient se servir du folklore à des fins plus commerciales. C'est plus complexe que cela. Je ne sais rien sur ce projet de parc de loisirs dont vous m'avez fait part.

« Je sais que le véritable mobile était la vengeance.

La Tarasque avait changé de mains et Vincent Soubeyrand, l'héritier d'une époque, ne l'avait pas toléré. Au centre, il y avait Bérard, l'ancien chef des tarascaires, leur maître à tous. Soubeyrand père était mort dans les années cinquante après des revers de fortune, son fils Vincent était un déséquilibré. Un violent notoire, c'était ce qui ressortait des premiers éléments de l'enquête qu'Anne avait réunis : Soubeyrand avait été fiché plusieurs fois pour coups et blessures dans les bals de la région et lors de campagnes électorales.

– Et Steinert ?

– En fait, je ne sais pas grand-chose de lui. J'ai toujours trouvé bizarre qu'il achète le mas de la Balme. Je ne sais pas pourquoi, mais je me suis dit qu'il y avait un truc là dessous.

– C'était le fils de Simone Maurel et de Karl Steinert.

Sicard fixait la photo. Ses yeux étaient écarquillés et brillaient comme un miroir qui réfléchissait les flammes d'un feu.

– Si y en a bien un qui aurait dû se venger c'est bien lui. Et il ne l'a pas fait.

– Ce sera la dernière vérité de cette tragédie.

Il lâcha cette dernière phrase dans un murmure qui se perdit dans le silence de l'école vide.

30

C'était un article à la une de *La Provence.*

Un crocodile géant
abattu en Camargue

Après la panthère des Calanques, on aurait pu croire à un canular si les éleveurs de Camargue n'avaient pas retrouvé des carcasses de jeunes taureaux et de poulains dans les marigaux du delta... Complètement dévorées par des mâchoires hors du commun...

... D'après les premiers examens effectués par les spécialistes du Muséum d'histoire naturelle de Marseille, il s'agirait d'un crocodile du Nil, spécimen de plus en plus rare. Il n'en existe d'ailleurs plus en Égypte – où l'animal représentait le dieu Sobec. Seulement quelques spécimens de ce redoutable prédateur ont été repérés en amont, dans la région des Grands Lacs africains.

Ce crocodile avait déjà fait des ravages dans les troupeaux de moutons et avait dévoré un poulain sauvage. Ce sont les éleveurs qui ont décidé d'organiser les battues qui ont abouti à la découverte du reptile...

Comment un tel animal s'est-il retrouvé en Camargue ? C'est la question que se pose maintenant la cellule d'enquête de la Section de recherche de Tarascon de la Gendarmerie nationale...

Anne reposa le journal et se frotta les yeux.

Daniel Moreno entra dans le bureau de la Brigade criminelle. Trois rides parallèles lui partageaient le front. Ses gestes étaient nerveux. La veille, il s'était fait remonter les bretelles par un juge d'instruction et il redoutait déjà le rendez-vous que Delpiano, le patron de la brigade, lui avait donné pour 11 heures.

– Tu as vu les news ?

Moreno haussa les épaules sans même jeter un œil sur *La Provence*.

– On a les ADN ?

– Oui, ils sont arrivés, il y a même pas une heure.

– Et alors ?

C'est bien la bestiole qu'ils ont tuée hier. C'est elle qui a dévoré les cadavres de Rey et des autres. On tient le bon bout.

Moreno maugréa quelques mots et regarda sa montre.

– Tu as appelé Michel ?

– Ça fait une heure que j'essaie, il est introuvable. Ni chez lui, ni sur le portable.

– Hier, il m'a dit qu'il irait faire un tour en Camargue. Il voulait vérifier des trucs.

Anne reprit *La Provence* et tourna les pages en froissant le journal.

*
**

Octobre finissait. Sur le delta, des nuages s'étaient amassés et pesaient sur le ciel encore rouge de soleil.

Le Baron était seul, pieds nus, sur la longue plage de Beauduc.

Toute la journée, il avait fouillé une fois de plus les roselières autour de la cabane en sagno, la rage au cœur. Il n'avait strictement rien trouvé.

Texeira l'avait rejoint en fin de matinée et lui avait parlé de la cigogne noire qu'il avait aperçue, pas très loin des bâtiments de la Capelière. Ils avaient évoqué le souvenir de William Steinert et des battues que les éleveurs avaient organisées depuis la semaine précédente pour retrouver le crocodile.

Le vent de mer soulevait le sable au ras de la plage. Cela faisait de légers picotements sur les chevilles du Baron. Il s'assit à même le sable et appuya son dos sur une ganivelle. Devant lui, une souche grise et noire de peuplier était posée comme un squelette formidable sur l'or du sable. La prochaine tempête la roulerait sans doute jusqu'au large ou la déposerait plus loin dans le delta.

Il ferma les yeux et respira profondément. L'air qui venait de l'éternité de la mer lui fit du bien et desserra ses entrailles.

La veille, il avait reçu dans sa boîte aux lettres une enveloppe tricolore portant la mention « By air ». Le timbre indiquait que le pli avait été déposé à la poste centrale d'Annaba, Algérie, le 26 octobre.

Le texte était bref ; c'était une écriture d'homme, fine et harmonieuse.

Michel,

Je garderai, en souvenir de toi, une balle de pistolet. Étrange cadeau d'adieu que tu me fis lors de notre dernière « rencontre » au mas de Clary. Un ami chirurgien m'a dit qu'il s'agissait d'un calibre 11.43 et que je revenais de très loin.

Tu as failli me tuer, Michel. Et j'en suis presque à regretter que tu n'aies pas réussi. Mais la vie est comme cela. Sache que lors de l'enterrement de William je me trouvais derrière Ingrid et que l'on a échangé des regards.

Je sais que tu as cherché longtemps ta vérité du côté des magouilles immobilières de notre Provence. C'était une bonne idée, mais elle ne rimait à rien même si l'on pouvait croire que...

L'histoire s'écrivait autrement.

Ils étaient douze à servir la Tarasque. Douze qui semblaient ne faire qu'une seule et même personne et que la guerre devait séparer. Les uns ont fait leur devoir d'hommes, les autres ont été comme les corneilles sur les charognes. J'ai vu mes terres changer de mains, mes terres brûler. Mon père détruit.

Ai jamai descata lou plat davans moun paire[1]... On dit cela en provençal. Et mon père est mort de chagrin et le malheur s'est abattu sur nous.

Lorsque la moindre parcelle de notre Provence a commencé à coûter des millions, j'ai vu les salauds d'hier vendre la terre des immortels. Après la mort de mon père, j'ai dû vendre les champs que ma famille cultivait depuis toujours pour payer des droits de succession. À la mort de ma mère, la maison se vendra pour les mêmes raisons. Ainsi, notre éternité change de mains.

William était mon ami, le meilleur qui soit, peut-être te souviens-tu du poème qu'Ingrid a lu sur sa tombe :

Ich natte einen Kamerad, einen besseren findst du nicht
Er war an meiner Seite im gleichen Schritt und Tritt.

William ne voulait pas de cette vengeance. Pas comme ça : Il n'a jamais rien su de tout ce que je préparais. Ce que j'ai fait, je l'ai fait pour l'honneur de nos deux familles et celui de mon maître Bérard.

Je te devais cette parcelle d'aveux. Le reste n'a aucune importance et je fais confiance à ton intelligence.

Les premières spatules blanches sont arrivées hier. Elles sont magnifiques, n'est-ce pas ?

Vincent

1. Je n'ai jamais découvert le plat avant mon père.

Soubeyrand avait joint au texte deux photos de spatules prises lors d'une parade nuptiale, les grands oiseaux avaient les ailes déployées et leurs cous étaient entrelacés.

Le Baron se leva, roula la lettre en boule et la jeta dans le vent qui rampait entre les montilles. Il pensa à Isabelle Mercier et chercha son image d'innocence. Au-delà des dunes, il n'y avait que le flou de l'écume que la mer agitait.

GLOSSAIRE

Aï : âne.

Baboulin : joint.

Balès : homme fort physiquement ou intellectuellement.

Barjaquer : bavarder sans arrêt.

Bastide : grande maison de campagne que les bourgeois marseillais construisaient à la périphérie de la ville.

Belsunce : évêque de Marseille qui s'illustra pendant la grande peste de 1720. Une statue le représente les mains vides tournées vers le ciel, d'où l'expression « arriver comme Belsunce » quand on se rend à une invitation les mains vides.

Bibi : gros vers marin.

Bouléguer : bouger.

Cagole : à l'origine, fille de petite vertu. Aujourd'hui, fille vulgaire, souvent blonde décolorée, mais gentille.

Caguer : déféquer. *Cague aux brailles* : ressembler à quelqu'un qui a déféqué dans son pantalon...

Calu : fou, audacieux, courageux à l'extrême...

Cambalé : emmené, porté...

Cané : fatigué.

Capian : pièce de bois à l'avant des barques de pêche (les *pointus*) qui a la forme d'un sexe masculin... en érection.

Cavaler : courir.

Chapacan : bon à rien.

Chasper : palper, toucher, envoyer les mains...

Comac : extraordinaire, énorme.

Con de Manon : expression très vulgaire qui désigne le sexe de Manon...

Condés : les flics.

De longue : tout le temps.

Dégun : personne. *Y a dégun* signifie : y a personne. *Dégun personne* : vraiment personne.

Emboucaner : infecter, salir la réputation de quelqu'un (au figuré).

Encagolé : néologisme qui signifie devenu cagole...

Engambi : embrouille.

Fada : fou gentil.

Fadoli : fou moins gentil.

Fiélas : congre.

Fumer : tuer.

Gachimpega : travail maladroit.

Largade : vent de mer.

Marsiho : Marseille en provençal.

Minot : enfant.

Mitan : le milieu.

Moulon : tas, amas, beaucoup...

Négué : noyé.

Nibe : rien.

Nifler : agacer, énerver.

Niston : enfant.

Papé : l'ancien, le patriarche, le grand-père...

Pébre, an pèbre : vieille époque que personne ne peut situer dans la chronologie.

Pébron : piment, poivron. Personne dont le visage aurait à peu près la même apparence.

Peuchère : exprime la compassion ou la moquerie, au choix.

Piloti : désigne les plates-formes que portent les jeunes filles à la mode.